文學研究叢書・古典文學叢刊

《紅樓夢》的思想風貌：

情與悟的無盡循環

謝君讚 著

目次

導論　《紅樓夢》的哲學思想……………………………1

　一　王國維《紅樓夢評論》的評論：人生欲求之痛苦與
　　　離苦解脫？………………………………………………1
　二　《紅樓夢》「情」、「悟」問題的三種詮釋模式及其反思……6
　　　（一）從「情」到「悟」之昇進的詮釋模式………………7
　　　（二）論「唯情唯美」、「無奈遁逃」式的解讀模式………14
　　　（三）「情悟徘徊」與「情悟雙行」的詮釋模式……………21
　三　本書所欲處理的問題與各章內容大要……………………33
　四　結論：「情」、「悟」的相生與循環…………………………38

第一章　論賈寶玉的懸崖撒手與莊禪哲理的思想差異…1

　一　前言：賈寶玉的生命歷程：從「情痴情種」到
　　　「懸崖撒手」………………………………………………1
　二　論賈寶玉的續《莊》、引《莊》與禪悟……………………6
　　　（一）第二十一回賈寶玉之續《莊》………………………6
　　　（二）第二十二回賈寶玉的莊禪領悟………………………10
　　　　　1　賈寶玉之引《莊》……………………………………10
　　　　　2　賈寶玉聽曲悟禪機……………………………………13

三　論賈寶玉「逃大造，出塵網」的出逃領悟……………… 25
　　四　結語：「飄飄而去」與「既聾且昏」的內在理路………… 30

第二章　論《紅樓夢》一僧一道的「度化」思想……… 35
　　一　前言：《紅樓夢》之僧道書寫中尚待開展的課題………… 35
　　二　〈好了歌〉與〈好了歌解〉的度化思想：苦滅之了悟
　　　　與阻絕之了卻……………………………………………… 40
　　　　（一）智通寺老僧：「好了」式的「智通」………………… 43
　　　　（二）癩頭和尚的持頌：識知欲求與神幻靈力之「靈」… 45
　　三　論林黛玉、甄英蓮、賈瑞與柳湘蓮「度化」事件中的
　　　　思想………………………………………………………… 48
　　　　（一）對林黛玉、甄英蓮的度化：以阻絕之「了」
　　　　　　　而得平安之「好」……………………………………… 48
　　　　（二）風月寶鑑的度化思想：「了」卻貪戀欲求而得
　　　　　　　保生之「好」…………………………………………… 50
　　　　（三）跛腿道士對柳湘蓮的度化：截髮出家、飄然而
　　　　　　　去的「好了」…………………………………………… 52
　　四　癩頭和尚「冷香丸」與「金鎖片」的度化思想………… 56
　　　　（一）「冷香丸」：以儒家之道來救度陷溺糾纏的
　　　　　　　象徵丸藥………………………………………………… 56
　　　　（二）「金鎖片」：以命數天定化解無謂閑想…………… 66
　　五　結論：「好了」的度化思想及其「不了」的限制………… 71

第三章　論《莊子》與《紅樓夢》「夢」思想的異同… 77
　　一　前言：《莊子》與《紅樓夢》之「夢」的研究現況與
　　　　省思………………………………………………………… 77

二　對《紅樓夢》一般敘述中言「夢」的考察 ················· 83
　　（一）《紅樓夢》之夢：睡夢、虛幻、妄想、思慕、
　　　　　好運、憶夢與尋夢 ··························· 84
　　（二）《紅樓夢》之夢：夢悟、夢醒、警夢 ············ 90
三　《莊子》中三則夢喻文獻的考察 ······················· 99
　　（一）〈齊物論〉長梧子言「夢」：成心迷茫與妄言
　　　　　之言 ·· 99
　　（二）〈齊物論〉莊周夢蝶的夢喻：外化而內不化的
　　　　　融通和諧 ··································· 102
　　（三）〈大宗師〉仲尼言「夢」：我見迷茫下的虛實不明 106
四　結論：夢迷與覺悟的兩種型態 ························ 109

第四章　論《莊子》與《紅樓夢》「無情」之思想差異 ······· 113

一　前言：殊途同歸的「情」到「無情」？ ················ 113
二　《莊子》論情：從「情」之危害到「無情」的順隨 ······ 121
　　（一）情欲之動與過：常性與身心的雙重淪喪 ········· 121
　　（二）「無情」：工夫義與境界義 ···················· 124
三　從「迷」而「悟」：前八十回賈寶玉「情不情」之轉變的
　　思想分析 ·· 129
　　（一）第五回夢遊太虛幻境的啟悟：奠定基礎？
　　　　　埋下種子？ ································· 129
　　（二）第二十一、二十二回的續《莊》與禪悟：
　　　　　眼不見則心不煩式的了悟 ····················· 131
　　（三）第二十八回「逃大造，出塵網」的啟悟：
　　　　　杳無所知以逃離遷化之苦 ····················· 136

（四）第七十八回晴雯之死所引發的啟悟：
　　　　　痛恨塵俗？嚮往仙界？ ················· 140
　四　論後四十回續書中所展現的寶玉之悟道歷程 ······· 146
　　　（一）論賈寶玉於黛玉「魂歸離恨天」、「查抄寧國府」
　　　　　與賈母「壽終歸地府」等離散事件與「悟」的
　　　　　關聯 ····························· 146
　　　（二）論賈寶玉從「得通靈幻境悟仙緣」到最終「俗
　　　　　緣已畢」、「飄然登岸而去」的「悟」之歷程 ······ 152
　五　結論：「常因自然」、「杳無所知」與「未卜先知」三種
　　　意義的「無情」 ······················· 159

第五章　青春風雅或皇權禮法？論《紅樓夢》
大觀園的樂園性質 ··············· 163

　一　前言：「大觀園」研究中尚待開展的課題 ··········· 163
　二　「兩個世界」的對立抗爭？抑或「一個世界」的
　　　興衰變化？ ··························· 170
　三　環繞於「大觀園」研究中的幾個問題的再釐清 ······· 175
　　　（一）論大觀園「君父制約」力度的逐漸衰微 ········· 175
　　　（二）青春樂園之大觀園的遷變性、複雜性與對映性 ··· 178
　　　（三）論「亂為王」、「玉有病」與「大觀窯」等的
　　　　　詮釋問題 ························· 184
　四　結語：大觀園與桃花源「樂園」性質的差異 ········ 191

第六章　論《紅樓夢》太虛幻境的「樂園」性質及
其限制 ····························· 195

　一　前言：《紅樓夢》之「樂園」書寫尚待開展的課題 ······· 195

二　太虛幻境的警勸思想：幻滅、順命、積德、入正 ……… 202
　（一）「饌飲聲色」的警勸哲理：真、假的雙重性 …… 203
　（二）《紅樓夢曲》的思想解析：在空幻之外的其他
　　　　警勸思想 ……………………………………… 205
三　從《莊子》「槁木死灰」到《紅樓夢》「木居士」、
　　「灰侍者」的思想異同 …………………………… 210
　（一）智通寺老僧「不可說」中的「可說」 ………… 211
　（二）癩頭和尚之持誦通靈玉：「鍛煉通靈」？
　　　　「無喜亦無悲」？ ……………………………… 215
　（三）評估「心如槁木死灰，方免沉溺」的思想型態 … 218
四　結語：不受物擾的平和之「樂」及其潛隱的
　　「靜極思動」 ……………………………………… 221

**結論　「觀他人」與「覺自己」之苦痛的兩種出世
　　　　解脫的檢討反省** …………………………… 227

參考書目 ……………………………………………… 237

導論
《紅樓夢》的哲學思想

一 王國維《紅樓夢評論》的評論：人生欲求之痛苦與離苦解脫？

在紅學研究中，王國維的《紅樓夢評論》無疑具有突破開創的意味。因為王氏既能夠創新地從叔本華、康德等西洋哲學與美學的若干觀點，來展開《紅樓夢》的跨文化詮釋，並且也能以相對更具系統性的論述形式，突破以往傳統那種雖有灼見真知，但是卻較顯零星、破碎而未成系統的隨筆評點。同時，也較早地洞見《紅樓夢》於歷史事實之外的文學虛構面向，而不會為考證挖掘與索隱探秘所拘束限制。此外，王氏還能明確揭示《紅樓夢》一書的哲理深度與悲劇性質，亦即《紅樓夢》就哲理言，乃在於能展示生活之欲所帶來的糾纏痛苦及其離苦解脫之道，而就悲劇性質來看，其悲劇之形成（尤其是指寶玉與黛玉之愛情），並非由於邪惡之人的擺弄作祟，也並非命運偶然的悲慘意外所致，而是相關之人物，各自依其位分之考量，所共同形成的勢力之推進而成。[1]

而在王氏的研究之後，學者們針對王氏之說，又逐步展開各式的商榷反省與延伸討論之工作。譬如對於王氏之跨文化的比較研究，就出現正反兩極的討論爭議。有些學者認為王氏的比較研究是屬生搬硬

---

[1] 王國維：《紅樓夢評論》，收於王國維、太愚、林語堂等著：《紅樓夢藝術論》（臺北：里仁書局，1984年）。

套、以西律中式的研究,雖有開創之價值,但其成果則有待商榷。[2]有些學者還認為王氏所說的中華文化具樂天色彩、喜團圓結局,而缺乏悲劇精神的判斷,一方面主要是從西方悲劇精神而來的思考;另方面也主要是以中國傳統小說與戲劇為其判斷之基礎,若真能從傳統整體的文學思想來擴展觀察討論之範圍(如詩詞等),則王氏之判斷就未必真能貼合中國文化之精神,因為在詩詞中,悲劇精神已是顯著的現象。[3]不過,對於王氏的跨文化研究,亦有學者另從王國維對於西方哲學與哲學史的接受脈絡之考察,認為王氏並非全盤以叔本華思想,硬套在《紅樓夢》的文本之上的解釋,而是在調整轉化與批判承繼的前提下,將叔本華若干可與《紅樓夢》相互對話的思想概念展開比較詮釋。[4]

而除了以上的反省與爭議之外,在王氏的研究基礎上,學者還有延伸發揮。譬如《紅樓夢》的「悲劇」性質,牟宗三在其〈《紅樓夢》悲劇之演成〉一文中,一方面承繼王氏對於《紅樓夢》二玉愛情之悲劇性質的分析,說道:「悲劇之演成,既然不是善惡之攻伐,然則是由於什麼?曰:這是性格不同,思想之不同,人生見地之不同。……各人站在個人的立場上說話,不能反躬,不能設身處地,遂至情有未通,而欲亦未遂。悲劇就在這未通未遂上各人飲泣以終。」[5]另一方面,也從寶玉的出家,理析另一種悲劇的性質,說道:「寶玉出家一

2　葉嘉瑩:《王國維及其文學批評(上)》(新竹:國立清華大學出版社,2011年)。

3　曹順慶、涂慧:〈王國維《紅樓夢評論》之得與失〉,《文與哲》第2期(總第323期)(2011年),頁76-81。

4　郭玉雯:〈王國維《紅樓夢評論》與叔本華哲學:兼論西方理論與中國文本之間的詮釋問題〉,楊儒賓編:《中國經典詮釋傳統(三):文學與道家經典篇》(上海:華東師範大學出版社,2008年),頁159-204。

5　牟宗三:〈《紅樓夢》悲劇之演成〉,收於王國維、太愚、林語堂等著:《紅樓夢藝術論》,頁281-282。

幕，其慘遠勝於黛玉之死。黛玉死，見出賈母之狠毒與冷淡，然此狠毒與冷淡猶是一種世情，其間有利害關係，吾人總有饒恕的一天。至於寶玉的狠與冷卻是一種定見與計畫。母子之情感動不了，夫妻之情感動不了，父子之情更感動不了，剛柔皆無所用，吾人何所饒恕？恕寶玉乎？然寶玉之狠與冷並非是惡，何用汝恕？惟如此欲恕而無可恕無所恕之狠與冷，始為天下之至悲。⋯⋯他要解脫此無常，我們恕他什麼？」[6]換言之，寶黛愛情的破滅悲劇，雖是由相關之眾人，各自從其位分之思考，所共同形成之勢能而成。然而，若設身處地，則這些思考亦有饒恕之可能。不過，寶玉之狠冷出家既是對於世間之富貴、溫柔與倫常的冷然淡漠，同時也是對於無常世間的永恆解脫，是以其「狠冷」亦有超越於俗情之價值，既難以以俗情責備，也無法以俗情饒恕，只能放手成全其解脫之定見，而留下悲傷於紅塵世間。而這樣一種「欲恕而無可恕無所恕」的「天下之至悲」，可說正是牟氏對於王氏《紅樓夢》之「悲劇」性質的延伸發展。

此外，又如劉再復一方面曾承繼王國維對於寶黛之悲劇，乃是由於相關群體所共成之勢能而成的觀點，並將其擴大運用於賈雨村「亂判葫蘆案」的解讀，說道：賈雨村「並不是『蛇蠍之人』的角色。當他以生命個體的本然面對訟事時，頭腦非常清醒，判斷非常明快，可是一旦訟事進入社會關係結構網絡之中，他便沒有自由，並立即變成了結構的人質。⋯⋯是一個士人無處可以逃遁、沒有選擇自由、沒有靈魂主體的深刻悲劇。」[7]另方面，劉氏還認為在王氏所點出的「欲求─苦痛─破滅」的悲劇性之外，還應看見《紅樓夢》的荒誕劇之性質，以及對於欲求之反抗的積極面向，劉氏言道：「王國維雖借叔本華揭示欲望造成悲劇，但未注意欲望還造成荒誕劇，也未注意《紅樓

6　同前註，頁302。
7　劉再復：《紅樓夢悟》（上海：上海三聯書店，2021年），頁258。

夢》的主題精神不是被欲望所主宰的消極精神，而是反抗欲望（包括反抗財色、物色、功名、權欲等）、質疑欲望的積極精神。」[8]然而，還應澄清說明的是，雖然劉氏的「荒誕劇」之說，能夠補充說明王氏「悲劇」說中，較為忽略的那由一僧一道所代表的，能夠抽身於世間之痴狂迷茫的灑脫、「好了」面向，但是卻不能說王氏未注意《紅樓夢》「質疑欲望的積極精神」。因為事實上王氏曾明確的指出《紅樓夢》具有「絕其生活之欲，而得解脫之道」的內容，並且也曾區分兩種不同的「解脫」類型，一是「存於觀他人之苦痛」（以惜春、紫鵑為代表），另一則是「存於覺自己之苦痛」（以寶玉為代表）。[9]可見，王氏對於「欲望」的說法，未必只言消極的面向，亦能注意其積極的面向。

不過，敏銳的讀者應當不難發現，不論是在牟宗三抑或劉再復的延伸討論中，他們不約而同的，皆特別關注於《紅樓夢》「解脫悟道」的面向，差別主要在於，牟氏是將賈寶玉的出家悟道，往「欲怨而無可怨無所怨」的「悲劇」詮釋，而劉氏則著重於「好了」之超越智慧，對世間沉迷於妻財子祿的「荒誕」諷刺，但是，設若從「情」（欲情）與「悟」（悟道）之關係的角度來看，他們的說法基本上仍是延續著王國維的說法，是將《紅樓夢》「情」與「悟」的關係，理解為從「情」到「悟」的轉變歷程。對此，王國維就曾列舉書中賈寶玉的若干情節，勾勒出這樣的解脫悟道之生命歷程：

> 《紅樓夢》之寫賈寶玉，……彼於纏陷最深之中，而已伏解脫之種子，故聽「寄生草」之曲而悟立足之境，讀「胠篋」之篇而作焚花散麝之想，則以黛玉尚在耳。至黛玉死而其志漸決，

8　劉再復：《紅樓夢哲學筆記》（上海：上海三聯書店，2021年），頁245。
9　王國維：《紅樓夢評論》，頁10、11。

> 然尚屢失於寶釵,幾敗於五兒,屢蹶屢振,而終獲最後之勝利,讀者觀自九十八回以至百二十回之事實,其解脫之行程,精進之歷史,明瞭精切何如哉![10]

從引文中可以看到,王氏是將前八十回與後四十回續作視為整體,並認為賈寶玉的悟道出家,在前八十回的讀《莊》、聽曲悟禪機等,已然埋下解脫悟道之種子。然後,隨著別離失散的不斷到來(尤其是黛玉之死),更讓先前深埋之悟道種子加速成長,最終乃有捨離紅塵的堅決。但問題是,即便不談王氏於文本細部情節分析上的簡略問題(譬如寶玉聽曲所悟「立足之境」與讀《莊》而生之「焚花散麝之想」,這兩者所了悟之思想其性質為何?是同是異?而前八十回有關悟道的情節,是否還有其他?)我們對於王氏之說恐怕不免還會產生若干疑惑:首先,《紅樓夢》對於「生活之欲」(或說欲情)是否真如王氏所言僅著重於其纏陷、痛苦的面向呢?若是,那麼為什麼在首回的「作者自云」處,卻明顯展現對於往日生活的眷戀懷想之情呢?並且就《紅樓夢》整體內容而言,卻更多是寫富貴溫柔之生活悅樂,而不是著重於批判情欲翻滾中的愚痴慘痛,抑或是書寫擺脫情欲下的離塵清淨呢?再來,雖說《紅樓夢》中確實如王氏所言有「絕其生活之欲,而得解脫之道」的面向,也有如劉氏所言從悟道超越之視角,譏諷世間情迷有如「荒誕劇」的內容,但問題是,這所謂的「悟道」、「解脫」,其思想內容該如何理解?而這樣的「悟」是否真能超克「情」的糾纏,從而獲得徹底解脫呢?若是,那麼為什麼在首回中所描述的空空道人於「自色悟空」之後,卻又「易名為情僧」呢?[11]在

---

10 同前註,頁11。

11 〔清〕曹雪芹、高鶚著,馮其庸等校注:《紅樓夢校注》(臺北:里仁書局,2003年),頁5。

「悟空」之後，反而成「情僧」（情生）呢？也就是說，從「情」到「悟」的發展，若確實是以「悟」為最後的勝利終點，那麼「情僧」（情生）的易名，不就較顯突兀了嗎？此外，若賈寶玉真如王氏所言能「終獲最後之勝利」而有離欲解脫之「悟」的體會，那麼為什麼於續書中寶玉與賈政道別的場景，寶玉雖「光著頭，赤著腳」，但卻是「身上披著一領大紅猩猩氈的斗篷」的衣著形象，而非樸素淡泊、紅塵冷然之色調呢？更為奇怪的是，寶玉之出世離塵是由一僧一道「夾住」寶玉，並喝命道：「俗緣已畢，還不快走。」[12]依此來看，寶玉似乎猶有眷戀，並且一僧一道的夾住、喝命，也帶有勉強、強迫的意味。可見，寶玉的出家悟道，其「悟」之性質應當也仍有再分析討論的空間，似乎未必能直接往超越的涅槃解脫的角度來思考。也就是說，筆者認為由於在王國維所建構的《紅樓夢》「情」（情欲）與「悟」（悟道）之性質及其關係（由「情」到「悟」）的詮釋觀點中，似乎仍存在著若干問題，因此，我們不能僅滿足於王氏的研究見解，還必須進一步的展開有關《紅樓夢》「情」與「悟」的釐清分析與內在關係之衡定的研究工作。

二　《紅樓夢》「情」「悟」問題的三種詮釋模式及其反思

關於《紅樓夢》「情」與「悟」之性質及其關係的問題，學者們已展開豐富的討論。而據筆者的觀察，約略可以區分成三種論述型態。底下我們將分析與反省這三種論述模式其各自的研究觀點與論證，並嘗試從中尋求出更進一步的研究課題。

---

12 同前註，頁1788、1789。

（一）從「情」到「悟」之昇進的詮釋模式

　　《紅樓夢》的「情」與「悟」關係，雖然王國維早已指出從賈寶玉於小說中的若干情節（如聽曲悟禪機、黛玉之死等）來看，可說存在著從「情」到「悟」的演變歷程。然而，可惜的是，王氏卻僅是簡略地帶過幾個寶玉與「悟道」有關的片段，並未就這些相關情節展開論述分析。對此，侯迺慧在其〈迷失與回歸──《紅樓夢》空幻主題與賈寶玉的生命省思和實踐〉一文中，[13] 已進一步透過較為詳細的文本分析，將這一研究空缺予以填補，使賈寶玉從情迷到悟道的生命歷程有更明確的展現。底下將先分析侯氏的研究成果，並嘗試從中尋找能夠進一步開展的研究課題。

　　首先，侯氏認為《紅樓夢》之「空幻」主題乃是全書的核心要旨。因為第一，作者於首回中就已明確表示「夢」、「幻」乃是「此書立意本旨」，明確揭露「空幻」為核心主題。第二，書中安排了一僧一道與太虛幻境的遊歷情節。其中一僧一道曾以紅塵樂事「終究是到頭一夢，萬境歸空」這樣的空幻思想，來勸戒凡心熾盛的石頭；而警幻仙子則曾安排幻境遊歷，來「『警』告寶玉一切情意終為空『幻』」。[14] 第三，空空道人於閱讀完石頭下凡遊歷之故事後，其改變之進程乃是「空→色→情→色→空」，而這樣的空幻之領悟，又可說與太虛境對聯之「假作真時真亦假，無為有處有還無」所表現的「假、真、假」與「無、有、無」的結構相同，都呈現出「從迷失而回歸」的觀念。[15]

　　其次，侯氏認為《紅樓夢》所描寫的賈寶玉之生命特質，一方面

---

13 侯迺慧：〈迷失與回歸──《紅樓夢》空幻主題與寶玉的生命省思和實踐〉，收於華梵大學中國文學系主編：《第一屆生命實踐學術研討會論文集》（臺北：萬卷樓圖書公司，2002年），頁329-358。

14 同前註，頁345。

15 同前註，頁332、333。

可說具有「煩惱即菩提」的性質；另方面，也具有對於富貴榮華「有則享之，無則捨之」，以及情緒轉變流動不拘的特性，而這些性格特點，正使得寶玉深具佛緣、易入佛門。就前者來說，侯氏言道：「痛徹的幻滅感使寶玉較諸常人更敏銳深刻地體會到無常空幻。可以說，情痴情種與緊守的貪執是寶玉出家的艱難，卻也是引發他出家的容易和重要緣起：『煩惱即菩提』的道理於焉顯現」；而就後者來說，侯氏舉證書中第七十一回寶玉所言「總別聽那些俗語，想那俗事，只管安富尊榮才是」、「我能夠和姊妹們過一日是一日，死了就完了。什麼後事不後事」、第二十二回寶玉對於寶釵所選熱鬧戲文，從反感到欣賞的迅速轉變，以及第三十回寶玉從金釧兒被王夫人掌摑的驚慌逃竄，到靜賞齡官畫薔的情痴轉變等例證來看，可以發現寶玉對於富貴享樂那種「無意經營，甚或只是有則享之、無則捨之的心態」，以及「他生命的流動特質實在令人驚駭，這是他無所掛礙、永遠專致於當下的長處，也是他進入佛門、當下決斷的容易所在。」[16]換言之，寶玉的情痴性格，正使其情之愴痛更為深層，而易於領悟幻滅無常，而其對於富貴名利的淡漠以及情緒的易於轉變，也使其更有易入佛門的機緣。

　　再來，侯氏認為賈寶玉從「情」到「悟」的轉變經過了幾個重要的轉折點，遂使其逐漸從情迷情痴，轉而有空幻的認識，並且隨著現實的離散逐漸到來，又進一步的從對於空幻之理性認識，轉而成實踐與體悟上的徹底轉變。而這些關鍵的轉折點，就前八十回來說，侯氏認為第五回的太虛幻境之遊、第二十一回的寶玉續《莊》、第二十二回寶玉「赤條條來去無牽掛」的領悟、第二十八回寶玉「逃大造，出塵網」的覺受，以及第三十六回「人生情緣各有分定」的認知等，都使寶玉對於無常、空幻、「逍遙無累」、「因緣分定」等觀念有所體

---

16 同前註，頁342。

認，而其中尤其第二十八回的認識更是重要，侯氏指出：

> 「逃大造、出塵網」是出世的思想。心溺於塵世俗網中，執取所愛，抗拒變遷，便難以接受空幻的事實；一旦離散失落便悲傷痛苦，不可自抑。然而無常空幻的事實既不可避免，那麼要消解這種悲傷，唯有心隨時光共流轉，無所執著於「有」（常）。這是以心的調整來對應空幻。「逃大造、出塵網」指的即是心的逃出、心的不執著。這是寶玉在推想大量空幻的前景時所思維到的對策。[17]

換言之，在侯氏看來「逃大造，出塵網」是一種主體心境的轉變，是透過主體之心的不執著、不僵固，來順應客體之空幻無常、遷逝化變的實際樣貌，從而得以化解因主體之執著僵固與客體之幻滅離散的主客不一致之下，所形成的悲痛感傷。不過，此時寶玉所思考的「心的逃出、心的不執著」之「對策」，還只是一種理性、概念、認知層面的了解，隨著離散、敗亡的觸目驚心之後，乃轉化成實踐、境界的證悟，侯氏言道：

> 早在《紅樓夢》第二十八回，寶玉即對生命的本質有了體會，而且也找到對策。……一直到一百一十九回寶玉才以實際行動放下一切，以全副生命去實踐出離的對策。……衰損離散的事件越來越多，終致大量襲罩而來時，寶玉的空幻認知與出世思想才被一再反覆地強化，終而成為遍在的明意識時，寶玉的心靈才有了全面的淨化與回歸。[18]

---

17 同前註，頁349。
18 同前註，頁350。

至於續書中對於寶玉之悟道最為關鍵的情節，侯氏認為是第一百一十六回寶玉再遊太虛幻境，以及和尚所開示的「世上的情緣都是那些魔障」最為重要。侯氏說道：

> 此後寶玉面臨身邊的人事時，往往能與心中所記金陵十二釵詩句相印證，無一爽失，也就對因緣分定更加篤定深信。加以「情緣都是魔障」的開示是在空幻的理解之外直指本心，過去出離的思考此時在寶玉心中已成定見，此後他的言行舉止便有了明顯的改變。……這種言行上與整個生命情調上（熱→冷）的轉變，不再只是概念的理會，而是融透到整體生命中的智慧。之前尚有的哀傷悲痛（即熱情），於此已轉為冷冷的沉靜。[19]

也就是說，在第一百一十六回後，寶玉對於溫柔與富貴已全然冷然，而其冷然的內在基礎，亦即是第二十八回所了悟的「心的逃出、心的不執著」的出離之心。而此「心」從潛存到彰著，乃是一連串的離散經驗與再遊太虛幻境的了悟所共同促成的。

經過以上的整理分析，可以發現侯氏那種從「情」到「悟」的發展轉變，來理解《紅樓夢》「情」、「悟」關係的論述模式，相較於王國維確實有更為豐富且細膩的論證補充。然而，即便如此，筆者認為或許還有幾個值得開展討論的問題。首先，就「夢幻」、「空幻」的主題來說，《紅樓夢》雖曾明確揭示「夢」、「幻」乃是「此書立意本旨」，但是，所謂的「夢幻」卻未必只有空幻、虛無、喪敗的意思，而亦有一種對於曾經歷之美夢的眷戀難忘之意味。如脂硯齋回前總評所言：「作者自云：因曾歷過一番夢幻之後，……忽念及當日所有之

---

19 同前註，頁353。

女子，一一細考較去，覺其行止見識，皆出於我之上。……已往所賴天恩祖德，錦衣紈袴之時，飫甘饜肥之日」，[20]這裏的「夢幻」就應當不僅止於離散空無的意味，而有尋夢、憶夢的成分。換言之，作為「立意本旨」的「夢幻」之意，或許未必能直接定調為空幻、離散的意思，而亦有追憶、回味夢幻年華的內容於其中。其次，就空空道人的色空體悟與太虛幻境中的警勸來說，前者的體悟，雖然確實有從「因空見色」到「自色悟空」的空→色→空之轉變歷程，但問題是，侯氏卻忽略了當「自色悟空」之後，並非就是回歸於清涼菩提的空性領悟，因為空空道人最終卻是「易名為情僧」。可見若要貫徹色空、空幻之說，對於這裏的產生於「自色悟空」之後的「情」（「情僧」情生），也就必須提出合理的解釋，否則色空之說終有解釋不夠飽滿之處。而就太虛幻境所提供的警勸觀念來說，雖然可以從警幻仙子的「警幻」名號，解讀出警勸空幻的意思，但是，從整體太虛幻境之夢中所呈現的內容來看，應當不僅只有「警幻」的內容，如警幻仙子受榮寧二公之請託，亦曾勸寶玉要「留意於孔孟之間，委身於經濟之道」，[21]以經世濟民之道來指引寶玉。又如〈留餘慶〉的曲辭言道：「幸親娘，積德陰功。勸人生，濟困扶窮」，[22]所表現的勸戒觀念，也不是警勸空幻，而是積陰德、求福報的觀念。可見，若僅將太虛幻境之夢的警勸思想，限制在警勸空幻，恐怕未必是飽滿合宜的詮釋說法。

再來，就賈寶玉的生命特質來說，雖然寶玉厭棄爭名逐利，並且也具所謂情緒移變快速的個性，但問題是，這是否真能作為寶玉具有悟道超越的潛能證據呢？這些性格為什麼不能理解為是安富尊榮、調

---

20 〔清〕曹雪芹、高鶚著，馮其庸等校注：《紅樓夢校注》，頁1。
21 同前註，頁94。
22 同前註，頁92。

皮任性,不願承擔責任的富家公子之幼稚性格的展現呢?[23]此外,雖然寶玉確實也如侯氏所言具有深情、情痴的性格,而這樣的情痴也使其面對離散有更深的創痛,但是經由這樣的創痛所產生的「領悟」,其性質該如何理解?似乎仍有待討論。譬如侯氏就曾舉第二十一回的寶玉續《莊》,言其有「齊物思想」、「逍遙自適」一類的靈光乍現之理解,而第二十八回寶玉的「逃大造,出塵網」則有透過心的「逃出」、「不執著」,來對應空無幻滅之現實的出離對策。但問題是,第二十一回寶玉雖有「毫無牽掛,反能怡然自悅」的心境描述,並在此心境下續寫了《莊子》,然而,從文本脈絡來看,寶玉之所以能無牽無掛、自得怡然,並非是奠基於某種修練工夫下的心性境界之提升。文本說道:「若往日則有襲人等大家嘻笑有興,今日卻冷清清的一人對燈,好沒興趣。待要趕了他們去,又怕他們得了意,以後越發來勸;若拿出做上的規矩來鎮嚇,似乎無情太甚。說不得橫心只當他們死了,橫豎自然也要過的。便權當他們死了,毫無牽掛,反能怡然自悅。」[24]從這裏的「冷清清的一人對燈,好沒興趣」、「便權當他們死了,毫無牽掛,反能怡然自悅」來看,可以發現寶玉在此比較像是透過眼不見為淨的方式,來為心情尋找暫時安頓的賭氣之舉,而不太像是在展現某種逍遙、齊物之超越境界。至於第二十八回的「逃大造,出塵網」,就文本脈絡來看,面對因黛玉之〈葬花吟〉所引發的離散悲感,寶玉之推想乃是「真不知此時此際欲為何等蠢物,杳無所知,逃大造,出塵網,使可解釋這段悲傷」,[25]依此來看,關鍵在於化身成為「杳無所知」的「蠢物」,乃能逃離大造塵網所帶來的悲傷苦痛。

---

23 對此,可參考歐麗娟:〈賈寶玉論〉,《紅樓一夢:賈寶玉與次金釵》(臺北:聯經出版事業公司,2017年)。
24 〔清〕曹雪芹、高鶚著,馮其庸等校注:《紅樓夢校注》,頁328、329。
25 同前註,頁433。

也就是說，那如同「蠢物」之「杳無所知」，乃是賈寶玉所思及的出離方法，而不是以「逃大造，出塵網」之主體（心）的「逃出」、「不執著」為對策（至於這樣「蠢物」式的「杳無所知」，其思想性質應如何理解？也是值得討論的課題）。況且若寶玉真是以主體之無執，來面對客體之無常，那麼，最終實在不必離塵出家，因為既已無執，則人間之悲歡離合盡皆能自在順應，何必定要遠離花紅柳綠乃能清淨無擾呢？依此來看，我們對於第二十八回寶玉的領悟經驗，應當重新反省其所了悟之思想內容，從主體心之「逃出」、「不執著」來定位其思想，恐怕仍有商議的可能空間。

最後，就續書所呈現的賈寶玉之悟道歷程來看，雖然正如侯氏所言寶玉遊歷太虛幻境後，確實更為明顯的表現出冷然的態度。但問題是，這是否表示寶玉就此看破紅塵、一路冷然，而毫無眷戀、傷感等情緒之起伏嗎？譬如在第一百十八回中寶玉面對紫鵑隨堅決出家之惜春而去時，雖有「大笑」的表現，但亦有「想起黛玉一陣心酸，眼淚早下來了」，而面對襲人亦欲隨惜春出家修行，寶玉也同樣雖有冷然一「笑」的表現，但聽到襲人之哭求，內心也「倒覺傷心，只是說不出來」。[26]又如第一百一十九回寶玉離家赴考雖有「嘻天哈地」、「仰面大笑」的無執灑脫之狀，但同樣也表現出在拜別王夫人時「滿眼流淚」的難捨之情。[27]而在最終回中寶玉拜別賈政的場景，也同樣存在著不太像是「冷然」的舉止表現，如寶玉雖光著頭、赤著腳，但卻身披「大紅猩猩氈的斗篷」。而面對賈政的詫異，寶玉既有「似喜似悲」的情緒起伏，同時其出世離塵，也是在一僧一道「俗緣已畢，還不快走」的喝命夾持下被動地離開。從以上幾個例證來看，我們對於寶玉再遊太虛幻境之後，其所謂的「悟道」、「冷然」之思想實質，仍

---

26 同前註，頁1758、1759。
27 同前註，頁1772、1773。

應進一步的討論分析,而未必適合直接將之視為對於紅塵世間的勘破,抑或某種無執心念下的展現,否則將難以合理解釋,寶玉在冷然之外,仍有諸多傷感、不捨之情念的起伏波動的現象。

(二)論「唯情唯美」、「無奈遁逃」式的解讀模式

在《紅樓夢》「情」、「悟」問題的研究論述中,張淑香於〈頑石與美玉——「紅樓夢」神話結構之一〉一文中也有豐富的討論。[28]對於《紅樓夢》的基本性質,張氏開篇即論述道:

> 「紅樓夢」一書的精奇奧彩,須完全從其「情姿」上著眼覷入,才是得其心法。……奇情絕姿,主要自然是透過賈寶玉一人體現;……是一個世紀的畸零者在靈魂被完全撕裂扯碎之餘的沉痛告白。也是一部深悲極憾,奈情無何的懺情錄。……對於賈寶玉來說,此一新的國度即是大觀園所象喻的「情」的國度,此「情」……是一種美感的、醉狂的,既天真又無邪,同時溶合感官與精神的浪漫激情。……「紅樓夢」可謂為自明代以來所蘊釀的一股與傳統禮法思想對立的浪漫思潮之落實完整體現。……蓋賈寶玉之行徑,雖有反傳統、反社會之傾向,然而他畢竟不是真正之反抗者。個中原故,乃自我為中心、自我揮灑之意味多於反抗對立之意志,故最後整個行動乃有了「事與願違」的逆轉,以放棄理想與逃遁為解決。此正顯示作者徘徊於文化的諸面而矛盾終不可解,乃出之以無可奈何之途而已。[29]

---

28 張淑香:〈頑石與美玉——「紅樓夢」神話結構之一〉,《抒情傳統的省思與探索》(臺北:臺灣學生書局,1992年),頁223-252。

29 同前註,頁223-228。

從引文可見，張氏認為《紅樓夢》承繼了明代以來重「情」反禮的浪漫思潮，可說是以一種「美感的、醉狂的」、「既天真又無邪」，融合「感官與精神的浪漫激情」，而與傳統禮法思想相對立的「情」為首出價值。而小說所安排的賈寶玉之離塵出家，雖有表面上的解脫悟道之行動，然而，就其內在思想實質言則是一種雖欲衝決世間禮法之網羅，但卻事與願違、無力回天，從而「深悲極憾，奈情無何」下，所展開的「以放棄理想與逃遁為解決」的行動。而奠基於這樣的理解，張氏又認為這樣一種在「情」與「禮」之對抗後，「情」終究難以開展伸張，而終究選擇以表面出家之「悟」，來守護「情」之精粹純美的情節安排，又可說是《紅樓夢》的「悲劇」意義。張氏言道：

> 「唯情」的頑石，介於巍然的女媧與渺茫的僧道之間，實在沒有他立足之地，他的命運的確是早被決定的了。……如果把同樣敘述為命運所籠罩的希臘悲劇所表現為人的自我意志之頑強肯定，為對於命運支配的傲蔑，與此種所有掙扎皆指向自我的否定，而轉向對於命運的認同屈服的悲劇互相對看，則更能意識到在後者的悲劇中，真正的支配者其實是那不可動搖的、嚴肅的傳統社會文化力量。所以其悲劇性乃飛落在強悍的、對抗的、激越的英雄風姿之雕塑，而是顯現為對於諸面的徘徊，整體的觀照，以至無奈的消融中。……在功成名就之際棄捨而去，以全靈性之無缺，亦示橫決之意志。……傳統社會文化力量之深固滲透，在此力量面前，多少英雄，曾自承荒謬，而悄然遁入風雲流散的虛無縹緲中。[30]

---

30 同前註，頁246、247。

也就是說，相較於希臘悲劇那種主體個人對於外在支配者（如命運）的激越抗爭，在《紅樓夢》中雖亦有此一主客對立之關係，但是差別在於，此一外在支配者更確切的說乃是「傳統社會文化力量」（或說由「巍然的女媧」所象徵的人文精神、文化意志），並且在這對抗之中，並非是表現強烈的抗爭不屈，反而是反覆糾結的徘徊（於佛道之空、個體之情、文化之禮的三角對話）與消極無奈的退敗，最後透過遁入僧道所提供的「虛無縹緲」中，以保全內在自我之「情」的潔淨與暗藏的堅定意志（「棄捨而去，以全靈性之無缺，亦示橫決之意志」）。而《紅樓夢》中諸多與「情」、「悟」與禮法有關的描述，也都可以從這樣的角度加以理解。張氏說道：

> 賈寶玉之遁於空門，只是絕望而無可奈何之逃避，非真解脫。此所以「似喜似悲」，終須由茫茫大士，渺渺真人夾住而去。而既還原為石，又情有未了，復書其事於石上；至於空空道人之抄傳於世，更是云空未必空，此乃真情僧之本色。其實頑石本來就不是秉於自然而生，乃由女媧鍛煉而成，返本復原，亦是一片至靈至情。所謂「磨出光明，修成圓覺」，實指其終能持護此一片至靈至情而不致真正為塵埃沾蒙，歸圓本體，無待於色相之境界。……寫情而必出之以如此正反往復、迴環掩抑之姿態，則其矛盾愴痛也難以盡宜。[31]

「唯情」者介於儒、釋、道之間的矛盾衝突。……如二十二回寶玉的所謂「赤條條來去無牽掛」之悟以及「無可云證，是立足境」之偈，一一七回寶玉與和尚談玉來處，以及太虛幻境之

---

31 同前註，頁244、245。

事等,皆是「唯情」與「唯空」的對話。如五十四回史太君批評才子佳人的態度以及九十七回得知黛玉為情而病之後反應驟冷等,則是「唯情」與「唯俗」的衝突。又如一一八回寶玉與寶釵的辯論,終於「堯舜不強巢許,武周不強夷齊」,正反映了「唯空」與「唯俗」之爭。這些問題之間的糾葛對立,相持不下,殊難釐清,形成在現實生活中精神上的痛苦與心理上的癥結,終不可解,唯有訴諸逃避一途。故寶玉之歸於空門,只是心靈受創者之避世,是「無可云證,是立足境」的境界,而未臻「無立足境,是方乾淨」之完全自由。[32]

換言之,《紅樓夢》諸多「唯情」與儒釋道之「唯俗」、「唯空」的思想對話與衝突,表現的正是主「唯情」立場者的徘徊猶豫與痛苦掙扎,最終只能選擇離塵避世,透過消極的抗議,來守護「至靈至情」的純粹潔淨。也就是說,在張氏看來,雖然《紅樓夢》將儒、釋、道與情之立場多方並陳,但這一方面只是在呈現「唯情」者身處其中的衝突與糾結;另方面,在所謂的悟道出家中,實暗藏著對於「情」的堅定固守與無聲抗議。依此來看,應當可說張氏認為《紅樓夢》是以「情」為首出核心之價值,書中對於儒家禮教與佛道思想的表述與批判,則是表現「唯情」者在面對這些已然具有相當支配力之思想觀念的糾結衝突與徘徊困惑,而書中最終所安排的離塵出家,與其說是悟道解脫,倒不如說是為了堅守「唯情」的無奈抗議,以保全「情」的尊貴至上與清淨無染。換言之,「悟」僅是表象,對於「情」的堅持才是其真實內裏。《紅樓夢》實未有從「情」到「悟」的發展歷程,而是從「情」展開,經過諸多思想的衝突糾纏,最後仍歸返於「情」

---

[32] 同前註,頁250、251。

的循環發展。[33]

　　透過以上的整理分析，可以發現張氏之說確實條理清晰，從「唯情」的角度，來統合書中諸多思想交錯糾結的多元現象，從而理析出一種《紅樓夢》從「情」之紅塵迷戀，並歷經衝突、磨難，最終又藉「悟」之表象行動，以保全「情」之淨潔純粹的解釋模式。但問題是，在這樣的詮釋論述中，似乎還有幾個值得展開釐清討論的研究課題。首先，就補天頑石的「唯情」性質來說，在神界的頑石雖說有「靈」有「情」，但如何能說這樣的「情」具有無上的價值呢？事實上，從首回的敘述來看，對於女媧的煉石補天，並未明確敘述其人文關懷之動機，或某種「求全求美」的理想，所謂的人文關懷、求全求美恐怕較多是延伸發揮下的解讀，未必適合將此一解讀的內容，帶入女媧所煉成之靈石之「靈」的性質中。而尤其重要的是，頑石經過女媧鍛煉後成為「靈石」，這樣的「靈」為補天石帶來的並非是浪漫藝術的欣喜萌動，反而是「因見眾石俱得補天，獨自己無材不堪入選，遂自怨自嘆，日夜悲號慚愧。」[34]換言之，這樣的「靈石」之「靈」恐怕主要是指具有識知分別、好惡比較的心知靈識之意。而正因為這樣的識知取捨之「靈」，既非純美至真，亦非人文關懷之情志，因此，這樣的「靈知」經鍛煉現身後，既帶來了分別比較後的怨嘆慚愧，也帶來聽聞一僧一道所描述之塵間樂事後的凡心打動、「心切慕之」的欣羨愛好。而設若處於青埂峰上的補天靈石之「靈」應是指認知分別之靈，那麼，即便它最終捨離人間、復歸原形，恐怕也就不太

---

[33] 又，薩孟武認為寶玉之出家為僧並非是看破紅塵，而是因為所鍾愛之溫柔與富貴盡皆消失離散，遂「傷心之極」而出家。這樣的說法，基本上也可歸納至「唯情」說的範圍之中。薩氏之說詳參氏著：〈色與空、寶玉的意淫及其出家〉，《紅樓夢與中國舊家庭》（臺北：三民書局，2006年），頁204-213。

[34] 〔清〕曹雪芹、高鶚著，馮其庸等校注：《紅樓夢校注》，頁2。

適合理解為是為了守護某種「至靈至情」之純粹價值，遂有的消極抗議、無奈吶喊，因為這「靈」亦只是個體單一的情思之頑固堅持，未必能直接肯定其具有普遍性、絕對性的價值意義。

　　其次，隨著絳珠仙草與神瑛侍者之情緣而連帶下凡的靈石，於塵世的假相乃是賈寶玉隨身佩帶的玉石。然而，這樣的賈寶玉與玉石的二而一、一而二的共生化現中，賈寶玉與世間人倫之關係，似乎未必僅是呈現一種張氏所言的「情」與「禮」的單一對抗關係。譬如第二十回寶玉尊敬孔子為「亙古第一人」、第二十八回寶玉為化除黛玉對於金玉情緣的疑心，剖白情感說道：「除了老太太、老爺、太太這三個人，第四個就是妹妹了。要有第五個人，我也說個誓。」[35]倫常禮法仍置於男女私情之前。再如第五十二回即便父親賈政不在屋中，加上周瑞也勸寶玉不用下馬行禮，但寶玉仍「雖鎖著，也要下來的」，[36]堅持禮法規矩而不失。又如第五十六回賈母除了讚寶玉「生的得人意」，也認為即便有時寶玉有「刁鑽古怪的毛病兒」，但對外之「見人禮數竟比大人行出來的不錯」。[37]可見寶玉雖然有某些「非禮」之舉，但未必能直接上看、高看，理解為是對於「禮」之弊病有深刻反省下的蔑視批判，因為亦有可能僅是一種年少輕狂、私下調皮的任性展現而已。當然，論者或許會舉第三十六回寶玉所喊罵的：「和尚道士的話如何信得？什麼是金玉姻緣，我偏說是木石姻緣！」[38]來證明寶玉對於禮教的激烈批判。但仍要注意的是，一方面在「木石姻緣」外，「老太太、老爺、太太這三個人」，更是寶玉所掛心顧慮的倫理價值，寶玉不太可能會片面地落入第五十四回賈母所批評的「想起終身大事

---

35 同前註，頁446。
36 同前註，頁811。
37 同前註，頁877。
38 同前註，頁550。

來，父母也忘了，書禮也忘了」,[39]那種推崇個我私情之才子佳人式的情愛格局；另方面，也不能忘記寶玉這番「我偏說是木石姻緣」的宣言，乃是夢囈中的間接宣示，而不是直接衝擊人倫禮教的強烈抗爭。[40]也就是說，張氏那種從「情」與「禮」的衝突，來理解寶玉與禮法之關係的說法，恐怕未必精確，仍有若干複雜的問題值得深入開展。

再來，張氏雖有注意到在所謂的「唯情」之外，《紅樓夢》一書中還有許多不同的思想論述，如「唯俗」（倫常禮教）、「唯空」（佛道思想）等，然而，卻似乎僅是將之簡化為「唯情」與「唯俗」、「唯空」的思想衝突與對話，並認為「唯情」終究是賈寶玉所堅定支持的立場，對於此中的思想性質較缺乏闡述分析。譬如在張氏的舉證中，既言寶玉於第二十二回有「『赤條條來去無牽掛』之悟以及『無可云證，是立足境』之偈」，又言第一一八回寶釵與寶玉有「堯舜不強巢許，武周不強夷齊」之爭，不過，卻僅是簡單的歸結為這些乃是「『唯情』與『唯空』的對話」、「『唯空』與『唯俗』之爭」。但問題是，設若寶玉第二十二回既有「悟」，並且也有展現「悟」的偈語產生，顯然不太像是處於「唯情」與「唯空」的對話而已，反而更像是捨「情」歸「空」。同樣的，第一一八回的論辯，寶玉所持的立場反而較偏向於佛道的「唯空」而非「唯情」，依此來看，我們恐怕很難說「唯情」始終是寶玉的唯一立場，「唯情」、「唯俗」與「唯空」三方面的交錯論述，仍有需要進一步的釐清討論，才能更細緻的將《紅樓夢》豐富思想給予較為清楚的呈現。

最後，張氏對於《紅樓夢》「情」與「悟」這一問題的詮釋，主要

---

39 同前註，頁842。
40 關於賈寶玉與禮法的複雜關係之探索，還可參考歐麗娟：《紅樓一夢：賈寶玉與次金釵》（臺北：聯經出版事業公司，2017年）第二章「賈寶玉論」，尤其是第四節「君父至上的倫理原則」的討論。

是集中於賈寶玉而來的思考。但問題是，張氏以「唯情」來定調《紅樓夢》的思想性質，顯然忽略了書中較明顯展現悟道性質的代表人物，譬如一僧一道、太虛幻境的警幻仙子、智通寺老僧，以及有〈好了歌解〉的甄士隱等的思想解析。而尤其重要的是，從脂批所言「『走罷』二字真懸崖撒手，若個能行」[41]來看，甄士隱的出家又有預告寶玉出家之捨離紅塵的悟道思想與堅定態度。換言之，若欲堅持「唯情」為《紅樓夢》思想的根本主軸，仍必須分析討論這些較屬「悟道」面向的情節段落，否則「唯情」之說的論證基礎就未必堅實。

（三）「情悟徘徊」與「情悟雙行」的詮釋模式

對於《紅樓夢》「情」、「悟」關係的思考，還有一種可說是「情」、「悟」兼備的論述模式。此種模式既不同於從「情」轉「悟」的觀點，將「悟」視為《紅樓夢》的最高價值，也不同於「唯情唯美」的說法，將「情」置於全書最為核心的關鍵位置。而是肯定書中同時存在著「情」與「悟」的思想內容，只是有時偏向推崇「情」，有時則偏向肯定「悟」，在「情」「悟」兩端猶豫徘徊。對此，孫遜在其〈關於《紅樓夢》「色」「情」「空」觀念〉一文中的說法可為代表。[42]基本上，在該文中，孫氏之說可以歸納成底下幾點：

首先，《紅樓夢》承繼了佛家的「色空」之說，從「空」的角度來談論「色」與「情」的虛幻空無。孫氏言道：「所謂『因空見色』，正是從『空』出發來看待『色』的」、[43]「一僧一道是貫穿全書的人物，他倆站在宇宙的時空制高點上下俯人世，早就看清了世間的一切

---

41 〔清〕曹雪芹、高鶚著，馮其庸等校注：《紅樓夢校注》，頁33。
42 孫遜：〈關於《紅樓夢》「色」「情」「空」觀念〉，《紅樓夢探究》（臺北：大安出版社，1991年），頁57-76。
43 同前註，頁59。

（當然包括了情不過是一場「情孽幻緣」）……既然『情』是由『色』所生，並依附『色』而存在，而『色』本就是一種『幻相』，那麼『情』又安在哉？」[44]換言之，《紅樓夢》的「色空」之說，這裏的「空」主要是指虛幻破滅、難以抵抗時間洪流意義下的空無之意，而人間的「色」與「情」也都難逃這樣終歸空幻、消逝的命運。

其次，《紅樓夢》對於「情」有層次的劃分，並且「情」又能通貫於「色」、「空」之中。孫氏認為《紅樓夢》的「情」展現出兩種層次的內容，如賈珍、賈璉、薛蟠等人的「情」主要只是對於男女情事、奢侈享受一類的追求，這樣的「情」並非是曹雪芹所推崇的「情」。曹雪芹所歌頌的「情」，乃是寶玉、黛玉所展現的情痴。這樣的「情」不僅止於男女的相知相惜，「還反映在整個人與自然、人與社會的關係上。以寶黛為代表，他倆都把自然萬物看作是有生命的對象，并不時與之進行平等的交流和對話」。[45]此外，孫氏還認為書中所描寫的「情」，不但流通於「色」之中，就連空界、仙界也同樣瀰漫著「情」的存在。孫氏說道：

> 即便是像空空道人這樣悟性很高的空界人物或「翻過筋斗來的」人，雖已達到了「因空見色」的境界，卻還要……給自己取了個「情僧」的怪名（既為僧，何來情，可見云空未必空）；同樣像神瑛侍者和絳珠仙子等本也已是空界的人物，卻偏也有一段風流情孽，這纔「勾出多少風流冤家來，陪他們去了結此案」。可見即便在空界，也是瀰漫著「情」，而且正是空界之「情」引發出色界之「情」。……從空界到色界的變化，但「情」

---

44 同前註，頁71。
45 同前註，頁66。

卻一以貫之。……儘管寶玉最後出家做了和尚，可以想像，他仍不能忘懷於「情」，就像「情僧」的名字所預示的。[46]

然而，設若「情」確實如孫氏所言能夠通貫於色、空兩界，而且就連出家之寶玉也沒辦法忘懷於「情」，那麼為什麼孫氏對於《紅樓夢》的「情」、「悟」關係，卻不是採取「唯情」至上的解釋角度，而是主張「情悟徘徊」呢？對此，孫氏指出：

> 《紅樓夢》的「色」、「情」、「空」觀念，正和哲學上人的基礎關懷、中間關懷和終極關懷相對應。「色」和「情」分別對於人的基礎關懷和中間關懷來說也許是真實永恆的，但它們對於人的終極關懷來說則又是虛幻短暫的。曹雪芹……他注意並提出了人的終極關懷問題，因而「情」在他的小說中纔沒有成為像《牡丹亭》和《情史》那樣的浪漫曲，而成為一聲沉重的長長的人生嘆息。……曹雪芹在《紅樓夢》中並沒有為「色」、「情」、「空」三個觀念中的任何一個所統攝，從理智上看，他也許更傾向於「空」，但在情感上，他卻不能忘懷於「情」；在無可奈何之下，他則情不自禁地返顧於「色」，……心注於「空」，沉迷於「情」，返歸於「色」，作者正是在這三者之間徘徊踟躕。出路究竟在哪裏？這於作者也許是一個永遠解不開的疑團。……答案其實並不重要，而且必然會有多種，重要的是探尋本身。[47]

也就是說，在孫氏看來雖然《紅樓夢》對於「色」和「情」有許多的

---

46 同前註，頁61、72。
47 同前註，頁73-75。

描繪,並且也區分出情、色的高低層次。但是,即便情、色之展開亦能有寶、黛式的深情交流,從而具較高的價值,然而,從「空」的觀點來看,這樣的「情」終究仍將走入虛妄、歸於幻滅。可是,即便有「空」的觀照,孫氏認為從「情僧」的稱號、仙界的諸多風流情孽來看,似乎「空」也未必如此的透澈明亮,仍有對於「色」、「情」的眷戀難捨,因此,遂判斷《紅樓夢》之「情」、「悟」關係,可說是徘徊猶疑於兩端,只提出疑惑與若干回應,而沒能真正徹底解決難題。

　　整體來看,孫氏的「情悟徘徊」雖能提供一種理解《紅樓夢》情悟關係的解釋觀點,然而,該說中似乎仍存在著若干問題值得展開分析討論。首先,就《紅樓夢》與佛家色空說的思想承繼關係來看,孫氏雖注意到兩者的相同處,但對於雙方所言「色空」的思想差異,卻似乎未能如實區別。因為佛教的「色空」之「空」並非空無,而是空無自性之意,是表示「色」乃是由諸多條件之結合從而產生的事物,其本身並無獨立自存、永恆不變的性格。由眾因緣所生的色相萬法,在因緣條件不足的情況下,也就色相不存,然而若是因緣俱足,則亦有其色相的聚合顯現。換言之,所謂的「空」恐怕不是偏指「色」之幻滅遷逝、空無消亡之意,而是指「色」無獨立自存性的意思,既沒有所謂永存的「有」,也沒有所謂永滅的「無」,色相之有(存在)與無(不存在)皆是在因緣條件之聚合與否下的暫時現象。[48]相對來看,若從《紅樓夢》首回的「因空見色」、「自色悟空」,以及「到頭一夢,萬境歸空」等文字來理解所言的「空」,那麼「空」應是指大荒山的空蕩遼闊,以及色相之終歸空幻離散等空蕩、空無之意,它與佛教緣起性空之「空」仍有思想內容之差異,在看到兩者相同之處外,也應注意差異。

---

[48] 詳參吳汝鈞:《印度佛學的現代詮釋》(臺北:文津出版社,1995年)。尤其是「般若思想」與「中觀思想」處的討論。

其次，就所謂「空界」仍充滿「情」之意味於其中的判斷來看，孫氏所舉的例子主要是空空道人閱讀石頭故事後改名為「情僧」，以及天界眾仙之凡心偶熾為例。但問題是，這樣的判斷似乎也很難具有普遍性，因為如一僧一道、智通寺老僧來看，種種的凡心俗欲之情，在他們身上就不太有明顯的展現。而在太虛幻境中也不斷呈現各種對於情欲妄動的勸戒警告（如「萬艷同杯（悲）」、「千紅一窟（哭）」等），尤其「木居士」、「灰侍者」的存在，更明顯象徵情欲的止息安定。也就是說，若仍要堅持「空界」仍佈滿著「情」這樣的說法，對於那些空界中不太顯「情」的一僧一道、智通寺老僧、木居士、灰侍者等的存在，就必須提出合宜的融貫解釋，否則這樣的判斷未必堅實穩固。

最後，就賈寶玉的出家來看，孫氏認為就如同「情僧」一詞所暗示的，賈寶玉的出家最終仍未能忘懷於「情」。但雖說就續書的安排來看，賈寶玉身披「大紅猩猩氈的斗篷」，並且又是被一僧一道強迫遠離紅塵，寶玉確實很難說已然能脫情入道。然而，問題在於若正如脂批所言，首回甄士隱那種一聲「走罷！」就隨著瘋道人「飄飄而去」的灑脫身影，可說是日後賈寶玉「懸崖撒手」的預告，那麼，又如何能說寶玉之出家，仍有情執情纏呢？甚至還可進一步的追問，賈寶玉「懸崖撒手」的遠離紅塵，其背後的「悟道」思想究竟該如何理解？是破除無明，證契涅槃下的「悟」呢？還是一種對於紅塵樂事，其畢竟短暫，終究只有別離之苦伴隨已身意義下的「悟」呢？還是另有其他性質？而這所謂的「悟」對於「情」又有怎樣的對治與消解的力量呢？在這樣的「悟」之中，「情」是否可說已然徹底轉化、根除，而不再有其活躍伸展的空間了嗎？顯然都還有值得深入討論的空間。

另外，還可補充討論的是，龔鵬程在〈紅樓夢與儒道釋三教關

係〉一文中，[49]對於《紅樓夢》的情悟問題，還提出了一種既融合了上述所言從「情」到「悟」的說法，同時又提出了一種新型態的「情」、「悟」兼重並行之說。龔氏說道：「《紅樓夢》善於利用佛教義理和儒家學說中合而不盡合之處，開創了這種情悟雙行的格局，以情悟道，而不捨其情，遂開千古未有之奇，讀者須於此善加體會。」[50]亦即書中既存在著「以情悟道」的內容，但同時又存在著「情悟雙行」的面向。

先就「以情悟道」來說，此處龔氏的理解與前述的從「情」到「悟」之開展的詮釋觀點相通，也同樣特別注意賈寶玉於底下幾個與啟悟有關的情節，如第五回夢遊太虛幻境中對於情孽、幻滅的警勸、第二十一回寶玉續《莊》所領悟的棄愛絕情之理、第二十二回的讀《莊》與聽曲所知曉的絕世離俗之道，以及續書第一百一十八回讀〈秋水〉、《參同契》、《五燈會元》等，對於方外之理的掌握等，認為賈寶玉正可說是「以情悟道」，亦即是透過從紅塵之溫柔與富貴的執愛貪戀，到散逝幻滅的椎心刺骨，從而對於「萬境歸空」的思想，不僅是知識觀念上的認知了悟，而更有親身實證上的體知證悟。[51]

然而較有區別的是，龔氏此處所言的「悟」之內容，還有其他面向的內容，並不單指那種終歸空無幻逝的「萬境歸空」之意。龔氏注意到續書最終回甄士隱解釋賈寶玉從情痴情迷到豁然自悟所說的：「一番閱冊，原始要終之道，歷歷生平，如何不悟？仙草歸真，焉有通靈不復原之理。」[52]並解釋道：「自悟的條件亦有二：一是人若能早

---

49 龔鵬程：〈紅樓夢與儒道釋三教關係〉，《紅樓夢夢》（臺北：臺灣學生書局，2005年），頁111-146。
50 同前註，頁145、146。
51 同前註，頁128-132。
52 〔清〕曹雪芹、高鶚著，馮其庸等校注：《紅樓夢校注》，頁1796。

知道未來的結局，自然不會在現今做無謂的事。……已然見著了未來終歸是場空，所以現在就冷了心。甄士隱說寶玉兩番閱冊，已知平生，焉能不悟，指的就是這個道理。另一種人能自悟的條件，則是他本身就靈性，所以『焉有通靈不復之理』。……石頭要能以情悟道，『豁悟如此』，卻須因他本身就有通靈之性。」[53]依此來看，在龔氏的詮釋中，「以情悟道」所言「悟道」的思想內容，恐怕不僅只「萬境歸空」，還包括了太虛境簿冊的命數、命定的觀念，並且能有此了悟，也與寶玉自身本有悟道潛質的「通靈」真性有關。

接著就「情悟雙行」來看，這裏的「悟」，龔氏說道：「假如一切都是因緣夙定，一切都是命中已有定數了，那麼人間一切悲歡離合，豈非白忙一場？是的，所謂『萬境皆空』，就是這個意思。金陵十二釵的命運，早已寫在冊子上，薛寶釵林黛玉等人無非照著劇本去演罷了。」[54]依此來看，此處龔氏所言能為人所「悟」的「空」，雖然仍可解釋成空幻之意，但強調的並非是客觀事物終歸空幻消亡，而是指主觀情念難以抵擋宿命的強力制約，遂使一切主觀期待盡皆落空、空無意義下的「空」。至於就「情悟雙行」的「情」來說，在龔氏的詮釋中，有特殊的意思，是指一種對外物他人有所不忍的道德情感，具有主體自主的能動性，並且在這樣的道德主體的伸張下，又有對於命運定數的突破，以及賞善罰惡的思想蘊含其中。對此，龔氏指出：

> 無知無識的心，是超世離情的，亦無善惡可言。不忍人之心，則開有情世界，在有癡有愛有貪有嗔中見是非善惡。《紅樓夢》既說萬境歸空、浮生聚散，也說福善禍淫，就使它整部書

---

53 龔鵬程：〈紅樓夢與儒道釋三教關係〉，《紅樓夢夢》，頁133。
54 同前註，頁141。

既談空又說有；既要超情悟道，又要深入情海。……天理福善禍淫，人間的喜怒哀樂已發之情更有是非對錯可言，並不能說是虛幻的；人在此，亦須行善戒淫。這一方面批判了「皮膚濫淫」或「意淫」，另一方面則亦揭出了一種「得性情之正」的忠臣孝子義父節婦，以及不忍心救世濟民的聖賢人格來。這情淫惰正的有情世界，也一樣是實而不虛的。寶玉再遊太虛幻境時，見著牌坊上寫著「真如福地」四個大字，轉過來便見一座宮門，上書「福善禍淫」，就是這個道理。[55]

以上這種既講超世離情、萬境歸空之「悟」，同時又講道德情感、福善禍淫之「情」的觀念，龔氏認為可以從底下幾個故事段落中，獲得相應的佐證。如第三十回寶玉對於齡官在雨中畫薔的不捨，可說「這不就是孟子所說的『他人有心，余忖度之』以及不忍人之心嗎？」[56]而續書的第一百十一回秦可卿對鴛鴦所言「『情』之一字，喜怒哀樂未發之時便是個性，喜怒哀樂已發便是情了。至於你我這個情，正是未發之情，就如那花的含苞一樣，若待發泄出來，這情就不為真情了」，[57]龔氏指出：「這裏把情分兩種，一是凡情俗情，喜怒哀樂及男癡女怨都屬於此。一種則是超越凡情之情，其實也就是喜怒哀樂未發之性。人應超越凡情，復返性天，用秦可卿的術語來說：『即是歸入情天』」、「而歸入性天者，……是要人知天道福善禍淫之理。」[58]而第一百一十八回寶釵所言「所謂赤子之心，原不過是『不忍』二字」、第一百二十回所說「看官聽說：雖然事有前定，無可奈何。但孽子孤

---

55 同前註，頁144、145。
56 同前註，頁144。
57 〔清〕曹雪芹、高鶚著，馮其庸等校注：《紅樓夢校注》，頁1675。
58 龔鵬程：〈紅樓夢與儒道釋三教關係〉，《紅樓夢夢》，頁138。

臣，義夫節婦，這『不得已』三字也不是一概推委得的」等，[59]也都可以看到一種對於突破宿命定數，而要求重視道德情感、價值判斷之主體的觀念。

總上所述，可以說龔氏對於《紅樓夢》之「情」、「悟」思想內容及其關聯有更為複雜的討論。「情」不僅是一般所論析的男女之情，抑或對萬物投入情意的關愛之情，還有一種與孟子所主張的道德情感相同的「情」於其中。而於「悟」則於一般所注意的空無、幻滅之意，還有「福善禍淫」、命運定數一類的思想於其中。而情悟關係，則除了「以情悟道」的發展變化關係外，還有「情悟雙行」的情況。但可惜的是，龔氏雖揭示了情悟問題的複雜性，然而，其詮釋觀點似乎也仍有複雜的問題有待討論。首先，就「以情悟道」來說，在龔氏的詮釋中「悟道」，既有體悟萬物終歸幻滅的意思，也有自悟本然已具之靈性之意，同時也有掌握天定命數，從而冷然淡漠的意味。但問題是，補天靈石其本相的「通靈」之「靈」，是否真能理解為具超越性質的本然靈性之靈嗎？若是，那為什麼在首回中，補天石其靈性已通之後，所帶來的卻不是清涼自在，反而是「自怨自嘆」的失落，以及對於紅塵榮華的「心切慕之」呢？[60]當然，論者或許會舉第二十五回癩頭和尚所言「天不拘兮地不羈，心頭無喜亦無悲；只因鍛煉通靈後，便向人間覓是非」，[61]來證明「靈」的超越性。然而，應當注意的是，所謂「天不拘兮地不羈，心頭無喜亦無悲」，並非是說通靈真性本自清靜，而是說在「鍛煉通靈」之前，仍處於無知頑石的狀態時，乃有無情無擾的自在自得，反而當「鍛煉通靈」之後，乃有人間之是非紛擾。顯然地，這樣的「靈」恐怕不是屬超越層面的概念，而是指

---

59 〔清〕曹雪芹、高鶚著，馮其庸等校注：《紅樓夢校注》，頁1765、1795。
60 同前註，頁2。
61 同前註，頁400。

具有好惡分別、是非比較下的心知欲求，其覺察區別之靈敏之「靈」。依此來看，若要將「悟」從本真靈性的回歸來解釋，恐怕仍有商榷的空間。

此外，對於「以情悟道」，龔氏更強調的是對於命數了然下的紅塵淡然，然而，一方面這樣的解釋，恐怕將產生與所謂的寶玉之悟道歷程中的幾個重大啟悟事件（如續《莊》、解《莊》、聽曲悟禪機等）所領悟之思想的扞格，因為這些事件基本上都與運數前定的思考關聯不大；另方面，若所謂的「悟」乃是對於定命運數的了然，從而無擾於富貴溫柔。但問題是，從文本自身來看，這樣的「悟」似乎也難以真正擺脫「情」的糾纏，很難說寶玉已然能「以情悟道」。因為在第一百一十六回的「悟仙緣」後，仍能看到寶玉在情緒上的糾纏起伏，譬如在同回中，雖已然知曉襲人「一床席一枝花的詩句」之命數安排，但寶玉仍「拿眼睛看著襲人，不覺又流下淚來」。[62]又如在第一百一十八回中寶玉聽紫鵑將隨惜春之出家修行，連帶「想起黛玉一陣心酸，眼淚早已下來了」。[63]並且在最終回中寶玉之告別人間，卻是在一僧一道的喝命與夾持下被迫離開，可見對於所謂的「悟」之內容，仍有深入討論與釐清的必要。

接著，就「情悟雙行」來說，龔氏對於「情」的解釋雖嘗試從儒家式的道德情感的角度來理解，但問題是，小說中所言的「不忍」以及「未發之情」是否真有儒家式的道德哲學，或說道德價值自覺心的思考層次呢？雖說在第一百一十八回中寶釵曾說「所謂赤子之心，原不過是『不忍』二字」，[64]容易讓人與孟子所言四端之心、不忍人之心的思想產生聯想。但仍需注意在上下文脈中，寶釵主要是反對寶玉那

---

62 同前註，頁1739。
63 同前註，頁1758。
64 同前註，頁1765。

種以「遁世離群無關無係為赤子之心」的說法，而主張應當要重視人倫、關心社會，所以會說「古聖賢原以忠孝為赤子之心」、「堯舜禹湯周孔時刻以救世濟民為心」、「忍於拋棄天倫，還成什麼道理」，[65]認為赤子之心乃是將人間社會、人倫關係牽掛於心的態度，而不是離世離群，對於人倫社會無所關心的態度。依此來看，寶釵所言的赤子之心恐怕重點還是擺在關注人倫、不捨離社會的面向，而未必是著重在肯定良知良能、道德主體的展現。再來，於第一百十一回中秦可卿所言「未發之情」，其中的「已發」與「未發」雖然確實是宋明理學重要的思想課題，但問題是，就文脈來看，秦可卿對於「未發之情」的說明，似乎未必有深入到本體、超越層次的內容。文中說道：

> 世人都把那淫欲之事當作「情」字，所以作出傷風敗化的事來，還自謂風月多情，無關緊要。不知「情」之一字，喜怒哀樂未發之時，便是個性；喜怒哀樂已發便是情了。至於你我這個情，正是未發之情，就如那花的含苞一樣，欲待發泄出來，這情就不為真情了。[66]

此處所言的「未發之情」的「情」應是指「喜怒哀樂」之情，而「未發」與「已發」主要是內面蘊藏與外在展現的區別。潛隱於內在而未表現於外在之具體行動者為「未發」，反之則為「已發」。「未發之情」如「花的含苞一樣」，能保留較多的含蓄、純真與豐富可能性，當「欲待發泄出來」成為「已發之情」時，「情」就有明確的指向與內容，從而喪失了「未發」（沒有任何外在表現）時的潛存、朦朧的

---

65 同前註，頁1764、1765。
66 同前註，頁1675。

多元豐富。[67]依此來看，此處的「已發」與「未發」雖套用了儒學的思想概念，但其實質內容恐怕與儒學之心性論、形上學之思想關聯不大。此外，龔氏另從儒家的道德情感之呈現，來解釋第三十回寶玉之體貼齡官的行為，然而，這樣的解讀雖有創意，但是，卻未必符合小說中對於寶玉性格的設定，因為寶玉對於齡官的關懷，主要還是其疼惜守護青春女子之天性所致，此一天性，亦即第五回中警幻仙子所言的「天分中生成一段痴情」，在閨閣中可為良友的「意淫」性格，而不是從孟子式的四端之心的湧現所產生的行動。

最後，就「福善禍淫」來說，雖然如同龔氏所言「福善禍淫」明顯標示於太虛幻境的宮門之上，並且在後四十回中也常出現反映此一觀念的故事情節，如第八十一回寫馬道婆施妖法害人，被問了死罪，又如第一百零三回寫夏金桂之害人反自害，再如第一百一十三回也寫惡名昭彰的趙姨娘被陰司拷打的慘狀，這些故事情節都同樣展現出天理昭彰，報應不爽的觀念。而這樣的觀念，不僅只出現於續書，在第五回的〈留餘慶〉、〈晚韶華〉所言的「幸娘親，積德陰功」、「乘除加減，上有蒼穹」、「陰騭積兒孫」等，[68]也都清楚展現。然而，問題在於這樣的「福善禍淫」的觀念，它與在《紅樓夢》中也同樣強調的天定命數與萬境歸空等思想之間的思想關聯性又該如何理解？難道只是雜湊並行？尋求不出彼此的統合關係嗎？此一問題，應當也有分析討論的價值。

---

67 秦可卿在第五回「情天情海幻情身，情既相逢必主淫」的判詞中，被形容為沉浮情海的多情形象，與此處宣揚「未發之情」、批判風月多情的形象有明顯差異。
68 〔清〕曹雪芹、高鶚著，馮其庸等校注：《紅樓夢校注》，頁92。

三　本書所欲處理的問題與各章內容大要

從上一節的討論來看,《紅樓夢》「情」、「悟」關係,不論是從由「情」轉「悟」,或唯「情」至上,抑或是「情」、「悟」徘徊等方式來解釋,似乎仍存在著若干未必能順暢解釋的困境。而這些問題,基本上,可以整理成以下三大方向:第一,就「情」來說,《紅樓夢》所言「情」的內容應如何理解?其價值與限制又是如何?「情」與「禮」(理)之間,是否截然對立?「情」是否能夠被徹底澄汰轉化、昇華超越呢?第二,就「悟」來說,所謂的「悟」其思想內容為何?皆只是偏向佛、道色彩的證悟嗎?若是,那其內容與佛、道是同?是異?而這樣的「悟」是否真能徹底化解「情」的糾纏束縛呢?第三,就「情」與「悟」關係來說,以往的唯「情」至上、由「情」轉「悟」,抑或「情」「悟」徘徊等解釋模式,都仍存在著若干問題,那麼,我們又該如何重新理解「情」與「悟」之關係呢?針對以上問題,本書將重新檢視與分析諸如:賈寶玉悟道歷程中的幾個關鍵情節、一僧一道於小說中幾次現身的「度化」事件與思想、太虛幻境所揭示的「警勸」之思想、智通寺老僧所展現的悟道智慧、大觀園所展現的「情」與「禮」之關係、《莊子》與《紅樓夢》對於「無情」與「夢」之思想異同的分析等課題,使《紅樓夢》的情悟問題能夠獲得相當程度的釐清討論與展開說明。底下,將本書各章的基本內容呈現如下,方便讀者快速掌握全書要旨:

第一章,〈論賈寶玉的懸崖撒手與莊禪哲理的思想差異〉:不論是後四十回續書,抑或從脂硯齋批語所透露的八十回後原稿的情節安排,賈寶玉最終的結局都將捨離人間、出家為僧。而一般認為寶玉出家的背後思想正與前八十回幾次的悟道參禪之經驗有密切關係。然而,寶玉出家之思想內涵,是否真能與莊禪思想劃上等號呢?對此,

本文透過仔細爬梳分析《紅樓夢》中寶玉之佛道領悟的相關文獻，大體認為：賈寶玉續《莊》僅是文章筆法上的模擬承續，其思想實質是意圖透過客觀面的消散毀離與主觀面的刻意無視，以擺脫情緒上的騷擾迷亂，全然不同於《莊子》至德超曠之思想。而賈寶玉之引《莊》與禪悟，其思想實質也無涉於清涼超脫，僅是藉莊言情，藉禪抒情意義下的援引與抒發，表現出賈寶玉在兒女情感中的紛擾、孤獨與執迷的心情。至於「逃大造，出塵網」的出逃思想也無關於佛道那種主體的轉化與超越，而僅是一種意圖藉由主體的無知無識，有如「蠢物」一般的了無所知，以避免受到運命遷化所帶來的離散之傷痛。也就是說，賈寶玉之莊禪領悟乃是「去脈絡化」的領悟，其日後的「懸崖撒手」恐怕也僅是夾雜著強自壓抑的隔絕與勉強的型態，而與佛道式的超越、逍遙有本質上的思想差異。（原發表於〈論賈寶玉的懸崖撒手與莊禪哲理的思想差異〉，《清華中文學報》第23期，2020年6月。內容又有部分刪修。）

　　第二章，〈論《紅樓夢》一僧一道的「度化」思想〉：《紅樓夢》的僧道書寫主要可以分成俗僧凡道與天僧神道這兩大類。學者們雖然已經指出天僧神道的書寫表現出一種對於人生如夢、色相空無的解脫智慧。不過，本文認為在色空、幻夢的解釋外，應當還可給予更細部的思想釐清與定位。一僧一道的度化思想雖然主要可以「好了」予以定位。然而須注意的是，這樣的「了」是屬於不曾擁有，就沒有失去；沒有期待，就無有傷害式的，帶有逃避、枯寂色彩的紅塵了卻。既與冥契證道式的了悟層次不同，同時「了」也僅是暫時性的，未必真能徹底擺脫「情」的束縛。除此之外，從「冷香丸」所象徵的度化法門來看，一僧一道還宣揚一種較具儒家色彩的解脫法門，亦即透過禮儀、冷靜、理性等，來面對世間遷變與欲求騷動。可見，一僧一道的「度化」之法，具有三教合一的色彩，並不限於由此岸到彼岸式的

超絕型態,儒家之道也能使人於此岸某種程度的安身。不過,由於「情」、「禮」總處於緊張關係,徹底的安身立命,恐怕也未必能實現。總之,由於「情」的纏綿無盡,在一僧一道兼容三教的法門下,恐怕終究仍是難以徹底降伏的生命力量,情根終究不死。(原發表於東吳大學人文社會學院主辦,「109學年度教師研究成果發表會」,2021年3月25日。為「東吳大學人文社會學院108學年度補助新進教師研究計畫」研究成果。計畫編號:108-G-06-5200-5-01-A-038-0101。後經大幅修改。)

第三章,〈論《莊子》與《紅樓夢》「夢」思想的異同〉:本文認為相較於《莊子》主要僅有「夢寓」與「夢喻」這兩種書寫筆法,《紅樓夢》於夢境書寫上更為豐富多元。除了整體結構以「夢」為起始與收束外,還穿插諸多表現性格與暗示情節的人物之夢,形成變化多端的夢境書寫。而在由「夢」所傳達的思想來看,雖然兩者都以夢覺喻迷悟,然而,仍有細部的區別。在《莊子》所言的夢迷,是指成心我見的執著與對外物之宰制縮限,而醒覺主要是指能夠主體虛化、傾聽他者,從而打破物我隔閡,形成一體共成的和諧關係。但在《紅樓夢》的夢迷,是對於溫柔富貴等色相的癡迷牽纏,而醒覺則是在色相幻滅,情根退藏潛伏下的暫時性的冷靜。但無論如何這樣的「醒悟」,並不是汰化情根,冥悟至道式的「悟」,因此無法免除下一次情根萌動、凡心偶熾的湧現。(原發表於東吳大學中文系主辦,科技部補助,「明清文學的常異與裂變:第六屆中國古典文學國際學術研討會」,2021年10月21日。為科技部專題研究計畫「論《莊子》與《紅樓夢》「夢」思想的異同」部分研究成果。計畫編號:109-2410-H-031-003-)

第四章,〈論《莊子》與《紅樓夢》「無情」之思想差異〉:《莊子》的「無情」具有工夫與境界雙重意義。就工夫言,「無情」之

「無」可說是虛靜澄汰之主體工夫，而其所對治者則是為世俗之「長生安體樂意之道」所薰染煽惑的情欲之「情」；就境界言，「無情」既有「天食」、「天鬻」，那種上達天道的超越層次，同時也有順俗無為、開闊靈動的「遊」之向度。至於賈寶玉從其啟悟歷程中所領悟的能夠逃離大造塵網的解脫之法，表面上雖亦可稱之為「無情」，然而其實質內容卻與《莊子》有極大的差異。賈寶玉之「無情」乃是對於情牽意迷之溫柔富貴的刻意無聞、強自壓抑，甚至冀求能直如「蠢物」般，無情無感、杳無所知，乃能擺脫遷化離散之苦。而若將續書所述賈寶玉之「無情」一併納入討論，那麼此一「無情」主要是透過對於先天命數的掌握，從而降低無謂之閑想妄求，並由此產生一定程度的冷然淡漠。然而，由於在淡漠中，仍有過往記憶與哀傷不捨的雙重情感蕩漾其間，因此這樣的「無情」也並未究竟徹底，使最終的走向方外，仍有被動勉強的痕跡。（原題為〈常因自然與杳無所知：論莊子與賈寶玉兩種不同的無情觀〉，發表於國立中興大學中國文學系主辦，「2018經學與文化全國學術研討會」，2018年12月7日。後經大幅修改。）

　　第五章，〈青春風雅或皇權禮法？論《紅樓夢》大觀園的樂園性質〉：大觀園的研究已從歷史原型的考察，轉而成探析其文學虛構、理想樂園之性質。學者或認為大觀園對於男性有「無形的禁令」，是「諸艷聚集的伊甸園」，或提出「兩個世界」之說，展現園裏與園外之純淨與污穢的動態對抗，或關注其中的皇權禮法面向，認為大觀園相較於桃花源乃是「既有君臣亦有父子」，能夠兼顧情與理的探春，才真正是大觀精神的承擔者。對此，本文認為大觀園的男性禁令，未必是基於寶玉視男性污穢，女性純潔的男女觀而來，而是由於園中有許多未出嫁的女性，基於男女有別的禮法而來。此外，園裏園外也不存在所謂「兩個世界」之對立與抗爭的動態關係，而同屬單一塵俗世

界的興衰起落。再來，大觀園起初的皇權禮法與君父制約雖然顯著，然而當寶玉與諸釵入園居住後，青春風雅已最為凸出，君父力量已明顯被刻意排除。此外，相較於桃花源那種農村田園式的知足常樂，大觀園著重溫柔富貴與感官受享之樂，然而，溫柔富貴畢竟常處於遷變之中，故終究是歡樂少而苦愁多。而尤其重要的是，由於主子階層「安富尊榮者盡多」與「不善教育」的墮落不振，遂使大觀園無法如桃花源一般生生不息、綿延永續。（原發表於國立臺北大學中國文學系主辦，「第九屆中國文哲之當代詮釋國際學術研討會」，2022年11月5日。）

第六章，〈論《紅樓夢》太虛幻境的「樂園」性質及其限制〉：《紅樓夢》有兩個著名的樂園。除了展現青春風雅、溫柔富貴之樂的人間「大觀園」外，還有另一個位於天界，主要表現勘破聲色財貨後的平靜淡漠之樂的「太虛幻境」。但問題是，從文本中太虛幻境所呈現的安寧與警勸之思想，似乎又未必盡能以靜默恬淡加以概括，因為當中還強調了諸如「積德」、「數應當」、「留意於孔孟之道」等多面向的觀念，而所謂的「木居士」、「灰侍者」，雖來自於《莊子》槁木死灰之典故，但兩者之間是同是異？此外，若仙界中人早已平和安定，全然無意於紅塵情緣，那麼，又為什麼會「凡心偶熾」呢？對此，本文認為太虛幻境雖主要是強調富貴溫柔其宛然幻現與心碎黯然的兩面性，並宣揚一種清寧如菩提神仙的自在美好。但是也提出了幾種方式，使人間命定的幻逝敗喪，有些微的調整與彈性的空間。此外，槁木死灰在《紅樓夢》是透過阻斷隔絕紅塵樂事，以換取不再患得患失之平靜安寧的模式，物我之間仍有某種對立緊張，不同於《莊子》那種具有物我合一、融通共振的「天籟」向度。而或許正因為透過斷滅阻絕紅塵的法門，未必能徹底剷除情根，因此，天界中人仍有凡心偶熾、靜極思動的現象。太虛幻境的寧靜平和之樂，似乎弔詭地也僅屬

夢幻泡影，而未達究竟解脫。（原發表於東吳大學中文系主辦，國科會補助，「市井明清——第七屆中國古典文學國際學術研討會」，2023年4月28日。）

四　結論：「情」、「悟」的相生與循環

　　《紅樓夢》無疑展現了豐富多元的「情」的世界。然而，卻未必能說「情」是無上唯一的價值。因為「情」的貪戀愛取，將有造成倫常失序的危險，以及精神形氣的生命侵蝕耗損（如賈璉、鳳姐、秦可卿、賈珍、賈瑞等諸多情色風波）。並且當「情」獲得滿足後，往往又生麻痺、厭倦，因此又必須不斷的提供新的刺激來餵養填補，終究使人成為「情」的奴隸而奔走不斷（低一層的如賈赦對於物質與女色的追求，高一層的如寶玉也難以安住於大觀園的青春風雅生活，亦必須茗煙提供園外的新鮮事物）。而即便是賈寶玉所展現的「情不情」，雖有對於天地萬物的同情共感，依稀彷彿與《莊子》齊物一體之境界無分軒輊，然而，仍應看到的是，這樣的「情」仍存在著自我中心的主觀任意性，在關愛疼惜之中，有時也可見任意冷淡的寡情。而尤其重要的是，所謂「一往情深」在《紅樓夢》更明顯的被視為是玩火自焚的危險之舉，如一僧一道就說過：「那紅塵中有卻有些樂事，但不能永遠依恃；況又有『美中不足，好事多磨』八個字緊相連屬，瞬息間則又樂極悲生，人非物換，究竟是到頭一夢，萬境歸空，倒不如不去的好。」[69]又如太虛幻境亦明白揭示：「孽海情天」、「厚地高天，堪嘆古今情不盡；痴男怨女，可憐風月債難酬」[70]。顯見「情」的纏綿浪漫、害生毀性、無聊厭倦與怨苦傷痛等正、反面向都同樣被關注與

69　〔清〕曹雪芹、高鶚著，馮其庸等校注：《紅樓夢校注》，頁2。
70　同前註，頁84。

呈現，情痴情深很難說是《紅樓夢》所正面高舉的無上價值。至於就「情」與「禮」的關係來看，即便是被視為青春樂園的「大觀園」，其原初的建造動機與格局，就已展現了濃厚的皇權禮法之性質於其中，並且上下秩序、內外別異與禮法約束等，也同樣早已是青春女兒們日常生活的一部分。至於賈寶玉某些蔑視禮法的言行舉止，基本上也只是在賈府內偶爾的調皮淘氣，第五十六回賈母就已清楚說道：「可知你我這樣人家的孩子們，憑他們有什麼刁鑽古怪的毛病兒，見了外人，必是要還出正經禮數來的。若他不還正經禮數，也斷不容他刁鑽去了。」[71] 而尤其可以注意的是，從癩頭和尚給予薛寶釵用以救治「熱毒」（象徵人性欲求）的「冷香丸」（由冷靜自持而生德性芬芳，具有儒家禮法象徵的丸藥）來看，儒家禮法甚至還是神界和尚所認可的，得以安頓自我，調節人性欲求的重要法門之一。換言之，《紅樓夢》所呈現的「禮」與「情」之間，恐怕不太適合理解為尚「情」反「禮」，而應理解為以「禮」導「情」的型態。

再來就「悟」的思想來看，由於小說中存在著一僧一道、警幻仙子、木居士、灰侍者、智通寺老僧，並且也有甄士隱、柳湘蓮的離塵出家，再加上賈寶玉幾次所謂的悟道經驗（如參禪續莊等）以及最終的懸崖撒手。往往會讓人將《紅樓夢》的「悟」直接與冥契至道、勘破無明、涅槃解脫一類的佛、道思想相互等同、交互詮證。但問題是，從前八十回一般所認定的賈寶玉幾次重要的悟道事件來看，這些所謂的「悟」，其性質恐怕都與佛、道那種具有超越性質的「悟」之層次與內容不太一樣。譬如一般所樂道的「聽曲文寶玉悟禪機」，恐怕僅是借禪言情的表述，述說的是渴求不必言說的心意默會，而不是不可言說的冥契至境。（事實上，類似的以禪言情，在續書第九十一回也有

---

71 同前註，頁877。

模擬延續。寶玉與黛玉在該回中亦是以禪語來互訴衷情。）[72]而設若將目光轉向後四十回續書中所寫寶玉的悟道歷程來看，其「悟」則主要是屬掌握先天運數式的前知先見，這樣的先知之「悟」，也同樣與佛、道那種透過主體之轉化超昇，從而證契超越的型態有所區別。而經過仔細分析智通寺老僧的「智通」之「智」，木居士、灰侍者的哲理象徵，太虛幻境的警勸思想，以及一僧一道的度化事件中所呈現的思想性質之後，筆者認為《紅樓夢》的悟道思想，帶有明顯的隔絕、封阻與逃避的性質，是透過與紅塵樂事的阻隔絕緣，以換取清寧無擾的平靜安頓的模式。因此，我們可以看到一僧一道給予補天靈石、林黛玉與甄英蓮的度化，乃是勸戒要紅塵止步、不踏入溫柔鄉富貴場，乃有平安靜定、擺脫苦痛的可能。至於甄士隱與柳湘蓮則是透過親身經歷了紅塵樂事的幻滅消散後，體悟到人間「樂事」所謂的「樂」僅能帶來短暫的歡快，其本質的脆弱易逝，終將帶來的是長久的失落與心傷，因此選擇轉身方外，不願一錯再錯，體會到執著樂事，就是選擇痛苦的道理。而「既聾且昏」的智通寺老僧，以及木居士、灰侍者，那種對於富貴繁華、纏綿溫柔一概不聞不問、了不關心的無情形象，所反映的也正是這一種思想，亦即了悟紅塵之「樂」實屬短暫幻象，情天孽海才是實質真相，擁抱妻財子祿，換來的畢竟只是黯然傷神，所謂的歡樂幸福，終究是「到頭一夢，萬境歸空」，因此不如不去的好。也就是說，所謂的「好了」思想，乃是透過阻絕、隔離之「了」，來逃避紅塵樂事的牽絆纏繞，乃有天清地寧的無擾之「好」。至於這樣的「若要好，須是了」的「悟」，是否真能安頓「情」，使「情」不再妄生欲求、貪戀紅塵呢？對此，筆者認為依照《紅樓夢》文本自身的線索來看，這樣的「悟」對於「情」恐怕僅能是暫時性的

---

[72] 同前註，頁1428、1429。

控制約束、壓抑止息,並未能真正的勘破無明、汰滅情根。就拿甄士隱與柳湘蓮的情況來說,親歷破滅與心傷,雖然為他們帶來紅塵樂事,其「滅」、「苦」之本質的深刻體認,因此,對於人間繁華有截然不同的認知與感受,遂不願再次動情,重陷傷心,能夠相當程度的壓伏住「情」的妄生盲動,從而獲得相對清靜自得的「悟」之境界,並且也應當能如一僧一道,抑或其他仙界中人,從「悟」的高度,來警勸迷茫,笑看人間迷「情」。但問題是,我們不能忘記在首回中,空空道人雖看似已然能「自色悟空」,但最後仍易名為「情僧」的「情生」暗示,以及補天靈石從「青埂峯」(情根)走入人世、遍歷紅塵傷心後,最終仍是回歸「青埂峯」(情根),既難捨難忘曾歷經之「離合悲歡炎涼世態」之「情」,並且「情根」也如影隨形般的始終存在(是以深埋潛隱的方式存在)。而尤其需要注意的是,這些看似已然斬除情根,了悟至道的仙界中人,如神瑛侍者亦會有「凡心偶熾」的現象,而天界仙子們也會因為神瑛侍者與絳珠仙草的一段恩情故事,即便明知情天本是孽海,痴情鍾情必將引發朝啼夜怨之苦,仍舊「又將造劫歷世」,本以為已然剷除不存的「情根」,其實依然根深強健,讓天上仙人們動念再入凡間,重當風流冤孽,受享人間的繁華與柔情,直到眼前無路,才又生回頭醒悟之想,再次視柔情為冤孽,將擁抱溫柔富貴的幸福歡樂,視作深陷迷津的恐怖危險,從而能無情淡漠於富貴豪奢,冷眼靜觀那魅惑聲色。然而「情根」終究不死,只是暫時性的隱伏深埋,直到下一次的「靜極思動」、「凡心偶熾」,「情根」又將破土而出。形成由「情」而「悟」,又自「悟」返「情」,再因「情」有「悟」,這種「情」與「悟」無盡輪迴、生生不息的關係樣態。依此來看,《紅樓夢》既可以說是「情書」,也可說是「悟書」,但更好說是「情悟相生、無盡循環」之書。既寫癡迷沉醉之「情」,也寫淡漠無情之「悟」,更寫「情」「悟」的永恆輪迴。

第一章
論賈寶玉的懸崖撒手與莊禪哲理的思想差異

一　前言：賈寶玉的生命歷程——從「情癡情種」到「懸崖撒手」

　　關於賈寶玉的生命性格，我們可以從《紅樓夢》第二回賈雨村的「正邪兩賦」說，以及第五回警幻仙姑的「意淫」說獲得基本的認識。賈雨村認為寶玉那種喜脂粉釵環、視「女兒是水作的骨肉」、「見了女兒，我便清爽」，以及「淘氣異常」、「聰明乖覺」的生命型態，不宜簡單視作「淫魔色鬼」、「酒色之徒」。[1]為寶玉鍾情於女子的舉止與觀念，是在特殊的先天秉賦與後天環境的共成下，所形成的一種不易為人所了解的生命氣質。從先天根源上來說，這樣的氣質生命，是透過天地宇宙間清明靈秀之正氣與殘忍乖僻之邪氣，掀發搏擊、兩相激盪後，所產生的特殊氣質型態。而承秉正、邪兩氣所產生的個體生命，一方面雖有靈敏耀眼的才華天分，然而其稟氣中也有一些乖僻難解、不符合世情常規之處「其聰俊靈秀之氣，則在萬萬人之上；其乖僻邪謬不近人情之態，又在萬萬人之下。」[2]另方面，隨著不同的後天環境之影響，也會開展成各種不落俗情、奇特秀逸的生命情態：

---

[1]〔清〕曹雪芹、高鶚著，馮其庸等校注：《紅樓夢校注》（臺北：里仁書局，2003年），頁30、31。

[2]〔清〕曹雪芹、高鶚著，馮其庸等校注：《紅樓夢校注》，頁31。

「若生於公侯富貴之家,則為情痴情種;若生於詩書清貧之族,則為逸士高人;縱再偶生於薄祚寒門,斷不能為走卒健僕,甘遭庸人驅制駕馭,必為奇優名倡。」[3]換言之,寶玉之所以見了女兒,便清爽;見了男子,便覺濁臭,以及種種或淘氣或乖覺之行為舉止,正是在先天的「正邪兩賦」與後天生於「公侯富貴之家」的交互配合下,所產生的「情痴情種」之生命型態的具體展現。[4]而寶玉這樣一種不同於流俗凡情的「情痴情種」,警幻仙姑另以「第一淫人」、「意淫」稱呼之:

> 吾所愛汝者,乃天下古今第一淫人也。……世之好淫者,不過悅容貌,喜歌舞,調笑無厭,雲雨無時,恨不能盡天下之美女供我片時之趣興,此皆皮膚濫淫之蠢物耳。如爾則天分中生成一段癡情,吾輩推之為「意淫」。「意淫」二字,惟心會而不可口傳,可神通而不可語達。汝今獨得此二字,在閨閣中,固可為良友,然於世道中未免迂闊怪詭,百口嘲謗,萬目睚眥。[5]

在此值得注意的是:第一,此處以「第一淫人」、「意淫」等「淫」字來形容寶玉,實大有深意。陳萬益就曾敏銳地指出:冠以「淫」字應當帶有批判當時風月小說明明大寫男女肉慾,卻矯情地冠上「好色不淫」、「情而不淫」等堂皇說法的意圖,是以乃「人棄我取,藉『淫』說法,發為驚人之論。……然後,再說明『意淫』和『皮膚濫淫』的不同。」[6]換言之,刻意加「淫」字於寶玉,一方面是為了批評當時

---

3 〔清〕曹雪芹、高鶚著,馮其庸等校注:《紅樓夢校注》,頁31。
4 對此,還可參考歐麗娟:〈論《紅樓夢》中人格形塑之後天成因觀——以「情痴情種」為中心〉,《成大中文學報》第45期(2014年6月),頁287-338。
5 〔清〕曹雪芹、高鶚著,馮其庸等校注:《紅樓夢校注》,頁93、94。
6 詳參陳萬益:〈說賈寶玉的「意淫」和「情不情」——脂評探微之一〉,《中外文學》第12卷第9期(1984年2月),頁19。

風月小說表面宣稱「不淫」，而實際卻淫穢不堪的遮遮掩掩；另方面，則是以淫止淫，藉由「意淫」、「淫人」的不同定義，諷刺風月小說對於男女情事的淺薄、偏頗。第二，依引文文脈來看，「意淫」顯然不同於雲雨肉慾、皮膚濫淫等沉溺於肉體歡愉的層次，而是偏屬於難以言喻、較不具象之精神層面的概念「惟心會」、「可神通」，並且從「在閨閣中，固可為良友」一句來看，也可發現「意淫」主要是寶玉對於女性能夠在心靈精神層面上，保持一種和諧、平等的溝通交流，迥異於「皮膚濫淫之蠢物」，那種對於女性所採取的獵取、消遣之不平等態度。對此，脂批還曾另以「體貼」二字，[7]將「意淫」更為朗暢地詮解為能夠感同身受，能夠貼近對方的包容、傾聽之態度。第三，若配合《紅樓夢》其他章回的內容，我們對於寶玉的「意淫」、「情痴」還可以有更具體的認識。譬如在第四十四回中面對夾處在賈璉偷腥、鳳姐醉鬧的難堪中，受盡委屈的平兒，寶玉既「色色想的周到」，盡心盡力地為平兒理妝，另外又「思平兒並無父母兄弟姊妹，獨自一人，供應賈璉夫婦二人。賈璉之俗，鳳姐之威，他竟能周全妥貼，今兒還遭荼毒，想來此人薄命，比黛玉猶甚。想到此間，便又傷感起來，不覺灑然淚下。」[8]以一種多於凡常的情感，去體會平兒的生命處境，從而徹底的感同身受，為之掬起同情之淚。又如第六十二回寶玉為香菱處理裙污之時，想到香菱「可惜這麼一個人，沒父母，連自己本姓都忘了，被人拐出來，偏又賣與了這個霸王。」[9]亦是以豐沛的同情共感之心，去體貼香菱的身世命運。再如第十九回寶玉即便對

---

7 甲戌本批語：「按寶玉一生心性，只不過是體貼二字，故曰意淫。」詳參〔清〕脂硯齋等評，陳慶浩輯校：《新編石頭記脂硯齋評語輯校（增訂本）》（臺北：聯經出版事業公司，1986年），頁135。

8 〔清〕曹雪芹、高鶚著，馮其庸等校注：《紅樓夢校注》，頁682。

9 〔清〕曹雪芹、高鶚著，馮其庸等校注：《紅樓夢校注》，頁970。

於畫上美人，也以多情之心去體會其孤單寂寞：「這裏素日有個小書房，內曾掛著一軸美人，極畫的得神。今日這般熱鬧，想那裏自然無人，那美人也自然是寂寞的，須得我去望慰他一回。」[10]凡此種種，都表現出寶玉身為閨閣良友，能夠以其情痴、意淫，去體受女兒之苦樂酸甜的生命特質。然而，這樣一個飽滿著同情共感，執戀於亮麗年華，並且總是不由自主的去關心體貼、呵護照顧環繞在其身旁之眾多青春女兒們的寶玉，為什麼最終仍走向「棄而為僧」、「懸崖撒手」，[11]那種遠離紅塵、捨情無愛的清寂之路呢？對此，一般認為除了寶玉已然親身經歷，第五回〈飛鳥各投林〉：「為官的，家業凋零；富貴的，金銀散盡；有恩的，死裏逃生；無情的，分明報應。欠命的，命已還；欠淚的，淚已盡。……好一似食盡鳥投林，落了片白茫茫大地真乾淨！」[12]曲詞中早已暗示的群芳凋零、賈府頹敗的命運後，陷入貧困落魄、傷心欲絕之境地，以至於欲藉離塵出家，以求解脫傷痛這一原因之外，更重要的是，在寶玉尚未親歷「春夢隨雲散，飛花逐水流」[13]之慘況前的幾次啟悟事件，更是使寶玉毅然決然走向水涯山巔、禪林空境的重要助緣。而這些觸發寶玉對於道法禪理有所啟悟的事件，一般多是以底下三個回目中所述之故事情節，作為支持例證：一是第二十一回寶玉續《莊》，知曉怡然自悅之理；二是第二十二回寶玉引《莊》、悟禪，認識到空幻無常、肆行無礙之理；三是第二十八回寶玉聽聞〈葬花吟〉後，悟得「逃大造，出塵網」之法。而寶玉正是在這些章回所述之機緣下，先是透過知性、概念上對於道法禪理

---

10 〔清〕曹雪芹、高鶚著，馮其庸等校注：《紅樓夢校注》，頁298。
11 庚辰本批語：「寶玉看此世人莫忍為之毒，故後文方能「懸崖撒手」一回。若他人得寶釵之妻，麝月之婢，豈能棄而為僧哉。」詳參〔清〕脂硯齋等評，陳慶浩輯校：《新編石頭記脂硯齋評語輯校（增訂本）》，頁416。
12 〔清〕曹雪芹、高鶚著，馮其庸等校注：《紅樓夢校注》，頁93。
13 〔清〕曹雪芹、高鶚著，馮其庸等校注：《紅樓夢校注》，頁83。

的深層認識,而後隨著千紅一哭、空堂陋室之悲劇真實降臨後,對於先前所認知的莊禪思想,產生體認、境界上的契合與了悟,遂出現了卻塵緣的出家捨離之舉。[14]

對此,筆者在前人研究的基礎上,還想進一步探討的課題是:賈寶玉對於莊禪哲理的認識,是否真能把握住莊禪自身的義理脈絡?在第二十一回寶玉續《莊》中所呈現的擺脫迷眩纏陷,從而自悅怡然的道理,是否真與《莊子》至德純樸、逍遙無待,從而能夠無擾於外物之思想,有著相同的義理血脈呢?而第二十二回寶玉的莊禪領悟,是否真能上達「泛若不繫之舟」、「肆行無礙憑來去」的思想高度呢?還是僅是藉禪言情、以禪喻情,將依戀之情,包裝於偈語禪機之中的兒女遊戲呢?再來,第二十八回寶玉所領悟的能夠逃出大造塵網的「杳無所知」,究竟是屬超越兩端之上,帶有絕對、超越之意味的「無知」,抑或僅是一種帶有幻想、逃避之性質,而猶如木石般的無知無覺呢?而設若這些章回情節中所描述的寶玉之佛道領悟,於思想實質上與莊禪思想有所差異,那麼,賈寶玉最終的「懸崖撒手」,其背後的思想基礎又將如何重新評估呢?底下,我們將一一分析那些在寶玉生命歷程中,與佛道哲思有所交會的幾個重要的故事情節,釐清寶玉的莊禪領悟與莊禪自身思想的異同關係,並在此基礎上嘗試推論寶玉「懸崖撒手」背後的思想性質。

---

14 對此請參考侯迺慧:〈迷失與回歸——《紅樓夢》空幻主題與寶玉的生命省思和實踐〉,收於華梵大學中國文學系主編:《第一屆生命實踐學術研討會論文集》(臺北:萬卷樓圖書公司,2002年),頁329-358。歐麗娟:〈論《紅樓夢》中的度脫模式與啟蒙進程〉,《成大中文學報》第32期(2011年3月),頁125-164。不過,要注意的是,歐氏文中所言的「啟蒙」定義較廣,並不僅侷限於冥契證會宇宙、人生之絕對真實這類的宗教經驗,還包括性啟蒙、情緣分定觀與婚姻觀之啟蒙等等。

二　論賈寶玉的續《莊》、引《莊》與禪悟

（一）第二十一回賈寶玉之續《莊》

　　第二十一回寶玉續《莊子・胠篋》一段，清代評點家太平閒人張新之雖從男女情戀的角度，將〈胠篋〉原文所言的「將為胠篋探囊發匱之盜而為守備，……巨盜至，則負匱揭篋擔囊而趨，……然則鄉之所謂知者，不乃為大盜積者也？」[15]本為防盜卻反而助盜的荒謬，與襲人處心積慮防範湘雲、黛玉，最終卻難防寶釵奪得寶玉的下場相聯繫。[16]不過，一般的解讀仍多是從悟道歷程的角度，認為寶玉之續作，此時雖有遊戲筆墨、情識纏困之性質，但在同時卻也埋下了日後悟道之種子，此如馮其庸即言道：「此續雖以一時遊戲筆墨，實先種其因也，實直貫結尾之文也」、「寶玉續《莊》是因釵、黛、湘、襲、麝之情困也，意欲『焚花散麝』以解脫此情網，除一時之煩惱耳；然此時之寶玉，豈能真悟真哉？」[17]也就是說，一般多認為寶玉之續《莊》所反映的生命境界，大體上可說是屬「看得破，忍不過」這一類的層次，亦即在觀念的層面言，雖說已能窺破塵網、洞見真實、上契莊學之奧祕，然而在實踐層面言，則仍受情識、欲念之纏縛困陷，故僅能說埋下了日後解脫之根由，尚未能說此時寶玉已然了悟道真。[18]

15　〔戰國〕莊周著，郭慶藩輯：《莊子集釋》，頁342。
16　〔清〕曹雪芹，馮其庸纂校訂定：《八家評批紅樓夢》（北京：文化藝術出版社，1991年），頁481、482。
17　〔清〕曹雪芹著，馮其庸重校評批，《瓜飯樓重校評批紅樓夢》（瀋陽：遼寧人民出版社，2005年），頁327、335。護花主人（王希廉）亦言道：「寶玉續《南華經》雖是一時興趣，卻是後來勘破根苗。但此時寶玉在忽迷忽悟之時，且欲釵、玉、黛、花、麝，自己焚、散、戕、滅，並非自能解脫，故隨即斷簪立誓，仍纏綿於色魔也。」〔清〕曹雪芹著，馮其庸纂校訂定：《八家評批紅樓夢》，頁480。
18　侯迺慧：〈迷失與回歸──《紅樓夢》空幻主題與寶玉的生命省思和實踐〉，《第一屆生命實踐學術研討會論文集》，頁346。

但問題是，若純就思想觀念來說，寶玉此時所了悟的真理，究竟是什麼意義下的真理？是一種與《莊子》有同樣深度的齊物逍遙、至德無為之思想呢？抑或僅是一種眼不見則心不煩式的，帶有沮喪、逃避性質的賭氣泛說呢？筆者認為若仔細分析並對照〈胠篋〉與《紅樓夢》寶玉續《莊》一段的文獻脈絡來看，恐怕答案應屬後者。先就〈胠篋〉的思想大旨來看，〈胠篋〉之所以主張「絕聖棄知，大盜乃止」，[19]是因為聖知、聖法，雖然看似能為社會天下帶來部分的利益與良善，然而，整體來看卻淪於「天下之善人少而不善人多，則聖人之利天下也少而害天下也多」[20]那種得不償失的局面。因為不善之人往往巧竊聖知聖法，以仁義來包裝詭詐，以聖法來掩飾私欲，使社會天下流於「逐於大盜，揭諸侯，竊仁義並斗斛權衡符璽之利者，雖有軒冕之賞弗能勸，斧鉞之威弗能禁」，[21]這種難以遏止的混亂癲狂，因此聖知聖法的推行反而流入「為大盜積」、「為大盜守」、「重利盜跖」[22]的弔詭處境，因此《莊子》乃提出絕棄、殫殘聖知聖法，以止息盜匪、紛爭，使天下社會回歸樸鄙、不爭，重返「至德之世」的至治純樸。[23]也就是說，〈胠篋〉就內容分類來說，主要是屬《莊子》的政治思想文獻。〈胠篋〉一方面批判聖知聖法的得不償失；另方面，也正面的提出無知無為、至德之世的政治理想。〈胠篋〉的篇章重點，主要不在於指點齊物工夫，或開顯逍遙心性，而是著重於批判聖法、譏諷聖知，並期盼至德政治的再現回歸。

接著再就寶玉之續《莊》來看。「看了一回《南華經》」對於〈胠

---

19 〔戰國〕莊周著，郭慶藩輯：《莊子集釋》，頁353。
20 同前註，頁346。
21 同前註，頁350。
22 同前註，頁346、350。
23 同前註，頁357。

篋〉尤其「意趣洋洋」的寶玉，究竟提筆接續出如何的文字呢？而其中所表現的思想觀念，究竟與《莊子》是同還是異呢？寶玉寫道：

> 焚花散麝，而閨閣始人含其勸矣；戕寶釵之仙姿，灰黛玉之靈竅，喪滅情意，而閨閣之美惡始相類矣。彼含其勸，則無參商之虞矣；戕其仙姿，無戀愛之心矣；灰其靈竅，無才思之情矣。彼釵、玉、花、麝者，皆張其羅而穴其隧，所以迷眩纏陷天下者也。[24]

在此我們可以看到兩個重點：第一，寶玉的續文主要是針對襲人基於「姊妹們和氣，也有個分寸禮節」之規勸，以及襲人賭氣時所說的：「從今以後別進這屋子了。橫豎有人伏侍你，再別來支使我」[25]等情境脈絡下的情緒反應與自我辯解。所以續文開端即言「焚花散麝，而閨閣始人含其勸矣」，標示出對於襲人之勸戒的在意掛心，接著又辯解自己之所以與姊妹們黑家白日的嬉鬧，乃是因為閨閣女兒們的情意、仙姿與靈竅，如此的美麗動人，遂使自己愛戀無盡、難以自拔。第二，寶玉在面對煩悶賭氣與愛戀纏陷，這兩種情緒之擺盪糾纏的平息法門，重點不是放在主體面的虛靜澄汰、虛心弱志這類道家式的修養實踐，而是放在客體面的汰除毀滅、摧折焚燒。寶玉要「焚花散麝」、「戕其仙姿」、「灰其靈竅」，才能使自己不再被「迷眩纏陷」，從而獲得平靜寧適。而這樣的「解脫」觀念，正如同寶玉在尚未夜讀《莊》書，還未提筆續文前的內心想法如出一轍：「若往日則有襲人等大家喜笑有興，今日卻冷清清的一人對燈，好沒興趣。……說不得

---

24 〔清〕曹雪芹、高鶚著，馮其庸等校注：《紅樓夢校注》，頁329。
25 同前註，頁327。

橫心只當他們死了，橫豎自然也要過的。便權當他們死了，毫無牽掛，反能怡然自悅。」[26]皆是一種眼不見則心不煩式的暫且寧靜（「權當他們死了」），而非奠基於心性修養下的主動積極式的「怡然自悅」。顯然地，寶玉續文的思想觀念，與《莊子・逍遙遊》大鵬怒飛、逍遙無待之生命境界，抑或〈胠篋〉所主張的至德渾樸的心性論、政治論關係不大，至多僅是在書寫筆法上有所模擬仿效而已。寶玉此時之讀《莊》續《莊》，眼裏所見雖是超曠自在的《莊子》，然而心中所想卻是自己孤獨、煩悶的心事。這也無怪乎才思敏捷的黛玉看到寶玉所續《莊子》文後，即提筆續詩言：「無端弄筆是何人？作踐南華《莊子因》。不悔自己無見識，卻將醜語怪他人！」[27]黛玉在此一方面既能一針見血地洞見寶玉續文「無見識」、「怪他人」的思想本質，亦即未能在自身主體上尋求真正得以超脫的根據，反而將寧靜、逍遙寄望於外在客體的消滅毀棄；另一方面，也直指寶玉續文僅是「無端弄筆」的遊戲筆墨，其思想意趣已有遠離《莊子》之虞（「作踐南華」）。總而言之，第二十一回中的寶玉續《莊》，雖然在設文造句上明顯仿效了《莊子》之書寫風格，然而，就思想實質言，由於寶玉擺脫纏繞迷眩的方式，是透過客體面的汰滅盡除，乃有心靈之安適無擾，這顯然不同於《莊子》「墮肢體，黜聰明，離形去知，同於大通」，[28]那種將工夫實踐放在主觀面上的轉化與超越之路徑。因此，我們對於寶玉之續《莊》，仍必須看到「續」中之「不續」，亦即在筆法之連續中所含藏的思想上的不連續。

---

26 〔清〕曹雪芹、高鶚著，馮其庸等校注：《紅樓夢校注》，頁328、329。
27 同前註，頁330。
28 〔戰國〕莊周著，郭慶藩輯：《莊子集釋》，頁284。

(二) 第二十二回賈寶玉的莊禪領悟

第二十二回「聽曲文寶玉悟禪機」歷來是探討賈寶玉啟悟歷程的重要情節。寶玉在該回中不但共鳴於《莊子》的哲理文字，並且對於戲曲《魯智深醉鬧五臺山》中的〈寄生草〉，那自在中卻又帶有孤單情調的曲文，出現「不覺淚下」、「不禁大哭」的情感震盪，進而提筆寫出「你證我證，心證意證。是無有證，斯可云證。無可云證，是立足境」的偈語，[29] 以及用以解釋此偈語內容的〈寄生草〉曲辭。然而，寶玉此處的莊禪領悟，究竟是什麼意義下的領悟呢？是否可說此時莊禪之超脫自得思想，已然滲入寶玉的意識深層中呢？寶玉所領會的思想內容，其與莊禪思想的同異關係又是如何呢？底下我們將嘗試分析討論這些問題。

1 賈寶玉之引《莊》

在此先就寶玉所引證的《莊子》文獻來看。寶玉在該回中引發其共鳴、感嘆的《莊子》文句，是出自〈列禦寇〉的「巧者勞而智者憂，无能者无所求，飽食而遨遊，汎若不繫之舟」、[30]〈人間世〉的「山木自寇」、[31] 以及化用自〈山木〉所言「甘井先竭」的「源泉自盜」。[32] 在《莊子》中〈列禦寇〉的這段文獻，其哲理思想正如成玄英所解：「顯跡於外，故為人保之；未能忘德，故不能無守也。……夫物未嘗為，無用憂勞，而必以智巧困弊。唯聖人汎然無係，泊爾忘心，譬彼虛舟，任運逍遙。」[33] 也就是說，在《莊子》看來，心知巧

---

29 〔清〕曹雪芹、高鶚著，馮其庸等校注：《紅樓夢校注》，頁344。
30 〔戰國〕莊周著，郭慶藩輯：《莊子集釋》，頁186。
31 同前註，頁680。
32 同前註，頁1040。
33 同前註，頁1040、1041。

智的有為造作，帶來的僅是身心的煩憂與疲勞，然而，即便能洞見觀照到巧知之弊與無知之德的道理，若「未能忘德」（未能忘化無知之德）而仍「顯跡於外」（顯露出仍有執取的德性光耀），則猶未能擺脫外物的干擾，而使身心徹底自在，只有真正的將執守無知之德的心知，及其連帶而生的外顯姿態，一併汰除忘卻，做到有如「不繫之舟」的靈動無執，才能真正的任運遨遊。至於在《莊子》中「山木自寇」所寄寓的哲理，則已於〈人間世〉文末所言的「人皆知有用之用，而莫知无用之用也。」[34]有清楚的呈現。《莊子》是以山中之木因其自身之材用價值，故招致砍伐為喻，來說明「有用」之中所隱藏的盲點與危險，以及「无用」所可能帶來的安全與寧靜，藉以扭轉世俗中人偏執於「有用」的僵固成心。而《莊子》所言的「甘井先竭」其哲理重點，在〈山木〉中則是擺在「飾知以驚愚，脩身以明汙，昭昭乎如揭日月而行，故不免也」，[35]亦即《莊子》認為良好的才智修養，在對比中，正顯得他人愚拙汙穢，因此往往會遭致「昭昭」之外的愚汙勢力的眼紅反撲，揭示出飾知脩身所潛藏的某種危機。顯然地，若總括來看，我們可說《莊子》「山木自寇」與「甘井先竭」的哲理內容，正有其相近之處，它們一方面凸顯出世俗之價值體系中被歸屬於正確、良善、有用等正向價值，其背後如影隨形的災害與危機；另方面，也具有啟發世俗中人對於名望、功業之反省甚至止息的提點功能。而〈列禦寇〉：「巧者勞而智者憂」一段文字，則是提醒在無知之德外，更有「忘德」工夫，若能讓心靈臻至「不繫之舟」的妙運無拘，才能真正遨遊自在。

　　而在明白了寶玉所引述之《莊子》文獻的哲理思想後，我們再來看寶玉又是在何種意義上來援引《莊子》。我們知道在第二十二回中

---

34 同前註，頁186。
35 同前註，頁680。

寶玉原本意欲調解湘雲與黛玉的紛爭，只是沒想到調停不成，先被湘雲啐罵，後遭黛玉責怪，反而落得裏外不是人，賈寶玉由是省思：

> 細想自己原為他二人，怕生隙惱，方在中調和，不想並未調和成功，反已落了兩處的貶謗。正合著前日所看《南華經》上，有「巧者勞而智者憂，無能者無所求，飽食而遨遊，泛若不繫之舟」；又曰「山木自寇，源泉自盜」等語。因此越想越無趣。再細想來，目下不過這兩個人，尚未應酬妥協，將來猶欲為何？想到其間，也無庸分辯回答，自己轉身回房來。[36]

依引文可以看到《莊子》中的「巧者」、「智者」、有用的「山木」，以及有名聞的「源泉」（甘井），被寶玉引譬為自作聰明「為他二人，怕生隙惱，方在中調和」的自己，而智巧者之憂勞、山木源泉之自盜自寇，則被寶玉引譬為「並未調和成功，反已落了兩處的貶謗」，那種自討沒趣的現實處境，不如「無能者無所求，飽食而遨遊，泛若不繫之舟」，不去關心、不去調解，反而能夠輕鬆而無擾。顯然地，寶玉並非是在高度的哲思層次上與《莊子》覿面相照，而是一種去脈絡化下的引證、體會，是藉《莊子》之言，以譬況自己夾處在湘雲與黛玉之間的無奈、尷尬與懊惱，而全然無涉於《莊子》文獻中的無用之用或無執之妙運等哲理思想。因為小說文脈已經很清楚的表現出，寶玉之引《莊》證《莊》，本質上無涉於《莊子》哲學思想的大覺大悟，而僅是寶玉對於自己裏外非人、自討無趣的處境與心情之印證而已。賈寶玉此回之引《莊》與第二十一回的續《莊》，就思想實質言並無差異，皆可說是「我注六經」式的，是借《莊子》文辭以抒己情、證

---

36 〔清〕曹雪芹、高鶚著，馮其庸等校注：《紅樓夢校注》，頁343、344。

己志,表現閨閣兒女互動中的青春苦悶,而無涉於《莊子》哲學思想的默會冥證。事實上,脂硯齋在第二十二回「源泉自盜等語」所下的評語,即已敏銳的觀察到此中的細微差異之處,說道:

> 無心云看「南華經」,不過襲人等惱時,無聊之甚,偶以釋悶耳。……試思寶玉雖愚,豈有安心立意與莊叟爭衡哉。且寶玉有生以來此身此心為諸女兒應酬(酬)不暇,眼前多少現(成)有益之事尚無暇去作,豈忽然要分心於腐言糟粕之中哉。可知除閨閣之外,並無一事是寶玉立意作出來的。[37]

脂批此處所說的寶玉「豈有安心立意與莊叟爭衡」、「除閨閣之外,並無一事是寶玉立意作出來的」,不但有助於理解第二十一回寶玉之續《莊》,同時也能幫助我們理解第二十二回寶玉引《莊》之實情。寶玉不論續《莊》或引《莊》,其重點皆不在「與莊叟爭衡」,並不意圖與莊子較論哲思深度,其立意根本主要在於「閨閣」,亦即借《莊子》文字來吐露青春兒女如詩如畫的青澀情懷。

2 賈寶玉聽曲悟禪機

寶玉聽戲的場景是在賈母為薛寶釵慶生所置辦的家宴酒席上。席間寶釵、鳳姐點戲,刻意點了活潑喧騰的《西遊記》、《劉二當衣》等戲,以體貼、上承賈母老人家「喜熱鬧戲文」、「喜諧笑科諢」的心意。而當眾人點過,再次輪到寶釵點戲時,寶釵又點選了熱鬧戲《魯智深醉鬧五臺山》,這時素不耐繁華熱鬧表演的寶玉開口便道:「只好

---

[37] 庚辰本批語。詳參〔清〕脂硯齋等評,陳慶浩輯校:《新編石頭記脂硯齋評語輯校(增訂本)》,頁436、437。

點這些戲」、「我從來怕這些熱鬧」。[38]一聽寶玉此言，個性「隨分從時」，[39]待人接物連趙姨娘都稱讚其「會做人，很大方」、「不遺漏一處，也不露出誰薄誰厚」[40]的寶釵，立刻又特別為寶玉指出這齣熱鬧戲中，詞藻意境既清冷孤單（「漫搵英雄淚，相離處士家」）又灑脫豪放（「赤條條來去無牽掛」、「那裏討烟蓑雨笠捲單行？一任俺芒鞋破鉢隨緣化！」）的〈寄生草〉曲詞，[41]以體貼、照顧寶玉不耐喧鬧的心情，果然「寶玉聽了，喜的拍膝畫圈，稱賞不已，又讚寶釵無書不知。」[42]寶玉消除了因過度熱鬧而疲乏無趣的心情，而寶釵在此也體現出她博學多聞以及善體人意的嫻雅性格。[43]不過，真正讓賈寶玉對於〈寄生草〉曲詞有強烈的情感共鳴，卻是在協調湘雲與黛玉不成，在心煩意悶的情緒下與襲人的一段對話中激發而出：

> 寶玉冷笑道：「他還不還，管誰什麼相干。」……「他們娘兒們姊妹們歡喜不歡喜，也與我無干。」襲人笑道：「他們既隨和，你也隨和，豈不大家彼此有趣。」寶玉道：「什麼是『大家彼此』！他們有『大家彼此』，我是『赤條條來去無牽

---

38 〔清〕曹雪芹、高鶚著，馮其庸等校注：《紅樓夢校注》，頁341。寶玉不喜熱鬧戲文的例證還可見於第十九回：「誰想賈珍這邊唱的是《丁郎認父》、《黃伯央大擺陰魂陣》，更有『孫行者大鬧天宮』、『姜子牙斬將封神』等類的戲文，倏爾神鬼亂出，忽又妖魔畢露，甚至於揚幡過會，號佛行香，鑼鼓喊叫之聲遠聞巷外。滿街之人個個都贊：『好熱鬧戲，別人家斷不能有的。』寶玉見繁華熱鬧到如此不堪的田地，只略坐了一坐，便走開各處閒耍。」〔清〕曹雪芹、高鶚著，馮其庸等校注：《紅樓夢校注》，頁297、298。

39 同前註，頁81。
40 同前註，頁1051。
41 同前註，頁341。
42 同前註，頁342。
43 李玟已注意到寶釵點戲與其性格之關係，詳參李玟：〈《紅樓夢》第二十二回薛寶釵、王熙鳳「點戲」意義探微〉，《紅樓夢學刊》第6輯（2014年），頁1-24。

掛』。」談及此句，不覺淚下。襲人見此光景，不肯再說。寶玉細想這句趣味，不禁大哭起來。[44]

寶玉所說「管誰什麼相干」、「與我無干」，恰如脂批所言與黛玉惱怒時所說的：「我惱他，與你何干？他得罪了我，又與你何干？」[45]大有關聯，正反映出「寶玉之心，實僅有一顰乎。」[46]換言之，在看似對外界了無關心、冷淡以對的「無干」之中，寶玉正牽腸掛肚於黛玉的惱怒與誤解。而當襲人說道「你也隨和，豈不大家彼此有趣」，透過「你」、「大家」、「有趣」等關鍵詞，又引動出寶玉自身與黛玉、湘雲爭吵的無奈心事，因此，寶玉乃聯想並脫口而出先前觀戲的〈寄生草〉曲詞「赤條條來去無牽掛」。而這一聯想、脫口的原因無它，一方面是因為寶玉與湘雲、黛玉的爭執，與這次的觀戲有直接關聯；另方面，曲詞又頗能反映寶玉當下的心境。「赤條條」契合自己被湘雲、黛玉排斥在外的孤獨感，「無牽掛」則與前述的「什麼相干」、「無干」相同，皆是故作反話，刻意隱藏自己受傷的心情。只是言語雖可暫時隱藏，但是盤旋在胸中的激動情緒，最終仍是壓抑不住，因此寶玉乃「不覺淚下」、「不禁大哭起來」。依此來看，寶玉的引證曲詞以及「不禁大哭」或許都未必如脂批所言乃是：「當此一發，西方諸佛亦來聽此棒喝，參此語錄」、「此是忘機大悟，世人所謂瘋顛是也。」[47]因為小說文脈已清楚表示，這裏的引曲與痛哭，都與宗教心理學所言的從懺情、悔過的混亂黑暗，進而走向平靜、安寧的光明平

---

44 〔清〕曹雪芹、高鶚著，馮其庸等校注：《紅樓夢校注》，頁344。
45 〔清〕曹雪芹、高鶚著，馮其庸等校注：《紅樓夢校注》，頁343。
46 庚辰本批語。〔清〕脂硯齋等評，陳慶浩輯校：《新編石頭記脂硯齋評語輯校（增訂本）》，頁439。
47 庚辰本批語。同前註，頁439。

和之皈依經驗關係不大。[48]賈寶玉在此明顯改變了〈寄生草〉原本放曠自在的曲詞脈絡,而另以自己牽纏鬱悶之情灌注其中。脂硯齋若能將其對於寶玉「談及此句,不覺淚下」的批語:「還是心中不淨不了,斬不斷之故。」[49]轉而解釋寶玉之引曲與痛哭等行為,恐怕才是較為貼合《紅樓夢》文本脈絡的詮解。

　　接著,就賈寶玉所撰寫的偈語與填詞來看。就筆者閱讀所及,學界對於寶玉偈語、填詞的解釋,至少可分成三種說法:第一種或可名為禪悟說。此說是認為寶玉提筆所寫的偈語、填詞,就內容與形式言,都能符合佛法教義。不但寫詩作偈合乎禪家風度,就連寶玉「不覺淚下」的孤獨感傷,以及提筆作偈後的「自覺無掛礙,中心自得,便上床睡了。」[50]等一連串的思考與行動,都可與原始佛教所言「苦集滅道」之「四聖諦」的思想相互映證,「寶玉,雖然所知文字禪很少,卻是用心感悟生活的哲人,所以他的初悟禪機,非常像一位真正的禪師。只是由於釵黛的阻攔,這次禪悟淺嚐輒止。」[51]第二種則或可名為情悟說。此說是認為寶玉此處所領會的雖非真正的禪悟,但是卻是一種與超言絕相之禪境,有其相似處的「情」之境界。學者說道:「寶玉已剖無可剖、證無可證、開口便錯,幾幾乎是『擬議則乖、動念便差』的境地。如此境界的『情』,豈非近似於不立文字、言語道斷的『空』」、[52]「最高境界的『情』也是超越言詮的……,在

---

48 詳參斯塔伯克著,楊宜音譯:《宗教心理學》(臺北:桂冠圖書公司,1997年)。

49 庚辰本批語。〔清〕脂硯齋等評,陳慶浩輯校:《新編石頭記脂硯齋評語輯校(增訂本)》,頁439。

50 〔清〕曹雪芹、高鶚著,馮其庸等校注,《紅樓夢校注》,頁344。

51 宋珂君:〈欲來觀世間猶如夢中事──《紅樓夢》中的禪與文字禪〉,《紅樓夢學刊》第4輯(2015年),頁233-244。

52 古清美:〈談《紅樓夢》一書中的覺悟〉,《慧菴存稿一──慧菴論學集》(臺北:大安出版社,2004年),頁368。

這個意義上，曹雪芹自可以用『禪』去比譬」。[53]至於黛玉所續之偈語及其對寶玉之提問：「爾有何貴？爾有何堅？」則一方面使寶玉之偈語「推到立足之境和欲立之心一併俱奪，無言無證之無亦化，方是究竟」；另方面，也具有啟發寶玉思考其靈明玉石的本質，如何掙脫脂粉迷障的重要意義。[54]第三種或可名為感忿說。此說是認為寶玉的詩偈、填詞，雖然表面上頗有禪悟理趣，然而從寶玉填詞所言「到如今回頭試想真無趣」，以及深知寶玉心思的黛玉，見到寶玉之偈語、曲詞後所言的：「知是寶玉一時感忿而作，不覺可笑可嘆」、「作的是頑意兒，無甚關係。」[55]就可以發現，寶玉並非真能了悟禪機，而僅是以禪詞偈語來包裝、抒發，自己的無奈與孤單的心情。此如馮其庸就有批語言道：「『回頭試想真無趣』，只是四面碰壁，不解其情故也，何有於悟，寶釵說『這個人悟了』，亦把悟字解得太容易了」、[56]「寶玉之悟，非徹悟也，是一時之感也，惟黛玉能明其志，故用黛玉棒喝而罷。」[57]

　　在此先就前兩種說法來看。筆者認為禪悟說與情悟說各自有其洞見與不見。禪悟說看到了寶玉偈語與填詞的禪佛色彩，然而卻似未能依照文本文字與情境脈絡，將其中似禪而實非禪的面向掘發而出。而情悟說則雖能敏銳洞察到偈語填詞中的二玉之情感向度，然而，卻似將寶玉之情過度純粹化、形上化，而忽略了寶玉之情的糾纏夾雜之面向。首先，就寶玉之偈語與〈寄生草〉填詞來看，筆者認為對於寶玉的偈語與填詞之解釋，必須注意兩個重點，其一是情境脈絡。此時寶

---

53 同前註，頁369。
54 同前註，頁368。
55 〔清〕曹雪芹、高鶚著，馮其庸等校注：《紅樓夢校注》，頁345。
56 〔清〕曹雪芹著，馮其庸重校評批：《瓜飯樓重校評批紅樓夢》，頁346。
57 同前註，頁354。

玉正身陷於有苦難言、裏外不是人的鬱悶處境；其二則是文字脈絡。在寶玉寫完偈語後，「自雖解悟，又恐人看此不解，因此亦填一支《寄生草》，也寫在偈後。」[58]顯然，寶玉之填詞具有說明偈語的意義，偈語與填詞應當相互詮解、一體合參，若僅單獨依憑偈語解釋，就未必真能掌握偈語之含意。偈語「你證我證，心證意證」，[59]單就這一句來看，似乎可以如禪悟說，將其理解為某種禪道修行下的心領意證，或是世間的煩惱痛苦，必須在心念上求得解脫印證這類的意思。然而，若配合寶玉對於黛玉誤解其心意之鬱悶，以及填詞所言：「無我原非你，從他不解伊。肆行無礙憑來去」[60]一起合看。就不難發現偈語之思想本質恐怕與禪悟無關，而是在傳達寶玉自認為其與黛玉的情感，應是彼此緊密依靠、心領神會之關係（「無我原非你」），黛玉若能相信自己的心意，就能不在意旁人的閒言閒語（「從他不解伊」），也可自在地任憑這些批評來來去去（「肆行無礙憑來去」）。[61]顯然，寶玉此處的偈語，是以禪佛偈語之形式，以傳達私密心意的文字遊戲，而未必是冥契至境的悟道證詞。至於偈語「是無有證，斯可云證。無可云證，是立足境」，[62]也同樣必須把握賈寶玉渴求理解，但卻情感受挫的情境脈絡，並且也應與填詞：「茫茫著甚悲愁喜，紛紛說甚親疏密。從前碌碌卻因何，到如今回頭試想真無趣！」[63]相互詮證。如此就不至於將「無可云證，是立足境」[64]之偈語，如禪悟說將

---

58 〔清〕曹雪芹、高鶚著，馮其庸等校注：《紅樓夢校注》，頁344。
59 同前註，頁344。
60 〔清〕曹雪芹、高鶚著，馮其庸等校注：《紅樓夢校注》，頁345。
61 這些寶玉要黛玉放開的批評閒語，扣合小說文脈，是指湘雲在氣頭上所言：「他是小姐主子，我是奴才丫頭，得罪了他，使不得」、「小性兒、行動愛惱的人」等譏諷黛玉的話語。同前註，頁342、343。
62 同前註，頁344。
63 同前註，頁345。
64 同前註，頁344。

之理解為一種言語道斷、說似一物即不中的禪修悟境，或是如情悟說，將之視為即便不言不語，就能心有靈犀、莫逆於心之情感的形而上學。因為此處的偈語正如填詞所明示的，主要是言男女之間茫茫紛紛之「悲愁喜」、「親疏密」的情感，情悟說對此可說有確切的理解。然而，仍需指出的是，對於賈寶玉「無可云證」之立足境，恐怕未必如情悟說所理解的，乃是一種純粹無雜、心心相連的高妙情感。因為一方面我們知道雖然寶玉內心確實愛著黛玉，然而，卻並不代表黛玉是單獨唯一式的存在。事實上，寶玉總是愛博而心勞，此如第二十八回寶玉見到寶釵雪白容貌，既「動了羨慕之心」，甚至「不覺就呆了」；[65] 又如第三十回見了金釧兒，寶玉就「有些戀戀不捨」；[66] 再如第三十五回寶玉見鶯兒的嬌憨笑語也「不勝其情」。[67] 而正因為這一緣故，寶玉總是讓黛玉充滿不安全感，不斷地要求情感的證明，此如第二十八回黛玉對寶玉所言：「我很知道你心裏有『妹妹』，但只是見了『姐姐』，就把『妹妹』忘了。」[68] 就能清楚看到黛玉內心的不安，而寶玉也只能自作自受，碌碌地提出情感證明。

而另一方面，從填詞中也可以看到，寶玉還明白透露出一種自討沒趣的無奈之感。填詞明白表示寶玉在與黛玉的相處中，總是不斷地陷入「紛紛說甚親疏密」，那種被迫剖白、證明自己情感的「碌碌」局面，也不停地落入「茫茫著甚悲愁喜」，那種情感未能徹底相感相知，而往往單方面一頭熱，卻不被領情的無趣、無奈。顯然，寶玉立足之「無有證」、「無可云證」的情感境界，實際上僅是單方面的期盼期許而已，並且此中也仍存在著寶玉自身由於愛博而心勞所引生的諸

---

65 同前註，頁447。
66 同前註，頁475。
67 同前註，頁541。
68 同前註，頁447。

多糾纏。「無可云證」之情感境界，恐怕未必如情悟說所言，具有如是高度的純粹性、形上性。而在反省禪悟說與情悟說之後，接著再來討論感忿說。感忿說相較於禪悟說與情悟說，更能貼合文字與情境脈絡，合宜地判斷寶玉之偈語其本質乃是「四面碰壁，不解其情故也，何有於悟」。不過，由於提出該說之學者馮其庸主要是以夾註批語之形式來呈現其觀點，因此，雖能洞見其真，然而卻較缺乏論證展開，是以仍有若干需要進一步補充討論之處。對此，除了寶玉之偈語內容，我們已在前面省思禪悟說與情悟說的段落有所討論外，事實上，馮氏於批註評語所說的：「寶釵說『這個人悟了』，亦把悟字解得太容易了」，以及「寶玉之悟，非徹悟也，是一時之感也，惟黛玉能明其志，故用黛玉棒喝而罷」等，對於我們理解寶釵與黛玉在「聽曲文寶玉悟禪機」中的相關爭議，也能有所啟發，可惜的是馮氏似乎未將其見解給予徹底的論證展開，底下我們將嘗試補上此一缺口。

先就黛玉來看。在第二十二回中，黛玉以頗有禪家妙趣的「爾有何貴？爾有何堅？」提問寶玉，並且也以「無立足境，是方乾淨」來續補寶玉偈語。對於黛玉此舉，在禪悟說看來，乃是黛玉以文字禪阻攔了寶玉的禪悟，使寶玉偶現的禪悟靈光，就此黯淡。[69]而在情悟說看來，黛玉之機鋒、偈語，「不但將寶玉的偈語的境界導向更高一層」，並且無形中還具有「澄淨並提升了寶玉的靈智」之意義。[70]然而，正如馮其庸所言「寶玉之悟，非徹悟也，是一時之感也，惟黛玉能明其志，故用黛玉棒喝而罷」，寶玉僅是藉禪偈以抒情，「是一時之感也」，並未真正對於超言絕相之禪悟境界有所冥悟契會。換言之，寶玉本無禪悟，何來黛玉阻攔。此外，在第二十二回的文本中，已清

---

[69] 宋珂君：〈欲來觀世間猶如夢中事──《紅樓夢》中的禪與文字禪〉，《紅樓夢學刊》，頁241。

[70] 古清美：〈談《紅樓夢》一書中的覺悟〉，《慧菴存稿一──慧菴論學集》，頁368。

楚說明黛玉之提問寶玉,其目的乃在:「等我問他。你們跟我來,包管叫他收了這個痴心邪話」、「連我們兩個所知所能的,你還不知不能呢,還去參禪呢。」[71]也就是說,黛玉鬥機鋒本非為了阻攔寶玉悟道,也非為了導引寶玉入禪悟道、提升寶玉之靈智,而是透過遊戲、比賽、較勁的方式,藉禪宗機鋒的鬥智遊戲,讓寶玉轉移情緒、消除煩悶,使大家彼此重修舊好。而結果也真如黛玉所料,寶玉重展笑顏,「四人仍復如舊」。[72]顯然地,他們的偈語機鋒本質上實為言情而非談禪,寶玉、黛玉等人在此言禪談佛,重點恐怕不在涅槃禪境,而在兒女情意的交流。

　　接著再就寶釵來看。在第二十二回的文本中寶釵說寶玉「這個人悟了。都是我的不是,都是我昨兒一支曲子惹出來的。」[73]對此,馮其庸認為由於寶玉之偈語乃「一時之感」而做,因此寶釵恐有將悟字解得太容易的嫌疑。[74]然而,這樣的說法,卻與歐麗娟所認為的:寶釵言寶玉之悟,表現出兩人深層精神的相互契合,寶釵既具有洞見〈寄生草〉曲詞的解脫性格之識見,並且也成為埋下寶玉日後解脫出家之種子的啟蒙者等等,[75]這一類的說法有扞格之處。因此,筆者認為此中猶有值得申論補充的空間。

　　首先,必須澄清的是,薛寶釵對於〈寄生草〉曲詞的重視,恐怕未必可視為寶釵具有出世悟道之稟賦,或說寶釵對於離塵出世之思想

---

71 〔清〕曹雪芹、高鶚著,馮其庸等校注,《紅樓夢校注》,頁345、346。
72 同前註,頁346。另外,還可補充的是,除了在該回之外,在第三十一回中寶玉、襲人與晴雯三人因爭吵而哭成一片時,黛玉也曾透過巧語妙言排解糾紛,同樣扮演了調解者的角色。
73 〔清〕曹雪芹、高鶚著,馮其庸等校注:《紅樓夢校注》,頁345。
74 〔清〕曹雪芹著,馮其庸重校評批:《瓜飯樓重校評批紅樓夢》,頁346、347。
75 詳參歐麗娟:〈論《紅樓夢》中的度脫模式與啟蒙進程〉,《成大中文學報》,頁149-151。

能夠衷心肯定。因為我們知道寶釵在衣物裝飾與屋室擺設,都有一種共同的色調,此即:質樸素潔、淡雅淨素。既「不愛這些花兒粉兒」,[76]也不喜富家小姐的「富麗閑妝」,[77]而蘅蕪苑的屋室構成,也同樣表現寶釵素樸、素淨的個性,有如「雪洞一般,一色玩器全無」。[78]依此來看,我們應當可說在第二十二回中,寶釵點選《魯智深醉鬧五臺山》,除了為了上承賈母喜熱鬧的心情外,也可能是由於這齣戲在熱鬧之中,也有貼合其自身素喜閑靜淡雅之性格的〈寄生草〉於其中,遂有此劇目之點選。而這樣的面面俱到,也全然符合寶釵對湘雲意圖作東結社時所說的:「雖然是頑意兒,也要瞻前顧後,又要自己便宜,又要不得罪了人,然後方大家有趣。」[79]既照顧他人,同時也巧妙地不過分委屈自己。也就是說,寶釵對於〈寄生草〉的喜愛,若從其一貫的個性特徵來看,或許應當解釋為是因其素樸、淡雅之美學性格所致,而未必是因為寶釵對於出世離群之思想,能夠真確了解或由衷肯定所致。再來,我們知道寶釵雖然也有愛詩戀詞,喜讀《西廂》、《琵琶》的活潑童年,然而隨著長輩「打的打,罵的罵,燒的燒」的約束管教下,[80]也逐漸將規約婦女的德性,如貞靜、女工等,轉化為自己的價值觀念,寶釵認為:「自古道『女子無才便是德』,總以貞靜為主,女工還是第二件。其餘詩詞,不過是閨中遊戲,原可以會可以不會。」[81]

寶釵既曾對湘雲說道:詩詞創作「究竟這也算不得什麼,還是紡績針黹是你我的本等。一時閑了,倒是於你我深有益的書看幾章是正

---

76 〔清〕曹雪芹、高鶚著,馮其庸等校注:《紅樓夢校注》,頁125。
77 同前註,頁895。
78 同前註,頁621。
79 同前註,頁569。
80 同前註,頁651。
81 同前註,頁1006。

經。」[82]也曾對黛玉言及:「就連作詩寫字等事,原不是你我分內之事,究竟也不是男人分內之事。男人們讀書明理,輔國治民,這便好了。……你我只該做些針黹紡織的事才是,偏又認得了字,既認得了字,不過揀那正經的看也罷了,最怕見了些雜書,移了性情,就不可救了。」[83]可見,對寶釵而言,嚴守女子本分才是救贖之道。對女子,性情的陶養必以貞靜、女工為主,對男子,則以「讀書明理,輔國治民」為尚,而所謂的讀書,也同樣必須符合陶冶性情,使女性尚婦德,男性崇濟世一類的道德、實用之目的。依此來看,在第二十二回中,寶釵讀了寶玉之偈語所說:「這些道書禪機最能移性。明兒認真說起這些瘋話來,存了這個意思,都是從我這一支曲子上來,我成了個罪魁了。」[84]也就更清楚的表現出,寶釵對於「道書禪機」恐怕評價不高。因為她既將「道書禪機」與「雜書」一併視為造成人們移轉婦德、濟世這類良善「性情」的書籍(「這些道書禪機最能移性」、「最怕見了些雜書,移了性情」),還將寶玉之偈語視為「瘋話」,同時還罪責自己引發寶玉作偈為禍首、為「罪魁」。而事實上對於寶釵那種不喜道書禪機之態度,還有一條旁證。此如在第一百一十八回中,可以看到寶釵對於寶玉之讀《莊子·秋水》就「心裏著實煩悶。細想他只顧把這些出世離群的話當作一件正經事,終久不妥。」[85]顯然,寶釵不喜「出世離群」的人生態度,是明顯的個性特徵,而續書者對此也有精確的掌握。顯然地,由於薛寶釵之人生價值以現世為主,並且對於「道書禪機」也評價不高,認為它們與一般的「雜書」相同,皆有移人性情之弊,再加上寶釵對於〈寄生草〉的欣賞,也可

---

82 同前註,頁570。
83 同前註,頁651。
84 同前註,頁345。
85 同前註,頁1764。

解釋成是其自身淡雅素淨之美學風格的展現。因此基於這些理由,筆者認為我們恐怕未必適合將寶釵對於〈寄生草〉的喜愛,解讀成其具有悟道之稟賦,或對於離俗出世能夠衷心認可,而須將寶釵言寶玉「這個人悟了」,依照馮其庸的解讀,其之視為有將悟字解得太容易的嫌疑,因為她確實誤將寶玉的以禪言情,解讀成了悟禪機。而這同時也可證明,寶釵至多僅是具有某種程度的佛學素養,如知曉神秀、惠能一類的禪學知識(不可忘記,佛語清涼、禪法簡樸,也契合寶釵淡雅素淨之美學標準),其關懷與識見主要是在人間塵世,而非宗教體證式的至妙禪境,是以乃有此種誤會寶玉真能「悟禪機」的判斷。[86]

　　總而言之,儘管寶玉之聽曲悟禪機,往往被視為寶玉之所以有幻滅、出世之思想的重要啟蒙,然而,經過以上的討論,我們應當可說:寶玉對於〈寄生草〉曲詞「赤條條來去無牽掛」所感受到的,恐怕不是擺脫一切、從而忘機大悟的超脫思想,而應僅是一種原為好意排解湘雲、黛玉之紛爭,但卻弄巧成拙、裏外不是人,從而產生的自討沒趣、苦澀鬱悶之孤單悲情。至於寶玉所做的偈語填詞,以及與黛玉等人的談禪機鋒,應當也僅能視作藉禪言情的兒女遊戲,其與言語道斷、心行處滅意義下的解脫領悟、冥契道妙,恐怕關係不大。

---

[86] 對於寶釵言寶玉之悟,學者張興德曾提出另一種解釋,他說:「寶釵雖然也跟著兩人談禪,但他明白兩人談禪的『其中味』,……表面是講她念〈寄生草〉中『赤條條來去無牽掛』等曲文,引出寶玉的呆性,實際上是指,因為他倆在看戲時表現的過於親熱,……引起黛玉的強烈不滿,才有以後的一系列風波。寶釵心理明鏡,可是並不願意挑破,借寶玉的偈而故意攪過。」詳參張興德:〈《紅樓夢》中的「虛無思想」辨〉,《銅仁學院學報》,2009年第6期,頁44。若依此說,則寶釵也可說極其隱約地,一同加入了二玉之間以禪言情的兒女禪戲。

三　論賈寶玉「逃大造，出塵網」的出逃領悟

　　第二十八回賈寶玉在大觀園的一處山坡上，聽聞林黛玉所念〈葬花吟〉後，身心受到極大的震撼，既慟倒於坡上，又悲感無盡，遂有如是的推想：

> 試想林黛玉的花顏月貌，將來亦到無可尋覓之時，寧不心碎腸斷！既黛玉終歸無可尋覓之時，推之於他人，如寶釵、香菱、襲人等，亦可到無可尋覓之時矣。寶釵等終歸無可尋覓之時，則自己又安在哉？且自身尚不知何在何往，則斯處、斯園、斯花、斯柳，又不知當屬誰姓矣！──因此一而二，二而三，反復推求了去，真不知此時此際欲為何等蠢物，杳無所知，逃大造，出塵網，使可解釋這段悲傷。[87]

　　對於上引文，學者們已經關注到底下幾個面向：一是寶玉之深刻情思往往因女性而連帶引發。此如詹丹就承繼脂批之見：「通篇寶玉最要書者，每因女子之所歷始信其可，此謂觸類傍通之妙快（訣）矣」，[88]認為寶玉慟倒坡上的慨歎省思，也同樣是「由於女性的存在危機，才引發了他對自己、對世界的存在思考」。[89]二是寶玉對於世界一切存在終將幻滅的傷感，是一種帶有哲學深度的思考。此如王懷義就指出：「林黛玉的死亡之詩成就了賈寶玉的死亡之思。……共有的流逝性使

87　〔清〕曹雪芹、高鶚著，馮其庸等校注：《紅樓夢校注》，頁433。
88　庚辰本批語。〔清〕脂硯齋等評，陳慶浩輯校：《新編石頭記脂硯齋評語輯校（增訂本）》，頁712。
89　詹丹：〈論《紅樓夢》的女性立場和兒童本位〉，《重讀紅樓夢》（臺北：秀威資訊科技公司，2008年），頁27。

他覺得現實人生的一切屬性都無法把握，⋯⋯讓他對生命充滿了暫時性和幻滅感的體驗」。[90] 三是寶玉不僅止於思考幻滅遷變，同時也提出了對治此一空幻虛無的策略，亦即透過「心」的逃出、解放，而得以出離幻滅之感傷。此如侯迺慧就曾指出：寶玉「為了消解融釋這無以復加的悲傷，他思考而得到了『逃大造，出塵網，使可解釋這段悲傷』的對治之道。⋯⋯敏銳強烈的空幻悲傷，繼而產生了『出離心』的對治方法」、[91]「唯有心隨時光共流轉，無所執著於『有』（常）。這是以心的調整來對應空幻。『逃大造，出塵網』指的即是心的逃出、心的不執著。」[92]

不過，在前人研究的基礎上，筆者認為此中似乎仍有若干細節值得澄清與討論。首先，賈寶玉「一而二，二而三」的反覆推求，雖然表面上可說已然推求至於世間一切萬物的境地。然而，從寶玉之推想乃是從黛玉、寶釵、香菱、襲人與自我，再到「斯處、斯園、斯花、斯柳」，就可以發現：寶玉之推想順序乃是由人及物，先從兒女之溫柔鄉，再到大觀園之富貴場，或著也可混同地說，寶玉最先割捨不下的乃是於大觀園中，與青春女兒們共處的快樂時光，那種如同第二十三回所描寫的樂園生活：「寶玉自進花園以來，心滿意足，再無別項可生貪求之心。每日只和姊妹丫頭們一處，或讀書，或寫字，或彈琴下棋，作畫吟詩，以至描鸞刺鳳，鬥草簪花，低吟悄唱，拆字猜枚，無所不至，倒也十分快樂。」[93] 而緊接著才推想至大觀園之外，寶玉

---

[90] 王懷義：《紅樓夢詩學精神》（臺北：里仁書局，2015年），頁300、301。
[91] 侯迺慧：〈不用胡鬧了——《紅樓夢》荒誕意識的對反、超越與消解〉，《東華漢學》第14期（2011年12月），頁182。
[92] 侯迺慧：〈迷失與回歸——《紅樓夢》空幻主題與寶玉的生命省思和實踐〉，《第一屆生命實踐學術研討會論文集》，頁349。
[93] 〔清〕曹雪芹、高鶚著，馮其庸等校注：《紅樓夢校注》，頁363。

也同樣不捨的種種未明言的人事物。[94]

　　而其中尤其可特別注意的是,筆者認為寶玉此處對於大觀園由內至外種種的推想、幻滅與不捨的感受,背後恐怕仍帶有相當的等差分別與自我中心等性質,而未必是普泛地對於所有人事物的消亡遷變,皆投以如是強烈的感傷色調。因為我們知道對於寶玉而言,除了家族親屬,如賈母、王夫人、賈政等,以及部分容貌秀美,別具風流的男子,如秦鐘、北靜王、蔣玉菡與柳湘蓮等,一般男性恐怕大多被寶玉視為「渣滓濁沫」、「混沌濁物,可有可無」,[95]而一般女性若「出了嫁」、「再老了」,更是被寶玉視為「沒有光彩寶色,是顆死珠」,甚至「魚眼睛」。[96]寶玉對於這些可有可無的鬚眉濁物,以及無光彩的死珠之幻滅消亡恐怕不太會掬以感傷之淚。[97]至於對於一般事物,雖然賈寶玉正如傅試家的婆子們所說:「看見燕子,就和燕子說話;河裏看見了魚,就和魚說話;見了星星月亮,不是長吁短嘆,就是咕咕噥噥的。」[98]看似能與物無隔,普遍地投注深情於萬物之中,然而婆子們也提到賈寶玉的另一面向,說道:「愛惜東西,連個線頭兒都是好

---

94 此如第十五回:「凡莊農動用之物,皆不曾見過。寶玉一見了鍬、鐝、鋤、犁等物,皆以為奇,不知何項所使,其名為何。……又問小廝們:『這又是什麼?』小廝們又告訴他原委。寶玉聽說,便上來撐轉作耍,自為有趣。……只見迎頭二丫頭懷裏抱著他小兄弟,同著幾個小女孩子說笑而來。寶玉恨不得下車跟了他去,料是眾人不依的,少不得以目相送,爭奈車輕馬快,一時展眼無踪。」這些富貴場外的人事物,恐怕也是寶玉難以割捨的美好。同前註,頁227、228。

95 同前註,頁319。

96 同前註,頁920。另外,關於賈寶玉女性觀的反省檢討,還可參考歐麗娟:《大觀紅樓(母神卷)》(臺北:國立臺灣大學出版中心,2015年),尤其是第一章〈總論:超越少女崇拜〉。

97 此如第三十六回寶玉對於鬚眉濁物之「文死諫,武死戰」,不但未曾傷感,甚至還諷為「都是沽名」、「不知大義」。〔清〕曹雪芹、高鶚著,馮其庸等校注:《紅樓夢校注》,頁551、552。

98 同前註,頁540。

的;遭塌起來,那怕值千值萬的都不管了。」[99]可見,寶玉對於萬物並非一視同仁的珍重寶愛,而是帶有相當的自我中心、帶有任意選擇式的珍惜。依此來看,那些被寶玉視為可糟蹋、可毀棄的事物,即便消滅無存,恐怕寶玉也未必會有萬千的嘆息傷悲。

也就是說,我們認為寶玉「一而二,二而三」的推想,並非抽象的對萬事萬物之幻滅本質,開展形上思考,也不是毫無選擇的將自己的不捨之情,普遍的投向被幻滅律則所規範的天地眾物。因為在寶玉的關愛與不捨之情的背後,明顯具有我見、分別的性質。寶玉的傷感,未必真能普泛於天地萬物,而是限定於對於自身所熱愛、所牽掛的種種人事物,盡皆終有走向消散幻滅、無可尋覓之命運結局的感傷。

至於寶玉所思考到的「逃大造,出塵網」,雖然有學者從佛教的「出離心」這一境界概念予以解釋,然而,筆者認為寶玉這裏所思考的逃出方式,恐怕乃是另一種型態的逃出。因為我們知道寶玉所言:「欲為何等蠢物,杳無所知,逃大造,出塵網」,用以消解釋放悲傷的方法,重點主要是在「欲為何等蠢物,杳無所知」一句,而其思想內容則應是說:透過心知的空無,了無分別、全無知識,形成如同「蠢物」般的某種粗笨愚拙的狀態,[100]讓自己徹底遲鈍、無感無知,才得以掙脫、逃離宇宙遷化與塵緣迷障的雙重束縛(「逃大造,出塵網」),並得以消解煩憂,不為別離幻化所觸動情緒(「使可解釋這段悲傷」)。也就是說,寶玉出逃大造塵網之法門,雖然重點亦是放在「心」,然而此「心」卻未必能夠上達、臻至了悟空性、超脫輪迴的智慧境地,而是一種帶有幻想、逃避性質,放棄身為萬物之靈,具有能夠向上超拔證悟之靈性資格,轉而退縮成「杳無所知」、「蠢物」式

---

99 同前註,頁540。
100 另外,關於「蠢物」的討論,還可參考李萌昀:〈「蠢物」考〉,《紅樓夢學刊》第5輯(2015年),頁199-215。

的一無所知、無感無覺意義下的「心」。而類似的思考模式,我們在第十九回寶玉的一段浪漫話語,以及續書第一百一十三回紫鵑的一段省思都可以清楚看到:

> 只求你們同看著我,守著我,等我有一日化成了飛灰,——飛灰還不好,灰還有形有跡,還有知識。——等我化成一股輕烟,風一吹便散了的時候,你們也管不得我,我也顧不得你們了。那時憑我去,我也憑你們愛那裏去就去了。
> 只可憐我們林姑娘真真是無福消受他。……可憐那死的倒未必知道,這活的真真是苦惱傷心,無休無了。算來竟不如草木石頭,無知無覺,倒也心中乾淨![101]

寶玉的情執極深,即便化為飛灰,猶恐由於「有形有跡,還有知識」,仍會讓自己依然牽掛塵世中的溫柔鄉,因此乃渴求化成一股易散之輕煙,唯有徹底的無形無跡、無知無識,才能擺脫於溫柔鄉中所眷戀的一切。而這樣的思考也同於紫鵑所說的「草木石頭,無知無覺,倒也心中乾淨!」若能無感無覺有如草木石頭,則能擺脫愁苦,心中乾淨。也就是說,雖然蠢物、輕烟、草木、石頭,彼此之間形態不同,然而,我們可說它們在此大體都具有相通的思想之象徵意義,此即:代表著一種無知無慮、無感無覺意義下的「心」之狀態,以避免傷心苦惱的無止無盡、日摧月磨。然而,欲幻化成無知無識的蠢物、輕烟,以逃離大造塵網中的種種悲傷,畢竟是一種幻想、逃避式的解脫之法,未能真正使人去苦離愁,因此,寶玉終究也只能沉浸在無窮無盡、難以解脫的悲慟之中。事實上,寶玉慟倒傷悲時的這段作

---

101 〔清〕曹雪芹、高鶚著,馮其庸等校注:《紅樓夢校注》,頁306、1707。

者贊語:「花影不離身左右,鳥聲只在耳東西。」[102]正可說是對於寶玉深陷於感傷迷情之包圍的如實寫照。學者蔡義江對此贊語就曾有如是的剖析,他認為:這裏雖然表面上是寫寶玉身旁的景色,然而實際上卻是在描述寶玉「擺脫不了紛亂的思緒和煩惱的心情」,「花影」乃寫讓寶玉牽腸的諸女子(如黛玉、襲人等),「鳥聲」則寫縈繞於耳際的黛玉〈葬花吟〉。[103]換言之,藉由作者贊語,我們可以更為明確的理解寶玉慟倒傷悲時,所表現的思想情感,不但不是出離情迷的自在清涼,反而是無盡的纏綿與心碎。顯然地,寶玉那種意圖憑藉著如同「蠢物」般的「杳無所知」,由於其中存在著幻想、逃避之性質,因此雖欲「出離」、雖欲「解釋這段悲傷」,而很可能仍未能夠掙脫塵網大造之纏困,而只能無力地在情執之中心碎哀痛,困陷於情迷之中。

四　結語:「飄飄而去」與「既聾且昏」的內在理路

曹雪芹《紅樓夢》八十回後的原稿已佚,因此,如眾所知,賈寶玉披著「大紅猩猩氈的斗篷」向賈政道別,並在一僧一道的挾持下,「三個人飄然登岸而去」的描寫,[104]是續書者所作,未必合於原稿的情境安排。而若從探佚學的角度,亦即從曾親睹原稿結局的脂批所提供之線索,以及前八十回文本中的若干暗示來看,學者們相信原稿中的賈寶玉,最終除了如同脂批所透露的「懸崖撒手」、「棄而為僧」之外,其出家與修行時的樣態,一方面有可能與首回甄士隱那種「說一聲『走罷!』將道人肩上褡褳搶了過來背著,竟不回家,同了瘋道人

102　〔清〕曹雪芹、高鶚著,馮其庸等校注:《紅樓夢校注》,頁433。

103　蔡義江:《紅樓夢詩詞曲賦鑑賞(修訂重排本)》(北京:中華書局,2013年),頁200。

104　〔清〕曹雪芹、高鶚著,馮其庸等校注:《紅樓夢校注》,頁1788、1789。

飄飄而去。」[105]表現出類似的主動、堅決之捨離紅塵的姿態；[106]另方面，在尚未回歸大荒山之前，賈寶玉在凡塵世間的修行，也可能如同第二回智通寺「既聾且昏，齒落舌鈍，所答非所問」之龍鍾老僧的枯寂清修。[107]然而，除了從暗示、伏筆的角度，將甄士隱「飄飄而去」的遠離塵世，以及智通老僧「既聾且昏」的無知無覺，視為八十回後寶玉撒手為僧的可能情節外，筆者認為透過本文對於《紅樓夢》前八十回中，寶玉的續《莊》、引《莊》、禪悟與「逃大造，出塵網」的分析考察，我們還可以從內在理路的角度，理解寶玉之出家為僧，可能將會「飄飄而去」，也可能將「既聾且昏」的深層思想基礎。

因為經過上文的討論，我們知道寶玉的續《莊》與引《莊》，於思想內容上，皆無涉於莊子哲學的領會、契會，而僅是藉莊以言情，用以抒發自己與青春女兒們相處時，短暫的困頓與鬱悶，並且在這之中，寶玉所思考的解脫之道，主要是期盼透過外在客體的毀逝消散，以求得自身的安寧無擾，或是透過自身「無能者無所求」，刻意地不理不睬，不涉入外在事物的紛擾，以獲得如同「不繫之舟」的遨遊自在。而賈寶玉在第二十二回的禪悟，就思想實質言，也同樣無涉於禪理空境的冥會證悟。因為寶玉的偈語與〈寄生草〉填詞，主要是借偈言情、以禪寫情，透過禪偈詞曲表達自身對於黛玉有一種不必言說、毋須證明的深情厚意，期盼林黛玉能了解，不要讓兩人的相處，總是不斷地陷入互求情感證明的碌碌紛擾。換言之，賈寶玉的「悟禪機」僅是文字上充滿禪意禪趣，其思想內容則是「纏」而非「禪」，仍糾

---

105 同前註，頁14。
106 蔡義江：《紅樓夢是怎樣寫成的》（北京：北京圖書館出版社，2004年），頁248。
107 陳萬益：〈賈寶玉的「意淫」和「情不情」——脂評探微之一〉，《中外文學》，頁38。郭玉雯：〈賈寶玉的性格與生命歷程〉，《紅樓夢人物研究》（臺北：里仁書局，1999年），頁63。

纏於兒女情迷之中,此中寶玉並沒有領會出任何的解脫之道。

　　至於第二十八回寶玉渴望化為「何等蠢物,杳無所知」,以便能「逃大造,出塵網」,此中雖已然思考到解脫之法,然而,這一法門,卻未必有無執、超越之性質。因為「欲為何等蠢物」的「欲為」,已然帶有抗拒大造化運的主觀造作之意圖,並且以「蠢物」之「杳無所知」為解脫,也顯然不同於超越美醜、是非、善惡等等價值分別之上的,具有境界意義式的「無知」,而僅是一種仍處於相對、分別之中,卻全然不願去區別分判式的「無知」。也就是說,「蠢物」之「杳無所知」,雖然仍可說是將解脫之法置於主體面,然而此一主體的「無知」,卻沒有超越、境界之性質,而只是如草木山石般的「無知」。超越義的無知,是從分別之中,上契於無分別,然而,「蠢物」式的無知,則是不進入分別,是不帶有超越意味的渾沌迷茫。

　　而依此來看,除非在八十回後的原稿中,寶玉還有不一樣的哲學與宗教的證契領悟,否則依照前八十回中,寶玉對於道法佛理的理解,其解脫外物糾纏的法門,恐怕主要是這種型態,亦即就主體面來說,是渴求一種未必具有超越向度式的無知無識之心境,而在客體面則追求滅除汰盡那些會擾動心弦的花紅柳綠。而正因為如此,當寶玉面對繁華與青春,皆如水中月、鏡裏花,盡成虛幻後,為止息悲傷,以求得解脫之時,往昔那種從佛道中去脈絡化所領悟的解脫之法:主體的無知無覺與客體的盡除汰淨,也就湧上心頭。使得賈寶玉很可能只有如甄士隱一般搶過褡褳、「飄飄而去」遠離紅塵,才能避免花花世界反覆無盡既讓人歡喜,也讓人哀愁的拉扯牽引,並且也很可能只有如智通寺老僧既聾且昏、所答非所問,一概無知無覺,乃能求得暫時性的喘息、安寧之空間。

　　然而,這種型態的解脫,畢竟夾雜著強自壓抑的隔絕、勉強之意味,因此恐怕終究是情難忘、意難盡,在古殿青燈、荒山枯水的清涼

荒僻之地中，一幕幕「懸崖撒手」、「棄而為僧」前的喜怒哀樂、悲歡離合的種種回憶，或仍將時不時地浮現心頭、撩撥情意。而即便重返仙界，回歸靈石原型，然而，「石上字跡分明，編述歷歷」的仍是「歷盡離合悲歡炎涼世態的一段故事」，[108]是那忘也不忘了、除也除不去的紅塵記憶。

---

108 〔清〕曹雪芹、高鶚著，馮其庸等校注：《紅樓夢校注》，頁3。

第二章
論《紅樓夢》一僧一道的「度化」思想

一　前言：《紅樓夢》之僧道書寫中尚待開展的課題

據學者俞潤生統計《紅樓夢》第一百二十回中關於僧道的描寫，平均約近兩回左右就出現一次。[1]在這些僧道書寫中，有一類是屬於披著宗教祥和慈悲之外衣，而實質行事卻與仍困陷於爭名逐利、情色財貨的凡常俗眾無甚區別的僧道。此如第十五回的淨虛老尼、第二十五回馬道婆、第二十九回張道士、第七十七回智通與圓信、第八十回王道士以及第一百一十回大了女尼等等。另有一類則是能出入上天下界、掌握幻術天機，且對於世間之流轉遷變有其因應智慧的僧道。此即通貫於《紅樓夢》首尾回數，並曾救援或度化諸如甄士隱、甄英蓮、黛玉、寶釵、賈瑞、寶玉、鳳姐與柳湘蓮等小說人物的一僧一道。[2]

對於以上這兩類型的僧道人物，學界已有許多相關討論。先就凡僧俗道言，學者們已然解讀出兩個重點：第一，曹雪芹描寫這類宗教人物奔走豪門、諂媚權貴，藉由祈福驅邪、善惡果報、除疾療病等道術佛理，以換取某種現實利益之作為，正反映出作者對於宗教世俗

1　俞潤生：〈試論《紅樓夢》一僧一道的哲理蘊含〉，《紅樓夢學刊》第3輯（1997年3月），頁65。
2　在前八十回中一僧一道曾出現於第一、三、七、八、十二、二十五、六十六與六十七等章回故事之中，於後四十回則出現於第一百一十五、第一百一十六、第一百一十七與最終回等處。

化、墮落化的揭露與諷刺,而第七回中曹雪芹將主管各廟月例者命名為「余信」(「愚信」)[3]也可見到同樣的思考;第二,在這些世俗化的僧道描寫中,曹雪芹也巧妙地藉此來側面地表現《紅樓夢》幾位主要人物的個性。此如第二十九回張道士奉承賈母,而言談處處卻以寶玉為中心,既表現出張道士於道教法術之外所練就的拍馬逢迎之術,同時也側面透露出賈母寵愛寶玉,視寶玉為心頭肉的性格;又如第十五回淨虛老尼透過利誘、激將與奉承等手法,順利請出鳳姐弄權使力,既表現出淨虛既不淨又不虛的權詐性格,同時也側面展現出鳳姐「素日最喜攬事辦,好賣弄才幹」[4]的要強個性。[5]

再就天僧神道來說,學界的討論主要集中於以下四點:第一,癲跛與靈智兩相變化之分析。一僧一道於仙界神境以「骨格不凡,丰神迥異」現身,而在俗世塵間則換置為落脫瘋癲、癩頭跛足這類髒醜低卑的形象。學者認為這樣的聖俗形象之變換,主要寄託了作者對於世人以假為真、以真為假的價值顛倒與迷茫的省思,是曹雪芹「真假哲學觀念的形象表現」。[6]第二,聖凡形象的文化溯源。學者們認為從原

---

3 張新之言:「『余信』猶言愚信管各廟月例,可見布施之說不過愚人所信。」詳參〔清〕曹雪芹著,馮其庸纂校訂定:《八家評批紅樓夢》(北京:文化藝術出版社,1991年),頁175。

4 〔清〕曹雪芹、高鶚著,馮其庸等校注:《紅樓夢校注》(臺北:里仁書局,2003年),頁206。

5 對此可參考孟慶茹:〈《紅樓夢》中尼僧道士形象論析〉,《北華大學學報(社會科學版)》第18卷第1期(2017年1月),頁125-129。胡文彬:〈道外有道——張道士之「道」〉,《紅樓夢人物談:胡文彬論紅樓夢》(北京:文化藝術出版社,2005年),頁356-359。

6 梅新林:《紅樓夢哲學精神》(上海:學林出版社,1995年),頁40。還可補充的是,趙娟認為僧道之髒醜低卑,一方面可能含藏著佛道崇尚樸實、不重華美外飾一類的修持戒律之觀念;另方面,也可能反映出禪宗那種以癲狂瘋癲為灑脫自由的風尚,並且也可能帶有考驗世俗之慈悲與智慧的意圖。對此,請參考趙娟:〈《紅樓夢》中「一僧一道」的文化意蘊〉,《學術探索》第6期(2013年6月),頁77-82。

始宗教的巫師、神話學與心理學所言的智慧老人，到《莊子》中的「神人」與「畸人」，再到古典小說史中的奇僧怪道（如布袋和尚、濟公、八仙等）與戲曲「度脫劇」中的度人者等等，大體皆可視為曹雪芹創作一僧一道的素材淵源。[7]第三，癩僧跛道的同中之異。同具真幻兩相的一僧一道，雖然往往連袂出現、濟度眾生，宣揚出塵離俗、淡漠超脫之思想，但是，學者認為兩者之間仍有同中之異。而此一差異，一方面表現在僧人度化之法主要是法術符咒，而道人則以言語機鋒為主；另一方面，則表現在身為度人者的僧道，其所各自面對的被度者卻有相當程度的男女分工之現象，僧人度化之對象往往是女性，而道士則以男性為主。[8]第四，一僧一道所代表的智慧乃是佛家「色空」與道教之「夢幻」合流相融下的思考。詳細的說，亦即是透過「遂欲」的方式，讓欲念熾熱者，滿足其欲望幻想，然後，讓其親身體驗所執迷之事物的脆弱易變、短暫易逝，而後了悟情緣的空幻，最終遠離塵世、皈依宗教。[9]

經過以上的簡要回顧，不難發現學界對於《紅樓夢》僧道書寫的研究，確實已累積了相當的研究成果。不過，即便如此，筆者認為至少在一僧一道之「度化」思想的分析上，似乎猶有值得探究之處。我們知道依據首回中道人所言：「趁此何不你我也下世度脫幾個，豈不是一場功德？」[10]可以明顯看到一僧一道下凡入世，與幾位小說人物締結塵緣，並非無目的的偶然相遇，而是如脂批所言：「通部中假借

7　詳參陳洪：〈論癩僧跛道的文化蘊意〉，《紅樓夢學刊》第4輯（1993年11月），頁113-121。王平：〈《紅樓夢》「一僧一道」考論〉，《紅樓夢學刊》第3輯（2008年3月），頁1-17。梅新林：《紅樓夢哲學精神》，頁39-42、歐麗娟：〈論《紅樓夢》中的度脫模式與啟蒙進程〉，《成大中文學報》第32期（2011年3月），頁125-164。

8　歐麗娟：〈論《紅樓夢》中的度脫模式與啟蒙進程〉，頁134-137。

9　梅新林：《紅樓夢哲學精神》，頁108、142-154。

10　〔清〕曹雪芹、高鶚著，馮其庸等校注：《紅樓夢校注》，頁6。

癩僧跛道二人點明迷情幻海中有數之人也。」[11]是帶有自覺的點明、度脫、度化之意圖。點明,是指點啟明;度脫,是救度解脫;度化,是超度點化。不論是哪一個概念,都夾雜著明顯的佛、道色彩,然而,若暫不將特定教義的內容,如此岸、彼岸、般若、涅槃、度劫、謫凡等,直接用來解釋這些概念。[12]而從較為寬泛的角度來看,那麼,不論是說「點明」、「度脫」或是「度化」,皆是在「悟」與「迷」的對立且動態的格局中,站在某種清明超越之「悟」的高度,來拯救「迷」的茫然沉淪,待迷者由「迷」轉「悟」,而後能擺脫紅塵之迷情幻海的波濤洶湧。然而,對於小說所敘述的一僧一道多次度脫行動中所呈現出的「悟」之思想,又應如何理解呢?對此,學者大多以色空、虛無,視人生如短暫且虛幻之夢幻泡影,來概略說明「悟」的內容,然而,卻未能更細部的說明:這樣一種色空、幻夢的超然之「悟」,究竟是屬何種意義下的超然?是屬能自由靈動、迎向變化式的超然?抑或是屬遠離變化、枯寂阻隔式的超然?而這樣的「悟」是否又能徹底克服超脫「情」的纏綿執迷,從而使「情」獲得有效的昇華轉化呢?而一僧一道下凡度化時所宣揚的解脫思想,是否皆僅是「人生如夢」不應執著,這樣的單一觀點呢?

此外,第二十五回癩頭和尚救度寶玉時,所誦念之詩偈:「天不拘兮地不羈,心頭無喜亦無悲;卻因鍛煉通靈後,便向人間覓是非。」[13]

---

11 〔清〕脂硯齋等評,陳慶浩輯校:《新編石頭記脂硯齋評語輯校(增訂本)》(臺北:聯經出版事業公司,1986年),頁65。

12 關於佛道「度脫」這一概念的討論,請參考容世誠:〈度脫劇的原型分析——啟悟理論的借用〉,《戲曲人類學初探》(臺北:麥田出版公司,1997年),頁223-262。李惠綿:〈論析元代佛教度脫劇——以佛教「度」與「解脫」概念為詮釋觀點〉,《佛學研究中心學報》第6期(2001年7月),頁265-314。李豐楙:〈神化與謫凡:元代度脫劇的主題及其時代意義〉,李豐楙主編:《文學、文化與世變》(臺北:中央研究院中國文哲研究所,2002年),頁237-272。

13 〔清〕曹雪芹、高鶚著,馮其庸等校注:《紅樓夢校注》,頁400。

雖有學者認為詩偈中所存在的「不為欲望所困」乃有「自由自在」的觀念，正與佛、道之根絕欲望、守靜去欲，乃得解脫自由之思想相通。[14]但問題是，癩頭和尚所言的不拘不羈、無喜無悲，究竟是何種意義下的不為物擾的自由自在呢？是具有超越、形上性質的自在無拘？抑或是屬無生命之尚未發展、無有情識意義下的無憂無慮呢？若以《紅樓夢》文本為依據，究竟哪一種解釋較符合詩偈之意呢？在乍看無疑的詮釋說解之下，似乎仍存在著值得省思的空間。再來，僅從色空、虛無或人生如夢等來總括僧道的度化思想，卻也較難以直接解釋癩頭和尚給予寶釵「冷香丸」與「金鎖片」等物件之意義。因為冷香丸與金鎖片，顯然與了情滅欲、出家離塵之「空」這類的思想觀念較不相契。換言之，若一僧一道下凡入世，與小說人物締結塵緣，並非無目的的偶然相遇，而是如脂批所言：「通部中假借癩僧跛道二人點明迷情幻海中有數之人也。」[15]是帶有自覺的點明度化之意圖，那麼，對於這兩個物件所象徵的度化意義也應有探索的必要。

　　基於以上的省思，筆者認為一僧一道的度化思想實有重探之需要。而探索的核心焦點主要有三：一是將「度化」背後所依據的「悟」之思想，給予更細緻的釐清定位；二是思考「冷香丸」與「金鎖片」背後所含藏的度化意義；三是於徹底分析一僧一道的度化思想後，省思其度化觀點的價值與限制。

---

14 王平：〈《紅樓夢》「一僧一道」考論〉，頁1-17。
15 〔清〕脂硯齋等評，陳慶浩輯校：《新編石頭記脂硯齋評語輯校（增訂本）》，頁65。

二 〈好了歌〉與〈好了歌解〉的度化思想：苦滅之了悟與阻絕之了卻

　　首回中跛足道人所唱〈好了歌〉，以及甄士隱解注的〈好了歌解〉，是理解一僧一道之度化思想的重要文獻之一。對於〈好了歌〉與〈好了歌解〉的思想，學者們雖已注意到此中所批判的世俗中人困陷於終將遷變、必然歸空之妻財子祿的荒誕執迷。[16]然而，還可注意的是：第一，雖然〈好了歌〉及解注，確實如學者所言都涉及到「變」的主題，[17]不過，兩者之間仍有同中之異。〈好了歌〉對於世人執著難捨的功名、金銀、姣妻與兒孫，皆是從單向式的由盛轉衰之變化角度，勸諫世人早日抽身，不要執戀於必將毀逝的幻影。執著於將相功名，則警以「荒塚一堆草沒了」，奮力於聚斂金銀，則諷以「及到多時眼閉了」，纏綿於男女恩情，則告以「君死又隨人去了」，寵愛膝下兒孫，則訓以「孝順兒孫誰見了」。換言之，〈好了歌〉所言的「變」主要是由盛轉衰、從上往下的毀滅、消散的變化過程，並以此啟發世人了結、斬除對於妻財子祿的執取不捨、妄求不滅的痴愚。而在〈好了歌解〉中所言的變化則不僅止於單向式的由盛轉衰之變化，而是雙向式的自盛轉衰，復由衰返盛的循環遷變。如「陋室空堂，當年笏滿床；衰草枯楊，曾為歌舞場」，是以「笏滿床」與「歌舞場」的顯赫喧騰，轉而為「陋室空堂」與「衰草枯楊」的寂寥破敗，來形容由盛轉衰的變化，而在「蛛絲兒結滿雕梁，綠紗今又糊在蓬窗上」

---

16 孫遜：〈論《紅樓夢》的三重主題〉，《紅樓夢探究》，頁1-30。賀信民：〈反認他鄉是故鄉——曹雪芹的文化反思與終極關懷〉，《紅情綠意》（北京：中國社會科學出版社，2006年），頁82-93。劉再復：《紅樓夢悟（增訂本）》（北京：生活・讀書・新知三聯書店，2011年），頁175-183。

17 孫遜：〈論《紅樓夢》的三重主題〉，《紅樓夢探究》，頁20-23。

一句中,則是以「雕梁」到「蛛絲兒」言由盛轉衰,而從「蓬窗」到「綠紗」則又是言自衰復盛的變化。至於「昨憐破襖寒,今嫌紫蟒長」,除了諷刺世人不論處貧居富,皆難以自我安頓的沉浮漂泊,同時也表現出由貧轉富、自衰返盛的變化。顯然地,〈好了歌〉及解注雖皆言及「變」之主題,但前者偏重於描述由盛轉衰的消逝滅變,後者則偏於呈現盛衰流轉的循環異變。

第二,雖然學者已注意到〈好了歌解〉「反認他鄉是故鄉」,乃是以「他鄉」所含藏的「漂泊、流離、孤獨、苦悶、虛空」之意味,以及「故鄉」所蘊含的「親情、溫馨、團聚、寧靜、慰藉」等意義,來象徵並對比世俗沉湎於妻財子祿的迷離荒唐,與神仙清閒無擾的和諧寧定。[18] 但問題是:此處〈好了歌〉及解注對於由紛擾多變之他鄉俗世,走向寧靜平和之故鄉仙界的法門究竟為何?若以跛足道人所開示的「若不了,便不好;若要好,須是了」[19] 為線索,那麼這一使人能夠走向清淨無擾、自在神仙之「好」的「了」該如何理解呢?是指證道了悟、冥契至道式的心靈之超越境界意義下的「了」呢?還是指遠離塵俗、逃避遷變式的阻卻封閉式的了卻之「了」呢?也就是說,「好了」之「了」應如何理解呢?對此,我們從〈好了歌〉的文字,以及甄士隱解注後的行動,應可尋求出理解的線索。

〈好了歌〉對於世俗所眼關耳注、難以忘懷的功名、金銀、姣妻與兒孫,皆是從其必然消散逝去(如功名金銀最終也只是「荒塚一堆草沒了」、「及到多時眼閉了」),以及事與願違(如姣妻兒孫保不定也將「君死又隨人去了」、「孝順兒孫誰見了」)等面向,來警戒塵世迷者不應貪執妄戀,而應了悟世間的溫柔、富貴之情緣皆僅是表面暫住

---

18 賀信民:〈反認他鄉是故鄉——曹雪芹的文化反思與終極關懷〉,《紅情綠意》,頁94。

19 〔清〕曹雪芹、高鶚著,馮其庸等校注:《紅樓夢校注》,頁13。

之幻相，此幻相的背面即是必然的流逝與傷心。而當心靈抱持著如是的觀點後，對於紅塵樂事，也就容易產生難以真正投入情感的疏離淡漠，形成首回一僧一道所言之面對塵世的態度：「那紅塵中有卻有些樂事，但不能永遠依恃；況又有『美中不足，好事多磨』八個字緊相連屬，瞬息間則又樂極悲生，人非物換，究竟是到頭一夢，萬境歸空，倒不如不去的好。」[20]依此來看，所謂的「好了」之「了」未必能理解為某種勘破情執、直契絕對式的證道了悟，而是一種對於世間之繁華，及其必然凋零（「到頭一夢，萬境歸空」）、注定心碎（「樂極悲生」）的領悟了解，甚至可說戒慎恐懼，遂有「不如不去的好」這種阻斷、淡漠的態度，害怕一旦涉入其中，就將為紅塵樂事所遮蔽纏縛、眩惑神迷，從而一步步身陷「樂極悲生，人非物換」的傷心終局。

而正是這樣一種從這種紅塵之「樂」必然走向「苦」（悲苦）、「滅」（幻滅）的角度，來看待世俗妻財子祿的了悟之「了」，遂造成甄士隱採取了遠離紅塵的了結行動：「那瘋跛道人聽了，拍掌笑道：『解得切，解得切！』士隱便說一聲『走罷！』，將道人肩上褡褳搶了過來背著，竟不回家，同了瘋道人飄飄而去。」[21]從甄士隱的「走罷」以及「飄飄而去」，可以看到「好了」之「了」就行動面來看，主要是指了卻、了結之「了」，意圖透過遠離阻絕塵世之妻財子祿的糾纏牽扯，以取得清寧無擾的神仙之「好」。只有徹底隔絕凡塵的了卻之「了」，才能避免自身所「了」悟的世間之「樂」終歸「苦」、「滅」的必然命運降臨於自身。「好了」之「了」，既是心境的了悟，也是行動的了卻。只是要再次注意的是，這裏的「了悟」與冥契悟道、直證涅槃這類的了悟不太一樣，因為從〈好了歌〉與〈好了歌

---

20 〔清〕曹雪芹、高鶚著，馮其庸等校注：《紅樓夢校注》，頁2。
21 同前註，頁14。

解〉描述中,難以明確看到與究竟真實、絕對超越觀面相照的相關冥契特徵,[22]而大多是對於世俗之樂,其必然帶來悲苦幻滅的勸阻警告。反覆提醒要能了解紅塵樂事的苦滅面向,並徹底了卻世間情緣,使自身如同「木居士」、「灰侍者」乃能安然度過紅塵迷津,擺脫如「夜叉海鬼」般的情緣魔障,[23]從而成就安寧無擾、無有悲苦的神仙之「好」。

而對於以上將「好了」之了悟與冥契悟道之了悟相互區別的說法,論者或許會舉第二回智通寺老僧「既聾且昏,齒落舌鈍,所答非所問」所呈現的混沌無知,抑或第二十五回癩頭和尚所言「天不拘兮地不羈,心頭無喜亦無悲」,那種無悲無喜的自由超越來證明「好了」之了悟同樣有冥證悟道之向度。[24]然而,筆者認為這兩處所呈現的思想性質,恐怕與冥契主義式的證道了悟猶有一些距離。底下嘗試討論其中的差異。

(一) 智通寺老僧:「好了」式的「智通」

在第二回中寫賈雨村欲鑑賞村野風光,散步遊覽至城外,而產生一段具有某種啟示意味的遇合故事:

> 信步至一山環水旋、茂林深竹之處,隱隱的有座廟宇,門巷傾頹,牆垣朽敗,門前有額,題著「智通寺」三字,門旁又有一副舊破的對聯,曰:身後有餘忘縮手,眼前無路想回頭。……

---

22 關於冥契主義的若干特徵,詳參史泰司著,楊儒賓譯:《冥契主義與哲學》(臺北:正中書局,1998年)。
23 〔清〕曹雪芹、高鶚著,馮其庸等校注:《紅樓夢校注》,頁94。
24 至於賈寶玉「懸崖撒手」之「悟道」思想意涵,可參考本書「論賈寶玉的懸崖撒手與莊禪哲理的思想差異」一章的討論。

其中想必有個翻過筋斗來的亦未可知,何不進去試試。」想著走入,只有一個龍鍾老僧在那裏煮粥。雨村見了,便不在意。及至問他兩句話,那老僧既聾且昏,齒落舌鈍,所答非所問。雨村不耐煩,便仍出來。[25]

智通寺老僧身處「山環水旋、茂林深竹」、「門巷傾頹,牆垣朽敗」那種隱蔽且滄桑的廟宇環境,正可說與「好了」之「了」所表現的阻絕隔離繽紛紅塵的了卻行動,以及對於塵世繁華終將樂極悲生之必然性的了悟體會。而智通寺老僧對於充滿世俗欲念,以為甄家婢女「有意於他」,意圖「求善價」、「待時飛」,渴望能夠「人間萬姓仰頭看」[26]的賈雨村,所採取的「既聾且昏,齒落舌鈍,所答非所問」,也可說表現出對於世俗中人眼關耳注、喋喋不休之妻財子祿、紅塵樂事的阻絕隔離、漠不關心的了卻行動。而在此還需注意的是,雖然智通寺老僧之昏聾舌鈍、「所答非所問」,確實容易與禪家之言語道斷、心行處滅,或《莊子》〈應帝王〉中無見無聞之道體象徵「渾沌」,抑或〈知北遊〉三問三不答的「无為謂」等產生聯想。[27]然而,需注意的是,在看見智通寺老僧「不可說」的表現之外,也應重視「可說」之處。因為從「可說」的文字,乃能推判其思想觀念的內容性格,未必能因為表面上的「不可說」的相似,就將智通寺老僧之「智通」與莊禪之

---

25 〔清〕曹雪芹、高鶚著,馮其庸等校注:《紅樓夢校注》,頁27、28。學者胡萬川曾指出:智通寺故事應是取材自唐傳奇〈枕中記〉,並巧妙地以此暗示全書「人生如夢」繁華終將走向寂寞的主題。對此,詳參胡萬川:〈由智通寺一段裏的用典看《紅樓夢》〉,《真假虛實——小說的藝術與現實》(臺北:大安出版社,2005年),頁301-310。
26 〔清〕曹雪芹、高鶚著,馮其庸等校注:《紅樓夢校注》,頁9、10。
27 〔戰國〕莊周著,郭慶藩輯,王孝魚點校:《莊子集釋》(臺北:頂淵文化事業公司,2001年),頁309、734。

冥契超越混同為一。[28]事實上,在智通寺的敘述中,未必盡是「不可說」,其中亦有「可說」之處。

而這一「可說」之處,即是那較為人所忽略的門前對聯:「身後有餘忘縮手,眼前無路想回頭」。這幅對聯所傳達的思想內容,顯然與默坐澄心、體證天理這類體道敘述無關,而主要是在傳達知止知足、避禍全身的觀念,並且也帶有預言讖語的性質,是警示賈雨村不要貪得無厭,自招災禍。而這樣的觀點,正與〈好了歌解〉所言「因嫌紗帽小,致使枷鎖扛」相通,[29]此處也同樣既具有知止避禍的思想意味,並且也有暗示「賈赦雨村一干人」[30]未來命運的讖語性質。也就是說,智通寺老僧的「智通」未必可因其「所答非所問」之「不可說」形象,就將其思想性質直接與究竟真實、超越本體等量齊觀,仍應關聯其「可說」之處一併理解,解釋成若要「好」(平安避禍),須是「了」(了卻對於功名富貴的競逐)意義下的「智」慧「通」達,或許較能貼合《紅樓夢》的文字脈絡。

(二)癩頭和尚的持頌:識知欲求與神幻靈力之「靈」

第二十五回中寶玉與鳳姐在趙姨娘與馬道婆聯手設計之「魘魔法」的控制下,逐漸形體衰弱、神智不清,在幾近死亡邊緣時,一僧一道飄然而至,告知解厄救命之法乃在寶玉身上那能「除邪祟」的通靈玉。此玉只因「被聲色貨利所迷,故不靈驗了」,只需持頌除迷,即可復其靈光。癩頭和尚接著擎玉於掌上,說道:

---

28 關於「不可說」與「可說」的問題,可參考史泰司著,楊儒賓譯:《冥契主義與哲學》,頁381-422。
29 〔清〕曹雪芹、高鶚著,馮其庸等校注:《紅樓夢校注》,頁13。
30 〔清〕脂硯齋等評,陳慶浩輯校:《新編石頭記脂硯齋評語輯校(增訂本)》,頁32。

> 青埂峯一別,展眼已過十三載矣!人世光陰,如此迅速,塵緣滿日,若似彈指!可羨你當時的那段好處:天不拘兮地不羈,心頭無喜亦無悲;卻因鍛煉通靈後,便向人間覓是非。可嘆你今日這番經歷:粉漬脂痕污寶光,綺櫳晝夜困鴛鴦。沉酣一夢終須醒,冤孽償清好散場![31]

引文中從「無喜亦無悲」到「便向人間覓是非」,再由「污寶光」的狀態,透過持頌而恢復靈明。有些學者認為通靈玉在和尚的誦唸下,從困污之迷復返靈明之澈,可說與禪宗佛性論之思想相通。困污之迷乃象徵受外物之影響,遂使本自清淨之心性混濁不明,而靈明之復返則象徵由染復淨,靈明之心性得以回復之意。[32]然而,筆者認為詩偈與禪宗佛性論之間,雖然有著相似的從「靈」轉「污」,自「污」返「靈」的結構,然而仍必須細究其同中之異。先就由「靈」轉「污」來看,雖然據詩偈可知通靈玉在尚未下凡入世時,能夠「天不拘兮地不羈,心頭無喜亦無悲」。然而必須注意的是,此一無拘無束、無喜無悲,看似自由超脫的存在狀態,卻是在「靈性」未通,尚未「自經鍛煉」前,亦即仍處於無知無識、無情無欲的無生命之原石階段,才有如是不拘不羈的寧定。

然而當「此石自經鍛煉之後,靈性已通」,就不再如是的天清地寧、無悲無喜,靈石一方面怨嘆自己無材可補天的孤單失落(首回「見眾石俱得補天,獨自己無材不堪入選,遂自怨自嘆,日夜悲號慚愧」);[33]另方面,也感嘆身處在天界中的清冷寂寞(第十七、十八回

---

31 〔清〕曹雪芹、高鶚著,馮其庸等校注:《紅樓夢校注》,頁400、401。
32 高志忠、曾永辰:〈紅樓夢與禪宗〉,《中國文學研究》第2期(1987年2月),頁50-56。
33 〔清〕曹雪芹、高鶚著,馮其庸等校注:《紅樓夢校注》,頁2。

「此時回想自己當初在大荒山中，青埂峰下，那等淒涼寂寞」），[34]因此當一僧一道言及「紅塵中榮華富貴」後，也就凡心熾盛，意欲造訪人間繁華。

顯然地，「靈性已通」、「鍛煉通靈」所言的「靈」，恐怕與具有超越意義的佛性之「靈」兩者內容並不相同，這裏的「靈」反而是指一種對於主客、貴賤、熱鬧與淒涼、有用與無用等，能夠辨別區分，並進而產生哀嘆、欣羨等欲求與情緒的主體意識、分別意識之意。換言之，此「靈」乃是情識之靈動，「靈性已通」的「靈」，不但不具有形上、超越的意味，反而是造成大乘佛教所言佛性、真性之遮蔽的重要原因。也就是說，雖然學者已然發現，癩頭和尚的詩偈存在著與禪宗佛性論相似的從「靈」轉「污」的結構，然而，結構相通，卻不意味著思想內容亦相通。因為詩偈中的「靈」乃是識欲之靈，一有此「靈」同時即易產生「覓是非」之「污」，既自卑自嘆，也開始羨慕榮華。

接著就自「污」返「靈」來看，從癩頭和尚所言「粉漬脂痕污寶光」等句，可看到與〈好了歌〉相同的對於世間溫柔富貴的警戒，同樣認為紅塵樂事，不能僅注意其歡樂的面向，也應看到其所帶來的苦、滅向度，故多以「困」、「污」、「終須醒」、「冤孽」等感嘆沉酣於此短暫樂事的危險。此外，更重要的是，通靈玉「被聲色貨利所迷，故不靈驗了」，這裏的「靈驗」之「靈」顯然是指補天頑石被和尚化為晶瑩美玉後，鐫刻於其上的「除邪祟」、「療冤疾」與「知禍福」等神幻靈力之「靈」，[35]它同樣也與佛性之「靈」意義不同。換言之，和尚之持頌，雖在表面上與禪宗佛性論皆有自「污」返「靈」的結構，然而其中的思想內容卻大不相同。經癩頭和尚持誦，將聲色貨利之污染滌除汰淨後，乃是回復「除邪祟」之靈力，而非明心見性之靈。配

---

34 同前註，頁270。

35 同前註，頁142。

合《紅樓夢》文本的描述，可以看到在玉石靈力的恢復下，寶玉並未就此明心見性，在精神面，主要僅是「省了人事」、「精神漸長」，同時身體也更為強健，甚至原本為賈環所害的臉上燎泡也「瘡痕平服」，[36]寶玉並未因和尚之持頌，而有向上一躍的醒悟超脫，顯然「靈」是「除邪祟」之靈力，而不是證道之靈悟。

三　論林黛玉、甄英蓮、賈瑞與柳湘蓮「度化」事件中的思想

類似〈好了歌〉那種透過心靈對於世俗之「樂」的「苦」「滅」面向有所了悟，以及行動面的藉由離脫紅塵式的了卻、了結，從而獲得清寧自在之「好」的度化觀點，還可以從一僧一道對於林黛玉、甄英蓮、賈瑞以及柳湘蓮的度化敘述中看到相應的思想觀念。

（一）對林黛玉、甄英蓮的度化：以阻絕之「了」而得平安之「好」

第三回林黛玉自述為醫治病弱之軀，而常服人參養榮丸時，曾言及年幼時的度化因緣：

> 那一年我三歲時，聽得說來了一個癩頭和尚，說要化我去出家，我父母固是不從。他又說：「既捨不得他，只怕他的病一生也不能好的了。若要好時，除非從此以後總不許見哭聲；除父母之外，凡有外姓親友之人，一概不見，方可平安了此一世。」瘋瘋癲癲，說了這些不經之談，也沒人理他。[37]

---

[36] 同前註，頁401、405。

[37] 〔清〕曹雪芹、高鶚著，馮其庸等校注：《紅樓夢校注》，頁46。

從上引文中可以看到與阻絕塵緣的「好了」之「了」相類似的觀念。癩頭和尚所提供的度化方法有二：其一是「化我去出家」，透過「出家」以徹底的隔絕塵俗外境的引逗牽扯之「了」，從而獲得身體安養之「好」；其二則是盡可能的阻隔人世情緣，如「不許見哭聲」、「外姓親友之人，一概不見」等，而這也同樣是透過迴避隔離的了卻之「了」，以獲得「平安了此一世」的「好」。依此來看，我們對於一僧一道的「度化」思想，恐怕未必適合直接往返本歸真、涅槃解脫一類的佛道思想相互等同，因為癩頭和尚此處的「度化」，並未觸及某種超越、本體、冥契層面的思想內容，而主要是涉及行動與環境之迴避與阻隔的安度法門。而如此的以「了」（了卻俗緣、阻隔紅塵），來換得平靜安穩之「好」的度化觀念，也出現在首回癩頭和尚對抱著英蓮的甄士隱的敘述之中：「那僧則癩頭跣腳，那道則跛足蓬頭，瘋瘋癲癲，揮霍談笑而至。及至到了他門前，看見士隱抱著英蓮，那僧便大哭起來，又向士隱道：『施主，你把這有命無運，累及爹娘之物，抱在懷內作甚？』士隱聽了，知是瘋話，也不去睬他。那僧還說：『捨我罷，捨我罷！』」[38]這裏的「捨我罷」也同樣是透過阻斷塵緣之「了」，以避免英蓮日後被拐子誘騙，而有一連串的流離轉徙，嫁入薛家，最終被夏金桂凌虐「致使香魂返故鄉」等悲慘命運發生。總而言之，從林黛玉、甄英蓮的度化情節來看，面對定然悲傷、注定苦痛的命定運數，一僧一道所展現的「度化」思想，在此主要是以走向方外（「化我去出家」、「捨我罷」），抑或是在方內世界建立起某些與塵俗因緣兩相絕緣的障蔽（「總不許見哭聲」、「外姓親友之人，一概不見」），從而得以避開此岸種種的苦痛折磨。而這樣的以逃離、迴避、隔絕之「了」，來換取離苦之「好」的度化思想，其內容確實不同於具有本體、超越性質的明心見性、朝徹見獨一類的思想。

---

38 同前註，頁7。

(二)風月寶鑑的度化思想:「了」卻貪戀欲求而得保生之「好」

第十二回王熙鳳「毒設相思局」後,賈瑞在相思煎熬、債務壓力、祖父嚴懲與縱欲無度等交侵摧殘之下,逐漸形體衰弱、精神混亂以致藥石罔效之局面。而在此危急之時,跛足道人以「風月寶鑑」來救度賈瑞:

> 那道士嘆道:「你這病非藥可醫。我有個寶貝與你,你天天看時,此命可保矣。」說畢,從褡褳中取出一面鏡子來──兩面皆可照人,鏡把上面鏨著「風月寶鑑」四字──遞與賈瑞道:「這物出自太虛幻境空靈殿上,警幻仙子所製,專治邪思妄動之症,有濟世保生之功。所以帶他到世上來,單與那些聰明傑俊、風雅王孫等看照。千萬不可照正面,只照他的背面。要緊,要緊!三日後吾來收取,管叫你好了。」[39]

從引文中可以注意:第一,跛足道人所言「非藥可醫」並非是批評賈瑞先前所服用之醫方皆不對症。因為賈瑞之所以仍落至「黑夜作燒,白晝常倦,下溺連精,嗽痰帶血」等病徵,最主要仍在於「滿心想鳳姐」之故,由此相思之欲念,乃有身心之日摧月磨,並使得原本所服用具補陽之效的藥物(「諸如肉桂、附子、鱉甲、麥冬、玉竹」、「獨參湯」等),反而成為其陽亢之幫凶,加速身體的消耗。[40]「非藥可醫」乃是更為根本的指出,賈瑞的致病的根源乃在精神、情思的層

---

39 〔清〕曹雪芹、高鶚著,馮其庸等校注:《紅樓夢校注》,頁194。
40 詳參陳存仁、宋淇:《紅樓夢人物醫事考》(臺北:世茂出版公司,2007年),頁87。龔保華、陳純忠:〈淺談賈瑞之死〉,《紅樓夢學刊》第4輯(1990年4月),頁84-86。

面,而非單純身體陽氣的貧弱不振。第二,風月寶鑑照正面出現鳳姐招手,反面照則出現骷髏骨立的安排,一方面應如評點家王希廉所言:「背面是骷髏,正面是鳳姐,美人即骷髏,骷髏即美人,所謂『色即是空,空即是色』也。」[41]表現出美人骷髏乃一體之兩面,世間美好盡皆為暫駐之假有,轉瞬即現幻滅空無之真實本質的意思;另方面,也應如二知道人所言:「風月寶鑑,神物也;照鑑之背,不過骷髏;照鑑之面,美不可言。但幻由心生,仙家亦隨人現化。賈瑞為鳳姐而病,照之則鳳姐現身其中;浸假而賈赦照之,鑑中必是鴛鴦矣。浸假而賈璉照之,鑑中必是鮑二之女人矣。」[42]風月寶鑑在色空、真假的象徵外,還具有「幻由心生」的性質,正面所現與照鏡者之內隱情思、邪思妄動有對應關係。

　　至於風月寶鑑的度化意義,基本上也可說與「好了」思想相通。因為人間的溫柔富貴之所以需要「了」(了卻阻絕),乃是因為這些人間紅塵所謂的樂事,僅是短暫易逝的存在,既要承受追逐過程中的磨難,而即便順利獲取,也終將面對散亡消逝的痛苦傷心。因此,若能斷然放開人間樂事的競逐與受享,也就能避免必然的由「滅」所生之「苦」的折磨。而此處的風月寶鑑也反映出相同的觀點,照正面所呈現的正是照鏡者內心所癡迷愛戀的紅塵樂事,而背面的骷髏既表現出這些紅塵美事,終將走向令人驚駭畏懼的恐怖衰敗、死亡終局,同時,應當也部分暗示著賈瑞縱欲過度後的形銷骨立。跛足道人正是透過風月寶鑑這樣的正、反轉換之思想,來勸戒賈瑞應當「了」卻、戒除邪思妄動,了解溫柔樂事背後如影隨形的死亡衰敗,從而獲得養命保生之「好」。依此來看,我們可說這裏的度化思想,也同樣與勘破無明、涅槃解脫一類的超越智慧層次不太一樣。

41　〔清〕曹雪芹著,馮其庸纂校訂定:《八家評批紅樓夢》,頁276。
42　一粟編:《紅樓夢資料彙編》(北京:中華書局,2008年),頁100。

（三）跛腿道士對柳湘蓮的度化：截髮出家、飄然而去的「好了」

當尤三姐「恥情歸地府」後，柳湘蓮在愧悔傷悲、幻夢昏默之際，走到一座破廟，廟中捕虱的跛腿道士的一席話，對於恍惚中的柳湘蓮產生莫大的震撼：

> 湘蓮便起身稽首相問：「此係何方？仙師仙名法號？」道士笑道：「連我也不知道此係何方，我係何人，不過暫來歇足而已。」柳湘蓮聽了，不覺冷然如寒冰侵骨，掣出那股雄劍，將萬根煩惱絲一揮而盡，便隨那道士，不知往那裏去了。……柳湘蓮見尤三姐身亡，痴情眷戀，卻被道人數句冷言打破迷關，竟自截髮出家，跟隨瘋道人飄然而去，不知何往。[43]

對於柳湘蓮截髮出家的原因，學界至少有兩種解釋，一種是認為其離塵出家，雖然外在形貌與所處環境，已然從「俠客」轉而成「僧道」，但是其精神實質仍在俠義承擔，而非紅塵看破。此如周思源就曾指出：「在對待尤三姐之死的問題上，柳湘蓮充分顯示出知錯就改最重情義和勇於承擔責任的男子漢氣度，還有好漢做事好漢當的俠客風範。」[44]換言之，柳湘蓮的出家正與他在小說中所呈現的重俠尚義之人格特質一脈相承，是對於尤三姐所言之「等他來了，嫁了他去，

---

43 〔清〕曹雪芹、高鶚著，馮其庸等校注：《紅樓夢校注》，頁1042、1045。
44 周思源：《正解金陵十二釵》（北京：中華書局，2006年），頁225。另外，同樣從俠義承擔的角度，來解釋柳湘蓮之出家原因的研究論文，還可參考閻秀平：〈出污泥而不染——柳湘蓮人格探美〉，《紅樓夢學刊》第3輯（2000年3月），頁147-152、鄧桃莉：〈優伶？遊俠？——柳湘蓮身份人格的文化解讀〉，《鄂州大學學報》第12卷第4期（2005年7月），頁43-45。

若一百年不來，我自己修行去了」、「情願剃了頭當姑子去，吃長齋念佛，以了今生。」[45]等誓言的酬報，柳湘蓮看似了卻情緣的截髮，實際上乃是俠義至情之表現。

另一種則是認為柳湘蓮的飄然而去，是超脫、醒悟的表現，是在瘋道人「不過暫來歇足而已」的禪語機鋒所暗示之「人生如旅途，世間只能暫時歇歇腳，並無安身立命處，真正的歸宿在於出家修道。」[46]這樣的啟發下，頓時衝破塵網，「表現出在彼岸靈光折射下人生軌道的豁然轉彎，並毅然捨離塵世飄然無蹤。」[47]換言之，柳湘蓮的出家非關俠義承擔，而是捨身向道，不再「天天萍蹤浪跡，沒個一定的去處」，在方外的世界中，找到貞靜寧定之安宅。

對於以上這兩種解釋，筆者有如下的省思：首先，從「俠義」承擔的角度來詮釋柳湘蓮的出家，雖然能連繫其過往俠義之言行，而有通貫之解釋。然而，此說卻顯然忽略或說降低了跏腿道士的禪語之意義，道士之禪語不再是醒悟度化之啟引，反而是俠情燃燒之助媒。

其次，從「俠義」的角度來詮釋柳湘蓮之性格，恐怕也未必毫無疑問。雖然柳湘蓮曾為秦鐘填土修墳，也曾痛打無禮之薛蟠，表現出重情尚義、不畏權貴的個性，然而，仍應看到柳湘蓮那種反反覆覆、輕諾寡信的一面。對此，王昆侖就有極敏銳的觀察，他說：「個人英雄主義者常不免只憑一時淺薄衝動而決定取捨。……實際上薛蟠仍是薛蟠，柳湘蓮有什麼理由又和一個惡霸公子結為兄弟？多麼無是無非！一個女子出於賈璉之保薦，柳湘蓮就可以匆匆置信而給了定禮；……他忽又想起賈府的淫風而懷疑，不再加深考察就要退婚；這又多麼反

---

45 〔清〕曹雪芹、高鶚著，馮其庸等校注：《紅樓夢校注》，頁1036、1037。
46 牟鐘鑒：〈紅樓夢與道教〉，《文史知識》第11期（1988年11月）頁66-71。
47 歐麗娟：〈論《紅樓夢》中的度脫模式與啟蒙進程〉，頁135。

覆,多麼冒失!」[48]換言之,若從此一角度來看,柳湘蓮此時堅決地截髮出家,恐怕也就未必如是的堅定不移。因為基於俠情「飄然而去」的柳湘漣,其後亦可能在俠情的鼓動下,產生如同第六十七回中一位薛家伙計所說:「柳二爺那樣個伶俐人,未必是真跟了道士去罷。他原會些武藝,又有力量,或看破那道士的妖術邪法,特意跟他去,在背地擺佈他,也未可知。」[49]在出家後,又別有一套仍延續其衝動善變之俠義性格的故事發展。

至於從捨身向道的角度來解釋柳湘蓮的出家,雖然能正視跛腿道士之禪語機鋒的重要性,然而學者所分析的「出家修道」、「彼岸靈光」,其實質內容究竟為何?還應予以細部的開展。首先可以注意的是,當柳湘蓮俯棺大哭,告辭而去後,在昏默恍惚之際,柳湘蓮先是遇到薛蟠小廝帶他至「十分整齊」的「新房之中」,接著又看到「環佩叮噹」標緻動人,手捧劍冊的尤三姐。而後當聽完尤三姐的泣訴,柳湘蓮於似夢非夢中睜眼所見,盡是幻滅、殘破的景象,尤三姐「一陣香風,便無蹤無影去了」,「那裏有薛家小童,也非新室,竟是一座破廟,旁邊坐著一個跛腿道士捕虱」,溫柔繁華恍如一夢,盡皆消散無蹤。

依此來看,在迷濛恍惚之間,柳湘蓮已然體驗到如同首回中一僧一道所說:「那紅塵中卻有些樂事,但不能永遠依恃」、「究竟是到頭一夢,萬境歸空」之恆處於遷變之中的俗間樂事的真實本相。現實中的「有」,皆非永恆不變的有,而是暫時的有、處於遷變的假有,因此當柳湘蓮問「此係何方?仙師仙名法號?」瘋道士所回答之「連我也不知道此係何方,我係何人,不過暫來歇足而已。」也就是在暗

---

48 王昆侖:《紅樓夢人物論》(北京:北京出版社,2004年),頁104、105。
49 〔清〕曹雪芹、高鶚著,馮其庸等校注:《紅樓夢校注》,頁1050。

示、啟發柳湘蓮對於俗世之「變」的醒悟。「此係何方」表示所處環境之遷變不已，滄海可變桑田，新房亦轉瞬化為破廟，俗世中沒有一個固定不變的環境。而「我係何人」則是言肉體身軀亦處在遷變之中，薛家小童化為捕虱道人，絕色標緻的尤三姐也頃刻間變為一陣香風，而正是因為一切皆處於化逝遷變之中，因此，現在所有的一切狀態，亦不過是「暫來歇足而已」，僅是短暫的停留，而非永存常住之存在，不會是人們應當駐足停留之處，真正安固清寧的地方，不在方內，而在方外。

而當柳湘蓮對此幻變遷逝之實相有徹底的體會後，「掣出那股雄劍，將萬根煩惱絲一揮而盡」，乃是藉由斬斷髮絲，象徵不再癡迷於那些終將流轉幻逝、樂極悲生的紅塵樂事而徒增煩惱。至於「跟隨瘋道人飄然而去，不知何往」，則是對於花紅柳綠、富麗繁華之繽紛紅塵的脫離阻絕、了卻抽身，以逃離塵世網羅的牽纏束縛，避免在塵世流連中，一而再，再而三所發生的種種遺憾、歉疚與悔恨之事。也就是說，柳湘蓮是從似夢非夢的幻境與道人「暫來歇足」的點化中，更深刻的體會到世間緣法的暫存、遷變之性質，以及情執情迷所帶來的懊悔傷心。明白身處不斷變易、無有永恆的紅塵世間，以迷情惑情茫然地投入其中，最終得來的也不過就是消散破敗與懊悔自責，因此既「一揮而盡」以斬斷髮絲的行動，象徵不願再受情執煩惱的折磨，並且又「飄然而去」以轉身抽離的實踐，象徵遠離方內繁華，轉而追求方外靜好的態度。依此來看，柳湘蓮的「一揮而盡」與「飄然而去」，大體也不脫離「好了」的度化思想。主要皆是從終究消逝敗滅、徒留憾恨的角度，來定位方內紅塵的根本性質，若仍徘徊、迷戀於這樣的方內紅塵，只是一錯再錯的選擇，終究不得平靜。因此，須是了卻世間、了結俗緣，「一揮而盡」、「飄然而去」的「了」，乃能求得清寧無擾之「好」。可見，跏腿道士所展現的度化思想，聖俗之間

仍存在著明顯的對立區隔,無法於花紅柳綠中安頓自身,只有抽離方內,轉向方外,才有自在安頓的救贖可能。

四　癩頭和尚「冷香丸」與「金鎖片」的度化思想

(一)「冷香丸」:以儒家之道來救度陷溺糾纏的象徵丸藥

對於《紅樓夢》第七回由禿頭(癩頭)和尚所帶來用以醫治薛寶釵「熱毒」、「喘嗽」之症的海上仙方「冷香丸」,學界主要是從「醫理實證」與「文學象徵」這兩種角度加以解釋。先就「醫理實證」的角度來說,雖然學者們在藥理分析上有詳略之別,並且對於病症之解釋也有細微分歧,不過,大體都能同意冷香丸之藥方,雖然有誇大虛構之處,但是仍符合醫理且具療效。此如筠宇認為寶釵從胎裏帶來之「熱毒」,乃是指天生所具痰熱之體質,而「冷香丸」藥方中的「花」、「水」有中和理氣、清熱解毒之效;「糖蜜」、「黃柏」則有甘緩止咳、瀉導伏火之功,這些藥方皆能有效治療痰熱之症。不過,在符合醫理之外,筠宇還指出藥方虛構之處,如霜雪雨露雖有療效,但未必要限定節氣,並且藥物埋藏地下,雖可降退火氣,但也未必需限定於花根底下。[50] 又如劉曉林認為胎裏熱毒可能是由於產婦過度進補,所形成的兒童過敏性哮喘症,並且除了分析花、水、糖、黃柏等藥材的療效外,還指出:花蕊入藥必取色白,與五行理論中與嗽喘有關之肺部屬白色有關,故用白色花蕊以直通肺經,而配合四時節氣以採集藥方,也應與中醫講究的天人感應有關,不同節候之物,有不同功效。[51]

---

50 筠宇:〈「冷香丸」和薛寶釵的病〉,《紅樓夢學刊》第2輯(1980年2月),頁218-220。
51 劉曉林:〈「冷香丸」的象徵意義與薛寶釵的形象〉,《衡陽師專學報(社會科學)》第16卷(1995年2月),頁44-49。

不過，或許由於曹雪芹慣用預言象徵的寫作手法，[52]並且「不過喘嗽些」的輕微症狀與冷香丸瑣碎繁重的藥物採集與配製的對比反差，加上癩頭和尚與薛寶釵於小說中的重要地位等等原因，因此，學者往往於醫學實證的解釋角度外，更多是從文學象徵的視角，認為冷香丸應象徵著薛寶釵的命運與人格。

先就「冷香丸」作為「命運」之象徵來看，雖然學者細部解說稍有區別，不過，大體沒有太多的爭議，皆是扣合《紅樓夢》「千紅一窟（哭）」、「萬豔同杯（悲）」，那種青春凋零、紅顏命薄的悲劇角度解釋。此如陳敬夫就認為：四時節氣乃象徵生命年華，「白」與「花」象徵素淨、女子，而「霜雪雨露」與「黃柏」則象徵寒涼苦澀，整體而言，冷香丸就成為「寶釵的生命年華素淨而苦寒的象徵」。[53]又如歐麗娟則認為冷香丸所象徵的女性悲劇，不僅只限於寶釵，還可擴及眾金釵，因為「十二」可對應十二金釵，四時節氣與「白」則可象徵時時刻刻之禮教的限制控管、化約漂白，「冷香丸」對於青春女子（「香」）的限制摧毀（「冷」）所造成的悲劇，正是使女性「止步於『齊家』的邊界，失去了經世濟民的參與權與扭轉乾坤的機會。」[54]

然而，從「人格」象徵的角度解釋「冷香丸」，學者們的看法就顯得不那麼一致。而這主要是因為學者們對於薛寶釵之人格特質的評價兩極，遂連帶使「冷香丸」的人格象徵意義，也產生解釋分歧。對於較偏向於從負面角度來解讀冷香丸的學者，尤其聚焦於兩個重點：一是「熱毒」所暗示的充滿功利目的、爭鬥陰毒的意義；二是「冷」

---

52 周中明：《紅樓夢：迷人的藝術世界》（臺北：貫雅文化事業公司，1991年）。
53 陳敬夫：〈宗教迷信，還是托言寓意？——《紅樓夢》「一僧一道」新解〉，《吉首大學學報（社會科學版）》第1期（總第10期）（1985年1月），頁50-59。
54 歐麗娟：〈薛寶釵論〉，《大觀紅樓（正金釵卷）》（臺北：國立臺灣大學出版中心，2017年），頁324、325。

所含藏的冷漠、冷酷、無情之意。而就學者們所提出的文本證據來看，就前者言，主要是從寶釵「皇商」的家世背景、進京選秀、爭奪寶二奶奶的寶座（金玉良姻）以及〈臨江仙〉「好風頻借力，送我上青雲」所表現的取寵求榮的青雲之志等等來支持其說；而就後者來說，主要則是以金釧兒投井、尤三姊自刎、柳湘蓮出家等事件，寶釵所表現的「不為可惜」、「不在意」之冷漠態度，以及花籤詩「任是無情也動人」之「無情」等來佐證「冷美人」之冷寒徹骨。[55]對於以上觀點與論證，以往雖有幾位學者，已零星地對若干論證理據提出反省。此如賀信民對於「任是無情也動人」籤詩，更著重於寶釵「動人」面之解釋，並且對於「金玉良姻」也強調寶釵對於寶玉的好感愛悅之中，仍有禮教賢淑的自重自守之面向。[56]又如周思源除了指出寶釵撲蝶一事，並未移禍黛玉，因為寶釵於園中本為找黛玉，情急中以黛玉藉口，乃是自然而然的心理順勢反應，另外也隱約洞察到寶釵對於金釧、尤、柳等事件所表現的冷漠，背後與寶釵之封建禮教觀念有關。[57]再如楊羅生除了更細緻地從對於金釧投井展開分析，認為：寶釵乃是在王夫人所提供的片面訊息下，基於「悅親」（以金釧失足之說寬慰王夫人）與「尊理」（以銀兩衣飾為死者及家屬致哀）兩大原則下的合情合理之舉，而非冷淡無情之行。[58]另外，也曾指出：「熱毒」並非一種與生俱來的爭奪計慮之劣根性，而是一種人皆有之的如

---

55 此如胡文彬：《紅樓夢與中國文化論稿》（北京：中國書局，2005年），頁222、223、呂啟祥：〈冷香寒徹骨雪裏埋金簪——談談薛寶釵的自我修養〉，《紅樓夢尋——呂啟祥論紅樓夢》（北京：文化藝術出版社，2005年），頁191-196。

56 賀信民：〈任是無情也動人——薛寶釵的超穩心態及其美學意義〉，《紅情綠意》，頁204-215。

57 周思源：〈是是非非寶丫頭〉，收於氏著：《周思源看紅樓夢》（北京：中華書局，2005年6月），頁75-86。

58 楊羅生：〈會做人——人性美的閃光〉，《雲夢學刊》第24卷6期（2003年11月），頁73-77。

「食色」之類的人性欲望，冷香丸藥材中的「糖蜜」、「黃柏」則可象徵生命際遇的甘苦，透過「冷」、「素」等高潔之理性精神的節制，則能以「冷」（理性）解「熱」（人欲），散發動人的德行芬芳。[59]

然而，以往的探索反省雖有零星洞見，但總體而言似仍有不夠周全詳盡之憾。不過，此一論述空缺近來已由歐麗娟的全面研究填補充實。譬如一般用以證明薛寶釵熱衷事功名利（「熱毒」）的「皇商」、「選秀女」與「送我上青雲」等證據，歐氏皆已一一提出論證反省。此如「皇商」之出身，亦未必定可從奸邪算計解釋。因為此說既忽略了薛家亦是「書香繼世之家」本具有良好的修養環境，並且薛家之「皇商」事業遍及海內外，亦未嘗不可從見多識廣、正大光明等正向角度解釋，加上全以家庭環境斷定人格，亦有忽略主體能動性之嫌。又如「選秀女」依文中所言乃「凡仕宦名家之女，皆親名達部」，顯然僅是遵守義務，而非爭名求榮，況且《紅樓夢》日後亦未言及選秀結果或飛黃騰達之情節，因此，「選秀女」主要是提供寶釵入賈府的情節敘述理由，而非表現其野心之暗示。再來又如「送我上青雲」亦未必可用以證明寶釵有求名爭榮之心，因為就小說文脈言，寶釵「上青雲」乃是從「翻案」的詩學創作角度，以昂揚上舉，來翻轉一般言柳絮的頹敗喪墮之風，而若從詩讖角度言，也可說寶釵扭轉大觀園漸趨喪敗的堅強不屈、奮力掙扎。

至於經常用以證明寶釵冷酷的「任是無情也動人」，歐氏認為由於小說描述此段情節的氣氛，乃是眾人恭賀道喜且寶玉尤其嘆賞不已，顯然若是批評譏諷寶釵冷酷無情恐與文脈不契，況且就語法結構言，「無情」為虛擬、假設之意，重點在「動人」，此外，若專從「無情」一詞來看，在儒、道哲理中，「無情」亦有極高明的境界之意，

---

[59] 楊羅生：〈漫說薛寶釵的「冷」〉，《紅樓夢學刊》第2輯（2004年），頁119-234。

未必僅有負面的無情無義。而透過諸多細密論證後,歐氏認為「冷香丸」不應從負面的角度解釋,因為其「冷」正象徵寶釵冷靜沉穩、思周慮細之性格,而「香」則是由「冷」以制「熱」(「熱毒」:人性之種種欲求所造成的苦痛悲慘)所散發的德性芬芳、美好性格。[60]總而言之,在重點式的評論冷香丸背後複雜的學界爭議之後,我們應當可以同意「冷香丸」與「熱毒」基本上不應理解為是在描述寶釵的冷酷無情與熱衷名利。「熱毒」乃是在言人性欲求及其所衍生的種種苦痛煩惱,而「冷香丸」若從命運象徵言,是暗示青春女子走向飄零淒清的悲慘處境;而若從人格象徵言,則是從正面來呈現薛寶釵冷靜自持、德性美好的人格特質。

不過,即便學者對於冷香丸已有如是豐厚且嚴密的研究成果,然而,筆者認為關於「冷香丸」或許還可以有底下幾個補充討論。首先,學者雖已注意到「冷香丸」之藥材與製程中,若干與儒家禮教相關的象徵意義。然而,卻似乎較偏向於從禮教其反覆嚴密的道德監視與壓迫的面向立論,如藥材之「白」花與「十二」之數,在此就成為「如四季循環般周年不息的社會力量化約漂白,消解個人之獨特色彩而成為千人一面的禮教淑女」[61]這樣的意思。不過,「冷香丸」既然與寶釵之道德芬芳有對應關係,那麼,對於這些藥方與製程,或許就應採更為正面的方式來解釋。譬如以素白之花蕊入藥,此中之素白不禁讓人聯想到《論語・八佾》孔子與子夏談論詩義之「素以為絢兮」中,所言及的雖有巧笑美目,仍需禮儀而能更增其容色的「以素喻禮」之典故。[62]而寶釵「肌骨瑩潤,舉止嫻雅」,[63]正表現出既有美

---

60 歐麗娟:〈薛寶釵論〉,收於氏著:《大觀紅樓(正金釵卷)上》,頁240-406。
61 歐麗娟:〈「冷香丸」新解──兼論《紅樓夢》中之女性成長與二元補襯之思考模式〉,頁192。
62 「以素喻禮」為鄭玄之注說。詳參黃懷信主撰:《論語彙校集釋》(上海:上海古籍

質，亦具禮教的端莊典雅。又如藥方中重視四時節氣之配合，也與《禮記》順時、從時之觀念相通，此如〈月令〉「凡舉大事，毋逆大數，必順其時，慎因其類」、〈文王世子〉「凡學世子及學士，必時。春夏學干戈，秋冬學羽籥，皆於東序」、〈內則〉「凡食齊視春時，羹齊視夏時，醬齊視秋時，飲齊視冬時。凡和，春多酸，夏多苦，秋多辛，冬多鹹，調以滑甘」、〈喪服四制〉「凡禮之大體，體天地，法四時，則陰陽，順人情，故謂之禮」等等皆可為證。[64]而寶釵於小說中其「行為豁達，隨分從時」[65]的道德修養更可說體現與深化了「時」之意義，使「時」不僅只限於天時之時，亦包括了對於環境對象、倫理關係等時局分際的體認，而此既符合《禮記‧禮器》所言「禮，時為大，順次之，體次之，宜次之，稱次之。」[66]對於時局、倫常的重視，同時也使製作冷香丸的「巧」字，從原本屬天時機緣之湊巧之巧，更表現為人際相處上的圓融周到、靈巧巧妙之巧。

其次，學者雖從脂批之言，證明「冷香丸」應來自於「太虛幻境」，然而，卻較偏向於往禮教所造成的女性悲劇立論，說道：「『冷香』一如『群芳髓（碎）』、『千紅一窟（哭）』和『萬艷同悲（悲）』，四者都是『女性悲劇』的同義互文，象徵著所有女性終將葬身於禮教世界的共同命運。」[67]不過，或許與其將「冷香丸」與「太虛幻境」之

出版社，2008年），頁221。又，對於「繪事後素」一章的說解，學者或從朱熹之說，或從鄭玄作解。此中之爭議及其衡定，詳參趙代根：〈《論語》「繪事後素」辨〉，《安徽教育學院學報》第4期（總第66期）（1996年4月），頁64-66。

63 〔清〕曹雪芹、高鶚著，馮其庸等校注：《紅樓夢校注》，頁71。
64 王夢鷗註譯：《禮記今註今譯》（臺北：臺灣商務印書館，1998年），頁291、346、458、1009。
65 〔清〕曹雪芹、高鶚著，馮其庸等校注：《紅樓夢校注》，頁81。
66 王夢鷗註譯：《禮記今註今譯》，頁391。
67 歐麗娟：〈「冷香丸」新解──兼論《紅樓夢》中之女性成長與二元補襯之思考模式〉，頁217。

「群芳髓」等名物相聯繫，不如往與一僧一道同屬仙界人物，同樣具有「度化」智慧的警幻仙子所說的一段勸戒良言相互詮釋。警幻言道：

> 醉以靈酒，沁以仙茗，警以妙曲，再將吾妹一人，乳名兼美字可卿者，許配於汝。今夕良時，即可成姻。不過令汝領略此仙閨幻境之風光尚如此，何況塵境之情景哉？而今後萬萬解釋，改悟前情，留意於孔孟之間，委身於經濟之道。[68]

警幻這段勸戒，包含兩個面向：第一，是透過仙凡對照，讓寶玉對於人間凡塵「美中不足」的本質有所領悟。警幻讓寶玉在仙界享有靈酒、仙茗、妙曲與美人的極致體驗，是藉由仙界之完美，讓寶玉明瞭凡塵中的諸多美事，相對於仙界之「兼美」總有其不足、殘缺之處，故不必枉費心力迷戀那些必然殘缺的凡俗事物；第二，是透過儒家道德修養與經世濟民之道，讓寶玉於變化輪轉、愛恨交織的凡塵迷茫之中，有一得以貞定自我，不為感官聲色所擾亂的核心價值。引文所說的「留意於孔孟之間，委身於經濟之道」，正是主張以儒家之道德修養與經世濟民的價值理想來安頓自我，從而得以於世間之花紅柳綠、繽紛五彩的迷人圈子中解開束縛、脫離陷溺。而這樣的由「迷」返

---

68 〔清〕曹雪芹、高鶚著，馮其庸等校注：《紅樓夢校注》，頁94。又，廖咸浩注意到庚辰本中警幻所言「則深負我從前諄諄警戒之語矣」，於甲戌本做「則深負我從前一番以情悟道，守禮衷情之言矣！」並指出：「『以情悟道，守禮衷情』就是程朱從『人心』（情）轉往『道心』（性）的要求，……能夠精誠謹敬的『守理』，就能表達不偏不倚的『衷情』了。如此觀之，則『以情悟道』中的『道』字便無關乎佛道，而是道學家的『天道』或『道心』。」詳參氏著：〈青埂與幻境——《紅樓夢》的兩種起源〉，《《紅樓夢》的補天之恨：國族寓言與遺民情懷》（臺北：聯經出版事業公司，2017年），頁40。廖氏從遺民心態、索隱解密的角度解讀《紅樓夢》，雖與本文立場不同，但是，將警幻所言的勸戒之「道」，理解為儒家之道，確實可與本文的論述相互發明。

「悟」之思想觀念,正可說與癩頭和尚透過「冷香丸」以治「熱毒」（人性欲求）所象徵的,以儒家之道來救治陷溺糾纏之智慧相通。[69]是藉由儒家式的禮儀、理性之「冷」,與品德芬芳之「香」這一象徵式的中醫丸藥,來救治象徵式的「熱毒」病症,疏導發散人性欲求之「熱」,及其衍生之種種苦痛傷悲之「毒」。而差別在於雖同屬儒家之道,但猶有男女分別的細部差異。寶玉的施展範圍較為廣大,並不僅限於修身齊家的層面,還有延伸至經世濟民、治國平天下的面向,而寶釵則較縮限於閨閣家庭、自我修養,存在著明顯的性別區隔。[70]最後,雖然學者已然指出一僧一道對於林黛玉與薛寶釵所施行的「度化」之法,存在明顯的區別,說道:

> 給黛玉的是出世以「去性」,給寶釵的卻是入世而「化性」。出

---

[69] 第十三回秦可卿魂靈托夢時曾告訴鳳姐,「讀書務農」乃是面對「否極泰來,榮辱自古周而復始」之變動時局的應對良策之一。第十六回秦鐘遺言:「以前你我見識自為高過世人,我今日才知自誤了。以後還該立志功名,以榮耀顯達為是。」秦鐘在臨終之時才徹底悔悟,認為以往輕鄙仕途功名之「見識」乃是「自誤」之行,應「立志功名」、「榮耀顯達為是」。這些都有以儒家式的立德立功之價值觀念,作為安頓自我、面對時變的中心思想之意,可與「冷香丸」所象徵的度化思想相通。〔清〕曹雪芹、高鶚著,馮其庸等校注:《紅樓夢校注》,頁199、200、248。另外,脂批在第四回李紈「父名李守中」寫道:「妙,蓋云人能以理自守,安得為情所陷哉。」（〔清〕脂硯齋等評,陳慶浩輯校:《新編石頭記脂硯齋評語輯校（增訂本）》頁92）亦有以「理」為中心價值,而得於人間持重安穩,掙脫情欲之擺盪陷溺、惶惑難安。而張新之在「原來這李氏即賈珠之妻。……取名賈蘭」處,亦評點道:「一書止於此人差無貶詞,故姓曰『李』。『李』,理也,禮也。『蘭』,闌也,範圍,提防。留此人種,遏人欲,復天理,循環之機也。」（〔清〕曹雪芹著,馮其庸纂校訂定:《八家評批紅樓夢》頁91）依此,則賈蘭之名也同樣反映出以「冷香丸」（儒家之理、禮）以治「熱毒」（人性之欲求苦惱）相同的思考模式。

[70] 另外,關於《紅樓夢》中所隱含的傳統結構中的性別意識,還可參考歐麗娟:〈《紅樓夢》中的神話破譯——兼含女性主義的再詮釋〉,《成大中文學報》30期（2010年10月）,頁101-140。

世以後的林黛玉將步上斷情絕俗地去性之路，其結果便是如甄士隱、柳湘蓮般出家了卻塵緣徹底解脫，從而不再有疾病與眼淚；至於寶釵入世化性的結果，就會出現以賢德著稱的人格典型，終其一生根植於人群社會之中安身立命。[71]

然而，還可注意的是，第一，既然「冷香丸」所象徵之儒家式的「入世化性」也屬於一僧一道的「度化」法門之一，可見，這所謂的「度化」不能直接理解為佛道式的從苦痛之此岸，超度點化至極樂彼岸的概念，因為「冷香丸」的「入世化性」乃開展於此岸，安住於此岸，而並未脫離此岸，走向彼岸。依此來看，我們對於一僧一道的「度化」這一概念，一方面必須注意其中所存在的儒家向度（警幻亦是從孔孟之道來勸戒寶玉），其「度化」思想不僅兼攝釋道，還可說具有三教合一的意味；另方面，對於一僧一道的「度化」也應採較為寬泛的理解，不必拘限於從俗世此岸到神界彼岸，那種超絕式的度脫。儒家之道也同樣具有使人能夠於妻財子祿的眷戀癡迷中，得以安頓的某種效用，而不必然要捨離紅塵此岸。換言之，一僧一道的「度化」乃著重於從「迷」返「悟」，透過某種「悟」的智慧，使人得以安然度過、化解此岸情迷之擺盪糾纏，而不必拘限為佛道式的抽身此岸，走向彼岸。[72]第二，一僧一道所提供的度化法門，不論是「出世去性」抑或「入世化性」，雖然皆能提供某種程度的安定作用，然而，卻恐怕未必真如歐氏所言，能夠達成「徹底解脫」抑或是「終其一生根植於人群社會之中安身立命」的目標。

---

71 歐麗娟：〈「冷香丸」新解——兼論《紅樓夢》中之女性成長與二元補襯之思考模式〉，頁189、190。
72 這種不局限於教義純正性，而能靈活去取的方式，具有濃厚的民間性。對此，可參考李豐楙：〈暴力敘述與謫凡神話：中國敘事學的結構問題〉，《中國文哲研究通訊》第17卷3期（2007年9月），頁147-158。

先就黛玉來看，由於黛玉畢竟沒有走向離塵絕世之路，其解脫之歷程、思考與行動等，皆無法從小說文本直接看出，只能從類比推論的角度思考。然而，若從甄士隱與柳湘蓮的轉身方外來推測，恐怕不太合宜。因為他們都是屬於親歷傷痛，領悟塵俗樂事其本質的幻逝與傷痛的性格，遂意欲走向方外、尋求平靜，以逃避情執情迷所必然產生的情感摧殘（至於這樣的出家型態，是否真能解脫證道，結論處還有討論）。而一僧一道對於黛玉的度化，則是在其尚未引動情執之前，即預防式的出家，以迴避日後的情傷折磨。也就是說，若要從小說中尋找到類比的對象，相對於甄士隱與柳湘蓮，或許妙玉、水月庵的智能兒以及葫蘆廟的小沙彌等應當較為合適。因為雖然引領他們修行的師父並非一僧一道，但無論如何他們都是屬於自小先入空門的型態。然而，他們雖提早入空門，但卻未能提早「了卻塵緣徹底解脫」。妙玉是「欲潔何曾潔，云空未必空」，[73]智能兒與秦鐘有隱密情事，[74]而小沙彌也在葫蘆廟遇火後「耐不得清涼景況」，蓄髮還俗、充作門子，迅速向世俗之權術陰謀、權貴勢力靠近。[75]可見，走入空門，不必然意味著情根的汰滅斬除、徹底解脫。

相對來看，薛寶釵的情況卻是能從文本的暗示中推敲而出。在上文中，我們已經知道「熱毒」乃是人與生俱來的欲求象徵，而寶釵由其熱毒所帶來的「喘嗽」，並非單純用以表現身體之病弱，同時亦是屬情感的隱喻符號，是「情感疾病（即所謂『熱毒』）的表徵，在外發而為喘嗽之狀，在內則是來自那包含了貪嗔癡愛、喜怒哀樂的複雜人性。」[76]然而，「冷香丸」對於此一熱毒所致的「嗽喘」，卻未能徹

---

73 〔清〕曹雪芹、高鶚著，馮其庸等校注：《紅樓夢校注》，頁87。
74 同前註，頁229。
75 同前註，頁66-71。
76 歐麗娟：〈「冷香丸」新解——兼論《紅樓夢》中之女性成長與二元補視之思考模式〉，頁190、191。

底免除,僅能於「發了時吃一丸就好」。[77]可見,象徵人性欲求的熱毒喘嗽,並非藉由具有儒家禮教象徵意味的「冷香丸」所能徹底根治,寶釵在「冷香丸」的護持下,恐怕未必能說有究竟的安身立命。在「理」(禮)與「欲」(情)之間,始終存在著警戒、防備的緊張關係。「冷香丸」作為救度法門,僅能暫時性的降伏壓制,未必真能使「情根」獲得徹底的消融轉化。

(二)「金鎖片」:以命數天定化解無謂閒想

　　學界對於金鎖片的研究,主要集中於金玉情緣,而且尤其關注於寶釵對於金玉良姻的態度,並從中產生兩種分歧的詮釋觀點:一種是認為寶釵時刻佩戴著金鎖,正表現其意圖爭奪寶二奶奶位置的野心。譬如第八回中鶯兒聽到通靈玉上的鐫刻後所說的:「倒像和姑娘的項圈上的兩句話是一對兒」,以及第三十四回薛蟠所說的:「從先媽和我說,你這金要揀有玉的才可正配,你留了心,見寶玉有那勞什骨子,你自然如今行動護著他」等,都可從旁證明寶釵內心所隱藏的金玉情緣。此外,第三十五回寶釵以「金線」配著黑珠兒線,「打個絡子把玉絡上」,更是直接表現寶釵以「金」套「玉」的意圖。[78]而另一種持反對意見的說法,則可以歐麗娟為代表。歐氏認為:寶釵時常佩戴金鎖片,與爭奪金玉良姻無關,而是對於曾治療熱毒嗽喘,具有神效權威之癩頭和尚的信從之故。至於說薛蟠言「金要揀有玉的」,以及寶釵絡玉之事,也同樣未必能視為寶釵暗中追求金玉良姻的證據。因為

---

77 〔清〕曹雪芹、高鶚著,馮其庸等校注:《紅樓夢校注》,頁124。
78 持此論的學者甚多,此處僅稍舉幾例為證。可參考胡文彬:〈比通靈金鶯微露意——鶯兒之「露」〉,收於氏著:《紅樓夢人物談:胡文彬論紅樓夢》(北京:文化藝術出版社,2005年),頁219-224。周夢:〈從服飾看薛寶釵的內心世界——以《紅樓夢》前八十回為例〉,《明清小說研究》第2期總第116期(2015年2月),頁26-35。

就文脈來看，薛蟠所言乃是雙方爭辯下的不知輕重之語，而未必是客觀事實之揭露，況且薛蟠於小說中屬粗魯無文的形象，其言說未必真能代言寶釵曲折之心意。此外，對於寶釵之絡玉，還應注意細節的描寫，因為寶釵乃是以金線配著黑線打成絡子，既非金鎖亦非單一之金色，可見此處應從單純的配色美學來理解，而非寶釵之密戀婚配的隱情暴露。[79]

對於以上兩種說法，筆者較傾向於後者。只是還需說明與補充的是：第一，在第八回中鶯兒所言，雖然可說透露了寶釵心中的部分想法。然而，仍需注意的是，此時二寶之間相處未深，談不上情牽意濃的情感，至多只是對於和尚所言金玉緣的好奇探索之心。並且此一探索好奇之心由於仍涉及男女婚姻之事，謹守禮教的寶釵自然不會違規踰矩。也就是說，寶釵「念了兩遍」其用意恐非刻意設計，以吸引鶯兒來傳情達意，而是在讀唸之中頗感巧合，又恐鶯兒直率無忌，將涉及男女婚事的和尚金玉之預言說出，遂請鶯兒暫離倒茶，以避嫌疑，只是鶯兒仍然心直口快地將金玉之預言說出。也就是說，若從鶯兒所言，推測寶釵存有密戀之心的說法，恐怕未必合宜，因為這已將寶釵的好奇探問，扭曲為愛戀情深，甚至有密謀藏奸之嫌。第二，寶釵絡玉之事恐怕仍與金玉良姻有關，未必僅是配色美學的展現。因為打絡子的脈絡中，寶玉已對鶯兒說道：「明兒不知那一個有福的消受你們主子奴才兩個」，[80]顯然就文本脈絡言，此處於配色美學中，恐怕亦有人物相配的暗示。此外，雖說寶釵之配色，乃是金線與黑線相配，而非金鎖或純粹之金色，但是，不論是金鎖或金線，在「金」與寶「玉」的同時出現下，總易使人聯想起「金玉」之關係，況且寶玉聽

---

79 持此說者，可以歐麗娟為代表。詳參氏著：〈《紅樓夢》中的「金玉良姻」重探〉，《師大學報：語言與文學類》第61卷第2期（2016年9年），頁29-57。
80 〔清〕曹雪芹、高鶚著，馮其庸等校注：《紅樓夢校注》，頁541。

聞寶釵之建議後,「一疊聲便叫襲人來取金線」[81]又是以「金線」為主。不過,儘管此處應有金玉良姻的成分,然而與其揣測寶釵有意圖絡住寶玉之心,不如說此處打絡子之事,乃是金玉良姻的讖語表現。因為一方面正如學者所洞察與批判的:寶玉聽聞寶釵絡玉之建議後,有「拍手笑道」、「喜之不盡」等反應,因此,「若是以同樣的邏輯,豈非應該說寶玉也非常嚮往金玉良姻?」[82]另方面,寶釵絡玉一事,也可說正如同第七回惜春戲言要與智能兒「作姑子」,第三十回寶玉對黛玉所說:「你死了,我做和尚」等相同,[83]皆是透過日常生活中有意無意間的言談行事中,暗示著人物未來的命運發展。也就是說,寶釵之絡玉,雖有配色美學的意義,但亦有金玉良姻的暗示,只是此一暗示,恐怕仍應從讖言的角度,而非人物隱密之情思加以理解。

不過,若將探索金鎖片的角度,從寶釵藏奸、密戀與否的角度,轉而從癩頭和尚所給予之金鎖片的「度化」意義來看的話,那麼,此中究竟反映了什麼樣的度化思想呢?對此,筆者認為從第八回小說敘述中金玉相對應的「吉讖」,以及第二十八回金鎖片「等日後有玉的方可結為婚姻」的金玉良姻之物讖預言來看,[84]「金鎖片」顯然含藏「命定」的觀念,亦即夭壽窮通、分離聚合之氣數命運皆已前定、注定的思考。而類似的「命定」思想,除了可見於癩頭和尚向懷抱著甄英蓮的甄士隱所言:「施主,你把這有命無運,累及爹娘之物,抱在懷內作甚」、「慣養嬌生笑你癡,菱花空對雪澌澌。好防佳節元宵後,便是煙消火滅時。」[85]的預言、詩讖之外,還集中表現於十二支《紅

---

81 同前註,頁542。
82 詳參歐麗娟:〈《紅樓夢》中的「金玉良姻」重探〉,《師大學報:語言與文學類》,頁39。
83 〔清〕曹雪芹、高鶚著,馮其庸等校注:《紅樓夢校注》,頁126、472。
84 同前註,頁143、447。
85 同前註,頁7、8。

樓夢曲》出現「緣」、「定」、「數」等關鍵詞的曲詞之中，如〈枉凝眉〉「若說有奇緣，如何心事終虛化」、〈分骨肉〉「自古窮通皆有定，離合豈無緣」、〈樂中悲〉「這是塵寰中消長數應當，何必枉悲傷」、〈收尾・飛鳥各投林〉「分離聚合皆前定」等。[86]然而，現在的問題是，設若「金鎖片」具有因果命數、宿命天定的意義，那麼它與「度化」的關係又應如何理解？為什麼知曉天定命數後，將得以安頓自我，使自我減少躁動迷茫呢？對此，我們從上引〈樂中悲〉「這是塵寰中消長數應當，何必枉悲傷」，應可看出一些端倪。也就是說，知曉命數之所以能夠某種程度的安頓自我，主要是透過認知層面對於趨勢走向、終點歸宿的命數掌握（「消長數應當」），從而得以一定程度的化解無謂的懸念妄求與患得患失的失落（「何必枉悲傷」）。而如是的以「知命」（先知命數）來貞定自我的度化方式，事實上，在續書中亦有明確的延續與展現。譬如在第一百十六回中，寶玉二遊太虛幻境，再次見到記載身旁女子命運的簿冊時，對於圖畫詩讖所暗示的命數密碼，基本上已能相當程度的破解，因此寶玉說道：「是了，果然機關不爽，這必是元春姐姐了。若都是這樣明白，我要抄去細玩起來，那些姊妹們的壽夭窮通沒有不知的了。我回去自不肯洩漏，只做一個未卜先知的人，也省了多少閑想。」[87]同樣反映出在「未卜先知」、掌握「壽夭窮通」的知見基礎下，能夠相當程度的減少無謂的虛妄閑想，從而產生一種較為淡定安然的思想觀念。只是仍須注意的是，這種「未卜先知」式的「知命」，雖能帶來某種程度的靜定感，然而，恐怕也未必能達到勘破無名、究竟解脫的層次。因為在續書中，那已然掌握眾姊妹們「壽夭窮通」之命數下的寶玉，雖然時有看似無情淡漠、灑脫自在的展現，然而，由於與這些姊妹們曾有或淺或

---

86 同前註，頁91-93。
87 同前註，頁1733。

深的情感聯繫,因此面對女兒們逐漸捲入黯淡命運的漩渦時,種種不忍不捨、悲哀憂傷的情緒,仍不由自主的浮現心頭,讓表面的冷然無情,仍暗藏著「情」的起伏波動。譬如在一百十八回中,寶玉面對紫鵑與襲人,意欲隨惜春出家修行,雖有知命淡然的展現,既能夠「哈哈的大笑」,請求王夫人批准紫鵑的要求,也能夠對著襲人笑道:「你也是好心,但是你不能享這個清福的」,從「知命」的角度,平靜面對襲人的哭喊請求。然而,在淡漠中,也同時可以看到,寶玉又有從紫鵑的話語中,「想起黛玉一陣心酸,眼淚早下來了」,並且也在襲人的哭訴中,「倒覺傷心,只是說不出來」,[88]可見「知命」式的無情,終究有其限制,未必能真正擺脫情感的執取愛戀。[89]

而同樣的,當薛寶釵面對「金鎖片」所象徵的命定姻緣時,恐怕也未必真能安然於天定宿命的安排。譬如在續書第一百〇六回中,面對薛蟠入監、賈府查抄等一連串的凶險事件,心中也曾有埋怨的念頭:「寶釵更有一層苦楚:想哥哥也在外監,將來要處決,不知可減緩否;翁姑雖然無事,眼見家業蕭條;寶玉依然瘋傻,毫無志氣。想到後來終身,更比賈母王夫人哭得悲痛」,[90]命定的金玉良緣,也很難壓抑內在的不滿與擔憂。而從這樣的角度,我們對於《紅樓夢曲》的〈終身誤〉,或許也就可以有不一樣的詮釋了。〈終身誤〉曲詞言道:「都道是金玉良姻,俺只念木石前盟。空對著,山中高士晶瑩雪;終不忘,世外仙姝寂寞林。嘆人間,美中不足今方信。縱然是齊眉舉案,到底意難平。」[91]曲詞雖是從賈寶玉的角度出發,表達其「意難平」、「終不忘」與「美中不足今方信」的感嘆遺憾。然而若轉換成薛

---

88 同前註,頁1758、1759。
89 對此還可參考本書第四章「論《莊子》與《紅樓夢》「無情」之思想差異」的討論。
90 〔清〕曹雪芹、高鶚著,馮其庸等校注:《紅樓夢校注》,頁1614。
91 同前註,頁91。

寶釵的角度來看,卻也可說她自身品德嫻雅(「晶瑩雪」)、溫柔和順(「齊眉舉案」),卻挽不回寶玉的「只念木石前盟」,徒留「都道是金玉良姻」的表面風光與「意難平」的人後寂寞。總而言之,癩頭和尚之「金鎖片」,其度化的意義,可說是以天定命數的認知,來化除無謂的妄念閑想。只是這一種「知命」式的安頓平和,恐怕仍有其相當的限制,未必能徹底化解情感的暗潮湧現。

五　結論:「好了」的度化思想及其「不了」的限制

經過以上的分析討論,我們應當可說:首先,面對遷變不已、苦滅相隨的塵俗凡間,一僧一道所提出的解脫之道、度化之法,除了較似佛道式的了悟紅塵樂事所含藏的苦滅面向,以及了卻塵緣牽纏等法門之外,從「冷香丸」所象徵的度化意義來看,還有著儒家式的藉禮導情、以理自守的思想內容。可見,一僧一道的度化思想,不僅止於一般所觀察到的佛道混同、亦佛亦道,就連儒家思想也蘊含其中,是亦佛亦道亦儒,有三教混同的性質。

然而,仍須注意的是,即便冷香丸所象徵的儒家之禮法與理性,能相當程度的為寶釵帶來「風雨陰晴任變遷」、「任他隨聚隨分」,那種能以儒家之理,來面對聚散遷變的安寧靜定。然而,此中仍有其限制之處,因為作為人性欲求之象徵的「熱毒」,雖有象徵儒家之理性禮教的「冷香丸」救治,不過,卻也如第七回中所描述的「只因我那種病又發了,所以這兩天沒出屋子」、「不過喘嗽些,吃一丸下去也就好些了。」[92]未能徹底根治熱毒,僅能在病發之時,趕緊服用冷香丸以制之。而此應當可說是象徵儒家之禮法與理性,對於人性之欲求雖

---

92 同前註,頁123、125。

能某種程度的療癒救治,然而,終究在情性與理禮之間猶有緊張關係,而未能真正的和諧融通、浹洽通澈,實現從心所欲而能不逾矩的至高境界。

而一個可以交互印證的例子即是李紈。在婦德禮教的約束下,李紈身處膏粱錦繡之中,雖能「如槁木死灰一般,一概無見無聞,惟知侍親養子,外則陪侍小姑等針黹誦讀」[93],並且也能「竹籬茅舍自甘心」,[94]安於平淡,以禮自守,成守禮(李)之完(紈)人。然而,在婦德禮教之下,人性中的諸多欲求,仍然未能在禮教的規束下,徹底地與禮渾淪為一。稻香村那土牆泥黃色調中突兀的「如噴火蒸霞」的「幾百株杏花」,正象徵著李紈內在難以消滅的對於青春之眷戀,以及貪嗔愛憎種種騷動不安的情欲。[95]依此來看,一僧一道以理(禮)治情的度化法門,恐怕未必能徹底渾融情性與理禮之關係,兩者之間仍有緊張、對立之限制。

其次,還應看到一僧一道的度化思想帶有明顯的枯寂、淡漠、捨離的色彩,而如是的隔絕紅塵、無見無聞式的法門,恐怕也僅能使人獲得暫時的寧靜,而未必真能汰情滅欲、究竟解脫。一僧一道對尚未受到命運摧殘、尚未親歷離散的英蓮與黛玉,所給予的度化金針,乃是了卻塵緣、截髮出家。而若不出家,對於黛玉則建議遠離外姓親友的情緣糾纏,並且也要避免內在情緒的傷感波動,乃能平安度過一生。顯然地,不論是出家抑或在家,其思想皆有其通貫之處,亦即若要獲得如神仙般的平安無擾之「好」,就要能夠「了」,既了悟世間樂事僅是以短暫的歡樂,換得長久的苦痛,同時也以了卻方式的方式將

---

93 同前註,頁65。
94 同前註,頁982。
95 歐麗娟:《大觀紅樓(正金釵卷)下》(臺北:國立臺灣大學出版中心,2017年),頁782。

塵世紛亂隔離阻絕。不過，仍應看到的是，雖然身處能夠阻擋人間風雨的方外精舍中，能夠使黛玉、英蓮獲得某種程度的寧靜安詳，並避免日後一連串的運命摧殘，然而，卻也不禁讓人想到第五回暗示惜春之未來命運的判詞所言「可憐繡戶侯門女，獨臥青燈古佛旁」，[96]雖有天和清淡，但也打滅了韶華。雖有古佛青燈的莊嚴祥和，然而卻也少了處於富貴場、溫柔鄉中，由愛恨情仇所交織而成的一幕幕動人的生命故事。

　　況且在年幼童稚之時走入佛門，是否真能解脫？也不禁讓人想到妙玉的生命歷程。妙玉年幼帶髮修行，親自入了空門，雖使多病的身體得以康復，然而佛法禪理，卻也未必真正帶領妙玉走入玄義空境，妙玉仍是「云空未必空」，[97]並且在櫳翠庵中仍有著「如胭脂一般」的十數株「紅梅」，[98]而此正象徵著妙玉內在從來不曾汰滅制伏，依然躍動、仍然盛放之青春情懷、情感欲求。也就是說，黛玉、英蓮就算在年幼之時，隨一僧一道，逃避命運，走入空門，以《紅樓夢》自身的惜春與妙玉的例子對照來看，恐怕也未必能夠真正獲得究竟之超越解脫，而可能仍將落入「可嘆這，青燈古殿人將老；辜負了，紅粉朱樓春色闌。」[99]除了少了繽紛多彩的生命故事，同時也可能囚禁了仍想飛翔的青春心靈。[100]

　　至於甄士隱與柳湘蓮在經歷了現實人間的無常遷變與傷悲創慟之後，隨著道人遠離塵間，飄然而去，然而，這是否意味著在拋開塵緣的同時，就此也就能向上一躍，獲得終極的解脫呢？對此，筆者認為

96　〔清〕曹雪芹、高鶚著，馮其庸等校注：《紅樓夢校注》，頁88。
97　同前註，頁87。
98　同前註，頁753。
99　同前註，頁91。
100　關於此處對於「好了」的省思，也可參考朱淡文：〈研紅小札〉，《紅樓夢研究》（臺北：貫雅文化事業公司，1991年），頁44-181。

答案恐怕未必如是的簡單直接,並非離塵出家即可獲得究竟解脫。遠離富貴場、逃離溫柔鄉,在外在環境上減少令人目眩神迷的無盡誘惑,雖然可以相當程度減少競逐中的身心耗損與求不得的哀嘆感傷,而內在面若能如同「木居士」、「灰侍者」所象徵的,對於凡俗所重視之妻財子祿一概無知無聞、了無興趣,確實也可以相當程度的維持心靈的平靜無波、清和安寧。然而,甄士隱與柳湘蓮身為有情之人,就如同那已經鍛煉的靈石一般,有情有識,會向人間尋是覓非,已回不去、變不成,那未經鍛煉,無知無識,而能天不拘地不羈、心頭無喜無悲的無生命之原石。一方面那些「飄然而去」前的喜怒哀樂、悲歡離合仍將在古殿青燈、荒山枯水的清涼荒僻之地中,時時湧現心頭,如同首回中那無才補天,曾幻形入世的頑石,即便飽受苦痛、看盡滄桑,最終選擇「懸崖撒手」,遠離紅塵,回歸仙界,然而,「石上字跡分明,編述歷歷」的仍是「歷盡離合悲歡炎涼世態的一段故事」是那忘不了、脫不去的紅塵回憶。

也就是說,儘管甄士隱與柳湘蓮已飽嚐色空之滄桑、幻逝之無奈,然而,我們卻不能忽略在「色空」之中,「情」的纏綿牽掛與刻骨銘心的向度。此如首回空空道人:「因空見色,由色生情,傳情入色,自色悟空,遂易名為情僧,改《石頭記》為《情僧錄》。」[101]在色相之中,有情感的投射,使色相沾染著情感色彩,因此,即便色相日後轉變成空無,卻並不表示情感亦連帶空無,已然消逝的過往之一切色相,依然在回憶之中色彩鮮明的活動著,此即「情僧」所暗示的「情生」之深意,在空無之後,乃更有追憶之情的湧現生發。另方面,就算甄士隱與柳湘蓮跟隨道士之飄然而去,乃是飛昇仙界,遠離人間的遷變無常,並且也能忘卻曾在凡間經歷的種種離合悲歡。然

---

101 〔清〕曹雪芹、高鶚著,馮其庸等校注:《紅樓夢校注》,頁5。

而，這也未必代表他們就此能夠超情滅欲、徹底解脫。因為在《紅樓夢》中仙界之人並非無知無識的無生命之物，即便是仙人仍然有情根情種深埋於心土之中，待機緣成熟，終將破土而出。就如同在首回中所描述的，神瑛侍者會「凡心偶熾」、「意欲下凡造歷幻緣」，絳珠仙草也會於內在「鬱結著一段纏綿不盡之意」，欲隨神瑛侍者「下世為人」，而其他的仙界中人，也因為絳珠仙草還淚之事，連帶勾動凡心，「又將造劫歷世」[102]、「靜極思動」。[103] 顯然，即便是仙人之祥和寧靜，恐怕也仍只是一種相對之靜，而非永恆之靜，因為「情」根終究難除，天上人間或許只能同嘆：「厚地高天，堪嘆古今情不盡；痴男怨女，可憐風月債難償。」[104] 總而言之，若從一僧一道的度化思想及其限制來看，那麼，我們可說在「情」與「悟」之間，不論是以儒家之理與禮，抑或以較近似佛道式的隔離塵緣、無見無聞來對治情欲，即便有暫時的平安寧靜，然而「情」並不就此消滅、也不會就此束手就擒。「情」依然根深頑強，仍然等待逃出牢籠、展翅高飛，最終依舊是「亂烘烘你方唱罷我登場」。而也正是因為情難了、意難忘，曾親歷從溫柔富貴到色空幻滅的曹雪芹，也不因此寂滅空無，在舉家食粥的窮困環境中，仍然辛苦創作，在滿紙荒唐言中，寄託自己一把辛酸之淚，而有「大旨談情」、「字字看來皆是血，十年辛苦不尋常」的《紅樓夢》誕生。[105]

---

102 同前註，頁6。
103 同前註，頁2。
104 同前註，頁84。
105 關於曹雪芹與第一百二十回《紅樓夢》的著作權問題，較新的討論可參考白先勇策畫：《正本清源說紅樓》（臺北：時報文化出版企業公司，2018年）。

第三章
論《莊子》與《紅樓夢》「夢」思想的異同

一 前言：《莊子》與《紅樓夢》之「夢」的研究現況與省思

「夢」作為一種日常經驗的現象，很早就引起人們的關注。[1] 在

---

[1] 在傳統文化中，或認為「夢」是幽冥世界與現實人間的交通管道之一，具有鬼神預兆、暗示命運的性質。有的則認為「夢」與體氣五臟的健康與否有密切關係，體氣的盛衰起伏之變化，將導致夢境的內容有相應的變化。有的說法認為「夢」之產生與睡寐時身體受外在環境之刺激有關，如身體披有衣帶則夢蛇，有鳥銜啄頭髮則夢飛等。此外，也有認為夢之形成與日常生活中所累積的記憶與不斷浮現的各種情感與思考有關，夢之意象的組成正對應於日常之記憶與情感。以上所概述傳統各式有關「夢」的說法，請參考劉文英：《夢的迷信與夢的探索》（北京：中國社會科學出版社，2000年）。而若就近代西方的夢論來看，有的說法認為夢乃是不被理性意識所接納許可的種種心念（潛意識）的變形表現，而「性」正是禁忌中的禁忌，因此許多的夢境乃是性欲的偽裝變形，反映的是內在無法真正消除、始終活躍不已的種種欲求。有的則認為「夢」所反映的未必僅是個人潛意識的層面，還有更深、更原始的向度，夢境所表現的乃是一些重要的訊息，若能嘗試分析解讀，並予以成功整合，將有助於修正、完善自我人格。而有的則認為「夢」僅是快速動眼期睡眠中，腦部的某些化學物質與神經調節下的附帶作用，做夢具有腦部發育、資訊重組、調節體溫等功能，無關於鬼神預兆，僅是腦部若干區域的活化與暫歇。相關討論可參考安東尼·史蒂芬斯（Anthony Stevens）著，薛絢譯：《夢：私我的神話》（臺北：立緒文化事業公司，2000年）、榮格（Carl G. Jung）主編，龔卓軍譯：《人及其象徵：榮格思想精華的總結》（臺北：立緒文化事業公司，2003年）、霍布森（J. Allan Hobson）著，潘震澤譯：《夢的新解析：承繼佛洛伊德的未竟之業》（臺北：天下遠見出版公司，2005年）。

探討其成因、性質與意義之外,「夢」在傳統的文學藝術與哲學思想中,也往往成為重要的意象、題材與表現手法。[2]而在中國傳統典籍中將「夢」融入自身之文學藝術、哲理思想,使「夢」之思想內容更加深刻豐厚者,很難不提到《莊子》與《紅樓夢》。因為除了前者有廣為人知的莊周夢蝶,後者有溫柔富貴終歸一夢的紅樓故事之外,兩書中寫夢言夢、論夢闡夢還佔有相當篇幅,既使「夢」之表現形式更為多元豐富,同時也使「夢」之哲理意蘊更為細膩深邃。而兩書於「夢」之書寫既然如此絢麗豐富,自然引起學者關注,相關研究成果也就連帶積累豐碩。

　　先就《莊子》「夢」的研究來看,學者已然注意到:第一,相較於先秦典籍如《論語》與《左傳》,前者記夢之數量較為稀少,後者之寫夢帶有較多鬼神宗教、道德勸戒之色彩,《莊子》「夢」之書寫,則有兩個特色:一是由巫入道的哲理化,從神怪預言轉往哲理寓言。如〈人間世〉的「櫟樹見夢」表現「無用之用」的哲理。又如〈外物〉的「宋元君夢神龜」則傳達以「大知」超越龜卜神知之思考;二是以虛構之夢境形式,寄託齊物平等、顛覆人類中心主義的思想。《莊子》透過夢境其自由化變的特性,讓人類之外的各式物類(如社樹、骷髏等),能夠跨越限制,從原本邊緣低卑的位置,轉而為中心智慧

2　如《列子》曾藉黃帝夢遊華胥氏之國,來寄託「不知樂生,不知惡死」的理想世界,夢境在此成為列子政治論與形上境界的象徵表現。又如唐傳奇的〈枕中記〉與〈南柯太守傳〉既以「入夢—出夢」為故事結構,又以「夢—覺」表現出某種從執迷到了悟的轉變與體會。再如某些詩詞(如馮延巳「憶歸期,數歸期,夢見雖多相見稀」)乃是「以夢抒情」,藉由睡夢中的相思纏綿,表現出情感的深層執著。此外,又如某些文學作品(如《聊齋志異》的〈夢狼〉)乃是借用「夢」的自由變形與虛擬不實的特性,將現實中所欲批判的貪官酷吏,轉化為夢境中啃人骨、食人肉的豺狼虎豹,巧妙地以虛構幻夢來諷刺現世。對此,可參考吳康:《中國古代夢幻》(長沙:岳麓書社,2009年)、劉文英、曹田玉:《夢與中國文化》(北京:人民出版社,2003年)。

的代言人,具有破除人類自我中心,凸顯物類他者之多元豐富的齊物平等之意義。[3]第二,關於《莊子》寫夢的文字,大致可分成兩類,一類是《莊子》已清楚將思想寓意陳述於夢境敘事之後的夢寓文獻。如〈人間世〉「社樹夢」、〈至樂〉「骷髏夢」、〈田子方〉「文王夢」、〈外物〉「宋元君神龜夢」與〈列禦寇〉「鄭緩托夢」等皆屬此類;另一類則是以夢為喻,藉「夢」來傳達某種哲理思想的夢喻文獻。如〈齊物論〉「予謂女夢,亦夢也」、「莊周夢為胡蝶」與〈大宗師〉「其寢不夢」、「汝夢為鳥而厲乎天」等皆屬此類。前一類的夢寓文獻由於文字本身寓意清楚,大體較無詮釋爭議;後一類的夢喻文獻,則有較多的討論空間,不過,對於部分內容,學者已有較為一致的看法,如〈大宗師〉「古之真人,其寢不夢」,一般多認為「夢」是指日間情慮欲念的夜間變現,而真人既能於日間「其覺無憂」,則自然夜夢能安然無擾。換言之,「真人不夢」乃是相對於凡俗之人「其寐魂交」,那種即便於睡寐之時仍騷動難安的處境而言,「不夢」主要是指沒有凡俗之情識夢魘之意,而非全然不做夢。[4]第三,就文學史的角度言,由於《莊子》較早形成「夢」之書寫的文學性與哲理性,其所建構的夢蝶意象以及以夢覺喻迷悟的筆法,為後世「夢文學」奠定了基礎。[5]如「夢蝶」就廣泛出現於詩詞、繪畫中,甚至於元曲還有故事新編。[6]

---

[3] 詳參陳靜:〈夢迷與覺悟:《莊子》的夢〉,《諸子學刊(第3輯)》(上海:上海古籍出版社,2009年),頁113-127。賴錫三:〈《莊子》的夢寓書寫與身心修養:魂交、無夢、夢中夢、蝶夢、寫夢〉,《中正漢學研究》總第19期(2012年6月),頁77-110。

[4] 劉文英:《夢的迷信與夢的探索》(北京:中國社會科學出版社,2000年),頁280。又,關於「魂交」詮釋爭議的討論,還可參考謝君讚:〈論《莊子》「魂交」的兩種解讀:夢魂說與夢象說〉,《鵝湖月刊》第44卷12期(2019年6月),頁43-54。

[5] 傅正谷:〈莊子:中國古代夢寐說與夢文學的奠基人〉,《齊魯學刊》第4期(1988年12月),頁24-29。

[6] 楊曉麗:〈莊子「蝴蝶夢」故事類型演變及其文化內涵〉,《天中學刊》第31卷4期(2016年8月),頁13-17。

此外以夢覺喻迷悟的寫法，也深入影響了唐傳奇（如〈枕中記〉與〈南柯太守傳〉）與《紅樓夢》等小說文本所營造的夢境故事。[7]

至於就《紅樓夢》「夢」的研究來看，學者們對於《紅樓夢》的探索成果，約略可歸納成底下幾點：第一，就《紅樓夢》「夢」的結構安排來看，學者已指出《紅樓夢》「夢」具有宏觀與微觀的雙重性格。全書共三十多個人物之夢境書寫，可歸屬於微觀之夢，而從「凡例」所言的以夢、幻為本旨，以及首回的甄士隱之夢以及最後一回的賈雨村入夢作結，可以發現從組織形式來看，《紅樓夢》的夢境書寫乃是宏觀與微觀共同交織而成的連環結構。[8]第二，《紅樓夢》人物之夢的作用與意義。許多學者皆已指出小說中描寫的人物之夢，大體上具有以下幾種意義：一、表現人物性格與心理。譬如第三十六回寶玉絳芸軒之夢，既表現寶玉對於木石情緣與金玉良姻之間的明確表白，同時也表現出寶玉即便內在心有所屬，然而，在日常生活中，大體仍謹守禮分，僅敢於囈語之時，大膽表現內在真實想法的性格。[9]二、表現人物關係。如第三十四回寶玉挨打後，在昏沉恍惚之中，夢見蔣玉菡、金釧兒等，正表現出人物之間的交互關係。又如第八十二與八十三回黛玉與寶玉之感應同夢，除了表現黛玉對於二玉情緣的擔憂以及賈府生活的孤寂心理外，雙方同夢，也側面刻畫出兩人的情感連結非比尋常。[10]三、預示情節發展或表現主題。如第五回寶玉太虛幻境之夢所見眾金釵之命運簿冊即已預示了日後的故事發展，同時也藉〈紅樓夢〉曲「好一似食盡鳥投林，落了片白茫茫大地真乾淨」再次點明

---

7 陳靜：〈夢迷與覺悟：《莊子》的夢〉，頁124-126。
8 胡紹棠：〈論《紅樓夢》之夢〉，《紅樓夢學刊》第4輯（2004年），頁145-171。姜深香：〈世間萬境淋漓夢——論《紅樓夢》的夢介入〉，《紅樓夢學刊》第1輯（2008年），頁165-178。
9 詹丹：《紅樓夢的物質與非物質》（重慶：重慶出版社，2006年），頁110。
10 杜景華：《紅樓夢的心理世界》（北京：北京燕山出版社，1993年）。

全書的悲劇性格。[11]四、諷刺現實社會。如第十六回秦鐘於迷離恍惚之際遇到索命鬼判，這些鬼判也與人間「瞻情顧意，有許多關礙處」相同，具有諷刺現實官場風氣之意。又如七十二回鳳姐夜夢奪錦也明顯諷刺宮中太監，名為暫借，實為搶奪的惡行惡狀。[12]第三，從西方或中國傳統夢論觀念，來解析《紅樓夢》的「夢」。而這一部分的討論較多集中在第五回寶玉太虛幻境之夢。學者認為此夢運用了許多傳統的夢說，如「想」、「因」之說、魂靈出竅致夢說、夢兆說、外在環境影響生理致夢說等。此外，如「兼美」之形貌兼具有寶釵、黛玉之美的描寫，也可與佛洛伊德所提出的夢境之「濃縮」、「替置」等變形原則相溝通。[13]此外，也有學者借助佛洛姆的觀點，將夢之意義與功能理解為「人類經常藉著它得以放鬆焦慮、獲得慰藉，洞察甚至預示現實世界的疑難問題」，並以此解釋小說若干夢境，如第十三回秦可卿之托夢，即具有洞察、暗示賈府命運的性質，契合佛洛姆的說法。[14]第四，《紅樓夢》「夢」的哲理思想。學者一般多認為「紅樓」乃象徵溫柔、青春與富貴種種美好事物，而「夢」則與虛幻不實、毀滅空無等觀念可劃上等號。作者以紅樓終將成夢，一切美好最終都將消逝毀壞的故事，來勸戒世人淡薄捨離，不要貪戀執迷。不過，也有學者認為「夢」雖有虛幻、空無之意，但書中卻未必全然傾向以「空」來遏止「情」、「色」的執迷，而是「心注於『空』，沉迷於『情』，返歸於『色』，作者正是在這三者之間徘徊踟躕」。[15]

---

11 林順夫：〈賈寶玉初遊太虛幻境：從跨科際解讀一個文學的夢〉，《透過夢之窗口》（新竹：國立清華大學出版社，2009年），頁333-361。
12 杜景華：《紅樓夢的心理世界》，頁159、
13 林順夫：〈賈寶玉初遊太虛幻境：從跨科際解讀一個文學的夢〉，頁348、359。
14 李元貞：〈紅樓夢裏的夢〉，幼獅月刊社主編：《紅樓夢研究集》（臺北：幼獅文化公司，1972年），頁242-252。
15 孫遜：〈關於《紅樓夢》的「色」「情」「空」觀念〉，《紅樓夢探究》（臺北：大安出版社，1991年），頁74。另外，也可參考周策縱：〈《紅樓夢》「本旨」試說〉，《周策

經過以上重點式的研究回顧，可以看到在學者們的努力探索下，許多議題已有精彩細膩的討論。不過，若進一步的思考，那麼，底下幾個課題或許仍有討論的空間。首先，關於《莊子》的夢喻文獻。如〈齊物論〉長梧子言「夢」，有的學者認為這裏除了以夢覺言迷悟外，還具有以「夢」化解夢覺對立的「代換」意義。[16]有的學者則認為此處雖是以夢覺喻迷悟，莊子是從大覺之人的角度，點醒世人之夢迷未醒，然而，從「予謂女夢，亦夢也」，再配合莊周夢蝶中，最後周夢蝶抑或蝶夢周的自我懷疑來看，這些文獻應是暗示，「最終覺悟的困難：如果人生如夢的話，又有誰能夠走出人生，走出夢境呢？」，表現出「覺悟」本身的空幻虛無、難以達成的思考。[17]而有的學者則認為上述文獻，包括〈大宗師〉中孔子論孟孫才所言「夢」等，其思想都可有一貫的解釋，皆象喻「主體消融與氣化交換」，這種主客一體之氣化流行的工夫境界。[18]依此來看，有關《莊子》之〈齊物論〉與〈大宗師〉的夢喻文獻，似乎仍有若干詮釋分歧的釐清與統合的研究空間。再來，有關《紅樓夢》「夢」的討論，或許在兩個議題上仍有再拓展的可能：第一，前人對於《紅樓夢》「夢」的討論較集中於人物之夢，不過，對於全書中出現於一般敘述、對話、詩詞與劇目中所出現的「夢」，有關討論就稍嫌不足。然而，這些文獻亦具有理解《紅樓夢》「夢」之思想的價值，應當予以關注。[19]第二，

　　縱作品集3：《紅樓夢》大觀》（北京：世界圖書出版公司北京公司，2013年），頁117-134。

16 徐聖心：《《莊子》內篇夢字義蘊試詮》（新北市：花木蘭文化事業公司，2013年），頁18。

17 陳靜：〈夢迷與覺悟：《莊子》的夢〉，頁114-116。

18 賴錫三：《莊子》的夢寓書寫與身心修養：魂交、無夢、夢中夢、蝶夢、寫夢〉，《中正漢學研究》總第19期（2012年6月），頁105。

19 王懷義有注意到《紅樓夢》這一部分「夢」文獻的探討價值，但可惜沒有深入討論。王懷義：《紅樓夢詩學精神》（臺北：里仁書局，2015年）。

關於「夢」的哲理思想來說，前人雖多已指出「夢」的沉迷、虛妄之性質，全書透過富貴溫柔盡皆消散的故事，以勸戒世人了悟捨離淡漠的智慧，故《紅樓夢》可說是一部「悟書」。然而，同時卻又注意到全書絕大多數都是在呈現「由色生情，傳情入色」的情迷故事，甚至空空道人閱讀石頭下凡歷劫故事後，不但沒有了悟空無，反而增生情癡，「易名為情僧」，因此又認為《紅樓夢》可說是「情書」。然而，《紅樓夢》究竟是「情書」？還是「悟書」？而其中的還是「情」、「悟」關係又應如何理解？是指歷程關係（先情後悟）？還是含攝關係（悟中有情）？抑或是其他？顯然也是值得討論的議題。最後，就《莊子》與《紅樓夢》「夢」之思想比較來說，學者雖已注意《莊子》於夢文學的首出地位及其滲透影響力，然而，對於兩者於「夢」之思想的比較研究，卻較多是從以夢覺喻迷悟的筆法，抑或較為浮泛的「人生如夢」，來比較兩者的關聯。但是，這樣的說法卻可能忽略了雙方對於「夢」所象喻的豐富思想，而未能深入比較。因此，本文將在前人研究成果上，進一步分析考察《莊子》與《紅樓夢》有關「夢」的思想內容，然後在此基礎，嘗試展開兩者對於「夢」之思想，更為細緻的異同比較之研究。

二　對《紅樓夢》一般敘述中言「夢」的考察

《紅樓夢》所書寫的「夢」大致上可以區分成兩種模式：一是小說人物的夢境書寫。如第五回的寶玉夢遊太虛幻境、第五十六回的甄、賈寶玉互夢等；二是在人物夢境書寫之外，於正文之敘述、對話、詩詞、劇目等等所言及的「夢」。如首回寫甄士隱夢入幻境後，所言「只見烈日炎炎，芭蕉冉冉，夢中之事便忘了一半」、第二十五回癩頭和尚所言「沉酣一夢終須醒，冤孽償清好散場」等，皆可歸屬

於此一樣態模式。由於人物之夢的探索，前人研究已有豐厚成果，此處將以文本敘述中所言「夢」的相關文獻展開分析。

(一)《紅樓夢》之夢：睡夢、虛幻、妄想、思慕、好運、憶夢與尋夢

據筆者的檢索與分析，《紅樓夢》言「夢」數量最多的乃是指日常的入眠、睡夢等休息狀態，如第五回秦可卿「忽聽寶玉在夢中喚他的小名」、第四十八回香菱〈詠月詩〉「夢醒西樓人絕跡」。[20]而若進一步區分，這種休眠之夢還可分成：睡夢安穩與昏沉不安兩種狀態，就前者言，如第十七、十八回的「吟成豆蔻才猶豔，睡足酴醾夢也香」、「誰謂池塘曲，謝家幽夢長」，[21]可說帶有一種由於環境芬芳幽靜，遂使睡夢香甜，甚至能夠啟發靈感，創造詩篇的睡夢安詳的意思；就後者言，如第十二回賈瑞在淫欲煎熬下身心俱疲，「一頭睡倒，合上眼還只夢魂顛倒」。[22]第三十四回寶玉挨笞撻後，昏沉迷離時「半夢半醒」等，皆表現神智模糊、寤寐不安的狀態。整體來看，藉由這類或驚擾或安詳之睡夢狀態的描寫，雖能增添人物生活的細部樣態，並且也能藉由美夢與惡夢的交替穿插，使小說敘事更為跌宕多變，然而，大體未有更為深厚的思想意旨。

而除了凡常的睡夢之意外，還有以「夢」來表示所謂的好運、思慕與妄想等意思的敘述。如第八回賈府清客見到寶玉所言：「我的菩薩哥兒，我說做了好夢呢，好容易得遇見了你」，這裏的好夢就帶有好運、吉兆的意思，而同一回所言賈政書房「夢坡齋」的「夢」則有

---

20 〔清〕曹雪芹、高鶚著，馮其庸等校注：《紅樓夢校注》（臺北：里仁書局，2003年），頁94、740。
21 同前註，頁262、278。
22 同前註，頁193。

思慕企望、法效推崇之意，[23]至於第二十七回、第三十六回鳳姐所言：「你還作春夢呢」、「別作娘的春夢」，[24]這裏的「夢」皆帶有癡心妄想之意。總體來說，此一書寫情境下的「夢」，確實有助於人物形象的刻畫，既能表現清客們諂媚攀緣的言行，也能呈現鳳姐尖酸嗆辣的威風。至於「夢坡齋」的「夢」若聯繫起《紅樓夢》中寶玉化用蘇軾〈初到黃州〉「自笑平生為口忙，老來事業轉荒唐」的「原為世人美口腹，坡仙曾笑一生忙」，[25]則可能具有一生勞碌，終將空幻的勸戒暗示。另外還有以「夢」來表示某種溝通交流的管道之意。如第五回「千里東風一夢遙」、「向爹娘夢裏尋告」，[26]前者寫探春遠嫁與家鄉相隔萬里，即便意圖藉由魂夢溝通亦難實現，以強調遠嫁的孤寂，後者則寫元春魂靈托夢，告誡父母早日抽身退步，以避免日後災禍。兩者一寫生離，一寫死別，「夢」皆具有溝通聯繫、傳遞心聲的意味。而這種以「夢」為溝通管道的用法，還可見於第五十回邢岫烟〈詠紅梅花〉「霞隔羅浮夢未通」，詩句借用紅梅幻化為美人，與人於夢中相會的典故，以及第五十八回寫寶玉藉口「夢見杏花神」之托夢，使藕官於園中燒紙被責罰的危機中得以脫身。從這些「夢」的敘述中都可以清楚的看到，《紅樓夢》對於「夢」的理解，仍存在著從原始社會以來綿延不絕的，以「夢」為幽明溝通的管道，亦即「夢是靈魂在夜晚出遊、是鬼魂來訪引起」[27]這類的夢學思想。而除了以上所言表示一般睡夢休息、溝通管道、好運、思慕、妄想等各種意思的「夢」之外，還有表示虛幻不實、短暫易逝的「夢」。如第五回寫鳳姐與李紈

---

23 同前註，頁139、140。
24 同前註，頁424、548、549。
25 同前註，頁589。另外還可參考，蔡義江：《紅樓夢詩詞曲賦鑑賞》（北京：中華書局，2013年），頁240、241。
26 〔清〕曹雪芹、高鶚著，馮其庸等校注：《紅樓夢校注》，頁87。
27 安東尼‧史蒂芬斯（Anthony Stevens）著，薛絢譯：《夢：私我的神話》，頁15。

命運的曲詞:「枉費了,意懸懸半世心,好一似,蕩悠悠三更夢」、「鏡裏恩情,更那堪夢裏功名!」[28]前一個曲詞,將鳳姐雖勉強維持賈府頹勢,但仍難以阻擋衰敗的辛勞一生,視如短暫虛幻的一場夜夢,後一個曲詞,則將李紈早年短暫的夫妻生活與晚年轉瞬的因子得貴,比擬為空幻不實之鏡中虛像與睡夢幻覺。此外,又如第二十九回所言〈南柯夢〉劇目,[29]也具有暗示賈府之由盛轉衰,恍如一夢的意思。再如第三十七回所言「只有三寸來長,有燈草粗細,以其易燼」的「夢甜香」,也存在著夢雖香甜,但卻短促易燼的寓意。顯然地,上述所言的幾則章回中的「夢」確實可說皆有「人生如夢」之意,表示人生如同夢境一般短暫且虛幻。長期操勞的「半世心」,回頭一望也只如一覺的「三更夢」,而眼前的夫婦情愛、利祿榮名看似能永久受享,但卻也抵擋不了命運無常的擺弄,最終虛影幻夢、一切歸空,成為「鏡裏恩情」、「夢裏功名」的南柯一夢,或說僅是短暫即燼的「夢甜香」。

然而,有趣的是,以「夢」作為關鍵詞來考察的話,對於這種如短暫空幻之夢境般的人生,在《紅樓夢》中反而較多是對於如夢人生的徘徊纏綿、感嘆追憶,而不是勘破塵幻、證悟解脫的上達超越。關於這類屬憶夢、尋夢的「夢」可見於底下幾個章回之中。先就第五回的「懷金悼玉的《紅樓夢》」來看,[30]「金」與「玉」雖是指寶釵與黛玉,然而,實際上卻並不僅止於兩位青春女兒,而更是將範圍擴及至於〈紅樓夢〉十二曲中的眾多精采女子,感懷哀悼她們曾有過的靜好歲月與悲傷運命。其次,就第三十八回黛玉的〈菊夢〉來看,〈菊夢〉以擬人化的方式寫秋菊睡夢,「登仙非慕莊生蝶,憶舊還尋陶令

---

28 〔清〕曹雪芹、高鶚著,馮其庸等校注:《紅樓夢校注》,頁92。
29 同前註,頁460。
30 同前註,頁90。

盟」，秋菊之夢並非表現出對於物化遷變的安然自得，而是意圖藉由睡夢再與故友相逢，以安慰現實「衰草寒煙無限情」的哀戚處境。再就第五十二回薛寶琴所寫〈真真國女兒詩〉：「昨夜朱樓夢，今宵水國吟。……漢南春歷歷，焉得不關心。」來看，對於此詩，學者蔡義江曾觀察到兩個重點：第一，寶琴所述真真國女兒詩，一方面即是寶琴自己的創作；另方面，此詩也具有詩讖的意味，暗示出寶琴日後的命運。第二，配合第五十回寶琴的〈詠紅梅花〉與此詩相互印證，蔡氏認為薛寶琴日後亦將面臨憔悴流落、孤寂無援之命運，「昨夜朱樓夢」乃是緬懷往日富貴無憂的青春華年，「今宵水國吟」則是寫離散獨處的寂寞，「漢南春歷歷，焉得不關心」則是在當前「色相差」的飄零黯淡，對往日「瑤臺」、「漢南春」之富麗生活的深心觸動、追憶不已。[31]此外，第六十三回史湘雲抽得的花名籤令「香夢沉酣」與「只恐深夜花睡去」，[32]除了讓讀者再次重溫第六十二回「湘雲醉眠芍藥裀」春春無拘的浪漫姿態外，同時也帶有暗示沉酣美夢終將逝去的憂傷意味。而第五十四回所引〈尋夢〉之曲目，以及第七十回史湘雲所做〈如夢令〉柳絮詞。前者之內容是寫杜麗娘於花園中意欲重溫與柳夢梅相會的美夢；後者之詞句則寫「且住，且住！莫使春光別去」，亦是對於美好事物的眷戀不捨。[33]

而《紅樓夢》那種雖然已然體認人生短暫虛幻有如夢境的道理，但對於如煙之往事，仍感懷不已、眷戀難忘的心情。不但脂硯齋能夠準確把握，同時後四十回的續書者，也同樣能感受那種瀰漫於《紅樓夢》敘事中難捨難分的憶夢尋夢之情懷。脂硯齋於首回回前總評言道：

---

31 蔡義江：《紅樓夢詩詞曲賦鑑賞》，頁307-309。
32 〔清〕曹雪芹、高鶚著，馮其庸等校注：《紅樓夢校注》，頁983、1095。
33 同前註，頁845。

> 作者自云：因曾歷過一番夢幻之後，故將真事隱去，而借「通靈」之說，撰此「石頭記」一書也。故曰「甄士隱」云云。但書中所記何事何人？自又云：「今風塵碌碌，一事無成，忽念及當日所有之女子，一一細考較去，覺其行止見識，皆出於我之上。何我堂堂鬚眉，誠不若彼裙釵哉？實愧則有餘，悔又無益之大無可如何之日也！當此，則自欲將已往所賴天恩祖德，錦衣紈袴之時，飫甘饜肥之日，背父兄教育之恩，負師友規談之德，以至今日一技無成，半生潦倒之罪，編述一集，以告天下人：我之罪固不免，然閨閣中本自歷歷有人，萬不可因我之不肖，自護己短，一併使其泯滅也。……雖我未學，下筆無文，又何妨用假語村言，敷演出一段故事來，亦可使閨閣昭傳，復可悅世之目，破人愁悶，不亦宜乎？」故曰「賈雨村」云云。此回中凡用「夢」用「幻」等字，是提醒閱者眼目，亦是此書立意本旨。[34]

脂批這段文字對於理解曹雪芹的創作動機與手法有重要的價值，能夠有效釐清以往將《紅樓夢》往曹家歷史探秘的自傳研究模式，因為脂批已明確點出書中雖隱藏真事（「真事隱去」），但是卻也有村言假語的文學虛構面向（「用假語村言，敷演出一段故事」），未必真能從小說文字中一一找到自傳現實的對應關係。[35]而還可注意的是，從脂批所引述的作者之言：「因曾歷過一番夢幻之後」、「今風塵碌碌，一事無成，忽念及當日所有之女子」、「已往所賴天恩祖德，錦衣紈袴之時，飫甘饜肥之日，背父兄教育之恩，負師友規談之德」等，可以看

---

34 同前註，頁1。
35 對此，可參考余英時：《紅樓夢的兩個世界》（上海：上海社會科學出版社，2006年）。

到曹雪芹將自己過往的人生經歷，亦比擬為「一番夢幻」，然而對於這已然走過的，具有短暫性、虛幻性的過往人生，曹雪芹不但並未從此走向超越上達、涅槃清淨之路，反而對於這如夢幻泡影、鏡花水月的人生經歷，既感懷遙想、追憶難忘，同時也充滿歉疚懺悔之情。以此來看，脂批將全書之章回中「凡用『夢』用『幻』等字」，視為《紅樓夢》「立意本旨」之意，恐怕就不能逕自往某種自「夢」醒「覺」、由「幻」悟「真」，這類的上達境界、清涼寂靜的超越哲思加以解釋，反而是在表示：在經歷人生如夢、往事如煙所言的「夢幻」之後，不必然就是冥契道真、證悟涅槃的「醒覺」，它亦有可能產生對於往事並不如煙的尋夢、憶夢之情感體認。而《紅樓夢》所用夢、幻等字所欲傳達的立意本旨，重點也就不在超離人生、破夢除幻，反而是難捨人間、情執難忘。一切事物雖然最終都將走向毀散消逝，但是曾與這些事物有所交會的情感記憶卻未必連帶散逝消退，反而時時撥動心弦，緬懷遙想。

而前八十回這種憶夢、尋夢式的「夢」之書寫，也同樣為續書者所掌握。如第八十九回寶玉祝祭晴雯之詞言道：「隨身伴，獨自意綢繆。誰料風波平地起，頓教軀命即時休。孰與話輕柔？東逝水，無復向西流。想像更無懷夢草，添衣還見翠雲裘。脈脈使人愁！」[36]雖然將前八十回的〈芙蓉女兒誄〉與後四十回詞作兩相比較，可以發現詞作不論在文字用辭與情感內容兩方面都有明顯的落差。[37]然而，續作對於尋夢、憶夢的情懷還是能夠準確掌握，如「懷夢草」的典故運用即是顯例。續書者借用《洞冥記》記載之漢武帝置東方朔所獻異草於懷中，而得以夜夢李夫人故事，來表現寶玉對於晴雯之情執難捨的日

---

36 〔清〕曹雪芹、高鶚著，馮其庸等校注：《紅樓夢校注》，頁1400。
37 蔡義江：《紅樓夢詩詞曲賦鑑賞》，頁390、391。

夜思念。「懷夢草」的「夢」在溝通幽明的意思之外,確實還具有憶夢、尋夢的屬性。再如第一百二十回結尾處的偈語所言:「說到辛酸處,荒唐愈可悲。由來同一夢,休笑世人癡。」[38]這裏的「辛酸」是指小說中所描寫的一切美好事物,終究飄落毀滅的悲劇故事,「荒唐」句則是指此一辛酸悲劇,雖具有虛構編造、荒誕不經的成分,然而,所描述的辛酸故事卻合乎常情常理,故能引起讀者共鳴同感,讀者為故事中人感嘆,而同時也是哀悼悲歎自己最終必然走向離散的命遇。「由來同一夢」是說不論虛擬的小說中人,抑或閱讀小說的現實大眾,所經歷的一切美好,究其實,皆有如夢境一般短暫且虛幻,無法長存不滅,而同時現實大眾也與小說中人相同,皆將承受甜夢消散後,尋夢憶夢而不得再續的傷痛。「休笑世人癡」則是對於眾人執著癡迷於難以永存之美好的顛倒妄見,以及對於美好消散後仍追憶不已的情癡,予以同情、包容的理解。換言之,續書者的結紅樓夢偈中的「夢」,既有人生如夢、虛空短暫的意思,同時也有憶夢、尋夢的意味。世人皆將沉酣於夢境之中,沒有真正醒悟的時刻。有情的眾生,身處於幻夢般虛短的人生中,隨不同的命遇遷變,而有各式喜怒哀樂的情癡表現,而當甜夢消散、青春不再後,還將飽嚐人生如夢之追悼難捨的哀傷之情。

(二)《紅樓夢》之夢:夢悟、夢醒、警夢

《紅樓夢》中所言的「夢」,除了上述各種如睡夢、虛幻、妄想、思慕、好運、憶夢、尋夢等意思之外,還有少數與某種警夢、夢悟之思想有所關聯的「夢」。先就第五回兩處言「夢」的例子來看。寶玉在太虛幻境之夢中,曾聆聽警幻仙姑之歌唱,歌詞言道:「春夢

---

38 〔清〕曹雪芹、高鶚著,馮其庸等校注:《紅樓夢校注》,頁1799。

隨雲散,飛花逐水流;寄言眾兒女,何必覓閒愁。」[39]這裏的「春夢」、「飛花」皆是指男女情愛、青春年華這類的美好事物,而「隨雲散」、「逐水流」則是指這些美好歡樂終將消散的必然命運。最後兩句則是帶有勸戒的意味,認為不要沉溺於這些看似美好但卻轉瞬即逝的幻影。可見這裏的「夢」雖帶有短暫、空幻之意,同時也具有勸戒警告應當捨離、抽身的意思,因為沉酣於短暫不實的夢境,終將面臨必然離散的煩惱憂愁。另一個例子則可見於寶玉詢問太虛幻境眾仙姑之名處。四位仙姑名號分別是「癡夢仙姑」、「鍾情大士」、「引愁金女」與「度恨菩提」。這四個名號,正如張新之所言:「四道號皆警幻註腳,其意自明」,[40]是將「警幻」亦即警醒世人不要沉溺於如幻夢般,短暫虛無的溫柔富貴等事物之名,分化拆解為四個名號。「癡夢」與「鍾情」是從「警幻」之「幻」引申而出,寫眾人癡迷狂愛那些本質為轉瞬即逝之事物的執迷不放;「引愁」與「度恨」則可說是從「警幻」之「警」脫胎而成,是對於情癡所引生之憂愁憾恨的勸戒警醒、引導化解之意。依此來看,「癡夢」之「夢」雖是指如幻夢般空虛短暫的現實事物,但配合「引愁」與「度恨」來看,對於這樣的情癡於幻夢的執迷,並非值得推崇的態度,而是應當跳脫的陷溺。不過,須注意的是,上述兩例中的「夢」雖帶有勸戒、警醒的意味,但是對於那種能夠不再沉淪癡夢的醒悟寧定之境界卻未明確表現。也就是說,上述這些夢例,所表現的觀點僅是「警夢」,是警惕勸戒夢迷所必然帶來的離散傷感之苦,但是卻未積極、正面的將所謂不受夢迷的安寧境界給予清楚的呈現。而據筆者的考察,《紅樓夢》之言「夢」較能表現出醒夢、夢悟狀態的文獻段落,可見於第二十五回癩頭和尚嘆通

---

39 同前註,頁83。
40 〔清〕曹雪芹著,馮其庸纂校訂定:《八家評批紅樓夢》(北京:文化藝術出版社,1991年),頁124。

靈寶玉的兩首詩作中：

> 天不拘兮地不羈，心頭無喜亦無悲；卻因鍛煉通靈後，便向人間覓是非。
> 粉漬脂痕污寶光，綺櫳晝夜困鴛鴦。沉酣一夢終須醒，冤孽償清好散場！[41]

前一首詩是寫通靈寶玉尚未下凡入世前的來歷，後一首詩則是寫通靈寶玉身處人間的纏溺狀態。「沉酣一夢終須醒」，認為溫柔鄉富貴場雖如美夢般令人沉酣陶醉於其中，但一方面有「污」、「困」那原本處於神界，可不受塵俗情愛侵擾「寶光」的危險；另方面這些美好也僅如短暫虛幻之夢境，終有夢醒的時刻。而「冤孽償清好散場」則是從某種夢醒、夢悟的角度，既將人間情愛視為有礙修行的孽障與造作惡事的冤報，同時也視人生如戲，生命的終結就如同劇終散場一般。

不過，在言人生之牽纏執迷如夢如戲之外，從詩作中還可以看到一種不受世間之情迷擾動的清靜狀態。只是要注意的是，「天不拘兮地不羈，心頭無喜亦無悲」，配合首回女媧煉石補天神話的敘述，可以發現這種無拘無束、無喜無悲的清靜自由，乃是在女媧煉造之前、靈性未通的原始階段，而不是轉識成智、自迷返悟的實踐境界，或某種先天本然的真性象徵。換言之，無喜無悲、不拘不羈似乎未必能理解為某種自由超越之本心本性、實踐境界這類的意思，而應是指大荒山原石未經鍛煉前，那種無有識知情感、全無彼我分別意義下的無生命、無「靈性」之意，是無知無覺、無情無感下的無喜無悲、天地不羈。而當「此石自經鍛煉之後，靈性已通」，自從經過女媧的煉造之

---

41 〔清〕曹雪芹、高鶚著，馮其庸等校注：《紅樓夢校注》，頁400、401。

後,原石不但形體有所變化,同時也產生有知有識、有情有感的「靈性」,從此也就「卻因鍛煉通靈後,便向人間覓是非」。可見「靈性」的開通,不但不是靈臺真性、先天超越的本真綻放,反而是有喜有悲、有拘有羈的開端,[42]補天頑石先因「見眾石俱得補天,獨自己無材不堪入選」,而有比較分別、自嘆自怨的心情,又因大荒山、青埂峰的「猿啼虎嘯」[43]而感「淒涼寂寞」,[44]再因聽聞一僧一道所談及的紅塵樂事,遂「不覺打動凡心,也想要到人間去享一享這榮華富貴」,因而有補天頑石被攜入凡間,遍嘗塵世之情愛與辛酸的故事開展。

　　總而言之,從二十五回癩頭和尚的嘆通靈寶玉之詩中可以看到,它表現出不同於憶夢、尋夢,這種對於如夢人生有著難捨難忘的痴迷,而是對於如夢人生所帶來的糾纏沉淪之迷茫與曲終人散之傷感的警戒,是屬警夢、醒夢的觀點。而尤其重要的是,在警夢、醒夢的警惕勸戒之外,從詩句中所表現的以「通靈」(開通情感知見之靈)為分水嶺,從而區分「無喜亦無悲」與「向人間覓是非」的兩種差異,似乎可以說,有識知情感的生命,永遠不能像靈性未通的無生命之原石一般,能夠不為情困、不受物擾。當「靈性」已通之後,就容易產生種種的比較分別、愛欲執取,從而「覓是非」、「污寶光」、「困鴛鴦」沉浮於情天孽海之中,直到夢醒、散戲之時,乃有「沉酣一夢終須醒」的醒覺悔悟。而類似的「夢」之表述,還可見於首回一僧一道對於已然凡心大動之補天石的勸說之中:

---

[42] 第八回嘲頑石詩言:「失去幽靈真境界,幻來親就臭皮囊」。這裏的「幽靈真境界」並不適合往某種先天、超越的本質象徵解釋,因為頑石於神界時,其識知情感之靈性已通,已有怨嘆、孤寂之情萌動。因此,所謂「幽靈真境界」應解釋成:隔絕俗界侵擾之幽微靈秀的神界環境。

[43] 〔清〕脂硯齋等評,陳慶浩輯校:《新編石頭記脂硯齋評語輯校(增訂本)》(臺北:聯經出版事業公司,1986年),頁183。

[44] 〔清〕曹雪芹、高鶚著,馮其庸等校注:《紅樓夢校注》,頁270。

二仙師聽畢,齊憨笑道:「善哉,善哉!那紅塵中有卻有些樂事,但不能永遠依恃;況又有『美中不足,好事多磨』八個字緊相連屬,瞬息間則又樂極悲生,人非物換,究竟是到頭一夢,萬境歸空,倒不如不去的好。」這石凡心已熾,那裏聽得進這話去,乃復苦求再四。二仙知不可強制,乃嘆道:「此亦靜極思動,無中生有之數也。既如此,我們便攜你去受享受享,只是到不得意時,切莫後悔。」[45]

從引文的「紅塵中有卻有些樂事」、「美中不足,好事多磨」與「到頭一夢,萬境歸空」,可以看到這裏的「夢」雖然主要是指人生幻滅虛空之意,但配合「樂事」、「好事」、「不足」、「多磨」、「悲生」等可以看到此一如夢之人生,還具有美好歡樂、難以兼得、求取艱辛與生離死別等內容。換言之,在一僧一道看來,短暫且終將幻滅的如夢之人生具有兩面性,它雖具有使人著迷的美好面向,然而,這些美好樂事卻也如影隨形的擺脫不了不足之苦、求取之難與離散之悲等內容,因此,當這些美好樂事轉向另一面的時刻,將有「後悔」、「不如不去」等夢醒後的悔悟。可見夢醒、夢悟乃是從有情之生命,其身處於具有苦樂兩面性的如夢人生中,雖能享短暫之歡樂,但終究必然受苦的角度來說。然而,現在的問題是,這樣一種因如夢人生之兩面性,而從沉酣夢迷走向的醒覺夢悟,是否可說是一種能將執著情根徹底轉化,從而超脫自得之境界呢?抑或是屬因飽嚐離散之苦,從而無可奈何、心碎心冷式的情根暫息、收斂退藏呢?對此,筆者認為透過仔細推敲引文中的「靜極思動,無中生有之數也」,以及首回中一僧一道言及仙界之風流冤家意欲下凡,還有空空道人閱讀石頭之故事後易名為情

---

45 同前註,頁2。

僧等處的文字，應可更為明確的掌握《紅樓夢》夢醒、夢悟的實質性格。首回言道：

> 那僧笑道：「你放心，如今現有一段風流公案正該了結，這一干風流冤家，尚未投胎入世。趁此機會，就將此蠢物夾帶於中，使他去經歷經歷。」那道人道：「原來近日風流冤孽又將造劫歷世去不成？但不知落於何方何處？」那僧笑道：「……恰近日這神瑛侍者凡心偶熾，乘此昌明太平朝世，意欲下凡造歷幻緣，已在警幻仙子案前掛了號。警幻亦曾問及，灌溉之情未償，趁此倒可了結的。……因此一事，就勾出多少風流冤家來，陪他們去了結此案。」[46]

「神瑛侍者」原為仙界中人本應超凡越世、無意於塵俗之太平富貴。然而，既非無生命的原石，自然也就有含藏著易受外物擺盪引逗的內在情根，因此乃有「凡心偶熾」的萌動，意欲下凡享受人間之太平昌明、盛世繁華。而受到神瑛侍者與絳珠仙草之恩德還報的情緣所感動，這些原本亦屬仙界的人物，也同樣被「勾出」內在蟄伏的情根，遂一改原本的清靜脫俗，轉而變成「風流冤家」也欲一同「陪他們去了結此案」。而尤其重要的是，從道人所言：「原來近日風流冤孽又將造劫歷世去不成？」從這一「又」字正透露出這些轉變成為「風流冤孽」的天上仙人，先前也曾經歷過凡間的悲歡離合，對於世間「美中不足，好事多磨」、「到頭一夢，萬境歸空」之樂極悲生的兩面性，有過切膚之痛、切身之感。然而，為什麼這些曾親歷撕心裂肺之辛酸苦痛、傷悲懺悔的天界中人，沒有辦法阻擋又再一次的被勾動出熾熱的

---

[46] 同前註，頁6。

下凡之心呢？對此，或可這樣解釋：當歷劫回歸，復還本質之時，形體雖幻化歸位，然而過去身處凡間的離散記憶仍歷歷在目、印刻於心，那些由離散悲戚、傷感追憶所形成的悲涼之霧，仍盤旋瀰漫於胸懷之中，故凡心消退難起，轉以冷眼、悲憫的視角來觀照塵世之競逐迷茫、情愛癡迷，因此多有「癡夢」、「鍾情」、「引愁」、「度恨」、「警幻」等這類警惕世間之溫柔富貴有如幻夢泡影、孽障冤債的醒世箴言。然而，那由「青埂峰」所隱喻的「情根」，雖在萬境歸空之破滅幻逝的摧折下，被暫時封印深埋於內在底層。不過，「情根」畢竟僅是被深埋潛藏，從來不曾真正被徹底剷除消滅或蛻變轉化，因此，當慘痛記憶逐漸模糊、心頭傷疤逐漸癒合，情根也就展現其不死的生命力，當機緣成熟、外緣勾動，凡心就此熾熱，「風流冤家」也就從此再現。

而從這個角度來看前面曾引述過的一僧一道所說的：「靜極思動，無中生有之數」。也就可說，雖然在原本的脈絡中，是言補天靈石在識知情感之初始開通下，凡心從潛藏的靜無，轉而成熾熱的動有。然而，應當也可用來解釋「風流冤家」意欲下凡歷劫，其內在「情根」的萌動與蟄伏的轉變歷程。從天界仙人轉而成「風流冤家」，正是情根由靜無轉為動有，故欲下凡親就幻緣。而當遍歷人間之短暫歡樂、離散悲苦，從而復歸本質之後，揮之不去的血淚經歷、辛酸記憶，既讓內心浮現出如同第五回「孽海情天」之對聯所言的「厚地高天，堪嘆古今情不盡；痴男怨女，可憐風月債難償」[47]這類情痴無盡、情債難償之感嘆，同時也產生出如同太虛幻境之「離恨天」、「灌愁海」、「放春山」、「遣香洞」等名稱中所暗示的，必須遠離男女溫柔之情愛糾纏，以避免離愁別恨摧折身心之勸戒，甚至對於世

---

47 同前註，頁84。

間之功名富貴、人倫親情皆產生「若不了，便不好；若要好，須是了」，[48] 這種斷絕一切塵緣，以免除有情必有憾的「好了」警示。然而，仍應看到，此時之「情」雖已從「情熾」旺盛，退轉為「憶情」、「戒情」的淡冷，然而，此「情」並未就此湮滅消散，只是由表層轉戰至底層，用一僧一道的話來說，也可說是從「動」「有」暫退至「靜」、「無」之狀態。蟄伏潛藏而等待下一次「靜極思動，無中生有之數」的機緣到來，此後又如同命定般的再次造劫歷世，由「靜」而「動」，再自「動」而歸「靜」的循環不已。而筆者這種將「情根」解釋為永存不滅、難盡難除的詮釋，還可見從首回空空道人與歷劫回歸後的靈石相遇之描述中獲得相應的佐證：

> 空空道人訪道求仙，忽從這大荒山無稽崖青埂峯下經過，忽見一大塊石上字跡分明，編述歷歷。空空道人乃從頭一看，原來就是無材補天，幻形入世，蒙茫茫大士、渺渺真人攜入紅塵，歷盡離合悲歡炎涼世態的一段故事。……我這一段故事，也不願世人稱奇道妙，也不定要世人喜悅檢讀，只願他們當那醉淫飽臥之時，或避世去愁之際，把此一玩，豈不省了些壽命筋力？就比那謀虛逐妄，卻也省了口舌是非之害，腿腳奔忙之苦。……空空道人聽如此說，思忖半晌，將《石頭記》再檢閱一遍，……雖其中大旨談情，亦不過實錄其事，……從此空空道人因空見色，由色生情，傳情入色，自色悟空，遂易名為情僧，改《石頭記》為《情僧錄》。[49]

從引文中可以看到三個重點：第一，補天靈石從青埂峯為一僧一道

---

48 同前註，頁13。
49 同前註，頁3-5。

「攜入紅塵」,歷經世間之繁華與破滅後,又回復原形返歸青埂峯。此一作為出發與回歸之地的青埂峯,正象徵著「情根」從初始萌芽,到茁壯熾盛,再到歸根暫息的歷程;第二,從「石上字跡分明,編述歷歷」,可以看到即便石頭復還本質,往事並不就此成空,補天靈石一方面對於下凡人間時的悲歡離合,記憶仍舊鮮活,思念仍然深刻;另方面,歷劫歸來,在對於如夢人生的追憶之外,也如太虛幻境之仙者一般,亦生發起某種警夢、戒情之想法(「把此一玩,豈不省了些壽命筋力」)。換言之,經歷人生如夢後,不必然就是解脫悟道、上達超越,反而是對於如夢人生的深刻追憶與傷心勸戒;第三,空空道人檢閱抄錄《石頭記》後,有一個內在情思的轉變歷程,此即「因空見色,由色生情,傳情入色,自色悟空,遂易名為情僧」一段的描述。「因空見色,由色生情」,可說是空空道人初始閱讀前後的狀態描寫,空空道人看似已然「空」無閑靜,然而,卻「云空未必空」,一見世間的繁華豐富之色相後,內在潛藏蟄伏的「情」,就此引逗而出。而「傳情入色,自色悟空」,則是言空空道人隨著情根的日漸茁壯熾盛,對於溫柔富貴之色相有更多的執取愛戀、流連纏綿。然而,人間色相終究難以長存不壞,空空道人終將領悟所牽掛難捨的一切美好,盡皆粉碎消散的空無傷痛(「自色悟空」)。不過,即便經歷幻滅離散之痛,然而,往日記憶、過往歡樂,仍然銘印於心頭,故空空道人乃「易名為情僧」、「改《石頭記》為《情僧錄》」,以「情僧」所諧音之「情生」,既表現對於往事之永難抹滅的眷戀深情,同時也象徵「情」的根深頑強之永存力量。總而言之,筆者認為《紅樓夢》言「夢」雖然看似有警夢、夢醒、夢悟的勸戒,但似乎未必真有打破情障,從而解脫無執的層次。因為無喜無悲、自由不拘的安寧狀態,只有在尚未產生「靈性」的無知無識之原石階段乃有實現可能,「通靈」之後,有情有識即注定不能清淨無擾。而下凡歷劫,飽嚐人間悲

歡離合之後,即便由於離散創痛的記憶仍深,故有警夢、夢悟的心冷警勸,然而,同時也仍有憶夢、尋夢的難捨糾結與深心懺悔。而尤其重要的是,「情根」終究不滅,僅是蟄伏潛存,直到下一次的凡心偶熾,再度下世歷劫的故事誕生。

三 《莊子》中三則夢喻文獻的考察

《莊子》中如〈齊物論〉長梧子言夢與莊周夢蝶,以及〈大宗師〉中孔子言夢等文獻,學者雖有討論,然而,仍有若干值得釐清、統合與再詮釋的空間。底下依序展開討論。

(一)〈齊物論〉長梧子言「夢」:成心迷茫與妄言之言

在〈齊物論〉中莊子假托瞿鵲子與長梧子的對話,來說明對於「聖人不從事於務,不就利,不違害,不喜求,不緣道;无謂有謂,有謂无謂,而遊乎塵垢之外」,[50]這類體道者之境界與工夫的敘述該如何理解的問題。瞿鵲子認為相較於孔子將體道敘述貶斥為荒誕鄙陋之言(「孟浪之言」),自己則是將之視為傳達高妙境界與工夫途徑的言論(「妙道之行」)。然而,長梧子卻認為孔子之說僅是強不知以為知(「丘也何足以知之」),而瞿鵲子則是求之過急,意圖於言語文字求道(「女亦大早計」)。長梧子認為人們對於體道敘述,之所以隔閡陌生難以真確了解,最主要的原因是在於心知成見。是心知妄下判斷、以假為真的性格所導致。因此一方面舉常人之悅生惡死的虛妄(「予惡乎知說生之非惑邪!予惡乎知惡死之非弱喪而不知歸者邪」),以及

---

50 〔戰國〕莊周著,郭慶藩輯:《莊子集釋》(臺北:頂淵文化事業公司,2001年),頁97。

「麗之姬」嫁至晉國始「涕泣沾襟」,而後「後悔其泣也」,來說明心知妄斷的自尋煩惱,以及無法契會「參萬歲而一成純」的體道境界;另方面又以夢為喻,來說明心知妄斷下的認虛為實、以假為真的執迷難悟,說道:

> 夢飲酒者,旦而哭泣;夢哭泣者,旦而田獵。方其夢也,不知其夢也。夢之中又占其夢焉,覺而後知其夢也。[51]

此處「夢飲酒」、「夢哭泣」與現實恰恰顛倒的描寫,雖然傅正谷認為此處一方面表現出「夢」所具備的調節夢者內心平衡的「心理調節作用」;另方面也透過夢覺狀況的顛倒來表現「福禍相倚」的思想。[52]然而,這樣的說法雖能豐富文獻詮釋,但卻未必符合文脈所意圖指向的意思。因為該句下接「方其夢也,不知其夢」、「夢之中又占其夢焉」,可見虛假夜夢與現實實際的對反,主要是在描寫世人沉迷流連在內心所幻構的虛擬價值分別之中,以假為真、虛實顛倒,從而產生無謂的或飲酒,或哭泣的哀樂情緒。對此釋性通《南華發覆》也曾指出:「人在迷之中見得有生死,是以悅生惡死也。及乎悟後,知原無生死空好惡也。……人在夢中見得有酒飲、有哭泣,及乎醒後何嘗實有酒飲?何嘗有哭泣?夢中則有,覺後元無,中間妄生喜怒者,夢也。」[53]依此來看,可說「夢」應是喻示心知成見的迷妄顛倒,身處迷中而「不知其夢」,甚至還「夢之中又占其夢」,沉迷於幻境而難以自拔之意。而長梧子接著所說的「且有大覺而後知此其大夢也,而愚

---

51 同前註,頁104。
52 傅正谷:〈莊子:中國古代夢寐說與夢文學的奠基人〉,頁26。
53 〔明〕釋性通:《南華發覆》,嚴靈峰編輯:《無求備齋莊子集成續編(五)》(臺北:藝文印書館,1974年),頁67。

者自以為覺，竊竊然知之。君乎，牧乎，固哉！」則是接續前文，更為明確的將夢迷與醒覺的對比（「大覺」、「大夢」），以及心知之偏狹固陋、區別妄斷（「君乎，牧乎，固哉」）與自以為是（「愚者自以為覺，竊竊然知之」）等意思開展出來。至於「丘也與女，皆夢也；予謂女夢，亦夢也。是其言也，其名為弔詭。」[54]這裏的「夢」則有可細部區別之處。「丘也與女，皆夢也」，是長梧子站在「大覺」的角度，認為孔子與瞿鵲子，由於仍未能打破成心我見的固陋，因此，雖然不是處於一般睡寐狀態，但是卻是屬於未能了悟真實，對於體道境界與道體論述，皆迷茫未知的夢迷狀態。可見，此處的「夢」是屬仍沉迷於成心我見的價值體系中（「君乎，牧乎，固哉」），未能洞澈生命實象，尚未了悟至道境界的象喻。「予謂女夢，亦夢也」，「予」是指「大覺」者長梧子，「謂女夢」是指瞿鵲子仍處於成心我見之執著妄斷的迷茫未悟。然而，「亦夢」之「夢」其意思又有轉變。對此，賴錫三是將「夢」向上解釋，理解為那如夢境般，能夠打破一切物我障蔽並自由變換的體道境界，是「打破主體我之後面對遷流不住、變化常心而有的觀照感」。[55]「夢」成為氣化流變之體道境界的象徵。然而，賴氏之說雖能貼合《莊子》道化、氣變的思想，並使文獻詮釋更顯多元，但是，從長梧子與瞿鵲子的對話中，一再出現諸如「无謂有謂，有謂无謂」、「為女妄言之，女以妄聽之」、「是其言也，其名為弔詭」等，涉及「道」與「言」之關係的線索來看，這裏的「夢」與其向上理解為順隨氣化流變的夢感境界，不如將其理解為「妄言」之意。也就是說，「亦夢也」是借用「夢」的虛幻不實之意，將言說表述予以掃除之意，與「妄言之」、「有謂无謂」的意思相通，皆強調

---

54 〔戰國〕莊周著，郭慶藩輯：《莊子集釋》，頁104、105。
55 賴錫三：〈《莊子》的夢寓書寫與身心修養：魂交、無夢、夢中夢、蝶夢、寫夢〉，頁97。

「道」雖勉強可用語言表述,但真正的「道」、真實的境界體驗永遠不會落在語言表象之中的意思。[56]至於最後的「是其言也,其名為弔詭」,「是其言也」是指瞿鵲子所聞諸於孔子的「聖人不從事於務」等描述體道境界的言說,而「其名為弔詭」則是再次強調這種談及體道境界的文字,乃是奇異特殊的語言。[57]雖有所說,但真正所欲呈現的多元豐厚的真實境界,卻不落在有所限定的文字之中,可說是「有謂无謂」說了等於沒說,或「无謂有謂」什麼都沒說,反而道盡了一切。就如同〈寓言〉所言:「言无言,終身言,未嘗不言;終身不言,未嘗不言。」[58]「道」與「言」之間有一種自由轉動、來去自如的分合關係。總而言之,〈齊物論〉中長梧子所言「夢」,應有兩種意思:一是喻示侷限於自我成見下的迷茫未悟;二是表示「道」與「言」之間,雖有所說,但又未可執著於語言文字的轉動、汰變之思想。

(二)〈齊物論〉莊周夢蝶的夢喻:外化而內不化的融通和諧

在〈齊物論〉的篇末有著著名的「莊周夢蝶」故事:

> 昔者莊周夢為胡蝶,栩栩然胡蝶也,自喻適志與!不知周也。俄然覺,則蘧蘧然周也。不知周之夢為胡蝶與,胡蝶之夢為周與?周與胡蝶,則必有分矣。此之謂物化。[59]

---

56 對此,還可參考徐聖心對於「予謂女夢,亦夢也」的解釋,詳參氏著:《〈莊子〉內篇夢字義蘊試詮》,頁18。

57 「是其言也,其名為弔詭」的訓詁解釋,詳參王叔岷:《莊子校詮》(北京:中華書局,2007年),頁90。

58 〔戰國〕莊周著,郭慶藩輯:《莊子集釋》,頁949。

59 同上註,頁112。

目前對於「莊周夢蝶」的哲理意涵，較為常見的解釋，是將莊周夢蝶視為一氣之互滲化變的哲理象徵。此如釋性通《南華發覆》所解：「周是周，蝴蝶是蝴蝶，正見物我雖異，其體本同，但化他化此之異耳。既無有我，周亦可以為蝴蝶，蝴蝶可以為周，非物化而何？」[60]也就是說，「不知周」與「吾喪我」的無我觀念相通，皆表示欲求知慮、對立分別之我的汰除消融。而「周之夢為胡蝶」、「胡蝶之夢為周」的迷離恍惚，則是象徵主客、物我的一體流通、互滲無隔的氣化渾融的狀態。至於「周與胡蝶」其「必有分」的「分」，則是指物象分別之分，或說氣化流變中所暫凝的形體表象之區分（「物我雖異，其體本同」）。而最後的「此之謂物化」則是將主客、物我那種雖有表面上各異的物象分別，然而其本質卻是氣化一體而無分別的狀態予以總結式的說明。依此來看，「夢」可說是主體之境界與實踐的象徵，藉由「夢為胡蝶」的「不知周」，象徵「吾喪我」工夫與境界下的物我一體而無分別的交融互滲。[61]對此，筆者認為從一體之氣化流動來解釋莊周夢蝶的說法，雖能聯繫〈齊物論〉開篇之「喪我」工夫與境界，並且也能貼合從超越的「齊物」角度，來平齊是非相對、爭執無窮的「物論」之糾結的篇章要旨。然而，可惜的是，若以莊周夢蝶所象徵的一氣化變之「物化」思想，作為收攝〈齊物論〉全文的壓軸故事，顯然未能照顧到〈齊物論〉中所描述的「樞始得其環中，以應无窮」、「和之以天倪」等，這類能夠更為細部的展現，於我是彼非的物論中，開展出彼我共存之和諧溝通之道的思想觀念。換言之，以「氣

---

60 〔明〕釋性通：《南華發覆》，頁72、73。
61 如張亨、賴錫三等學者對於莊周夢蝶的解釋，觀點大體與此相近。詳參張亨：〈《莊子》中「化」的幾重涵義〉，《思文論集：儒道思想的現代詮釋》（臺北：國立臺灣大學出版中心，2014年），頁393-410。賴錫三：〈《莊子》的夢寓書寫與身心修養：魂交、無夢、夢中夢、蝶夢、寫夢〉，頁77-110。

化」解釋莊周夢蝶的「物化」,雖然有其理路,然而,若僅從「氣化」解「物化」,恐怕將減弱作為收束〈齊物論〉的莊周夢蝶故事,其背後更為豐厚的思想寓意。因此,對於莊周夢蝶或許可以嘗試不同的詮釋說法。「昔者莊周夢為胡蝶」,夢境前的莊周與蝴蝶之間,可說是一般主客分別、物我對立下的關係,用〈齊物論〉的話說來,既是「自彼則不見,自知則知之」,[62]皆是從自我出發,不願也不能了解對方,甚至是「方生方死,方死方生;方可方不可,方不可方可」,[63]彼此攻評、互不承認的爭辯廝殺。然而,莊周之入夢,就象徵著打破了主客彼我的界線,撤除潰散物我之間相互對立、彼此爭鬥的高牆障蔽。入夢的莊周,既虛位了主體自我(「不知周」),同時也能真正的理解接納他者的處境與心情(「栩栩然胡蝶也,自喻適志」)。而當夢醒之後,躺臥在床的形體雖仍是莊周(「蘧蘧然周也」),然而,此時的莊周已非入夢前與物有對、以己為尊的莊周,而是能夠穿越彼我主客之障蔽,能夠徹底聆聽他者的莊周。此時的莊周與外物之關係,《莊子》用周夢蝶,抑或蝶夢周的疑惑,來予以暗示,亦即物與我之間,既可說是主體虛位、通向他者(「周之夢為胡蝶」),也可說是他者優先、傾聽包容(「胡蝶之夢為周」),那種融通交流之關係。而這樣一種打破彼我之分的互通關係,還可以〈齊物論〉所言:「唯達者知通為一,為是不用而寓諸庸;庸也者,用也;用也者,通也;通也者,得也;適得而幾矣。因是已」[64]的境界來交互詮證。「達者知通為一」的融通一體之境界,即是周夢蝶,抑或蝶夢周所欲暗示的物我融通。「為是不用而寓諸庸」的「是」乃自是我見之是,亦即夢蝶之前,處於物我對立的莊周狀態。而「為是不用」即是不落入自是人

---

62 〔戰國〕莊周著,郭慶藩輯:《莊子集釋》,頁66。
63 同前註,頁66。
64 同前註,頁70。

非、己尊物卑的對立衝突,轉而將人我關係寄託於一種特殊的發用模式(「寓諸庸」)。憑藉著這樣的「寓諸庸」,乃能實現物我無隔的融通(「通」),也才能契入既上達超越,且虛懷包容的「得」(中)之境界。[65]展現出〈齊物論〉所言「聖人不由,而照之於天,亦因是也」,以及「環中」、「道樞」等所表現的主體虛位、包容他者的融通無別之理境。[66]至於「周與胡蝶,則必有分矣」的「分」為分別、區別之意,表示有一種特殊的內外之分,而此一內外之分,是強調此時的物我關係,既不是以己賤物式的物我對立,也不是過度傾斜於他者,而不斷為外物所擾動牽引式的物我關係,而是如〈外物〉所言:「唯至人乃能遊於世而不僻,順人而不失己。彼教不學,承意不彼」,[67]是處於「順人而不失己」的「遊」之狀態。一方面能夠「順人」、「彼教不學」,順應他者的特質與處境,而不勉強其接受一己之觀點;另方面又能「不失己」、「承意不彼」,雖傾聽包容他者之想法,但內在卻能常保寧定,不會落入〈知北遊〉所言「悲夫,世之人直為物逆旅耳」,[68]那種不得安寧、常為外物所侵擾的狀態。換言之,這樣的「分」並非彼我對立下的分別,而是在形容一種互為主體、彼我共成的內外之分,是處於「順人」與「不失己」之遊化狀態下的內外之分。[69]而最後的「此之謂物化」,則是點明莊周夢蝶的寓意,乃在表現

---

65 這裏的「得」即是「中」之意,詳參王叔岷:《莊子校詮》,頁63。
66 關於「因是」、「環中」與「道樞」等概念的討論,還可參考林明照:〈《莊子》「兩行」的思維模式及倫理意涵〉,《文與哲》第28期(2016年6月),頁269-292。
67 〔戰國〕莊周著,郭慶藩輯:《莊子集釋》,頁938。「彼教不學,承意不彼」的解釋,請參考王叔岷:《莊子校詮》,頁1074。
68 〔戰國〕莊周著,郭慶藩輯:《莊子集釋》,頁765。
69 關於這樣一種動態的內外關係之討論,還可參考楊儒賓:〈遊之主體〉,《儒門內的莊子》(臺北:聯經出版事業公司,2016年),頁173-224。陳康寧:〈從「主體」的角度探討《莊子》「支離」與「通一」辯證下的倫理內涵〉,《臺大中文學報》第61期(2018年6月),頁1-48。

如同〈知北遊〉所言:「古之人,外化而內不化,今之人,內化而外不化。與物化者,一不化者也。」[70]的思想,亦即透過「內不化」、「一不化」的主體虛位與寧定超越,以及「外化」、「與物化」的他者優位與包容接納,而能夠擺脫彼我對立、尊己賤物的衝突紛擾(「內化而外不化」),轉而形成物我一體、共成合作的和諧關係。總而言之,莊周夢蝶之「夢」,可說是以夢境來表現物我和諧共存的理想境界。而此中能使物我和諧共處的「外化而內不化」之主體,就如〈齊物論〉所言具有「注焉而不滿,酌焉而不竭」[71]的性質。一方面能擺脫自我中心的專斷自是,而能體貼包容他者的觀點與處境(「注焉而不滿」);另方面也能使精神永不枯竭、常保明澈,而有靈明的照見回應之能(「酌焉而不竭」),與外物形成一種如同〈刻意〉所言:「感而後應,迫而後動,不得已而後起。去知與故,循天之理」[72]的互動模式,既「去知與故,循天之理」,自我退位、上達超越,同時也能「感而後應,迫而後動」徹底容納他者之思考,而後給予適切的回應,從而建立具體且和諧的物我關係。

(三)〈大宗師〉仲尼言「夢」:我見迷茫下的虛實不明

〈大宗師〉中莊子假借顏回與孔子的對話,來傳達道家式的喪禮觀。顏回認為孟孫才「其母死,哭泣无涕,中心不戚,居喪不哀」,[73]行為舉止皆未能徹底符合喪禮規範,然而,卻能以善於喪禮聞名於魯國,顏回疑惑不解,因此向孔子提問。孔子認為孟孫才「不知所以生,不知所以死;不知就先,不知就後;若化為物,以待其所不知之

---

70 〔戰國〕莊周著,郭慶藩輯:《莊子集釋》,頁765。
71 同前註,頁83。
72 同前註,頁539。
73 同前註,頁274。

化已乎！且方將化，惡知不化哉？方將不化，惡知已化哉？」[74]也就是說，孟孫才視生死為一氣之化變，「生」為一氣之暫凝，「死」為一氣之暫散，而生死既為一氣暫時之散聚，則「生」、「死」皆處於相互流轉，而非固定不變的狀態，生死皆在動態的遷變中，因此難以真正執定孰為「生」孰為「死」。而面對生死遷化，孟孫才是採取順化的態度，順隨當下的一氣之化變，「方將化」則順隨其化，而不戀生惡死，強求其不化（「惡知不化哉」）；「方將不化」亦順隨不化，而不憂懼遷變死亡（「惡知已化哉」）。然而，孟孫才對於生死既已有如是的洞察，何不毀棄喪葬俗儀，而仍要某種程度的依循喪葬儀式而居喪哭泣呢？對此，莊子借孔子之口說道：

> 夫孟孫氏盡之矣，進於知矣。唯簡之而不得，夫已有所簡矣。……且彼有駭形而无損心，有旦宅而无情死。孟孫氏特覺，人哭亦哭，是自其所以乃。[75]

相較於世俗之人藉由喪葬儀式以表達思念、抒發哀情的纏綿難捨，孟孫才對於死生雖能站在生死無執、一氣輪轉的視野，超越凡俗的死生纏綿。然而，孟孫才同時也是身處於具體的歷史時空，被標記為某一社會網絡中的一份子（如〈人間世〉所言「為人臣子者，固有所不得已」）[76]，有許多必須顧及與回應的倫常規則，因此孟孫才未能減省喪禮（「簡之而不得」），仍然居喪哭泣（「人哭亦哭」），然而於喪禮中的無涕、不戚與不哀，卻也已展現其某種程度的減省與超脫之處（「夫已有所簡矣」）。而「有駭形而无損心，有旦宅而无情死」，則是再一

---

74 同前註，頁274。
75 同前註，頁274、275。
76 同前註，頁155。

次說明孟孫才其居喪哭泣卻無涕、不哀與心中不戚的內在原因。「有駭形」是言孟孫才「簡之而不得」，故仍有居喪哭泣等改易形容之「駭形」表現，「无損心」是說孟孫才內在不受死生所擾動，而「有旦宅而无情死」則是說明其所以能死生無動於心，乃是因為視死亡為形體的暫離轉變（「旦宅」），而沒有真正全然空無幻滅的死亡（「无情死」）之意。而於闡發孟孫才超越於一般謹守喪儀的醒覺超脫與順隨世俗的內在精神之外（「進於知矣」），孔子又以夢覺為喻，來說明常人的夢迷未覺，說道：

> 吾特與汝，其夢未始覺者邪！……且也相與吾之耳矣，庸詎知吾所謂吾之乎？且汝夢為鳥而厲乎天，夢為魚而沒於淵。不識今之言者，其覺者乎，其夢者乎？造適不及笑，獻笑不及排，安排而去化，乃入於寥天一。[77]

上引文的夢覺之喻，陳壽昌的解釋值得參考，他說：「此言世人之哭泣，皆以吾之可哀而哀，特我見耳。抑知吾之為吾，亦是幻象，又焉知吾所謂吾之乎？言自己亦認不定自己也。……於天於淵，本屬幻境非真我也，但夢為魚鳥時則然耳。然則今之有言於此者，其覺其夢，尚不可知，安知非為鳥為魚之幻境乎？」[78]也就是說，一般彼此相對中所自稱的「吾」，一方面就如〈齊物論〉所言「夫隨其成心而師之，誰獨且无師乎」，[79]充滿自以為是的價值觀念、成心我見；另方面又如〈知北遊〉所描述「樂未畢也，哀又繼之。哀樂之來，吾不能禦，其去弗能止。悲夫，世人直為物逆旅耳！」[80]既依成心我見區別

---

77 同前註，頁274、275。
78 〔戰國〕陳壽昌：《南華真經正義》（臺北：新天地書局，1977年），頁111。
79 〔清〕莊周著，郭慶藩輯：《莊子集釋》，頁56。
80 同前註，頁765。

外物的價值高低，同時又深陷於自身所框定的價值，遂為外物所反覆擺弄而出現情緒之震盪。依此來看，所謂「夢為鳥而厲乎天，夢為魚而沒於淵」，正是象徵在成心我見的妄自裁斷之下，隨此成心妄見，而不得自由、任物擺佈的迷茫。此處的夢為「鳥」、「魚」可說是象徵深陷於個我的一孔之見而全無自覺反省的狀態，而「厲乎天」，「沒於淵」，則可說是象徵對於自身所構設之善惡美醜、是非真假等價值分別，那種一往情深的投身其中，而未能反覺自省這樣的個我成見與價值分別，其本質之虛妄不實的樣貌。至於「其覺者乎，其夢者乎？」的提問，則是要人省思，對於「自我」（「吾」）以及「死生」（「化」）的真實面貌，是否能夠有所反省自覺、洞澈覺悟？抑或仍然無知迷惘地深陷其中？這樣的意思。能夠洞見自我成見實屬虛妄，以及死生乃一氣之化變之理的人，即是覺者，反之則為夢者。而最後的「造適不及笑，獻笑不及排，安排而去化，乃入於寥天一」，則是更為細部的展現覺者的生命氣象，表現出覺者能夠毫無刻意安排的安然自適，順任氣化之遷變，並與遼闊究極之至道一體同行之意（「入於寥天一」）。總而言之，〈大宗師〉托仲尼之口所言的「夢」，乃是相對於覺悟而言。「夢」在此是指對於自我與生死之真實，未能了悟掌握，而陷於戀生惡死與情緒擺盪的迷茫泥淖之意。

四　結論：夢迷與覺悟的兩種型態

經過以上的討論，關於「前言」處所欲討論分析的幾個課題，或許可以做成一下幾點回應：首先，就莊子的三則夢喻文獻來說，這些「夢」可歸納為底下幾種意思：一是象徵成心我見之以虛為實、執迷不悟。如〈齊物論〉的「夢飲酒」、「夢哭泣」，〈大宗師〉「夢為鳥」、「夢為魚」等，皆是藉由夢境中的以幻為真，喻示凡俗之人師心自

用,深陷於成心所構造的價值系統之中,妄分是非得失,並因此患得患失,使情緒為外物所震動擺盪的迷茫不安。二是藉「夢」的不實、妄誕之性質,以喻示不可執取於體道論述的文字,從而遺忘了更為根源的體道經驗與實踐工夫的重要性。〈齊物論〉「予謂女夢,亦夢也」的「亦夢」之「夢」,即具有汰除語言執著,回歸體道本身的意味。三是藉由「夢」的自由變換,來象徵主體虛化、聆聽他者,相互共成的物我關係。如〈齊物論〉的莊周夢蝶之夢,即是此意。其次,就《紅樓夢》於一般敘述中所言的「夢」,以及《紅樓夢》作為情書或悟書等問題來看,《紅樓夢》所言的「夢」雖有許多是一般現實狀態的睡寐之意,另外也有指好運、吉兆、妄想、思慕等意思。然而,就核心思想來看,主要可分成兩種意思:一是指美夢、甜夢、憶夢、尋夢,這類型的夢往往表現出讓身處其中之人流連忘返,同時也讓美夢消散之人,追憶不已、眷戀難捨這類的意思。二是指警夢、醒夢等勸戒夢迷之意,但是這樣的勸戒,與其說是站在徹悟醒覺、解脫超越的角度,來勸戒世人自夢迷中醒覺,倒不如說是飽嚐世間辛酸的傷心人,對於尚未面對離散之苦,仍受享溫柔富貴者的提醒忠告。因為在《紅樓夢》中,夢迷與醒覺並非是「情根」的存在之「有」與汰除之「無」的區別,而是「情根」永存不滅之「有」,其萌動發作與蟄伏潛匿的區別。換言之,夢迷乃意味著情根的熾熱躁動,以及對於色相的附著纏綿,而醒覺則是指色相消散滅逝之後,情根無處寄託下的暫時收斂、隱退潛伏,故有諸多對於溫柔富貴終將幻滅的勸戒與警告,以及對於往日樂事的懺情與追悼。首回中一僧一道所言的「靜極思動,無中生有」很能夠證明「情根」的頑強不死。「無中生有」的「無」並非空無一物之意,它與「靜」互文見義,同樣指埋伏深藏的靜無之情根。等待機緣成熟,處於潛存靜無之「情根」,終將轉往熾盛之「動有」,展開對於色相的執取愛戀,而直到色相幻逝,情根無

處染著，又將深藏隱伏，直到下一次凡心偶熾的來到。形成情根從「靜無」到「動有」，再由「動有」回歸「靜無」的動態循環關係。而依此來看，《紅樓夢》究竟是悟書？或是情書？情悟之關係為何？這一問題，就可說：《紅樓夢》實質上就如首回所言是「大旨談情」[81]的情書，而這一「情書」，在面對色相離散，雖然亦有醒悟的向度，然而，此一醒悟，卻是屬情根無處執取下的暫時性的退斂潛隱與冷然傷心，而不是轉識成智、虛室生白式的醒悟。也就是說，即便有「悟」，但卻是情根暫息下的「悟」，此「悟」一方面情根並未真正汰除轉化，故未必屬冥契證道的類型；另方面在「悟」的同時也不斷生發對於往日的追憶與懺情，以及對「由色生情，傳情入色」者的苦心勸戒。因此總體來看，《紅樓夢》應是「情書」，全書展開情根從靜無潛藏到動有熾盛，再從色相破滅離散，「動有」之情無處依靠、傷心難捨，從而退斂隱伏，並有情根暫退下的冷眼冷心、警勸箴言，直到下一次凡心偶熾，情根又將再現的歷程故事。最後，就《莊子》與《紅樓夢》「夢」之書寫形式來說，相較於《莊子》，《紅樓夢》於「夢」的書寫形式無疑更為豐富，「夢」既成為整體小說結構設定的基礎，同時也透過諸多人物之夢穿插其中，藉夢境書寫來表現人物性格、暗示情節、傳遞人物關係等內容，而《莊子》「夢」之書寫則較為樸實，大體是由夢寓與夢喻這兩種模式組成，憑藉「夢」之自由變化、虛假不實、覺夢相對等性質，來傳達自家的哲理思想。至於就兩者於「夢」的思考來看，《莊子》與《紅樓夢》雖然都有以夢覺喻迷悟的觀點，然而，所言的「迷悟」卻有細部的差別。《紅樓夢》所言的夢迷，可說是「由色生情，傳情入色」，一種情感對於如溫柔富貴等色相的纏綿不捨、執著愛戀，而所謂的醒覺，則是「自色悟空」是

---

81 〔清〕曹雪芹、高鶚著，馮其庸等校注：《紅樓夢校注》，頁5。

從色相幻滅而來的情感之無處附著的失落傷心，並在情根暫退的情況下，而有某種程度的對於有情注定受苦、色相不可執戀的勸戒與體悟，但無論如何這樣的「體悟」，並不是汰化情根，冥悟至道式的「悟」，因此無法免除下一次情根萌動、凡心偶熾的再現。但在《莊子》所言的夢迷，主要是指深陷於成心我見下的虛妄迷茫，既造成物我之對立衝突，同時也使內在易受外物所侵擾的迷茫。而所謂的醒覺，可以「外化而內不化」來說明，「內不化」既是言內在心靈與至道為一的絕對超越，同時也是言內在心靈不受外物所擾的安寧貞定，「外化」則一方面是指不以成心我見，縮限外物的豐盈變化，另方面又是指主體虛位、聆聽他者，從而形成能夠順隨外物、彼我共成的和諧。總而言之，若要使用「人生如夢」一詞，來言《莊子》與《紅樓夢》的夢思想，那麼，對於「夢」就必須有更細部的規定。在《莊子》「人生如夢」的「夢」主要乃是打破彼疆我界的象徵，透過夢的自由出入的特性，使人生不再陷入彼我對立之衝突，而能轉換為和諧共成之關係。而在《紅樓夢》的「人生如夢」之「夢」則是沉酣眷戀之意，溫柔富貴的美夢，使人沉酣其中不願甦醒，而即便知曉色相難以久住，萬境畢竟歸空的道理，然而，終究還是讓人無法自拔地下凡歷劫，情願沉淪。

第四章
論《莊子》與《紅樓夢》「無情」之思想差異

一 前言：殊途同歸的「情」到「無情」？

　　據學者統計分析，《莊子》言「情」的次數共六十次，這樣的使用數量，遠超過前代與同時代諸如《詩經》、《尚書》、《論語》、《孟子》等典籍著作甚多，可見莊子對於「情」的重視。[1] 然而，可惜的是，即便莊子多處言「情」，但此「情」之意，大多卻非情感欲求之情，而是指情實、情況之情。此如〈人間世〉「傳其常情」與〈大宗師〉「有情有信」中的「情」，[2] 都不是指感情情欲之情，而皆是情實、情況之情，差別在於「傳其常情」之「情」不具有形上學的意義，是指國君雙方各自實際情況、真實想法，而「有情有信」則是言形上道體雖無形無狀，但卻有其真實存在之意。至於在《莊子》中真正可解釋為情感、情欲之「情」的文獻，大體僅有〈德充符〉中的「无情」、〈漁父〉「理好惡之情」這兩處，至於〈天下〉「以情欲寡淺為內」之「情」雖指情欲，[3] 然而，由於該句是總括宋鈃、尹文一派的治心之法，因此也難據以討論莊子的情欲觀。在有限的文獻依憑之

---

[1] 呂藝：〈莊子「緣情」思想發微〉，《北京大學學報（哲學社會科學版）》第5期（1987年5月），頁66-72。
[2] 〔戰國〕莊周著，郭慶藩輯：《莊子集釋》（臺北：頂淵文化事業公司，2001年12月），頁157、246。
[3] 同前註，頁220、1031、1084。

下,學者們一般認為莊子對於情感欲求是採批判否定之態度,處在「情」的迷亂漩渦之中,正是導致離道失德的主要原因之一(此如〈刻意〉所言「悲樂者,德之邪;喜怒者,道之過;好惡者,德之失」),[4]因此,如何「理好惡之情」,以至「無情」之境,正是莊子的工夫重點與修煉目標。[5]從情欲的外逐迷狂,到靜斂無情之境界的提升,可說是莊子情欲觀最為核心的主張。然而,為什麼對於情欲之危害必須特別予以關注?情欲的存在是否必然導致盲爽發狂的局面?而汰除情欲以至寧定無情,這樣的「無情」是否意味著退轉為無生命之草木山石式的無知無識、無情無欲呢?還是另有其他解釋的可能呢?本文將嘗試從文獻自身推敲《莊子》對於這些問題的思考與回應。而從另一個觀察角度來看,被學者視為「著上了濃厚的莊學色彩」的《紅樓夢》,[6]其所刻畫的主要人物賈寶玉也同樣有著從「情」走向「無情」的轉變歷程。在《紅樓夢》中賈寶玉之情迷非比尋常,常人之迷正如跛足道人之〈好了歌〉所言,是聚焦於妻財子祿,忘不了功名金銀,也捨不掉姣妻與兒孫。而寶玉之情迷鍾情則獨樹一格,他尤其珍惜愛憐於青春女孩們的美麗與哀愁,他曾說:「女兒是水作的骨肉,男人是泥作的骨肉」,[7]也深信「凡山川日月之精秀,只鍾於女兒,鬚眉男子不過是些渣滓濁沫而已」,[8]還曾自號「絳洞花主」[9]以身

---

4 同前註,頁542。

5 對此可參考徐復觀:《中國人性論史》(臺北:臺灣商務印書館,1969年),頁370-374、簡光明:〈莊子論「情」及其主張〉,《逢甲中文學報》第3期(1995年5月),頁105-116、莊錦章:〈莊子與惠施論情〉,《清華學報》第40卷第1期(2010年3月),頁21-45、陳鼓應:〈莊子論情:無情、任情與安情〉,《哲學研究》第4期(2014年4月),頁50-59、謝君讚:〈《莊子》的情欲觀:兼論「猖狂無情」與「極度無情」之異同關係〉,《鵝湖月刊》第45卷7期(2020年1月),頁13-25。

6 方勇:《莊子學史(第三冊)》(北京:人民出版社,2008年),頁252。

7 〔清〕曹雪芹、高鶚著,馮其庸等校注:《紅樓夢校注》(臺北:里仁書局,2003年),頁30。

8 同前註,頁319。

為女兒們的守護者為職志。而寶玉這樣的守護愛憐，其施展不僅止於身邊親近的如黛玉、寶釵、襲人、晴雯等各有其靈秀才華的青春女子，對於僅有一面之緣的村莊丫頭也「恨不得下車跟了他去，料是眾人不依的，少不得以目相送」，[10]以眼神目光傳遞其眷戀之深情。而對於劉姥姥所胡謅虛構出的短命早逝的茗玉小姐，不但為其身世「跌足嘆惜」，還盤算要為其「修廟塑神」，以悼其青春、慰其魂靈。[11]甚至寶玉對於女兒之深情，還拓展至小書房裏所懸掛的畫上美人，擔心「今日這般熱鬧，想那裏自然無人，那美人也自然是寂寞的，須得我去望慰他一回。」[12]

而除了對於或真實或虛構之青春女子的深情厚意，寶玉對於天地萬物也同樣以其「意淫」（情意氾濫）之「情」，灌注之、體貼之，使無生命之物，在情意的流注中，彷若有生命一般，能與有情之人溝通交流、互通心意。他曾說：「不但草木，凡天下之物，皆是有情有理的，也和人一樣，得了知己，便極有靈驗的。」[13]往往「看見燕子，就和燕子說話；河裏看見了魚，就和魚說話；見了星星月亮，不是長吁短嘆，就是咕咕噥噥的」，[14]或著對已然「結了豆子大小的許多小杏」之杏樹「流淚嘆息」，感嘆韶華易逝、青春不再。而此一看似怪異之舉止，正如脂批所言，「寶玉係『情不情』。凡世間之無知無識，彼俱有一癡情去體貼。」[15]對於「無知無識」的「不情」之物，俱以

9　同前註，頁560。
10　同前註，頁228。
11　同前註，頁607。
12　同前註，頁298。
13　同前註，頁1217。
14　同前註，頁540。
15　甲戌本眉批。詳參〔清〕脂硯齋等評，陳慶浩輯校：《新編石頭記脂硯齋評語輯校（增訂本）》（臺北：聯經出版事業公司，1986年），頁199。簡言之，寶玉之「意淫」並非指男女之間的肌膚淫濫，而是指對於青春女性的感受、呵護與包容之精

一己之深情灌注其中，使不情成有情。然而，這樣一個曾被警幻仙姑稱為「天下古今第一淫人」，[16]其情意之豐沛可說古今無雙的寶玉，最終還是走向了「無情」之路。擺脫富貴場、溫柔鄉的糾纏情迷，轉而走向「懸崖撒手」、「棄而為僧」的離塵出世之路。[17]而對於寶玉如是的由「迷」轉「悟」的變化，學者們多認為寶玉之「悟」是漸悟，而非頓悟，是由小說中所描繪的寶玉人生歷程的幾次重要事件之啟發所致，而這些事件歸納來看主要為：一是第五回寶玉夢遊太虛幻境；二是第二十一回寶玉之續《莊》；三是第二十二回寶玉聽曲悟禪機；四是第二十八回「逃大造，出塵網」之啟悟；五是第三十六回深悟人生情緣，各有分定；六是第五十八回由藕官所言「得新棄舊」之道理，悟得情理兼備的「痴理」觀；七是第七十八回晴雯之死所帶來的脫離污濁現世，飛往超越仙界的想望。[18]寶玉正是經由這些重大事件的衝擊與啟發，遂逐步領悟、慢慢積累，最終乃有全盤徹悟的「懸崖撒手」之離塵出世。

不過，可以特別注意的是，在上述學者們所歸納分析有關寶玉之

神。至於「情不情」大致可分成兩義：一是指寶玉由「情」轉向「不情」的生命歷程；二是指寶玉其「情」無盡流注，不僅止於有知有情的青春女子，且能向外推擴至無知無識之無情物身上。對此，請參考陳萬益：〈賈寶玉的「意淫」和「情不情」──脂評探微之一〉，《中外文學》第20卷第9期（1984年2月），頁10-44。

16 〔清〕曹雪芹、高鶚著，馮其庸等校注：《紅樓夢校注》，頁93。
17 庚辰本批語：「寶玉看此世人莫忍為之毒，故後文方能『懸崖撒手』一回。若他人得寶釵之妻，麝月之婢，豈能棄而為僧哉。」詳參〔清〕脂硯齋等評，陳慶浩輯校：《新編石頭記脂硯齋評語輯校（增訂本）》，頁416。
18 王昆侖：《紅樓夢人物論》（北京：北京出版社，2004年）、梅新林：《紅樓夢哲學精神》（上海：學林出版社，1995年）、郭玉雯：《紅樓夢人物研究》（臺北：里仁書局，1999年）、侯迺慧：〈迷失與回歸──《紅樓夢》空幻主題與寶玉的生命省思和實踐〉，收於華梵大學中國文學系主編：《第一屆生命實踐學術研討會論文集》（臺北：萬卷樓圖書公司，2002年），頁329-358、歐麗娟：〈論《紅樓夢》中的度脫模式與啟蒙進程〉，《成大中文學報》第32期（2011年3月），頁125-164。

「悟」的重大事件中,其中有些似乎與所謂的脫情解欲、體證天理這類的「悟」之性質有層次上的差異。譬如第三十六回寶玉所悟之情緣分定,雖然就小說中賈寶玉的成長歷程來看,此「悟」確實能夠打破以往那種自我中心式的,認為自己能「全得」所有青春女兒們之愛寵呵護的「管窺蠡測」之心態。然而,這樣的「悟」卻也如王希廉於該回回末之評語所言:「寶玉悟人生情緣,各有分定,其悟雖是,其迷愈甚」。[19]寶玉在此悟之中,不但沒有勘破情緣之幻妄,反而仍認為總有一些不捨之淚、柔情關愛,是他必定可以掌握的,雖不能「全得」,但至少也能「各人各得眼淚」,仍頑固的深信人生之情緣,總有其應得且必得的一份。而正是這一種根深柢固的「各人各得眼淚」的「其迷愈甚」之想法,是以我們在第七十八回中會看到,即便無常離散之殘酷將至,寶玉仍頑固地認定:「大約園中之人不久都要散的了。縱生煩惱,也無濟於事。不如還是找黛玉去相伴一日,回來還是和襲人廝混,只這兩三個人,只怕還是同死同歸的。」[20]屬於他的那一份情緣是他永遠能夠緊握在手、掌握不失的。也就是說,這樣的情緣分定之「悟」,若從冥契本體、了生脫死這類的「悟」來看,恐怕仍屬情執情纏之「迷」,而未必是「悟」。此外,第五十八回寶玉由藕官之言所領悟的情理合一的「痴理」觀,雖然能夠打破寶玉那種「你死了,我做和尚」式的,對於「情」之專執絕對,使寶玉在黛玉「淚盡夭亡」[21]後,即便「對景悼顰兒」,[22]猶能接受寶釵為妻的情感彈性。然而,這樣的領悟,也同樣仍是糾結在情迷的層次,與衝破迷

---

19 〔清〕曹雪芹著,馮其庸纂校訂定:《八家評批紅樓夢》(北京:文化藝術出版社,1991年),頁877。
20 〔清〕曹雪芹、高鶚著,馮其庸等校注:《紅樓夢校注》,頁1236。
21 庚辰本批語。〔清〕脂硯齋等評,陳慶浩輯校:《新編石頭記脂硯齋評語輯校(增訂本)》,頁436。
22 庚辰本批語。同前註,頁723。

關、冥契道妙之「悟」猶有差距。也就是說,在論述與賈寶玉最終選擇「懸崖撒手」之悟道有關的情節時,第三十六回與第五十八回的情緣份定之悟與情理兼備的癡理之悟,由於這些「悟」的性質與宗教式的了「悟」,仍有本質上的區別,因此或許未必適合納入討論。

此外,若將目光轉往後四十回的內容來看,那麼續書中與寶玉之捨離紅塵有關的重大事件,應當可以注意底下兩大情節發展:一是從第九十八回黛玉「魂歸離恨天」,到第一百一十三回面對賈府一連串的敗落與離散事件(如抄家、賈母逝世等),寶玉思及《莊子》之言,從而有「人生在世,難免風流雲散,不禁的大哭起來」的領悟;二是第一百一十六回在癩頭和尚的引領下,寶玉再訪太虛幻境,從而有「不但厭棄功名仕進,竟把那兒女情緣也看淡了好些」[23]的體證,再到最終寶玉與賈政拜別後的「飄然登岸而去」的行動實踐。基本上,對於上述續書中有關「悟」之情節的討論,學者們雖已展開許多探索分析,[24]然而,仍留下許多值得深入探索的課題。首先,設若寶玉的悟道出家真有如學者所認為的,乃是從早期的幾次經驗中埋下了日後出家的悟道種子,而後隨著所鍾愛之溫柔與富貴的逐漸離散(尤其是黛玉亡逝與賈府敗落),最後開花結果遂有了「懸崖撒手」的捨離紅塵之舉。但奇怪的是,寶玉面對其摯愛之黛玉的慘然消亡,就情理來說,應當為寶玉帶來極大的心理衝擊(或說捨離人間的動力),然而於續書的描寫中,寶玉雖有悲痛哀嘆,但卻並未因此斬斷塵緣、

---

23 〔清〕曹雪芹、高鶚著,馮其庸等校注:《紅樓夢校注》,頁1740。
24 如王國維就曾指出:「《紅樓夢》之寫賈寶玉,……彼於纏陷最深之中,而已伏解脫之種子,故聽『寄生草』之曲而悟立足之境,讀『胠篋』之篇而作焚花散麝之想,則以黛玉尚在耳。至黛玉死而其志漸決,然尚屢失於寶釵,幾敗於五兒,屢蹶屢振,而終獲最後之勝利,讀者觀自九十八回以至百二十回之事實,其解脫之行程,精進之歷史,明瞭精切何如哉!」王國維:《紅樓夢評論》,收於王國維、太愚、林語堂等著:《紅樓夢藝術論》,頁11。

心向方外,反而是透過某些想法觀念來安撫自己的傷痛,而仍舊紅塵愛戀。譬如第九十八回中寫道,對於黛玉的離世,「寶玉終是心酸落淚。欲待尋死,又想著夢中之言,又恐老太太、太太生氣,又不得撩開。又想黛玉已死,寶釵又是第一等人物,方信金玉姻緣有定,自己也解了好些。」[25]又如第一百回寫道:「寶玉本想念黛玉,因此及彼,又想跟黛玉的人已經雲散,更加納悶。悶到無可如何,忽又想黛玉死得這樣清楚,必是離凡返仙去了,反又歡喜。」[26]這裏的「夢中之言」、「老太太、太太」、「寶釵又是第一等人物」、「金玉姻緣有定」、「離凡返仙」等,都是寶玉用來消解面對黛玉離世之傷痛的幾種思想觀念的調整方式。換言之,那些所謂曾被埋下的悟道種子,即便在黛玉亡逝的重大刺激下,種子仍是種子而已,似乎仍未能如預期般的破土而出。可見,我們對於續書中幾個重大離散事件,其對於寶玉所謂悟道歷程之影響,應當仍有重新評估的必要。

其次,在第一百一十六回寶玉再遊太虛幻境後,雖然對於兒女情緣確實有淡漠的傾向,如第一百一十七回就明確說道:「寶玉自會那和尚以後,他是欲斷塵緣。一則在王夫人跟前不敢任性,已與寶釵襲人等皆不大款洽了。那些丫頭不知道,還要逗他,寶玉那裏看得到眼裏,他也並不將家事放在心裏。時常王夫人寶釵勸他念書,他便假作攻書,一心想著那個和尚引他到那仙境的機關,心目中觸處皆為俗人。」[27]但問題是,寶玉再遊太虛境時,其所獲得的啟悟思想該如何理解?這樣的「悟」與前八十回中所謂的寶玉幾個悟道事件(如解《莊》、聽曲悟禪機等)之「悟」其性質是否相同?彼此是否有其思想的連貫性呢?比方說,設若第二十二回的寶玉悟禪機所言之「赤條

---

25 〔清〕曹雪芹、高鶚著,馮其庸等校注:《紅樓夢校注》,頁1520。
26 同前註,頁1546。
27 同前註,頁1749、1750。

條來去無牽掛」、「無可云證，是立足境」等，真能視之為某種解脫自在的悟道理境（即便仍只是處於所謂悟道種子的狀態而已），那麼，在擁有這樣的精神境界的基礎下，似乎不必然要遠離紅塵，轉向方外，因為既已解脫，既已無牽掛，又何須遠離物擾乃能求得自在清涼呢？而尤其重要的是，寶玉再遊太虛境時，所領悟的觀念，似乎又難以與上述之禪機智慧有所關聯，而更多是對於天定命數的掌握。換言之，我們對於續書之「悟」的思想性質，及其與前八十回所言的「悟」之關聯性等問題，恐怕還需要展開更詳細的討論。此外，再遊太虛境後，寶玉是否真的就此清寧淡定，看破富貴與溫柔之假相呢？若是，那又要如何解釋寶玉在所謂的冷然淡漠之外，又有悲嘆傷感之情緒的起伏呢？如第一百一十八回寶玉見紫鵑欲隨惜春出家修行，「只見寶玉聽到那裏，想起黛玉一陣心酸，眼淚早下來了。眾人才要問他時，他又哈哈的大笑」，[28]寶玉「哈哈的大笑」雖可見灑脫無執的心境，但是「想起黛玉一陣心酸，眼淚早下來」，顯然又有未了之情盤旋於胸。又如在同一回中，寶玉見襲人痛哭不止，亦欲隨惜春出家修行，但「寶玉笑道：『你也是好心，但是你不能享這個清福的！』襲人哭道：『這麼說，我是要死的了？』寶玉聽到那裏倒覺傷心，只是說不出來。」[29]也同樣反映出在表面的雲淡風輕中，寶玉仍有難捨溫柔的情感起伏。也就是說，對於寶玉再遊太虛幻境時的「悟」之思想性質仍有再討論的必要。

最後，就寶玉最終的捨離紅塵來說，設若寶玉在諸多離散事件的衝擊下，已然能將出世離塵之「懸崖撒手」，從觀念理解轉而成具體實踐，那麼，可想而知，經過時間的積累與情思的沉澱下，這樣的轉

---

28 同前註，頁1758。
29 同前註，頁1759。

身方外,應當會是以堅定無悔,毫不猶豫的姿態開展表現,然而,奇怪的是,寶玉的出家卻很難稱得上是瀟灑無執、篤定堅決,因為寶玉既身穿使人易往紅塵眷戀聯想的「大紅猩猩氈的斗篷」,而在拜別父親賈政時又有「似喜似悲」的情緒擺盪,並且尤其重要的是,寶玉隨著一僧一道「飄然登岸而去」,卻是在僧道的喝命與夾持下的被動離開,而這些種種突兀的表現,又該如何與所謂的「悟」相互解釋呢?什麼樣的「悟」會讓「情」的力量仍如此頑強而難以化除呢?顯然這也是值得探究的課題。在本文中,我們將在前人研究基礎上,一方面更為細部地探索《莊子》對於情欲的省思批判,以及「無情」的工夫與境界的雙重意涵;另方面,也將嘗試分析賈寶玉在前八十回與續書中所述幾次所謂與「悟」有關的情節內容,並以此推測其最終走向懸崖撒手、無情之境的思想性質。最後在此基礎上,嘗試比較《莊子》與《紅樓夢》之賈寶玉,從「情」轉向「無情」的思想內容及其差異之處。

二 《莊子》論情:從「情」之危害到「無情」的順隨

　　從情欲的外逐迷狂,到靜斂無情之境界的提升,可說是莊子情欲觀最為核心的主張。然而,為什麼對於情欲之危害必須特別予以關注?情欲的存在是否必然導致盲爽發狂的局面?而汰除情欲以至寧定無情,這樣的「無情」是否意味著退轉為無生命之草木山石式的無知無識、無情無欲呢?底下我們將嘗試從《莊子》文獻中推敲莊子對於這些問題的思考與回應。

(一)情欲之動與過:常性與身心的雙重淪喪

　　首先必須注意的是,雖然在〈刻意〉「悲樂者,德之邪;喜怒

者,道之過;好惡者,德之失」,以及〈庚桑楚〉「惡欲喜怒哀樂六者,累德也」等文獻中,[30]可以看到莊子對於情感欲求的強烈批判,然而,這並不是說情感欲求的存在,它必然就會導致人性的墮落與生命的迷亂。因為〈至樂〉曾言「命有所成而形有所適也,夫不可損益。……魚處水而生,人處水而死,彼必相與異,其好惡故異也。」[31]這裏的「命」與「形」指氣命與形體,形氣生命有其不可改移、好惡有別之處,魚雖處水而生,但處陸則死,此種形氣稟賦上的好惡欲求,莊子並不認為必然造成生命的負累。此外,〈胠篋〉言「子獨不知至德之世乎?……當是時也,民結繩而用之,甘其食,美其服,樂其俗,安其居。」[32]甘美安樂等情感欲求的出現,不但沒有被批判否定,反而還是至德之民的理想表現。再如〈馬蹄〉言「彼民有常性,織而衣,耕而食,是謂同德」,[33]這裏的「常性」、「同德」,郭象與成玄英的說解不同。郭象是從形下的氣性稟賦上說,認為「性之不可去者,衣食也;事之不可廢者,耕織也。此天下之所同而為本者也。」[34]而成玄英則是從形上學、心性論的角度來談,解云「言蒼生皆有真常之性而不假於物也。德者,得也。率真常之性,物各自足,故同德。」[35]然而,不論採取何種解釋,我們都可說「織而衣,耕而食」,如飲食禦寒這類基本欲求的滿足,莊子也同樣認為不會造成人性的墮落。可見,莊子所批判的情欲,並不是指氣性層面那種與生俱來的基本情感欲求。那麼,如何的情感欲求才是莊子批判的對象呢?對此,我們可以透過下引文獻來推敲其意:

---

30 〔戰國〕莊周著,郭慶藩輯:《莊子集釋》,頁542、810。
31 同前註,頁621。
32 同前註,頁357。
33 同前註,頁334。
34 同前註,頁334。
35 同前註,頁335。

夫天下之所尊者，富貴壽善也；所樂者，身安厚味美服好色音聲也；所下者，貧賤夭惡也；所苦者，身不得安逸，口不得厚味，形不得美服，目不得好色，耳不得音聲；若不得者，則大憂以懼。其為形也亦愚哉！

外物不可必，故龍逢誅，比干戮，箕子狂，惡來死，桀紂亡。……有甚憂兩陷而无所逃，螴蜳不得成，心若縣於天地之間，慰暋沈屯，利害相摩，生火甚多，眾人焚和，月固不勝火，於是乎有僓然而道盡。

君將盈耆欲，長好惡，則性命之情病矣。

為外刑者，金與木也；為內刑者，動與過也。宵人之離外刑者，金木訊之；離內刑者，陰陽食之。[36]

在此可以看到：第一，莊子所警覺的乃是「盈耆欲，長好惡」下的過度膨脹、壯大的情欲。在此盈滿之情欲的驅動下，一方面將造成「性命之情病矣」，使真性天命的本然真實就此衰弱不振，形成有如〈繕性〉所言那種遠離本然之「在混芒之中，與一世而得澹漠焉」、「莫之為而常自然」的純樸美好，下墮至「无以反其性情而復其初」、「世喪道矣，道喪世矣」之喪道離德的空洞迷失，[37]而引文所言的「生火甚多，眾人焚和，月固不勝火，於是乎有僓然而道盡」，也同樣是在形容情緒的焦躁震盪所形成的內熱之火，對於和諧靜定之「道」的傷害；另方面，在莊子看來，對比於從外施展的刀鋸斧鉞、桎楚桎梏之金木酷刑，能夠帶來身體的折磨苦痛，內在情感欲求的妄惑盲動與失衡過度，也同樣能帶給身體的折磨傷害（「陰陽食之」），故莊子以

---

36 同前註，頁609、920、818、1053。

37 同前註，頁550-552。

「內刑」名之。可見,在莊子看來,流盪過度的情欲將造成本真道德的淪喪敗壞與陰陽體氣的侵蝕傷害;第二,情欲之所以過度盈滿,乃在於受到社會風尚所尊尚愛樂之價值的吸引纏縛。世間價值以「富貴壽善」、「身安厚味美服好色音聲」等為貴為樂,同時亦以不得富貴長壽、善譽安養為賤為苦。情感欲求為此社會價值所鼓舞煽動,自此就注定走向憂懼與悅樂的往來擺盪,而不得安棲的人生,此即如〈齊物論〉所描述的「喜怒哀樂,慮嘆變慹,姚佚啟態;樂出虛,蒸成菌。日夜相代乎前,而莫知其所萌。」[38]為莫名之喜怒情緒所攪動拉扯,而全然不由自主的迷茫。總而言之,莊子所批判的主要是為社會價值所薰染牽引的情感欲求,而不是人與生俱來的喜怒哀樂與生理欲求。「盈耆欲,長好惡」下的情欲,既使生命離道日遠(「償然而道盡」),同時,在看似養生益生,為生活帶來更高品質的追求中(「身安厚味美服好色音聲」),由於「外物不可必」的限制,加上「若不得者,則大憂以懼」的情緒震盪,反而形成「其為形也亦愚哉」的害生殘生的弔詭處境。

(二)「無情」:工夫義與境界義

莊子除了對於情欲的陷溺危害有所省思批判之外,還曾於〈德充符〉中提出「無情」之說:

> 惠子謂莊子曰:「人故无情乎?」莊子曰:「然。」惠子曰:「人而无情,何以謂之人?」莊子曰:「道與之貌,天與之形,惡得不謂之人?」惠子曰:「既謂之人,惡得无情?」莊子曰:「是非吾所謂情也。吾所謂无情者,言人之不以好惡內

---

[38] 同前註,頁51。

傷其身，常因自然而不益生也。」惠子曰：「不益生，何以有其身？」莊子曰：「道與之貌，天與之形，无以好惡內傷其身。今子外乎子之神，勞乎子之精，倚樹而吟，據槁梧而瞑。天選子之形，子以堅白鳴！」[39]

惠子「人故无情乎？」的提問，應是針對前一段〈德充符〉中莊子所說的「天鬻者，天食也。既受食於天，又惡用人！有人之形，无人之情」[40]而來。「无人之情」就文本脈絡來看，「情」應指情態、情實之情，是指「受食於天」者，沒有凡俗中人「知為孽，約為膠，德為接，工為商」[41]等充滿知謀算計與誇耀自我的行為表現，以及眾人透過禮樂仁義以約束彼此的相處情態。而「受食於天」者之所以能夠擺脫俗情，重點在於「天鬻」、「天食」。「天」即「道」指超越的價值本體，「鬻」與「食」則指養育，換言之，「受食於天」者即是體道者，因有絕對價值以為中心基礎，遂能「不謀」、「不斲」、「无喪」、「不貨」，而「无人之情」。而尤其可注意的是，在該段文字脈絡中，「天鬻」、「天食」又與「聖人有所遊」之「遊」既層次相當，且相互補充。「聖人有所遊」的「遊」一方面正與〈大宗師〉「彼方且與造物者為人，而遊乎天地之一氣」、〈應帝王〉「遊无何有之鄉，以處壙埌之野」等文獻中所言的「遊」相通，[42]皆是指上與天遊之意，它與「天鬻」、「天食」之意思相當，只是「遊」更強調融通悅樂的面向；另一方面，「聖人有所遊」的「遊」也可說與〈天地〉「无為復樸，體性抱神，以遊世俗之間者」、〈列禦寇〉「无能者无所求，飽食而敖遊，汎

---

39 同前註，頁220-223。
40 同前註，頁217。
41 同前註，頁217。
42 同前註，頁268、293。

若不繫之舟,虛而敖遊者也」等文獻所言之「遊」相通,[43]皆為下與俗遊之意。此「遊」可說補充說明了「天鬻」、「天食」之遊處人間、靈動自得的面向。總之,莊子所言「无人之情」雖然字面上是指體道者沒有世俗凡常之矜誇算計等種種情態,然而,卻有「天鬻」、「天食」以及「遊」等與天冥合,靈動圓處的灑脫自得。然而,惠子對於莊子所言的「无人之情」,卻是從情感欲求的闕如加以理解,認為人有形有貌,亦必有情感欲求,遂追問「既謂之人,惡得无情?」而未能直契上述莊子「无人之情」的思想內涵,是以莊子乃接續其問題,再次澄清說道:「是非吾所謂情也。吾所謂无情者,言人之不以好惡內傷其身,常因自然而不益生也。」此處莊子對於「无情」之說解可以區分成兩個部分來看,一是較偏向於工夫面的「不以好惡內傷其身」與「不益生」;二是較偏向於境界面的「常因自然」。先就前者來看,其思想意旨應可從〈盜跖〉中無足與知和的這番對話獲得理解的可能:

> 无足問於知和:「人卒未有不興名就利者。彼富則人歸之,歸則下之,下則貴之。夫見下貴者,所以長生安體樂意之道也。……」知和曰:「……是專无主正,所以覽古今之時,是非之分也,與俗化。世去至重,棄至尊,以為其所為也;此其所以論長生安體樂意之道,不亦遠乎!慘怛之疾,恬愉之安,不監於體;怵惕之恐,欣懽之喜,不監於心;知為為而不知所以為,是以貴為天子,富有天下,而不免於患也。」[44]

無足與知和的命名寓意,正如成玄英所解「無足,謂貪婪之人,不止

---

43 同前註,頁438、1040。
44 同前註,頁1008、1009。

足者也。知和，謂體知中和之道，守分清廉之人也。」[45]貪婪過度、無有止足的「無足」，正是「盈耆欲，長好惡」情感欲求過於膨脹，且深受世間價值「富貴壽善」、「身安厚味美服好色音聲」等習染影響的凡俗中人之象徵。「無足」深信爭名逐利，才能帶來他人的服從與尊重，並且這也才是能夠安養生命、帶來快樂的不二法門。然而，在體道者「知和」看來，這一方面可說是「專无主正」、「去至重，棄至尊」、「與俗化」之舉，亦即離道喪德，徹底認同世俗價值的行為；另一方面，在追求世俗所尊尚的「長生安體樂意之道」的同時，卻也忽略了慘怛忧惕與恬愉欣懽所帶給身心的摧殘折磨、震盪侵蝕，此如〈在宥〉所言「人大喜邪？毗於陽；大怒邪？毗於陰。陰陽並毗，四時不至，寒暑之和不成，其反傷人之形乎！」[46]在大喜大怒的情緒波動下，將導致陰陽二氣的失衡失序，並使原本為追求養生與幸福，最終卻弔詭地得到害生與不幸的結果。

而藉由無足與知和對談的哲理寓言，莊子所言「不以好惡內傷其身」與「不益生」的意思，也就可以獲得清楚的解釋。因為這裏的「好惡」顯然與「無足」所言相應，是指為世俗價值所薰染擾動下，那妄動且過度的好惡之情，此一好惡之情，所喜好者乃在「興名就利」，而所厭惡者則是低微貧困。而「內傷其身」則與「知和」所言「慘怛之疾，恬愉之安，不監於體；忧惕之恐，欣懽之喜，不監於心」對應，是指受到患得患失的情緒震盪，所導致的身心失衡。至於「不益生」的「益生」可與「無足」所說「長生安體樂意之道」相通，「不益生」乃指汰除那種世俗以富貴名利來安養身體、獲取快樂的觀念之意。也就是說，莊子用以解釋說明「无情」之意的「不以好

---

45 同前註，頁1008。
46 同前註，頁365。

惡內傷其身」與「不益生」，確實可說具有工夫論的意義。而其重點則是在澄汰消除受到世俗「長生安體樂意之道」這類的「益生」觀點所薰染的好惡之情。接著就「常因自然」來看，此一概念可說與〈至樂〉所言「無為」之工夫與境界可相互詮釋。〈至樂〉言道：

> 夫天下之所尊者，富貴壽善也；所樂者，身安厚味美服好色音聲也；……若不得者，則大憂以懼。其為形也亦愚哉！……今俗之所為與其所樂，吾又未知樂之果樂邪，果不樂邪？吾觀夫俗之所樂，舉群趣者，誙誙然如將不得已，而皆曰樂者，吾未之樂也，亦未之不樂也。果有樂无有哉？吾以无為誠樂矣，又俗之所大苦也。故曰：「至樂无樂，至譽无譽。」天下是非果未可定也。雖然，无為可以定是非。至樂活身，唯无為幾存。[47]

在此可見「無為」具有兩方面的意義：第一，「無為」就工夫義來說，乃是不為世俗對於「富貴壽善」、「身安厚味美服好色音聲」等等爭名逐利之愛好與作為，而此正同於「自然」之境界，必奠基於「不益生」，那種汰除世俗之「長生安體樂意之道」的造作執著相同；第二，「無為」作為一種境界，已然能從世俗中人那種陷入強求必取的心焦急迫、事與願違的沮喪失落，以及期其必成的患得患失等情緒起伏的牢籠中掙脫而出，從而對於世俗所熱烈追求與避之唯恐不及的二元價值區分下的事物，能夠採取「果樂邪，果不樂邪」、「吾未之樂也，亦未之不樂」這種靈動無執的態度順應之，並從中得到最高的快樂與真正的生命養護（「至樂活身」），而此正與〈德充符〉「常因自然」之恆常順隨、無為自得，不再身陷患得患失之情緒擺盪的安寧順

---

[47] 同前註，頁609、611、612。

隨可相互發明。總而言之,〈德充符〉中的「無情」可說具有工夫與境界的雙重意涵。就工夫言,「無情」並非是將人天生具有的情感欲求鈍化消滅,成為如草木般的無知無識,而是將重點擺在澄汰轉化深受世俗價值所薰染影響,以致過度膨脹躁動的情感欲求;而就境界言,當情感欲求已然擺脫逐利爭名的纏縛陷溺後,就能以本然的知止知足、平淡澄靜之心境,順隨自得地面對世俗價值所建構出的花紅柳綠與險阻高山,而不再陷入患得患失的情欲牢籠。[48]

三 從「迷」而「悟」:前八十回賈寶玉「情不情」之轉變的思想分析

(一)第五回夢遊太虛幻境的啟悟:奠定基礎?埋下種子?

在第五回中警幻仙姑受寧榮二公魂靈之請託,帶領寶玉遊覽太虛幻境,使其翻閱有關眾金釵之未來命運的圖書冊籍,並且也讓寶玉遍嘗仙境之「飲饌聲色」,而其目的,一方面是期盼透過那些暗示著寶玉所迷戀的富貴場、溫柔鄉,終將「食盡鳥投林,落了片白茫茫大地真乾淨」[49]的圖讖詞曲,以消解寶玉對於溫柔、富貴的情牽意纏、深

---

[48] 另外,〈至樂〉中所言莊子從「我獨何能无慨然」、「隨而哭之」,到「自以為不通乎命,故止也」、「箕踞鼓盆而歌」的變化,亦可見到從「情」到「無情」之轉變。只是要注意的是,「鼓盆而歌」所言的「無情」,比較側重於生死的淡然,而與〈德充符〉所言的「無情」則偏向於「不益生」(不隨世間之富貴壽善的價值規則起舞)之面向稍有不同。不過,兩者皆是在上契至「天食」、「天鬻」,抑或「通乎命」(明通於性命之實相),而後有的超越、平淡。此外還可補充的是,在「鼓盆而歌」的故事中還蘊藏著莊子對於「禮」的深刻思考,對此請參考賴錫三:〈《莊子》對「禮」之真意的批判反思——質文辯證與倫理重估〉,《杭州師範大學學報(社會科學版)》第3期(2019年5月),頁1-24。

[49] 〔清〕曹雪芹、高鶚著,馮其庸等校注:《紅樓夢校注》,頁93。

戀不放;另方面,也是希望透過完美無瑕之仙境事物的享受,使寶玉領悟「仙閨幻境之風光尚如此,何況塵境之情景哉?」[50]從而放棄對於總有不足與缺憾的塵俗物事之追求。然而,需特別注意的是,警幻仙子使寶玉「跳出迷人圈子」的「跳出」,並非是要啟引寶玉走往禪門佛寺的清修之路,也不是要寶玉迷途知返,從此轉往訪道求仙的煉養之路,而是要其「改悟前情,留意於孔孟之間,委身於經濟之道」。[51]可見,此處警幻仙子所欲提點警醒的「悟」,乃是孔孟儒家的經世濟民之路,其與飛身成仙、涅槃成佛等佛道思想之「悟」恐怕不太相同。

而對於警幻仙子煞費苦心的啟悟點化,寶玉雖見「薄命司」之對聯「春恨秋悲皆自惹,花容月貌為誰妍」,有「便知感嘆」之傷感,然而,此一「感嘆」大體僅屬隨物之悅已與否,從而產生之情緒起伏的層次,而不宜將之過於放大,甚至上提至勘破情迷之宗教式的悲嘆。因為一方面寶玉在聽聞預示眾金釵們未來悲慘命運的〈紅樓夢曲〉,其反應卻是「暫以此釋悶而已」、「甚無趣味」,並非一概皆表現出對於幻滅的敏銳易感;另方面,對於仙境的富麗堂皇,寶玉也往往表現出無盡的愛慕想望,如寶玉見仙宮房內之對聯「幽微靈秀地,無可奈何天」,有「無不羨慕」之愛悅,甚至在與兼美共處之後,「至次日,便柔情繾綣,軟語溫存,與可卿難解難分。」[52]顯然,寶玉此時若要說有「悟」,似乎只能說是對於富貴溫柔之可愛動人的領悟,此「悟」,帶有更多的情執情迷,其與默契玄理之「悟」,抑或孔孟儒道之「悟」關係不大。依此來看,我們恐怕不能說,此時寶玉的遊歷太虛幻境,已然為其埋下日後解脫之種子,或說已然為其日後回歸神界

---

50 同前註,頁94。
51 同前註,頁94。
52 同前註,頁94。

奠定了基礎。因為寶玉此時的領悟，不但不是對於警幻仙子所欲啟引的聲色幻滅之理以及孔孟經濟之道，反而是對繁華溫柔的領悟領受、纏綿不捨。換言之，此一領悟實為情迷，若真有埋入內心之種子，此一種子恐怕也是屬情根情種，而非悟道解脫之種子。

(二) 第二十一、二十二回的續《莊》與禪悟：眼不見則心不煩式的了悟

第二十一回寶玉在與襲人等賭氣之後，獨自在燈前夜讀《莊子》，讀至〈胠篋〉後，覺意趣洋洋，遂提筆續《莊》寫道：

> 焚花散麝，而閨閣始人含其勸矣；戕寶釵之仙姿，灰黛玉之靈竅，喪滅情意，而閨閣之美惡始相類矣。彼含其勸，則無參商之虞矣；戕其仙姿，無戀愛之心矣；灰其靈竅，無才思之情矣。彼釵、玉、花、麝者，皆張其羅而穴其隧，所以迷眩纏陷天下者也。[53]

寶玉之續《莊》從其內容來看，確實有所「悟」，然而，這樣的「悟」有兩點值得注意：第一，此「悟」並未立刻形成身心的巨大轉變，使寶玉從此判若兩人，不再迷眩纏陷。因為小說已然清楚寫到寶玉擲筆就寢，天明起身之時，即已將賭氣悶鬱付之度外，而當寶玉見襲人「嬌嗔滿面」，又再度情不自禁地深陷於溫柔情迷之中。顯然，此「悟」並非屬能夠造成身心轉化、前後裂變式的「徹悟」，而僅是屬「知悟」層次，因此在具體實踐上較難產生徹底、立即的轉變；第二，寶玉之續《莊》雖說有「知悟」，然而仍需仔細分析此處的「知

---

[53] 同前註，頁329。

悟」之思想性質。不能因寶玉所續筆之典籍為逍遙齊物之《莊子》，就直接連帶認為此處寶玉之「知悟」，亦同樣能上達玄境、合於道真。因為從寶玉之續莊所言，必「喪滅情意」、「彼含其勸」、「戕其仙姿」、「灰其靈竅」，藉由封阻毀棄、消滅剷除外在那些逆耳、不順己意的規箴勸戒，以及令自己難以自拔的溫柔美麗，乃能「閨閣之美惡始相類」、「無參商之虞」、「無戀愛之心」、「無才思之情」，使自身獲得平靜，擺脫溫柔鄉的陷阱網羅，不再受其迷眩纏陷。顯然，寶玉此處的「知悟」，乃是一種藉由汰除客觀外在事物的存在，以獲得清淨無擾式的思考型態。亦即消除珠圍翠繞，才有耳根清靜，或說剷平外在干擾，乃有內在安寧式的思考類型。而若再配合寶玉在續《莊》前的一段內心獨白：「若往日則有襲人等大家喜笑有興，今日卻冷清清的一人對燈，好沒興趣。……說不得橫心只當他們死了，橫豎自然也要過的。便權當他們死了，毫無牽掛，反能怡然自悅。」[54]還可以發現，在與襲人等賭氣的沮喪孤單之情境中，寶玉除了領悟透過客觀外在事物的消除，以獲得主觀心靈的平和，那種眼不見則心不煩式的解脫之理外，似乎也思考到另一種能夠擺脫物擾的清淨之法，此即「橫心只當他們死了」、「權當他們死了」，透過主觀心靈的自我克制、勉力強迫式的，刻意對於外物不聞不問、漠不關心，以獲得無牽無掛、自悅怡然之法門。依此來看，寶玉之續《莊》雖有「知悟」，然而其所了悟的思想內容，卻是透過外在客體面的滅除消散，或是藉由內在主觀面的刻意無見無聞，乃能獲得平靜自在、安然悅樂的型態。

接著再來看第二十二回寶玉的聽曲悟禪機。在該回中寶玉為了調停湘雲與黛玉衝突紛爭，反而弄得裏外不是人，既如《莊子》所言「巧者勞而智者憂」，用智使巧，反使自身勞苦憂煩，也如《莊子》所說

---

54 同前註，頁328、329。

「山木自寇,源泉自盜」,一切皆是自作自受。而帶著這種委屈沮喪、無趣孤單的心情回到房裏,即便襲人努力排解,然而寶玉仍然陷於自怨自傷的情緒之中,而正當襲人勸道:「他們既隨和,你也隨和,豈不大家彼此有趣」,寶玉突然領悟前此所聽曲詞之意,說道:「什麼是『大家彼此』!他們有『大家彼此』,我是『赤條條來去無牽掛』。」並且在流淚痛哭之餘,又提筆寫出表達此時心境的禪偈:「你證我證,心證意證。是無有證,斯可云證。無可云證,是立足境。」接著,又於偈後續填一首具有解釋此處禪偈之意的〈寄生草〉,曲詞寫道:「無我原非你,從他不解伊。肆行無礙憑來去。茫茫著甚悲愁喜,紛紛說甚親疏密。從前碌碌卻因何,到如今回頭試想真無趣!」[55]

對於寶玉此處的聽曲悟禪機之「悟」,筆者認為雖然在此處寶玉先是引證《莊子》,接著又領悟「赤條條來去無牽掛」,最後又寫作禪偈,容易使人往莊禪的逍遙灑脫產生聯想,認為:寶玉之「悟」正合乎莊子禪宗之究極、超越之思考,只是由於黛玉的阻攔,遂使寶玉之「悟」仍只落於「知悟」,只埋下日後悟道解脫之種子,而未能達致當下了斷,使身心就此徹底轉變的「徹悟」。然而,筆者認為即便此處確實充滿莊風禪味,但是未必就能直接推斷寶玉之「悟」,能契會於莊禪哲理,仍應詳細分析寶玉引述莊子、書寫禪偈的內容,才能加以判斷。先就寶玉之引《莊》來看,寶玉之徵引乃是藉《莊子》「巧者勞而智者憂」以形容自己弄巧成拙的無奈,而無涉「無能者無所求」、「泛若不繫之舟」等無能無求的灑脫哲理。至於引述「山木自寇,源泉自盜」,主要也是藉此中的「自寇」、「自盜」,以言自己兩邊不討好的自討沒趣,而無涉於「人皆知有用之用,而莫知无用之用」[56]的莊

---

55 同前註,頁343-345。
56 〔戰國〕莊周著,郭慶藩輯:《莊子集釋》,頁186。

子哲理。顯然地，寶玉主要是藉莊抒情下的運用經典，而不是在哲理層次上與《莊子》默會共鳴。至於寶玉談及「赤條條來去無牽掛」的聲淚俱下，也與此處的引《莊》之法相通，皆是屬轉化下的運用。寶玉將曲詞原來的瀟脫自得（「來去無牽掛」）、任運自在（「一任俺芒鞋破鉢隨緣化」）的意趣逕自截斷，而獨取「赤條條」的寂寞孤單，以形容自己被湘雲、黛玉嫌棄，失去了「大家彼此」的鬱悶孤寂。換言之，「赤條條來去無牽掛」在戲曲中，原帶有英雄瀟灑獨立之氣息，然而，在寶玉的領悟中，卻成了自己害怕孤單、渴求接納的心情印證。最後就寶玉的禪偈與填詞來看，小說明白寫道，當寶玉寫成禪偈後，「恐人看此不解，因此亦填一支〈寄生草〉，也寫在偈後」，[57]可見，若欲解開抽象模糊的禪偈之意，關鍵鑰匙就在寶玉的填詞之中。寶玉的〈寄生草〉填詞所說「無我原非你，從他不解伊」，配合寶玉、黛玉、湘雲三人失和賭氣，而寶玉尤其在意黛玉「與你何干」之嘲諷的情境脈絡來看，[58]可知這裏的「無我原非你」的「你」主要還是指黛玉，而「從他不解伊」的「他」則是指湘雲。寶玉期盼黛玉能夠明瞭彼此關係乃是緊密依存的，因此不要誤解自己對於她的誠心關懷、好意愛護，而若能信任、體會此一善意關懷，就可以任憑湘雲嘲諷批評，而不至於惱怒動氣（「肆行無礙憑來去」）。至於「茫茫著甚悲愁喜，紛紛說甚親疏密。從前碌碌卻因何，到如今回頭試想真無趣！」若能配合第二十回寶玉勸說黛玉，別為了自己與寶釵一處說笑，就心生懷疑傷感的對話情節，就可以獲得清楚的理解：

---

57 〔清〕曹雪芹、高鶚著，馮其庸等校注：《紅樓夢校注》，頁344。
58 寶玉對於黛玉惱怒時所言「我惱他，與你何干？他得罪了我，又與你何干？」尤其掛記在心，因此在與襲人談話中，寶玉總是有意無意說道：「他還不還，管誰什麼相干」、「他們娘兒們姊妹們歡喜不歡喜，也與我無干。」從「相干」、「無干」，明顯可以看到黛玉所言「與你何干」的深刻影響力。

> 黛玉越發氣悶，只向窗前流淚。……寶玉聽了，忙上來悄悄的說道：「你這麼個明白人，難道連『親不間疏，先不僭後』也不知道？我雖糊塗，卻明白這兩句話。頭一件，咱們是姑舅姊妹，寶姐姐是兩姨姊妹，論親戚，他比你疏。第二件，你先來，咱們兩個一桌吃，一床睡，長的這麼大了，他是才來的，豈有個為他疏你的？」……寶玉道：「我也為的是我的心。難道你就知你的心，不知我的心不成？」林黛玉聽了，低頭一語不發。[59]

可見填詞所言的「悲愁喜」、「親疏密」，即是引文中寶玉曾對黛玉所言的「親不間疏，先不僭後」，一心只向著黛玉的宣言表白。寶玉認為自己一心只有黛玉的情感，早已向黛玉述說，然而，此時黛玉卻仍惱怒、誤解自己與湘雲使眼色的愛護之意，因此，感到受挫無奈，覺得往日的剖肺掏心，全是白忙一場（從前碌碌卻因何），甚至不無空費唇舌之嘆（「到如今回頭試想真無趣」）。顯然地，寶玉的〈寄生草〉填詞所表現的情感思想，主要是在於希望黛玉能夠真正明白、相信自己的心意，不要太在意湘雲惱怒下的譏刺，同時也不要辜負了自己的一心為妳。而依此來看，填詞既是為了說明偈語之意，那麼從填詞所帶有的濃厚情感性格來看，我們也就可說，寶玉之禪偈其本質乃是抒情詩而非證道語。偈語主要是在傳達寶玉期盼黛玉能夠徹底相信自己的心意（「你證我證，心證意證」），不要總是使性弄氣、傷心落淚地苦苦要求情感證明，只有不求情感證明，才能真正證明兩人情意相通（「是無有證，斯可云證」），而這種不求證明的境界，是寶玉期盼與黛玉能夠一同立足的情感境界（「無可云證，是立足境」）。總而

---

[59]〔清〕曹雪芹、高鶚著，馮其庸等校注：《紅樓夢校注》，頁322。

言之，第二十二回的「聽曲文寶玉悟禪機」此中雖有引《莊》、禪偈的出現，然而，仍須注意此中似莊而非莊、藉禪以傳情的表現手法。因為在引《莊》的背後，所欲傳達的乃是自討沒趣、多管閒事的沮喪挫折之情，而禪偈也僅是在傳達期盼無須證明，可直接以心意相知相證之情感境界的實現。[60]顯然寶玉在此並無離塵出世的領悟，這也使我們難以透過此處的引《莊》與禪偈，來推判寶玉日後「懸崖撒手」的思想內容。

(三) 第二十八回「逃大造，出塵網」的啟悟：杳無所知以逃離遷化之苦

黛玉由於晴雯遷怒，無故吃了閉門羹，接著又聽見寶玉與寶釵兩人於院門內笑語開懷，本已委屈感傷一夜，次日巧遇餞祭花神之日，眼見落瓣殘花，不由得感花傷己，嗚嗚咽咽地唱出了〈葬花吟〉。而寶玉無意間聽見哀歌，不覺慟倒山坡之上，並由是引發深層的思索：

試想林黛玉的花顏月貌，將來亦到無可尋覓之時，寧不心碎腸斷！既黛玉終歸無可尋覓之時，推之於他人，如寶釵、香菱、襲人等，亦可到無可尋覓之時矣。寶釵等終歸無可尋覓之時，

---

60 脂批於第二十二回「聽曲悟禪機」中對於寶玉之「悟」的判斷，似較為模糊且稍有不一致之處。在寶玉「大哭」與書寫偈語處，脂批說「此是忘機大悟，世人所謂瘋顛是也」、「已悟已覺，是好偈」。然而，在寶玉所填〈寄生草〉、「中心自得」等處，卻又批註云：「自悟則自了，又何用人亦解哉，此正是猶未正覺大悟也」、「前夜已悟，今夜又悟，二次翻身不出，故一世墮落無成也。」在「悟」與「不悟」之間徘徊猶疑、定位模糊。然而，透過本文的分析，應可將脂批未能詳細說明之處，給予一定程度的論證闡明。亦即，寶玉之「悟」乃是借看似已然證悟之偈語，來表現自身未悟而執迷的情感。上引脂批，詳參〔清〕脂硯齋等評，陳慶浩輯校：《新編石頭記脂硯齋評語輯校（增訂本）》，頁439、440。

則自己又安在哉?且自身尚不知何在何往,則斯處、斯園、斯花、斯柳,又不知當屬誰姓矣!——因此一而二,二而三,反覆推求了去,真不知此時此際欲為何等蠢物,杳無所知,逃大造,出塵網,使可解釋這段悲傷。[61]

相較於第二十一、二十二回寶玉於續《莊》、禪悟處的感傷來說,這裏的省思無疑深層許多。此處的悲感,已不僅止於兒女們賭氣鬱悶下的傷感,已然更進一步,碰觸到生命所共同面對的離散幻滅之必然現實。然而,須注意的是,即便有離散遷變的覺受,卻不必然表示能夠就此體道悟真,直達向上一躍、身心反轉的「徹悟」境界,同時也不必然表示已然能夠就此冥悟方外教義,對於道經佛書之哲理思想能默會於心式的「知悟」。因為重點還是在於:產生離散的感受之後,究竟領悟出什麼樣的道理,引發什麼樣的轉變,才是核心關鍵。據《紅樓夢》中的描述,在寶玉悲慟之後,面對黛玉時,彷彿先前的哀慟僅是夢幻一場,寶玉依然深陷情迷,除了對黛玉嘆道:「憑我心愛的,姑娘要,就拿去;我愛吃的,聽見姑娘也愛吃,連忙乾乾淨淨收著等姑娘吃。一桌子吃飯,一床上睡覺。丫頭們想不到的,我怕姑娘生氣,我替丫頭們想到了。……誰知我是白操了這個心,弄的有冤無處訴!」[62]急著申訴自己的滿腔情意與滿腹委屈之外,還陪身下氣說道:「誰知你總不理我,叫我摸不著頭腦,少魂失魄,不知怎麼樣才好。就便死了,也是個屈死鬼,任憑高僧高道懺悔也不能超生,還得你申明了緣故,我才得托生呢!」[63]顯然,寶玉於坡上慟倒時的領悟,並非屬於能徹底轉變身心,引領生命實踐的「徹悟」層次。然

---

61 同前註,頁433。
62 同前註,頁434。
63 同前註,頁434、435。

而，若說寶玉此時非屬「徹悟」但有「知悟」（即便只是短暫的知悟），那麼，寶玉所領悟的道理又是如何呢？對此，應可從引文中的這一段話來推敲其意：「一而二，二而三，反復推求了去，真不知此時此際欲為何等蠢物，杳無所知，逃大造，出塵網，便可解釋這段悲傷。」可見，面對那終歸幻滅、必將離散的大造塵網，寶玉所思索出的逃離之法，既非道家式的離形去知、冥契道真的模式，也非佛家式的除執滅障、證悟涅槃的類型，而別是另一種型態，此即退轉為杳無所知、無知無識之「蠢物」，透過全然無知無覺，乃能逃脫滄海桑田、世事幻變所帶來的驚懼衝擊與留戀不捨的傷悲。而這樣的思考模式，一方面可說與寶玉續《莊》時，所思及的「便權當他們死了，毫無牽掛，反能怡然自悅」，那種透過主觀面的刻意無見無聞，以得悅樂怡然的「解脫」之法有些類似，因為兩者皆是藉由主觀面的無知無聞，以抵抗、排拒幻逝遷變之苦，而差別在於「蠢物」式的「杳無所知」更為徹底，必直如無生命之草木山石那般的無知無覺，乃能擺脫筵席必散、紅顏易老的刺骨椎心之傷痛；而另一方面，我們還可以從第十九回以及續書第一百一十三回中見到極其相近的思考：

> 只求你們同看著我，守著我，等我有一日化成了飛灰，──飛灰還不好，灰還有形有跡，還有知識。──等我化成一股輕烟，風一吹便散了的時候，你們也管不得我，我也顧不得你們了。那時憑我去，我也憑你們愛那裏去就去了。
> 只可憐我們林姑娘真真是無福消受他。……可憐那死的倒未必知道，這活的真真是苦惱傷心，無休無了。算來竟不如草木石頭，無知無覺，倒也心中乾淨！[64]

---

64 同前註，頁306、1707。

前一則引文出自寶玉之口,後一則來自紫鵑。寶玉喜聚不喜散,如第三十一回所言「只願常聚,生怕一時散了添悲。」[65]對於離散有畏怖恐懼之感,然而,面對散逝化變的必然命運,寶玉一方面正如歐麗娟所洞察到的:「透過自覺的認知而衷心期待發生在樂園毀滅之前的死亡,正是拒絕面對將來樂園毀滅之終局,讓樂園的美好得以與生命相始終。」[66]亦即,在尚有眾人「看著我,守著我」的團聚之時,生命就此結束,就能使溫柔富貴從此定格永存,「只要死前都活得很稱心如意,就等於一輩子稱心如意,也即是永遠活在樂園裏。」[67]另一方面,也可以看到,寶玉對於大化遷變所採取的逃脫之法、排解之道,乃是成灰化烟,徹底的無形無跡、無知無識,才能無有情執、不再牽掛,從而得以放開溫柔富貴的執迷,獲得解脫自在的可能(「憑我去,我也憑你們愛那裏去就去了」)。而紫鵑所言「草木石頭,無知無覺,倒也心中乾淨」,也反映出相同的思考,同樣是以如「草木石頭」,這樣無知無識、無聞無覺的「蠢物」,乃能有「心中乾淨」、無牽無掛、寧靜自得的可能,有知有識、能聞能見,反而「苦惱傷心,無休無了」。依此來看,第二十八回寶玉聽聞〈葬花吟〉後,慟倒於山坡上的一番省思,其中確實有「悟」,只是此「悟」並非「徹悟」,而是屬短暫之「知悟」,並且此一「知悟」,並非是超越兩端、上達究極式的思考,而是屬處於幻化遷變的現實之中,無力排解、無能面對,僅能藉由轉身向後、充耳不聞,直如「蠢物」般的杳無所知,乃能求得安寧自得式的思考。

---

65 同前註,頁484。
66 歐麗娟:〈賈寶玉論〉,《紅樓一夢:賈寶玉與次金釵》(臺北:聯經出版事業公司,2017年),頁146。
67 同前註,頁146。

（四）第七十八回晴雯之死所引發的啟悟：痛恨塵俗？嚮往仙界？

晴雯被逐出大觀園後，寶玉擔心一身重病、一肚悶氣，且「嬌生慣養，何嘗受過一日委屈」的晴雯，在姑舅哥哥家中寂苦悽惶、支持不住，於是想方設法，親去探望晴雯。在寶玉的協助下，臥病焦渴的晴雯，就連沾有油膻的苦澀粗茶，也「如得了甘露一般，一氣都灌下去了」，讓寶玉不禁想到：「往常那樣好茶，他尚有不如意之處；今日這樣。看來，可知古人說的『飽飫烹宰，飢饜糟糠』，又道是『飯飽弄粥』，可見都不錯了。」[68]而此一心中暗想，正如脂批所言：「通篇寶玉最要書者，每因女子之所歷始信其可，此謂觸類傍通之妙訣矣。」[69]從晴雯渴不擇飲的困窘中，寶玉印證了往日所學習到的格言真義，使抽象的概念，產生具體真實的血肉。[70]可見，此中確實有「悟」，然而，卻是指對於抽象格言的具體領受之悟，而不是超言絕象、與道為一的悟。而晴雯的悲涼處境，除了讓寶玉具體領悟「飢饜糟糠」的殘酷現實之外，還有一種看法是認為：從寶玉所撰寫的〈芙蓉女兒誄〉中，可以看到晴雯之死，所帶給寶玉的更為深層的震撼與啟悟，此即：對於污濁之塵世的強烈批判與失望，並從此產生遠離塵俗、安棲於無累之仙境的嚮往。換言之，這一篇誄文正可說是寶玉日後逃離方內，走向方外之路的宣言書。[71]

然而，筆者認為若仔細觀察寶玉撰寫〈芙蓉女兒誄〉的前後態度，並分析誄文的思想內容，那麼，對於晴雯之死是否真帶給寶玉轉

---

68 同前註，頁1219。
69 庚辰本批語。〔清〕脂硯齋等評，陳慶浩輯校：《新編石頭記脂硯齋評語輯校（增訂本）》，頁712。
70 詹丹：《重讀紅樓夢》（臺北：秀威資訊科技公司，2008年），頁24。
71 王昆侖：〈晴雯之死〉，《紅樓夢人物論》，頁35、36。

身方外的啟發意義，或許可以重新評估。對此，我們的理由是這樣的：首先，就寶玉撰寫誄文的態度來看，在感傷思念之外，還有歡喜祝福與立異爭奇這類的心緒摻雜於其中，而不是一味的憤恨悲痛，深陷於憤慨的情緒風暴之中而不可自拔。因為我們知道在晴雯死後，寶玉聽信一位伶俐小丫頭的浪漫謊言，深信晴雯死後已魂歸仙界成為芙蓉花神，因此在悲傷之餘，卻也去悲生喜，對於晴雯能「超出苦海」，在仙界「有一番事業」，頗感欣慰。[72]而除了這種悲中有喜，喜中有悲的夾雜情緒外，據第七十八、九回的描述，寶玉在寫作誄文之前，還有「別開生面，另立排場，風流奇異，於世無涉，方不負我二人之為人」這類標新立異，不欲「若世俗之拘拘於方寸之間哉」，[73]意圖與世俗爭奇較勁的遊戲心態，而在悼祭之後，遇到黛玉又與之考文究字，說道：「我想著世上這些祭文都蹈於熟濫了，所以改個新樣，原不過是我一時的頑意，誰知又被你聽見了。有什麼大使不得的，何不改削改削。」[74]顯然地，我們從寶玉撰寫〈芙蓉女兒誄〉所抱持的那種悲傷與祝福交雜，且又帶有遊戲筆墨的態度來看，晴雯之死對於寶玉之啟悟歷程中的重要性，恐怕也就未必需要如是的過於強調、過度聚焦。[75]對此，我們從第七十八回的這段敘述，更是可以清楚的看到，晴雯之死所帶給寶玉的省思、啟發之真相：

（寶玉）悲感一番，忽又想到去了司棋、入畫、芳官等五個；

---

72 〔清〕曹雪芹、高鶚著，馮其庸等校注：《紅樓夢校注》，頁1235。
73 同前註，頁1243。
74 同前註，頁1259。
75 對此，續書者似乎也有精確的掌握，在第一百四回中寶玉曾對襲人說道：「你想我是無情的人麼？晴雯到底是個丫頭，也沒有什麼大好處，他死了，我老實告訴你罷，我還做個祭文去祭他。那時林姑娘還親眼見的。如今林姑娘死了，莫非倒不如晴雯麼，死了連祭都不能祭一祭。」同前註，頁1593。

死了晴雯;今又去了寶釵等一處,迎春雖尚未去,然連日也不見回來,且接連有媒人來求親:大約園中之人不久都要散的了。縱生煩惱,也無濟於事。不如還是找黛玉去相伴一日,回來還是和襲人廝混,只這兩三個人,只怕還是同死同歸的。[76]

可見對於晴雯之死,寶玉雖有一番悲感,然而此一感傷,正如歐麗娟所指出的:「和晴雯的死別是他人生中蘸有血淚的一頁,但翻過這一頁,生命仍在常軌上進行,只是慌張一點、不安一點。」[77]僅是一定程度的煩惱起伏、傷悲不捨,它不但未能啟發寶玉領悟世間繁華,終歸離散之真實,從此由迷反悟,反而讓寶玉更加執迷,意圖趕緊把握尚未離散之前的幸福,找黛玉相伴,與襲人廝混,更加頑固地相信仍有一些溫柔富貴,是至死之時都仍能緊握不失的(「只這兩三個人,只怕還是同死同歸的」)。而第七十九回所描述的寶玉在感傷成疾,靜養康復之後,那種「和那些丫鬟們無所不至,恣意耍笑作戲」、「只不曾拆毀了怡紅院,和這些丫頭們無法無天,凡世上所無之事,都頑耍出來。」[78]也同樣一方面反映出寶玉那種即便離散將至,卻仍加緊行樂的執迷不悟之心態;另方面,也透露出晴雯之死所給予寶玉的心靈衝擊與省思,不但未能達致窺破情迷,上契道真的層次,反而更是加深了寶玉對溫柔鄉、富貴場的執迷。接著就〈芙蓉女兒誄〉的思想內容來看,此中應有幾個值得注意之處,首先,正如歐麗娟所洞察到的:從誄文抒發哀傷、頌述德勛的文體特性來看,〈芙蓉女兒誄〉也不離此一文體特性,同樣具有渲染美化亡者的性質,如誄文「所謂的『姊妹悉慕媖嫻,嫗媼咸仰惠德』更是言過其實,『嫗媼咸仰惠德』

---

76 同前註,頁1235、1236。
77 歐麗娟:〈晴雯論〉,《紅樓一夢:賈寶玉與次金釵》,頁326。
78 〔清〕曹雪芹、高鶚著,馮其庸等校注:《紅樓夢校注》,頁1264。

之說甚至完全與事實相反。」[79]歐氏此說，實有洞見。因為從小說中的種種描述看來，晴雯個性確實與美好文靜的「嫵嫺」有一些距離。此如第五十二回平兒就曾以「爆炭」形容晴雯的性急猛烈之個性，而從該回中晴雯以簪子亂戳猛刺偷竊的墜兒之手，也可印證平兒所言不虛；又如第七十四回王夫人也說她曾看過晴雯罵小丫頭的「狂樣子」，而在第三十一回中還可以看到一向平和穩重的襲人，以及對於女兒們總是作小服低、溫存和氣的寶玉，被晴雯夾槍帶棒的言詞，襲人「羞的臉紫脹起來」，寶玉則「氣的渾身亂戰」、「氣的黃了臉」。[80]此外，若參照第七十四回王善保家的所言「寶玉屋裏的晴雯，那丫頭仗著他生的模樣兒比別人標緻些，又生了一張巧嘴，天天打扮的像個西施的樣子，在人跟前能說慣道，掐尖要強。一句話不投機，他就立起兩個騷眼睛來罵人，妖妖趫趫，大不成個體統。」[81]以及婆子們聽說晴雯將被攆逐的反應：「阿彌陀佛！今日天睜了眼，把這一個禍害妖精退送了，大家清淨些。」等，[82]更是可以清楚的看到，誄文所說「嫗嫗咸仰惠德」，確實與事實有相當大的出入。

而同樣的，我們對於誄文中寶玉所痛斥的小人之拙劣邪惡、陰險狡詐，以及所描繪的天上仙境之富麗堂皇、華貴雍容，也必須考量到誄文的抒情與渲染的文體特性，並配合小說相關情節的理解，才能給予較為如實的判斷。誄文言「諑謠謑詬，出自屏幃；荊棘蓬榛，蔓延戶牖」、「鉗詖奴之口，討豈從寬；剖悍婦之心，忿猶未釋！」[83]寶玉在此看似對於那些造謠構陷者有著勢不兩立、亟欲復仇的態度，然

---

79 歐麗娟：〈晴雯論〉，《紅樓一夢：賈寶玉與次金釵》，頁223、224。
80 〔清〕曹雪芹、高鶚著，馮其庸等校注：《紅樓夢校注》，頁484、485、805、1257。
81 同前註，1156。
82 同前註，頁1213。
83 同前註，頁1245。

而,配合文本,我們卻一方面看到寶玉對於其所懷疑有告密嫌疑的襲人,不但沒有痛斥責罵,反而當襲人語涉不祥時,還趕緊勸止,並說道:「從此休提起,全當他們三個死了,不過如此。況且死了的也曾有過,也沒有見我怎麼樣,此一理也。」[84]將晴雯等人的攆逐,看成「不過如此」,死了「也沒有見我怎麼樣」,來勸慰被他所懷疑有告密之嫌的襲人;另方面,也看到當寶玉見到管家婆子們領著司棋離開大觀園,雖曾罵道「混賬」、「比男人更可殺了」,然而,這樣的痛斥,卻是在等到管家婆子們「看已遠去」,且在內心「恐他們去告舌」的憂慮情況下,而有的憤恨咒罵。可見,誄文彭湃的憤怒激情,似僅存在於誄文之中,在小說的現實情境中,寶玉的憤怒總是打了不少折扣。

此外,誄文中雖曾多處描繪成為芙蓉花神的晴雯,其於仙界中「乘玉虯」、「驅豐隆」、「衛危虛」、「炫裙裾」等逍遙富麗、眾神環繞的璀璨飄逸。然而,這未必意味寶玉厭棄現世、嚮往仙境。因為如是富麗堂皇的鋪陳張揚,重點還是與誄文美化亡者、宣洩情思的特性有關。也就是說,對於晴雯於天上世界的華貴逍遙,越是精雕細琢的描摹渲染,就越是能彰顯亡者所具有的足以勝任神職之靈秀才慧,同時也越能宣洩寶玉那既哀傷,且又深信晴雯已然飛昇成仙的祝福情思。至於「期汗漫而無夭閼兮,忍捐棄余於塵埃耶?倩風廉之為余驅車兮,冀聯轡而攜歸耶?」[85]也同樣未必適合將之理解為寶玉具有離塵出世之念。因為此處所言,它與接下來所說的「靈格余以嗟來耶?來兮止兮,君其來耶!」[86]意思相通,皆是在述說對於亡者的依依不捨之情。差別只在於一是由下往上說,是寫寶玉期盼能藉風神之助,從而能夠上登天界,與晴雯再續情緣;另一則是由上往下說,是企求晴

---

84 同前註,頁1217。
85 同前註,頁1246。
86 同前註,頁1246、1247。

雯魂靈能降臨凡間，與寶玉共話相思之情。換言之，不論是「陟」或是「降」重點皆在表現對於亡者的無盡思念，而不太像是在表現寶玉的棄世離塵之想。

而特別值得注意的是，〈芙蓉女兒誄〉雖然多處用《莊子》以為典故，此如「箕尾」、「夭閼」、「鴻蒙」、「懸附」、「天籟」等，也化用了不少《莊子》的寓言故事，尤其是〈大宗師〉的臨尸而歌與〈至樂〉的鼓盆而歌。然而，仍應看到寶玉的化用，恐怕帶有較多的改異轉變之性質。此如誄文所言：「既窀穸且安穩兮，反其真而復奚化耶？余猶桎梏而懸附兮，靈格余以嗟來耶？來兮止兮，君其來耶！」[87]從「反其真」、「桎梏」與「懸附」等，可看到使用了〈德充符〉與〈大宗師〉的典故。然而，〈德充符〉「以死生為一條，以可不可為一貫者，解其桎梏」，以及〈大宗師〉「彼方且與造物者為人，而遊乎天地之一氣。彼以生為附贅縣疣，以死為決疣潰癰」等，[88]所傳達的卻是齊物超越、死生一貫的解放通透之思想觀念，然而，在〈女兒誄〉中卻似乎僅是典故文辭的借用，一方面是以「桎梏」、「懸附」的束縛、低微，來對比升天為神「反其真」的芙蓉花神晴雯之逍遙華貴；另方面，這些概念也一併與舊情難捨、渴求再相見的心情（「嗟來耶」、「來兮止兮」）交互融貫。換言之，這些概念，在《莊子》乃屬超越生死之思想，然而，融入〈女兒誄〉中則轉為眷戀執迷，呈現出一種概念，兩種表述的情況。

再如誄文所言：「若夫鴻蒙而居，寂靜以處，雖臨於茲，余亦莫睹」、「余乃欷歔悵望，泣涕徬徨。人語兮寂歷，天籟兮篔簹。」[89]雖運用了〈在宥〉與〈齊物論〉的典故，然而誄文的「鴻蒙」應為無形、

---

87 同前註，頁1246、1247。
88 〔戰國〕莊周著，郭慶藩輯：《莊子集釋》，頁205、268。
89 〔清〕曹雪芹、高鶚著，馮其庸等校注：《紅樓夢校注》，頁1247。

無象之意,指晴雯已然從有形肉身,轉而為無形魂靈;至於誄文的「天籟」則為天地之音聲,指一種身處大自然之清寂音聲中,未能向他人傾訴、排遣的孤獨與悲懷。顯然地,誄文用典與《莊子》藉「鴻濛」之「拊脾雀躍而遊」以表現體道者的靈動自適,以及以「天籟」象徵道體默運萬物的無聲之聲,這類形上、境界之思考有明顯的差異。換言之,《莊子》那具有體道與道體之意的「鴻濛」、「天籟」,在誄文的吸收轉化中,已然轉而成對於晴雯無形魂靈的無盡思念之意。

總而言之,對於晴雯被逐以至於抱屈而死一事,寶玉雖悲痛哀傷,然而,若從悟道的角度來看,恐怕未必有深刻的啟發。因為在晴雯病床旁,寶玉所領悟的主要是「飽飫烹宰,飢饜糟糠」這類抽象格言的具體意義,此「悟」與看破紅塵虛妄之「悟」關係不大。而在〈芙蓉女兒誄〉中雖有對於塵俗小人的激烈批判,然而,仍需看到在實際情境中,寶玉的批判力道確實薄弱許多,並未能言行如一。至於誄文對於天界的極力描繪,重點也主要是表達寶玉對於晴雯成為芙蓉花神的祝福,而未必可詮解為在晴雯死後,寶玉對仙界有所嚮往,甚至有離塵出世之願念。事實上,據小說的描述,晴雯之死、離散將至,反而讓寶玉更加執迷,更抓緊那些自認為永不會離散的溫柔富貴。而尤其重要的是,寶玉在誄文中雖多處運用《莊子》以為典故,然而,寶玉卻將《莊子》死生無擾之舊瓶,注入了纏綿難捨、哀思無盡的新酒,使原本具有「了」意的哲思,全然轉為「不了」的迷情。

四　論後四十回續書中所展現的寶玉之悟道歷程

(一) 論賈寶玉於黛玉「魂歸離恨天」、「查抄寧國府」與賈母「壽終歸地府」等離散事件與「悟」的關聯

一般認為隨著寶玉親身面對諸多溫柔與富貴的離散敗滅,過往內

在曾深埋的悟道種子,遂逐漸發芽破土、根深茁壯,最終乃有飄然而去的「懸崖撒手」之舉。而在這些諸多的離散事件中,黛玉與賈母之逝去,以及賈府查抄這三個事件可說最為關鍵。因為賈寶玉能夠盡享富貴的現實基礎即是賈府,而其之所以能領受到諸多關愛與溫柔,賈母的疼惜溺愛與黛玉的相知相惜,也是其中的重要因緣。因此,可以想見,這些事件在寶玉由「情」轉「悟」的歷程中,理應具有相當的重要性,值得深入分析。在此,先就黛玉「魂歸離恨天」的情節來看。在二寶成婚、黛玉夭亡之前,先有通靈玉離奇失蹤的「失玉」事件產生。寶玉在「失玉」的情況下,不但機敏全失、昏聵無神,就連日常的行住坐臥,也都顯得渙散異常。[90] 讓賈母擔憂不已,遂有為了轉運沖喜、以「金」招「玉」的「掉包計」之婚事安排。續書者在此透過「失玉」(象徵喪失靈知神智)的情節安排,既可以用來解釋寶玉之詩藝文才與前八十回之揮灑自如的落差。[91] 而更重要的是,透過「失玉」的神魂喪失,乃能排除寶玉的阻撓反抗,從而能相對順利地安排金玉姻緣的實現。[92] 而當寶玉在迷茫恍惚之中與寶釵成婚後,黛玉也就在寂寥孤單、憤恨哀怨的無力失落中,離開人間傷心,「魂歸離恨天」。

---

[90] 第九十五回就寫寶玉「自失了玉後,終日懶怠走動,說話也糊塗了」、「寶玉一日呆似一日,也不發燒,也不疼痛,只是吃不像吃,睡不像睡,甚至說話都無頭緒」、「那寶玉見問,只是笑。襲人叫他說『好』,寶玉也就說『好』。王夫人見了這般光景,未免落淚,在賈母這裏,不敢出聲。」〔清〕曹雪芹、高鶚著,馮其庸等校注:《紅樓夢校注》,頁1479-1482。

[91] 第一百四回寶玉自言「我自從好了起來就想要做一篇祭文的,不知道我如今一點靈機都沒有了」、「我沒病的頭裏還想得出來,一病以後都不記得。」〔清〕曹雪芹、高鶚著,馮其庸等校注:《紅樓夢校注》,頁1593。

[92] 第九十六回襲人就已思及:「這一位的心裏只有一個林姑娘,幸虧他沒有聽見,若知道了,又不知要鬧到什麼分兒了」、「說要娶寶姑娘,竟把林姑娘撂開,除非是他人事不知還可,若稍明白些,只怕不但不能沖喜,竟是催命了!」〔清〕曹雪芹、高鶚著,馮其庸等校注:《紅樓夢校注》,頁1491。

面對黛玉的亡逝，寶玉確實痛苦悲傷，既放聲大哭，也慟倒昏厥於床。因此，我們可以推想寶玉在這樣的情執與心碎的衝突中，應當對於「情」有更完整的體會。明白「情」不必盡是愛戀纏綿、柔情繾綣，而亦有萬境歸空，讓人斷腸心傷的苦澀哀慟，從而對於愛戀情迷有深刻的反省，並進一步產生心向方外的清淨了悟。但問題是，我們從續書的文字中，黛玉的死亡卻似乎看不到有觸發寶玉產生類似的超昇轉變之「悟」。譬如在第九十八回與一百回就寫寶玉對於黛玉之死，其內在情思是這樣展現的：

> 那人冷笑道：「那陰司說有便有，說無就無。皆為世俗溺於生死之說，設言以警世，便道上天深怒愚人，或不守分安常；或生祿未終自行夭折，或嗜淫欲尚氣逞凶無故自隕者，特設此地獄，囚其魂魄，受無邊的苦，以償生前之罪。汝尋黛玉，是無故自陷也。且黛玉已歸太虛幻境，汝若有心尋訪，潛心修養，自然有時相見。如不安生，即以自行夭折之罪囚禁陰司，除父母外，欲圖一見黛玉，終不能矣。」……定神一想，原來竟是一場大夢。渾身冷汗，覺得心內清爽。仔細一想，真正無可奈何，不過長嘆數聲而已。……欲待尋死，又想著夢中之言，又恐老太太、太太生氣，又不能撩開。又想黛玉已死，寶釵又是第一等人物，方信金玉姻緣有定，自己也解了好些。
> 寶玉因問道：「三妹妹，我聽見林妹妹死的時候你在那裏來著。我還聽見說，林妹妹死的時候遠遠的有音樂之聲。或者他是有來歷的也未可知。」……又想前日自己神魂飄蕩之時，曾見一人，說是黛玉生不同人，死不同鬼，必是那裏的仙子臨凡。忽又想起那年唱戲做的嫦娥，飄飄豔豔，何等風致。……又想跟黛玉的人已經雲散，更加納悶。悶到無可如何，忽又想

黛玉死的這樣清楚，必是離凡返仙去了，反又歡喜。[93]

在此可以看到，面對黛玉之死，除了起初的失神昏迷外，寶玉亦曾「欲待尋死」，欲以自殺來化解悲傷。然而，在昏迷的夢境中，恍惚遇到陰司之人所言，對自殺者將「囚其魂魄，受無邊的苦」的警告恐嚇，遂打消尋死念頭。並且又從親情倫常與宿命天定的角度，如「恐老太太、太太生氣」、「寶釵又是第一等人物，方信金玉姻緣有定」等，讓心情獲得一定程度的開解（「自己也解了好些」）。此外，續書者又模仿第七十八回晴雯仙去，化為芙蓉花神，從而使寶玉「去悲而生喜」的仙界想像，[94]將黛玉的死美化為「離凡返仙」，使寶玉得以沖淡情感哀傷，甚至能「反又歡喜」，使低落的情緒回歸校正。而尤其還可注意的是，在第一百○八回與第一百○九回中，還可以看到寶玉對於黛玉之死的虧欠歉疚與逐漸接受的想法面向：

> 看看湘雲寶釵，雖說都在，只是不見了黛玉，一時按捺不住，眼淚便要下來。恐人看見，便說身上燥的很，脫脫衣服去，掛了籌出席去了。……寶玉進得園來，只見滿目淒涼。那些花木枯萎，更有幾處亭館，彩色久經剝落。遠遠望見一叢翠竹，倒還茂盛。……這裏林姑娘死後常聽見有哭聲，所以人都不敢走的。」寶玉襲人聽說，都吃了一驚。寶玉道：「可不是。」說著，便滴下淚來，說：「林妹妹，林妹妹，好好兒的是我害了你！你別怨我，只是父母作主，並不是我負心。」愈說愈痛，便大哭起來。

---

93 〔清〕曹雪芹、高鶚著，馮其庸等校注：《紅樓夢校注》，頁1519、1520、1545、1546。

94 〔清〕曹雪芹、高鶚著，馮其庸等校注：《紅樓夢校注》，頁1235。

> 寶玉在外聞聽著，細細的想道：「果然也奇。我知道林妹妹死了，那一日不想幾遍，怎麼從沒夢過。想是他到天上去了，瞧我這凡夫俗子不能交通神明，所以夢都沒有一個兒。我就在外間睡著，或者我從園裏回來，他知道我的實心，肯與我夢裏一見。我必要問他實在那裏去了，我也時常祭奠。若是果然不理我這濁物，竟無一夢，我便也不想他了。」……及寶玉醒來，見眾人都起來了，自己連忙爬起，揉著眼睛，細想昨夜又不曾夢見，可是仙凡路隔了。慢慢的下了床，又想昨夜五兒說的寶釵襲人都是天仙一般，這話卻也不錯，便怔怔的瞅著寶釵。[95]

寶玉對於逝去的黛玉雖然仍有思念與哀傷，然而，在這些情緒之中，還有愧疚、自責（甚至卸責）的面向（「你別怨我，只是父母作主，並不是我負心」）。此外，寶玉雖然也曾嘗試透過夢境來交通幽明、再見黛玉，展現其情深情執，然而，也應注意到，當魂魄不曾來入夢後，寶玉也逐漸接受「仙凡路隔」的事實，將愛戀之情，轉移到「都是天仙一般」的寶釵、襲人與五兒等溫柔女子身上。總之，依據上述續書文獻的證據來看，寶玉面對黛玉之死，除了有憂傷哀痛之外，似乎不太能看到，一種能夠推進寶玉走向方外、懸崖撒手之「悟」的產生。因為生死離別後，所謂「悟」的根苗，仍被種種的自殺相隨、人倫親情、陰司警告、姻緣天定、青春溫柔（寶釵襲人）、成仙幻想、接受事實（仙凡路隔）等摧殘斲傷，看不到有生長發育的苗頭。而設若「魂歸離恨天」的情感震撼與失落，仍難以啟動寶玉往「悟」的方向發展，那麼「查抄寧國府」與賈母「壽終歸地府」這些重大事件，是否能提供寶玉向上一「悟」的重要機緣呢？第一百〇六、〇七與第一百一十回中寫道：

---

95 同前註，頁1637、1640、1645、1652。

第四章　論《莊子》與《紅樓夢》「無情」之思想差異 ❖ 151

> 寶玉見寶釵如此大慟，他亦有一番悲戚。想的是老太太老不得安，老爺太太見此光景不免悲傷，眾姊妹風流雲散，一日少似一日。追想在園中吟詩起社，何等熱鬧，自林妹妹一死，我鬱悶到今，又有寶姐姐過來，未便時常悲切。見他憂兄思母，日夜難得笑容，今見他悲哀欲絕，心裏更加不忍，竟嚎啕大哭。寶玉是從來沒有經過這大風浪的，心下只知安樂，不知憂患的人，如今碰來碰去都是哭泣的事，所以他竟比傻子尤甚，見人哭他就哭。
> 寶玉瞅著也不勝悲傷，又不好上前去勸。見他淡妝素服，不敷脂粉，更比未出嫁的時候猶勝幾分。轉念又看寶琴等淡素裝飾，自有一種天生丰韵。獨有寶釵渾身孝服，那知道比尋常穿顏色時更有一番雅致。心裏想道：「所以千紅萬紫終讓梅花為魁，殊不知並非為梅花開的早，竟是那『潔白清香』四字是不可及的了。但只這時候若有林妹妹也是這樣打扮，又不知怎樣的丰韵了！」想到這裏，不覺的心酸起來，那淚珠便直滾滾的下來了，趁著賈母的事，不妨放聲大哭。[96]

在此可看到，面對賈府查抄，寶玉要不就是感傷過去美好的消失，不然就是驚懼於抄家的無助恐慌之中，全然不見任何與轉身方外之「悟」有關的體悟。而尤其怪異的是，賈母的離世，在寶玉心中似乎分量有限，不但不見任何有關「悟」的蹤跡，也幾乎看不到於喪事中，其追思感傷賈母過往的音容笑貌、關愛照顧一類的描寫，反而描寫寶玉癡迷於寶琴、寶釵之裝飾淡素的丰韻神采，以及感傷不能見到黛玉穿上孝服時的清香白潔，其「心酸起來」、「放聲大哭」，似乎僅

---

[96] 〔清〕曹雪芹、高鶚著，馮其庸等校注：《紅樓夢校注》，頁1614、1625、1670。

是藉著賈母喪事，更多的哀哭自己對於女孩們的心事而已。至於第一百一十三回寶玉聽聞妙玉被劫，除了感嘆妙玉的遭遇之外，雖曾思及《莊子》之言，從而有「虛無飄渺，人生在世，難免風流雲散，不禁的大哭起來」[97]的想法與反應，然而，卻也僅止於感傷悲痛、流涕痛哭，看不太到寶玉在此「虛無飄渺」、「風流雲散」的感受後，有任何進一步與「悟」有關的觀念表述或實質行動，反而只見其持續執迷於情海沉浮，內心牽掛著紫鵑對自己的淡漠冷清，遂前去尋求諒解，意圖澄清自己當「林妹妹死了我便成了家」[98]背後的無奈苦處。總而言之，從第九十八回「苦絳珠魂歸離恨天」，到第一百〇五回「錦衣軍查抄寧國府」，再到第一百一十回「史太君壽終歸地府」等，諸多重大事件的衝擊下，寶玉在這些事件中，並沒有明顯呈現由「情」轉「悟」的轉變，反而是如第一百一十三回的回目所說「釋舊憾情婢感痴郎」，[99]寶玉仍是為情所困的重情「痴郎」，眾多的離散事件的降臨，似乎並未能使其有向上一躍的轉變，反而仍糾纏困陷於孽海情天中。依此來看，續書所呈現的寶玉之悟道歷程的思想，恐怕與前八十回中甄士隱所展現的，是在一連串的的空無幻滅與感傷失落之後，而有轉身方外以求解脫平靜的「好了」模式不太一樣，我們應當從不同的模式來理解其內容。

(二) 論賈寶玉從「得通靈幻境悟仙緣」到最終「俗緣已畢」、「飄然登岸而去」的「悟」之歷程

在第一百一十五回中賈寶玉聽聞甄寶玉一番文章經濟、立德立言的「酸論」、「祿蠹」之言論，再加上寶釵追加一番「做了一個男人原

---

97 同前註，頁1704。
98 同前註，頁1704。
99 同前註，頁1697。

該要立身揚名的,誰像你一味的柔情私意。不說自己沒有剛烈,倒說人家是祿蠹」[100]的正言勸戒後,賈寶玉突然又陷入了癡傻糊塗、神魂失所的「失玉」狀態,甚至嚴重到飯食不進、人事不醒的危險情況。此時一個和尚送玉而來,雖暫時解除危機,但寶玉忽又陷入昏迷,在和尚的引領下賈寶玉再次遊歷了太虛幻境。在這次的遊歷中,首先可以看到幻境中的牌樓對聯上的文字有明顯的轉變。如石牌、宮門與匾額之名稱,已改為「真如福地」、「福善禍淫」、「引覺情癡」等,而對聯文字則易為:「假去真來真勝假,無原有是有非無」、「過去未來,莫謂智賢能打破;前因後果,須知親近不相逢」、「喜笑悲哀都是假,貪求思慕總因癡」等。[101]在這樣的變化更替中,可以看到續書者對於「真」、「悟」(覺)哲理的不同思考。此處的「過去未來,莫謂智賢能打破;前因後果,須知親近不相逢」,所展現的思想應是指:不論主體如何的精心謀劃、刻意安排,終究難以撼動改變,前世因果與宿命因緣的控制掌握之意。而「福善禍淫」則是讓籠罩在因果命定之束縛網羅下的紅塵中人,還留有透過道德行為之良劣與否,而能部分地調整、轉移命運之軌跡方向的救贖機會。譬如第一百二十回甄士隱所言:「福善禍淫,古今定理。現今榮寧兩府,善者修緣,惡者悔禍,將來蘭桂齊芳,家道復初,也是自然的道理。」[102]也反映出同樣的思想。也就是說,榮寧兩府雖然就天定命數來看,已不可避免的走向衰敗殞落,然而,在「福善禍淫」之「古今定理」的補救法則下,透過道德的自我提升(「善者修緣,惡者悔禍」),也能夠相當程度的轉運改命,於註定的敗亡中,仍留有「蘭桂齊芳,家道復初」的重生機會。

至於「假去真來真勝假,無原有是有非無」,則可說是融合了

---

100 〔清〕曹雪芹、高鶚著,馮其庸等校注:《紅樓夢校注》,頁1725。
101 同前註,頁1731、1732。
102 同前註,頁1797。

「因果命定」與「善惡果報」，這兩種看似矛盾，而實有其相互補充關係的思想於其中的對聯文字。「假去真來真勝假」的「真」與「假」是相對的兩種人生觀。所謂的「真」即是上文所言的「過去未來」、「前因後果」這類因果命定的真相、真實之「真」，而「假」配合另一則對聯「喜笑悲哀都是假，貪求思慕總因痴」來看，應是指不明白因果命定之「真」，從而耗費心力、執著追逐於命中本無之人事物上的虛妄情痴。換言之，「假去真來真勝假」應是說：若能夠掌握「因果命定」之「真」後，就能一定程度的捨去喜笑悲哀、貪求思慕於情痴虛妄之「假」，轉而以「因果命定」之「真」來面對人生運會的態度。至於「無原有是有非無」的「無」與「有」，應可從「福善禍淫」之理來理解。也就是說，道德行動的善惡與否，看似無關於命運福禍之轉變，然而，這只是世俗鄙見，在續書者看來，「福善禍淫」可說是「古今定理」，道德行為能夠發揮其真實具體的作用，並非無用、虛無之舉。換言之，「無原有是有非無」乃是說：看似虛無、無用的道德行動，其實有其轉變吉凶禍福的具體作用，而不是無用、無效之舉。總而言之，所謂的「真如福地」與「福善禍淫」可說皆是續書者所認可的，能夠「引覺情痴」的「真」、「悟」之理。也就是說，若能覺悟「前因後果」宿命天定的真實不變，以及明瞭透過道德行動，就能相當程度轉移吉凶禍福的「福善禍淫」等真理，就能夠不易陷入「貪求思慕」、「喜笑悲哀」，那種不由自主的虛妄情痴的狀態，而能獲得某種程度的安定。[103]

---

[103] 第一百一十四回寶玉與襲人對話所言：「人都有個定數的了。但不知林妹妹又到那裏去了？我如今被你一說，我有些懂的了。若再做這個夢時，我得細細的瞧一瞧，便有未卜先知的分兒了」、「只怕不能先知，若是能了，我也犯不著為你們瞎操心了！」〔清〕曹雪芹、高鶚著，馮其庸等校注：《紅樓夢校注》，頁1709。這裏也同樣表現：若能未卜先知、掌握命數，就能避免痴迷虛妄的「瞎操心」，從而獲得一定程度的內在安定感的思想觀念。

而除了上述的對聯與牌樓名稱的變化之外,寶玉在這次的遊歷中,又再次接觸了記載身旁女子之命運福禍的圖畫簿冊。然而,相較於初次到訪,由於寶玉已然親歷與聞見了女子們的諸多命運變化之歷程,因此,這次再訪幻境、重讀簿冊,先前雲裏霧裏的判詞圖畫,也就能掃除霧霾、一探究竟。而尤其重要的是,相較於前一次於簿冊中所展現的多種警勸思想,這次的二遊太虛幻境所欲展現的「悟」、「覺」之思想,除了同樣也與冥契至道、破除無明、涅槃解脫一類的「悟」關聯不大之外,其內容也相對更為縮限,主要是展現對於宿命因果或說前知先見的了解掌握之意。因為在該回中,寶玉說道:「是了,果然機關不爽,這必是元春姐姐了。若都是這樣明白,我要抄了去細玩起來,那些姊妹們的壽夭窮通沒有不知的了。我回去自不肯洩漏,只做一個未卜先知的人,也省了多少閑想。」[104]是透過明瞭「壽夭窮通」的命數安排,遂得以減少無謂之患得患失的情緒起伏,從而有某種程度的安定自在(「只做一個未卜先知的人,也省了多少閑想」)。而這樣的理解,一方面符合「真如福地」之幻境中所宣示的「假去真來真勝假」,是藉由對於因果命數之「真」的掌握,來某種程度的安頓「貪求思慕」、「喜笑悲哀」的假妄癡心、無謂閑想;另方面,也符合寶玉在離開幻境前,和尚所說的:「你見了冊子還不解麼!世上的情緣都是那些魔障。只要把歷過的事情細細記著,將來我與你說明。」[105]重點也是擺在對於因果命數的明瞭掌握(「見了冊子還不解麼」、「把歷過的事情細細記著」),並在此「未卜先知」的「知命」狀態下,而能重新省視世間情緣的虛實真假(「世上的情緣都是那些魔障」),從而產生某種程度的安定無擾。

---

104 〔清〕曹雪芹、高鶚著,馮其庸等校注:《紅樓夢校注》,頁1733。
105 同前註,頁1737。

然而,必須特別注意的是,這樣「未卜先知」式的了「悟」,恐怕也僅是屬於認知、觀念上的層次而已,對於內在情感甚至更深的執著情念,其安頓效果應當仍有相當的限制。因此我們可以看到寶玉在掌握了周遭女子們的「壽夭窮通」,以及自己的來歷(補天頑石、神瑛侍者)之後,雖然曾明顯表現出種種冷淡無情、厭棄塵緣的態度,如第一百一十七回所述,「寶玉自會那和尚以後,他是欲斷塵緣。一則在王夫人跟前不敢任性,已與寶釵襲人等皆不大款洽了。那些丫頭不知道,還要逗他,寶玉那裏看得到眼裏。他也並不將家事放在心裏。時常王夫人寶釵勸他念書,他便假作攻書,一心想著那個和尚引他到那仙境的機關。心目中觸處皆為俗人。」[106]然而,仍應看到寶玉在那種省去閑想的「未卜先知」、「欲斷塵緣」之冷然中,仍有傷悲、辛酸、不捨的情緒翻湧其中。如第一百一十八回中寶玉見紫鵑意欲跟隨惜春之出家,雖能從因果命定的角度,淡定的說道:「四妹妹修行是已經准的了,四妹妹也是一定的主意了。若是真的,我有一句話告訴太太;若是不定的,我就不敢混說了」[107],然而,在聆聽紫鵑的請求時,卻也連帶攪動起情感記憶,「想起黛玉一陣心酸,眼淚早下來了」。[108]而在同樣的事件場景中,面對襲人也欲出家修行的哭喊下,寶玉雖有看似未卜先知、輕鬆灑脫的一面,能夠笑對襲人說道:「你也是好心,但是你不能想這個清福的」,但同時仍有「倒覺傷心,只是說不出來」的無奈傷感。[109]此外,寶玉雖說從幻境歸來後,視周遭盡為俗人,且常於「靜室冥心危坐」,看似已然能靜氣平心、不受物擾,然而,在第一百一十八回中,當鶯兒談及當年打梅花絡子的事件時,寶

---

106 〔清〕曹雪芹、高鶚著,馮其庸等校注:《紅樓夢校注》,頁1749、1750。
107 同前註,頁1758。
108 同前註,頁1758。
109 同前註,頁1759。

玉卻「又覺塵心一動，連忙斂神定息」，[110]從水波不興，又突現波瀾。可見「未卜先知」式的「知命」之「悟」，主要是屬認知層面的知命神算，因此，總是浮浮沉沉，難以徹底收拾情感、擺脫情執，呈現出真正的通透貞定的精神氣象。而這種無情淡定與情感生波的擺盪交替，未必能說是達到徹底悟道解脫前，猶有情感渣滓、無明糾纏下的歷程現象，其根本原因乃在於續書者所理解的「悟」，主要是理性認知下的前知先見，而未必具有徹底汰除情執、轉化情迷的本真超越、冥契悟道之性質所導致。而也正是這樣的原因，使得續書中的寶玉一方面有著看似灑脫自在的通透言行，如百十九回中所表現的：「寶玉仰面大笑道：『走了，走了！不用胡鬧了，完了事了！』」，[111]又如第一百二十回襲人言寶玉所展現的「沒有一點情意。這就是悟道的樣子」。[112]但另一方面，又充滿著難捨紅塵、深情難忘的現象，如最終回寶玉向賈政拜別的場景中，寶玉雖有「光著頭，赤著腳」的方外形象，但同時卻身披讓人易往紅塵眷戀聯想的「大紅猩猩氈的斗篷」，並且對於賈政的慌忙驚問，寶玉也並未展現「仰面大笑」、「不用胡鬧」的灑脫自得之回應，反而在沉默無語中，透過「似喜似悲」的表情，透露著內在的悲喜翻騰，並且最終的「飄然登岸而去」，也是在一僧一道的左右挾持，與「俗緣已畢，還不快走」的喝命下，才有轉身方外的行動表現。

顯然地，這樣的「悟」確實不同於前八十回甄士隱的「好了」之「悟」。因為所謂的好了之悟，乃是甄士隱歷經紅塵心碎後，明白富貴溫柔、妻財子祿，雖有其短暫的歡快悅樂之面向，然而，它們皆逃不過畢竟成空的殘酷法則，終究將帶來長久的懊悔傷心，因此決心若

---

110 同前註，頁1768。
111 同前註，頁1773。
112 同前註，頁1787。

要「好」（長久的悅樂）須是「了」（捨棄僅有短暫歡快，而終歸破滅，並帶來長久苦痛的紅塵樂事），若不「了」便不「好」，遂有飄飄而去的紅塵捨離。然而，續書中的寶玉，面對一連串的離散事件（如黛玉、賈母的逝世、賈府查抄等），雖有悲傷眼淚，但基本上仍舊是執迷不悟，癡心依舊，直到二訪幻境、遍閱簿冊後，才頓然產生先見前知式的知命之「悟」，並建立無情淡然、減省閑想之思考。然而，這樣的「未卜先知」之「悟」，終究是看得破，卻忍不過，理性上雖知曉「壽夭窮通」的種種安排，然而，由於猶有情執、仍有愛戀，因此面對所愛之人事物的慘然黯淡之終局，種種難捨、哀嘆、悲苦的情緒仍然時時浮現，遂形成續書中那種「悟」「情」的來回往復，寶玉最終只有在一僧一道的挾持喝命，強行帶離，抽離俗世，回返仙界，才能遠離孽海情天的無盡糾纏，而有相對平靜的可能。[113]總而言之，我們可說續書所展現的寶玉之悟道模式，並非是透過諸多的離散衝擊，從而了悟紅塵樂事其脆弱與折磨性格的存在，遂選擇遠離繁華、走向清寂，避免一錯再錯的情愛糾纏。而是透過突發的神異夢境之幻境遊歷，掌握了「壽夭窮通」的因果命數後，乃有某種程度的無情淡

---

[113] 又，還可補充說明的是，類似的身處方內，終究不得清靜，只有轉向方外，乃能安寧的觀念，也同樣表現在第一百一十八回寶玉細玩〈秋水〉並與寶釵對談「赤子之心」的情節裏。在對談中，寶釵認為赤子之心乃是「救民濟事」、不忍「拋棄天倫」的展現，是對於君臣父子夫婦等社會關係的重視與情感投入，並反對寶玉那種「把這些出世離群的話當作一件正經事」、以「遁世離群無關無係」為赤子之心的想法。然而，在寶玉看來，之所以必須轉身方外，乃是因為「那赤子有什麼好處，不過是無知無識無貪無忌。我們生來已陷溺在貪嗔癡愛中，猶如污泥一般，怎麼能跳出這般塵網。如今纔曉得『聚散浮生』四字，古人說了，不曾提醒一個。既要講到人品根柢，誰是到那太初一步地位的！」身處紅塵就必然「陷溺在貪嗔癡愛」、「怎麼能跳出這般塵網」，只有走向方外，一切無關無係、「無知無識無貪無忌」，乃能到「太初一步」的清寧無擾的地位。〔清〕曹雪芹、高鶚著，馮其庸等校注：《紅樓夢校注》，頁1764、1765。

然。然而,這樣的知命神算之「悟」對於「情」的化解消融仍未能究竟徹底,是以寶玉於了悟之後,仍時有情感的波動,而最終的走向方外也仍帶有勉強的痕跡。

五　結論:「常因自然」、「杳無所知」與「未卜先知」三種意義的「無情」

在表面看似相同的從「情」到「無情」發展,背後實有著截然不同的思考內容。在《莊子》,從「情」到「無情」,乃是將受到世俗價值(「長生安體樂意之道」)所鼓舞煽惑,從而向外競逐、過度膨脹的情感欲求,透過「無情」的「無」之工夫,使「情」能夠收攝內斂、澄清安定,回歸原本知止知足之性情,從而乃有「無情」境界的開展,既能夠以順隨無執、開放通透(「常因自然」、「遊」)的態度,面對令眾人癲狂莫名的,以為能夠安體樂意的富貴壽善,並且也能夠在「天食」、「天鬻」之絕對價值的貞定下,開展出真正「至樂活身」的風采。

然而,《紅樓夢》中寶玉所展現的從「情」到「無情」的思想內容,顯然與《莊子》的思考不同,不能直接將《莊子》「常因自然」,這種具有本體、超越意義下的「無情」,等同於寶玉的「無情」。因為在前八十回中,寶玉悟道事件中的「悟」,其性質駁雜多元,並非一概皆是遠離塵俗,心向方外式的「悟」。總括來看,約略可分成三種類型:第一類可說雖有所「悟」,但此「悟」卻與默契道妙、走向方外較無關聯。如第三十六回與五十八回所領悟的乃是情緣份定,以及情理合一的癡理,又如第七十八回寶玉於晴雯病臥時所領悟的,也僅是對於「飽飫烹宰,飢饜糟糠」這一抽象格言的真實感受。至於〈女兒誄〉中對於仙境的極力刻畫,主要是用以美化亡者仙姿,同時撫慰

自己的思念之情,並非表示寶玉從此即有離塵之思。第二類則是表面看似有「悟」,然而實質卻是情迷無悟。如第五回警幻仙子以仙境之「飲饌聲色」,以及暗示眾金釵悲慘命運的圖讖、歌舞等,以啟引寶玉從此跳出迷人圈子,轉往孔孟經濟之路前進,然而,卻是言者諄諄,聽者藐藐,寶玉仍然困陷於情迷而未能了悟。又如第二十二回寶玉雖引《莊》且又書寫禪偈,看似已然打破胭脂陣,坐透紅粉關,然而,若能仔細分析其引《莊》之情境脈絡以及禪偈的文字內容,應當可以發現,寶玉乃是引莊以抒情,藉禪以言志,此中僅有纏綿而沒有禪悟。第三類則相對較偏屬離塵清淨之悟,但此悟的思想內容,卻未能上達究極超越、與道冥合的層次。此如第二十一回寶玉續《莊》所觸及的擺脫情擾的方法,一方面是透過外在事物的消散毀滅,乃能有不受物擾的心靜空間;另方面則是透過內在心境的刻意無見無聞,乃能構築不懼外在風雨的心靈屋舍。又如第二十八回寶玉所思及的「逃大造,出塵網」之法門,則是冀求能成為「杳無所知」的「蠢物」,徹底的無知無識、無覺無聞,乃能逃避塵網大造那令人心碎的化逝遷變。依此來看,在《紅樓夢》八十回後的原稿真本缺席的情況下,若將前八十回寶玉的幾次啟悟經驗,視為是其最終懸崖撒手之背後思想的伏筆暗示的話,那麼應當只有第三類的啟悟經驗與離塵之思相對較有關連。然而,不論是從第二十一回,抑或第二十八回所呈現的「無情」之思考來看,前者的「無情」大體僅是眼不見則心不煩,以及明明在意,卻刻意假裝不在意式的,帶有氣話、鬧脾氣性質的「無情」;後者所言的「杳無所知」、無知無識的「蠢物」,雖能不受遷逝化變之苦,然而,生而為人畢竟有知有識、有感有覺,若只有化為「杳無所知」的無情「蠢物」,乃能「解釋這段悲傷」,那麼這所謂的「無情」則又帶有無力逃避與幻想期盼的性質。也就是說,「杳無所知」、「蠢物」式的「無情」,不但不能「無情」(全無情感或超越情

感），反而更多暗示著有情之人面對情感傷痛的無力抗拒，在「杳無所知」的「無情」中，實迴盪著「有情」的呼喊。至於後四十回續書所描述的寶玉悟道歷程中的「無情」，又別具另一種意義。續書所呈現的「無情」，乃是在「未卜先知」、先見前知的了悟下，對於世間情緣的冷然淡漠。然而，這樣一種憑藉「未卜先知」所帶來的冷然無情，終究未能化解已然深植之情根，在冷眼旁觀身旁過往曾一同歡笑的女子們，逐漸走向命運既定的悲慘終局時，內在的不捨、憂傷與哀嘆的情感，仍舊暗暗地拍打著心扉，「無情」終究僅是一種表象的堅強，需要一僧一道的喝命挾持，乃能被動的「飄然登岸而去」。「無情」終究是「有情」。

第五章
青春風雅或皇權禮法？論《紅樓夢》大觀園的樂園性質

一　前言：「大觀園」研究中尚待開展的課題

　　在以往的「大觀園」研究中，吸引諸多學者關注的熱門議題，主要是去探尋曹雪芹所描繪的「大觀園」，其現實取材的具體園林究竟為何？這一問題。如隨園說、恭王府說、拙政園說、江寧織造署說、自怡園說、圓明園說等等，都曾引發相當的討論。然而，小說虛構畢竟不同於自傳實錄，況且，曹雪芹筆下的大觀園，最初是作為皇家的省親別墅，其後的主要居住者是豪門貴族的少男少女，並沒有一個現實的園林曾負擔如此任務。加上大觀園的整體環境又往往兼綜南方與北方、皇家與私人、遊憩、居住等性質，難以找出所有條件能一一符應的現實園林。[1]因此，目前對於大觀園的探索，已不太從歷史還原的角度來尋找其原型，而是依循著二知道人所言：「大觀園之結構，即雪芹胸中邱壑也：壯年吞之於胸，老去吐之於筆耳」、「雪芹所記大觀園，恍然一五柳先生所記之桃花源也。其中林壑田池，於榮府中別一天地，自寶玉率群釵來此，怡然自樂，直欲與外人間隔矣。此中人

---

[1] 關於大觀園之探索發展的轉變，還可參考王慧：〈大觀園研究綜述〉，《紅樓夢學刊》第2輯（2005年），頁278-311。另外，有關傳統園林理論的探索，還可參考侯迺慧：〈先秦兩漢園林理論初探〉，《臺北大學中文學報》第23期（2018年3月），頁133-201、侯迺慧：〈魏晉南北朝園林理論探析〉，《臺北大學中文學報》第28期（2020年9月）頁347-417。

囈語云,除卻怡紅公子,雅不願有人來問津也。」[2]亦即,將大觀園視為如同桃花源一般,是具有某種封閉性、理想性與虛構性的紙上樂園、理想世界。[3]雖有來自於曹雪芹所聞見之現實園林的若干內容(「壯年吞之於胸」),但畢竟只是基礎素材,大觀園本質上仍是文學創作的產物(「老去吐之於筆」)。

而如是的從文學想像、理想樂園的角度,來論述大觀園的代表性研究,很難不提到宋淇與余英時這兩位學者。宋淇於〈論大觀園〉[4]一文中認為大觀園作為文學虛構的紙上園林,除了具有方便情節推進與表現人物性格等創作目的外,其思想內容與寫作模式,還有兩點可注意:第一,大觀園作為「女人的堡壘」、「純女性的人間仙境」、「諸艷聚集的伊甸園」,[5]正對應於賈寶玉所主張的:未出嫁、充滿才華靈性的女孩,是無價寶珠,是最為理想之存在的女兒觀。前八十回除少數例外(如賈芸、賈環、賈琮、賈蘭、胡太醫等),基本上大觀園對於男性有一種「無形的禁令」。[6]第二,作為青春兒女樂園的大觀園,

---

[2] 一粟編:《紅樓夢資料彙編》(北京:中華書局,2008年),頁85、86。

[3] 古今中外皆有「樂園」的相關描述。如《山海經》中的「沃之野」、「崑崙山」、《莊子》的「至德之世」、「建德之國」、儒家的「堯天舜日」,以及湯瑪斯・摩爾的「烏托邦」等都是極為著名的樂園世界。大體上這些「樂園」所描述的理想悅樂之「樂」,其思想內容各自有別,而所呈現的「樂園」之「園」也不必僅限於園藝、園林之園,而可泛指某一時空環境之意。換言之,「樂園」可理解為寄託著某種理想之幸福快樂的時空環境之意。另外,關於「樂園」的討論,還可參考謝君讚:《先秦儒、道義理的當代詮釋與反思——以典範轉移、冥契主義與樂園思想為核心》(桃園:國立中央大學中國文學研究所博士論文,2014年1月)。尤其是第六章「儒家樂園的溯源與轉變——從神話傳說到《尚書》再到孔孟與出土文獻」與第七章「道家樂園的溯源與轉變——論神話、老莊與陶淵明式樂園型態的異同」的討論。

[4] 宋淇:〈論大觀園〉,《《紅樓夢》識要——宋淇紅學論集》(北京:中國書店,2000年),頁13-38。

[5] 同前註,頁20、22。

[6] 同前註,頁20。

雖然在《紅樓夢》中有多次的「高潮與轉機」（如青春女兒的陸續加入、探春的理家改革等），彷彿可以永保安樂。[7]然而終究走向衰敗滅亡，除受到「抄家」的外力破壞，另一個重要的內在因素則是不可抗拒、必然推移的「時間」，所造成的社會角色與責任承擔的轉變壓力（如園中女兒終須婚配出嫁，而寶玉也必須更加注意男女之防），[8]使青春樂園面對必然的崩解命運。

至於余英時在其著名的〈紅樓夢的兩個世界〉[9]一文中，雖然也同樣認為大觀園是具封閉性之青春兒女的理想樂園，但是更加強調：「純淨」之「大觀園的世界」與「骯髒」之「大觀園以外的世界」，這「兩個世界」的對立性與動態糾結之關係。余氏認為從園中寶玉與眾女兒的清白關係（參考第七十七回燈姑娘的證詞）、第二十三回黛玉所言「這裏的水乾淨」，一流出園外，髒臭濁物就會糟蹋純淨，以及第四十九回湘雲所言除了在賈母前，就只有在園中才能安心玩樂，其他地方則「人多心壞，都是要害咱們的」等，可以看見園裏園外確實有潔淨與骯髒的對立性。

此外，余氏又指出：相較於桃花源那種有父子之倫理秩序，而無君臣之政治秩序的型態，純淨之大觀園亦有其內在結構，是以「情」為主，以及寶玉與才華洋溢之青春姊妹們的遠近親疏關係，所共同形成的秩序結構。[10]如蘅蕪苑與怡紅院，為園內個人屋舍最大的兩處，

7　同前註，頁27、28。
8　同前註，頁25-27。
9　余英時：〈紅樓夢的兩個世界〉，《紅樓夢的兩個世界》（上海：上海社會科學院出版社，2006年），頁33-58。
10　同前註，頁43。對此內在結構，余氏在其〈眼前無路想回頭──再論紅樓夢的兩個世界兼答趙岡兄〉中，更將「道德性」排除大觀園世界之外：「大觀園並不是一個道德性的理想世界，而是一個由驚才絕艷來照明的愛情的世界」，頁96。該文收於氏著：《紅樓夢的兩個世界》，頁59-108。

正反映寶玉與寶釵之金玉良姻的對等。瀟湘館與怡紅院的距離最近,也反映寶玉與黛玉之木石情緣的親密。而這樣的一個以情、才、青春、女兒為關鍵詞的純淨大觀園,又與園外的骯髒混亂有著密不可分的動態糾纏之關係。因為一方面大觀園乃奠基於充滿情欲罪惡的會芳園與賈赦舊園之上,本難脫離園外的骯髒侵擾;另方面,大觀園以「情」為內在核心,由於「情既相逢必主淫」,遂使外部污穢的淫情得以入侵園中,「繡春囊之出現在大觀園正是外面力量入侵的結果。但外面力量之所以能夠打進園子,又顯然有內在的因素,即由理想世界中的『情』招惹出來的。」[11]使得大觀園雖從污穢骯髒而來,最終又將回到骯髒污穢。

不過,學者歐麗娟認為在注意到大觀園青春歡快之兒女樂園的性質,以及透過園中屋舍院落的大小遠近、格局佈置等,以象徵屋主個性精神的文學手法之外,[12]還應看到大觀園所具有的皇權至上、禮法倫常的面向。而其探索成果,可簡要歸整如下:首先,就「大觀」之名來說,雖然據第十七、十八回的「天上人間諸景備,芳園應錫大觀名」,可知「大觀」乃指景色豐富的洋洋大觀之意,但是若配合《易傳》的「大觀在上」、「中正以觀天下」,以及元妃於正殿所書對聯「天地啟宏慈,赤子蒼頭同感戴;古今垂曠典,九州萬國披恩榮」等來看,可見「大觀」更為深層的意蘊,還應當與儒家理想的王道政治有關,甚至可說大觀園之所以能夠繁華豐盛,更是奠基於理想的皇權

---

11 余英時:〈紅樓夢的兩個世界〉,頁47。
12 如怡紅院總一園之水,且最近正門,充分展現寶玉守護女孩的個性與重要地位。又如秋爽齋開通三間的格局與以「大」為特性的器物佈置,正象徵探春大方開闊之氣度。對此,詳參歐麗娟:〈論大觀園的空間文化──以屋舍、方位與席次為中心〉,《漢學研究》第28卷第3期(2010年9月),頁99-134。尤其是第二節「浪漫式建築:大觀園的個性化表徵」的分析討論。

統治而來。[13]其次，大觀園除了有許多表現屋主個性的院落建築外，位於園區中央的正殿與大道，本具有皇權居中、統御四方的政治倫理意味。而園中屋舍的命名，起初雖是由寶玉與諸釵們所擬，然而，不能忽略的是，除了寶玉於初擬時，有明顯的「應制」、「頌聖」之自覺外，最終之定名權仍握在元妃所代表的皇權手上。[14]而此也反映了大觀園的皇權君臣之面向。再來，大觀園的生活，並非無拘束、無禮法的純任天性、恣意青春，禮法規矩仍是構成園中生活的重要支撐。除了第十八回元妃省親時的禮儀活動外，大觀園中的節日宴會與日常生活等，都存在著明顯的上下、裏外的禮法秩序關係，其中雖偶有鬆動，但「畢竟是在禮法編制中的微弱呼息，只有在君父施恩的暫時退位時才能稍事綻放」、「一旦涉及倫理規範，自由寫意即蕩然無存」。[15]歐氏認為除了「時間」之外，禮法規矩的失序失效，更是大觀園之所以壞滅的重要原因。[16]

此外，歐氏還據脂硯齋所言「玉有病」、「貶玉原非大觀者」等批語，認為像寶玉（也包括黛玉、妙玉），那種自我中心、個人主義式的性格，未必具有崇高之價值，不能夠擔負起「大觀」（王道政教）之精神。真正能肩負起「大觀」精神者，乃是探春。因為探春除了在小說

---

13 歐麗娟：〈何以為「大觀」——大觀園的寓意另論〉，《東方文化》第47卷第2期（2014年12月），頁3-13。
14 同前註，頁15-26。不過，還可以注意的是，歐氏所言「元妃賜名的積極意義，更在於其毀名定實還完全與眾女兒的內在心靈相契如一，有如自我命名般的靈魂賜予者」，同前註，頁26。這樣的說法，似乎有可商榷之處。因為曹雪芹所創造的大觀園屋舍名稱，雖有凸顯人物個性之作用，但是就小說敘事的時間順序來看，元妃命名時，大觀園屋舍尚未開放與分配給青春兒女們居住。因此似乎未必能就命名來說，元妃與青春兒女們的個性心靈能夠相契，或說能以此證明大觀園之「倫理」與「自我」能無礙的合一。
15 歐麗娟：〈論大觀園的空間文化——以屋舍、方位與席次為中心〉，頁118。
16 歐麗娟：〈何以為「大觀」——大觀園的寓意另論〉，頁33。

中(尤其五十五回)表現出「客觀法理高於主觀私情」、「安頓了自我,也安頓了周遭群體」[17]的均衡和諧之個性,作者又在秋爽齋中設置「大觀窯」與具公共用途的「曉翠堂」,前者「是透過宋徽宗的『大觀』年號而承繼了傳統的政治意涵,透過窯名而與園名、樓名一致,隱隱然亦有藉探春以彰顯大觀精神之意。」[18]後者則以其「一私一公,卻又彼此獨立,不相雜混」展現探春「公私分明與進退皆宜」的性格。[19]換言之,大觀園的真正寓意,在歐氏看來,應理解為「情、禮的脗合互補」[20]才能更加完整。這樣的樂園,不同於桃花源「有父子而無君臣」,大觀園是既有人倫之情,也有君臣之禮的綜合。

經過以上重點式的研究回顧,可以發現雖然大觀園已被定位為文學虛構的理想樂園,但是在這樣的籠統定位下,似乎猶有幾個可以再釐清討論的課題。首先,是大觀園的世界與大觀園之外的世界,這「兩個世界」的互動關係問題。從文本內證來看,是否真能說存在著嚴格的「潔淨/污穢」之對立呢?若園外世界真是如此黑暗混濁、庸俗虛偽,那麼,為什麼第二十七回探春要委託寶玉出門遊玩時,多帶回一些園外如風爐兒、小籃子等有趣的器物呢?園外若真污濁一片、低俗不堪,又怎能揀選出「樸而不俗,直而不拙」,讓探春「喜歡的什麼似的」事物呢?[21]而第二十九回清虛觀打醮又為什麼會出現,園中青春女兒們樂於出門,啟程時「嘁嘁呱呱,說笑不絕」的場面呢?[22]園外世界真是如此險惡虛偽、生人勿近嗎?第三十九回中寶玉與姊妹

---

17 同前註,頁32、33。
18 同前註,頁32。
19 歐麗娟:〈論大觀園的空間文化——以屋舍、方位與席次為中心〉,頁114。
20 歐麗娟:〈何以為「大觀」——大觀園的寓意另論〉,頁1。
21 〔清〕曹雪芹、高鶚著,馮其庸等校注:《紅樓夢校注》(臺北:里仁書局,2003年),頁426。
22 同前註,頁455。

們又為什麼對於劉姥姥所說的園外鄉野故事,覺得比「瞽目先生說的書還好聽」[23]呢?園外世界真是如此恐怖凶險嗎?可見,對於學者所舉證的黛玉與湘雲所言,只有流於園內的水乾淨,以及只有園內才能放心玩樂,一出園外即面對骯髒與危險的說法,恐怕仍有值得省思之處。此外,園內的世界是否能說真是潔淨無瑕呢?那麼又要如何解釋司棋偷情、墜兒偷盜、小紅傳情、尤二姐被善姐虐待等園中事件的發生呢?單以「情既相逢必主淫」,恐怕未必盡能解釋其原由。此外,如第三十回寶玉多次叫門無人回應,在生氣的情況下,既想把開門的小丫頭「踢幾腳」(只是沒想到是襲人開門),又罵道「下流東西們!我素日擔待你們得了意,一點兒也不怕,越發拿我取笑兒了。」[24]可見即便是善於體貼女兒心的寶玉,於園中似乎也未必始終如一的呵護女孩們。顯然,對於園裏園外「兩個世界」的各自內容與彼此關係,恐怕還有需要釐清思考之處。

再來,學者雖指出大觀園於青春歡快之外,尚有皇權禮法之面向。但問題是,第三十六回在賈母的命令下,寶玉不但「與士大夫諸男人接談」、「峨冠禮服賀弔往還」等事都可拒絕,就連「家庭中晨昏定省亦發都隨他的便」,能自由自在地「日日只在園中遊臥」、「甘心為諸丫鬟充役」,[25]可見青春性靈的兒女歡樂,已能相當程度逃脫皇權禮法的管控束縛。此外,從第五十六回甄、賈寶玉互夢所呈現的大觀園真(甄)假(賈)之相:「那邊有幾個女孩兒做針線,也有嘻笑頑耍的」、「到了都中一個花園子裏頭,遇見幾個姐姐,都叫我臭小廝,不理我」,[26]顯見不受皇權禮法限制,著重呈現純粹的青春女兒世界,

---

23 同前註,頁605。
24 同前註,頁478、479。
25 同前註,頁545。
26 同前註,頁879。

確實是大觀園顯著的特質。若要將大觀園所欲傳達的「理想」、「精神」之寓意，從青春樂園轉往皇權禮法解釋，恐怕仍需合理解釋這些文本現象。除此之外，學者將大觀園的精神承擔者，從寶玉轉往探春的說法，似乎也有需要討論之處。而學者所引脂批之「玉有病」、「貶玉原非大觀者」，是否即是說寶玉未能承擔學者所謂「大觀」精神之意？有沒有可能還有其他解釋呢？而秋爽齋中的「大觀窯」是否真是曲折隱含著探春為大觀精神的承繼者呢？以大觀為年號的宋徽宗，這樣的皇上是否能稱得上是儒家王道政治的理想符號呢？以上問題恐怕都還有分析討論的空間。

最後，關於大觀園與桃花源的比較來說，學者雖然多注意到兩者的比較，但是一方面對於桃花源大多僅注意其「有父子而無君臣」的面向，而未能更多的比較兩者之異同；另方面，學者們對於大觀園之樂園性格的定位，究竟是以「情」為核心？或是皇權禮法為中心？抑或是其他？似乎也有尚待釐清統合之處，若能合宜的辨析澄清，再展開比較，應能獲得較為整全的討論。

二 「兩個世界」的對立抗爭？抑或「一個世界」的興衰變化？

眾所周知大觀園的基底乃來自於寧府的會芳園與賈赦舊園而來，並巧妙利用原本的水脈以及舊有的山石竹樹、欄杆亭榭，使大觀園既有「佳木蘢蔥，奇花燗灼，一帶清流，從花木深處曲折瀉於石隙之下」的潤澤靈動的風貌，同時也有「苔蘚成斑，藤蘿掩映」的古舊氣氛。[27]而余英時認為這樣的描寫，其背後的意義乃在說明園裏潔淨與

---

27 同前註，頁244、246、254、255。

第五章　青春風雅或皇權禮法？論《紅樓夢》大觀園的樂園性質 ❖ 171

園外污穢這「兩個世界」的動態發展關係:「賈赦住的舊園和東府的會芳園都是現實世界上最骯髒的所在,而卻為後來大觀園這個最清淨的理想世界提供了健在原料和基址。……甚至大觀園最乾淨的東西——水,也是從會芳園裏流出來的。……現實世界的一切力量則不斷地在摧殘這個理想世界,直到它完全毀滅為止。」[28]此外,余氏又據第二十三回黛玉所言:「這裏的水乾淨,只一流出去,有人家的地方髒的臭的混倒,仍舊把花遭塌了。……裝在這絹袋裏,拿土埋上,日久不過隨土化了,豈不乾淨。」以及第四十九回湘雲所說:「除了在老太太跟前,就在園裏來,這兩處只管頑笑吃喝。」從而歸結出這樣的意思:「除了大觀園這個烏托邦以外,便只有史太君跟前尚屬安全。其餘外面的人都是要害園子裏面的人的。」[29]

但問題是,依靠這些文本證據,是否真能證明所謂的「兩個世界」乃是對峙互斥,並且時時處於園內乾淨世界,不斷抵抗園外污穢侵擾的緊張關係嗎？首先可以注意的是,黛玉所言「這裏的水乾淨」,應將落花葬之於花冢,否則任憑流出園外,則不免髒臭污濁,其重點恐怕未必是指園裏乾淨與園外污濁的空間對立,而應理解為對於青春美好的凋零易逝與憐惜珍重之意。對此,我們可以從第二十七回黛玉〈葬花吟〉獲得相應的佐證。〈葬花吟〉寫道:「花謝花飛花滿天,紅消香斷有誰憐」、「閨中女兒惜春暮,愁緒滿懷無釋處,手把花鋤出繡閨,忍踏落花來復去」、「未若錦囊收艷骨,一抔淨土掩風流。質本潔來還潔去,強於污淖陷渠溝」。[30]這裏的「花謝花飛花滿天」與「紅消香斷」、「艷骨」正相對應,象徵著紅顏易老、青春飄零的無奈運命。而以「錦囊」、「淨土」收掩落花,正表現出不忍其散落塵土遭

28　余英時:〈紅樓夢的兩個世界〉,頁40。
29　同前註,頁43。
30　〔清〕曹雪芹、高鶚著,馮其庸等校注:《紅樓夢校注》,頁428、429。

人來回踐踏(「忍踏落花來復去」)，或飄落溝渠為爛泥所污染(「強於污淖陷渠溝」)的珍重憐惜之態度(「有誰憐」、「惜春暮」)。換言之，黛玉不捨落花流出園外，而要慎重掩埋，重點是對於韶華易逝、青春不再的哀悼與憐惜，而不在於控訴園外的骯髒腐敗。

此外，湘雲所言園中可以放心「頑笑吃喝」，出了園外，即便於王夫人房中，王夫人不在，也要提防「那屋裏人多心壞，都是要害咱們的。」恐怕也未必能解釋為園內安樂無虞，園外危機四伏這樣的意思，而應理解為湘雲對於現實環境的解讀失誤，不知設防的過度天真。事實上，類似的「人多心壞」在大觀園中本已存在。如第四十五回黛玉對於自己身體病弱，多需熬藥請醫、勞師動眾，就曾說道：「那些底下的婆子丫頭們，未免不嫌我太多事了」、「見老太太多疼了寶玉和鳳丫頭兩個，他們尚虎視眈眈，背地裏言三語四的，何況於我？」[31] 對於園中「背地裏言三語四」的閒言閒語頗有感受。又如第五十七回邢岫煙於迎春房中也曾親身感受到園中「人多心壞」的一面，說道：「那些媽媽丫頭，那一個是省事的，那一個是嘴裏不尖的？我雖在那屋裏，卻不敢很使他們。」[32] 再如第六十回趙姨娘因「茉莉粉替去薔薇硝」一事，衝進大觀園，準備找芳官算帳，園中的夏婆子見到怒氣沖沖的趙姨娘，探問因由之後，不但未能緩頰滅火，反而火上澆油，調唆趙姨娘「抓著理扎個筏子，我在旁作證據，你老把威風抖一抖」，[33] 也同樣反映出園中亦有「人多心壞」的面向。湘雲認為園中可以毫無顧忌「頑笑吃喝」的態度，正與第七十七回襲人對寶玉所言：「你有甚忌諱的，一時高興了，你就不管有人無人了。我也曾使過眼色，也

---

31 同前註，頁695。
32 同前註，頁894、895。
33 同前註，頁930。

曾遞過暗號，倒被那別人已知道了，你反不覺。」[34]那種不知設防的天真極其相似，[35]不知還有園內「別人」的虎視眈眈。

最後，就大觀園乃奠基於骯髒之賈赦舊園與會芳園，這一現象來看。對此，余氏著重於闡發純淨世界離不開污濁世界的侵擾，最終純潔下墮，回歸到骯髒污穢的「兩個世界」之動態發展關係。然而，從「骯髒」到「潔淨」，最終回歸「骯髒」的動態循環，與其說是「兩個世界」進攻與退守之關係，不如說是「一個世界」中的盛衰起落之變化。因為於小說所建構的場景中，大觀園並非懸空獨立、與世隔絕的存在，它仍與園外的寧榮二府，及府外世界有許多的往來互動。如元妃於大觀園升座受禮之後，亦曾出離園門，至賈母正室與「母女姊妹深敘些離別情景，及家務私情。」[36]又如第二十六回寶玉與從園外來訪的賈芸閒談的話題乃是：「說道誰家的戲子好，誰家的花園好，又告訴他誰家的丫頭標緻，誰家的酒席豐盛，又是誰家有奇貨，又是誰家有異物。」[37]可見寶玉與園外世界有長期且頻繁的來往。又如第二十九回賈家眾人至清虛觀打醮，大觀園中的小姐、丫頭與老婆子們也都歡喜出園，並未與世隔絕，或嫌棄園外世界的骯髒不堪。[38]又如第五十三回大觀園也並未自絕於園外的除夕風俗，「大觀園正門上也挑著大明角燈，兩溜高照，各處皆有路燈。上下人等，皆打扮的花團錦簇，一夜人聲嘈雜，語笑喧闐，爆竹起火，絡繹不絕。」[39]再如第

---

34 同前註，頁1216。
35 又，關於襲人告密說的爭議，詳參歐麗娟：《紅樓一夢：賈寶玉與次金釵》（臺北：聯經出版事業公司，2017年10月）。第五章〈襲人論〉尤其是其中第五節「『燈』的告白：『告密說』平議」。
36 〔清〕曹雪芹、高鶚著，馮其庸等校注：《紅樓夢校注》，頁272。
37 同前註，頁409。
38 同前註，頁454、455。
39 同前註，頁828。

七十一回賈母壽宴,除寧榮二府齊開筵宴,也將「大觀園中收拾出綴錦閣並嘉蔭堂等幾處大地方來作退居。」[40]依此來看,所謂「兩個世界」的對立性其實並不明顯,大觀園本與園外世界聲氣相通,因此與其將之視為與園外骯髒,誓不兩立的潔淨孤絕存在,不如把「兩個世界」的藩籬打通,將大觀園視為「一個世界」(亦即皆是屬於小說中所建構的凡俗世界)中,特享青春溫柔與富貴風華的特殊環境,或說是處於凡俗世界之興衰起伏、變化輪轉中較為鼎盛階段的存在。

依此來看,大觀園從賈府東西舊園的基礎,開闢成元妃省親時,有著說不盡之「太平氣象,富貴風流」[41]的省親別院,到「坐臥不避,嬉笑無心」[42]的兒女樂園,再到「敏探春興利除宿弊」[43]的中興再造,最終應驗了秦可卿所警告的「盛筵必散」,走向「不過是瞬息的繁華,一時的歡樂」[44]的命運。與其從「骯髒」與「潔淨」之間的對立抗爭與失敗墮落解釋,不如將之理解為如同〈好了歌解〉所呈現的凡俗世間,其盛衰輪轉、起伏興替之律則的又一具體例證。〈好了歌解〉言道:「陋室空堂,當年笏滿床;衰草枯楊,曾為歌舞場」、「蛛絲兒結滿雕梁,綠紗今又糊在蓬窗上」、「昨憐破襖寒,今嫌紫蟒長」,[45]正表現人世間自盛轉衰(如「笏滿床」、「歌舞場」變為「空堂」、「枯楊」),或由衰返盛(如「蛛絲」、「破襖」,轉為「綠紗」、「紫蟒」)之盛衰變易的無情規律。而大觀園的起落興衰也同樣難逃這一世間法則的控制約束,從「骯髒」到「潔淨」又回歸「骯髒」,未必是「兩個世界」的緊張對抗,而是「一個世界」(凡俗世界)興

---

40 同前註,頁1103。
41 同前註,頁270。
42 同前註,頁365。
43 同前註,頁867。
44 同前註,頁200。
45 同前註,頁13。

衰輪轉之法則的展現。

　　最後，還可補充說明的是，關於大觀園是否對於「男性」，有宋淇所說的「無形的禁令」這一問題。對此，若從第六十八回鳳姐所說：「我們有一個花園子極大，姊妹住著，容易沒人去的。」[46]可見所謂的「無形的禁令」，主要是因為園中住著許多尚未出嫁的姊妹所致，故對於男性有較多的限制規範，而不是基於將男性視為是骯髒濁臭之物，遂刻意排除於園外意義下的禁令。若大觀園真存在著如寶玉所言「見了男子，便覺濁臭逼人」的男性禁令，[47]那麼將難以解釋底下的現象。如第二十五回寶玉身中法術而瘋癲狂亂，驚動眾人進入園中探望，而「眾人」中，除「在女人身上做功夫的」賈珍等男性外，就連一眼瞥見黛玉風姿，即「酥倒在那裏」的薛蟠也在其中。[48]又如第七十五回榮寧二府許多男性（也包括較多皮膚淫濫事跡的賈赦與賈璉），也入園陪同賈母團圓賞月。可見入園男性並非少數「例外」，過多的例外出現，就應屬常態，而不再是例外。

三　環繞於「大觀園」研究中的幾個問題的再釐清

（一）論大觀園「君父制約」力度的逐漸衰微

　　大觀園最初是作為省親別院而誕生，既要能滿足駐蹕關防的安全需求，同時也要符合皇室的禮儀規範。因此正如歐麗娟所指出的：位居園區中心的正殿，以及直通正門五間的中央大道，是「大觀園

46　同前註，頁1063。
47　同前註，頁31。
48　頁397、398。

的主要骨幹,代表的是皇權的體現」,[49]而元妃作為院落館舍之名稱的最終決定者,「也是皇權至上、大觀園實同於貴妃行宮的必然邏輯所致」。[50]不過,大觀園於小說中的設計,並不侷限於單一的省親目的而存在,如同宋淇所言這一「紙上園林」,一方面是為了方便情節的開展,「否則讓眾姊妹分散住在榮府和寧府,大家不能集中在一起,故事一定會變成千頭萬緒,無從發展」;[51]另方面,也是透過個性化的屋舍院落之描寫,使「幾位主角的性格,襯托得他們更形凸出」。[52]因此,在第二十三回中,曹雪芹即設計在元妃的諭命下,讓作為省親別院的大觀園,搖身一變成為寶玉與諸姊妹們的青春樂園。而原本於第十七、八回中雖極力描繪,但象徵意旨尚不明確的,諸如屋舍院落的大小格局、方位遠近、內外陳設、名稱議定等,當第二十三回寶玉與諸釵各自選定住所之後,園中屋舍之布局、命名等所潛藏的象徵意義,自此也就更為明朗一些。如在該回中,寶玉對於黛玉選擇瀟湘館居住,說道:「我就住怡紅院,咱們兩個又近,又都清幽」,[53]即藉此表現兩人喜愛幽靜的脫俗性格,同時也透過屋舍的遠近,巧妙呈現雙方精神與情感的相近。

換言之,當寶玉與諸釵入住後,大觀園起初以正殿、大道為中心,以省親為目的之神聖皇權性質,實已消退潛隱許多,其主要性質已然更加轉變為學者們所言的「大觀園是諸艷聚居的伊甸園」、[54]「大觀園世界的內在結構」是以寶玉與諸釵「情」之關係為主,依「書中

---

49 歐麗娟:〈賈元春:大觀天下的家國母神〉,《大觀紅樓(母神卷)》(臺北:國立臺灣大學出版中心,2015年9月),頁424。
50 同前註,頁426。
51 宋淇:〈論大觀園〉,頁19。
52 同前註,頁16。
53 〔清〕曹雪芹、高鶚著,馮其庸等校注:《紅樓夢校注》,頁363。
54 宋淇:〈論大觀園〉,頁22。

諸人如何在『石兄』處掛號」而定。[55]也就是說,至上皇權雖與大觀園初始的建立,以及使之轉變為兒女樂園有相當的主導地位,然而,卻未必如學者所言園中世界仍緊緊受到「君父制約」,「上焉者尚有完全為禮制而設的宇宙式建築,彼此並存,互有消長,但浪漫畢竟是在禮法編制中的微弱呼息,只有在君父施恩的暫時退位時才能稍事綻放。」[56]因為從寶玉諸釵進入大觀園居住後,青春浪漫不是只能卑微的「稍事綻放」,大觀園中君權父權反而是處於「微弱呼息」的狀態。譬如第三十六回在賈母的照顧下,寶玉能夠「日日只在園中遊臥」、「甘心為諸丫鬟充役」,不必面對「與士大夫諸男人接談」或「峨冠禮服賀弔往還等事」,「連家庭中晨昏定省亦發都隨他的便了」。[57]約束管制的力量確實日漸薄弱。又如第三十七回寫賈政被委派為學差,園中生活更是父權遠離,「寶玉每日在園中任意縱性的逛蕩,真把光陰虛度,歲月空添」,[58]並在這個時刻,姊妹們興起了被寶玉視為「正經大事」[59]的詩社活動,使園中生活更添風雅色彩。又如第四十一回園中人與劉姥姥遊逛至象徵莊嚴皇權的省親別墅的牌坊下,起先劉姥姥以為是「大廟」是「玉皇寶殿」,立刻「爬下磕頭」,讓「眾人笑彎了腰」,接著又突然腹痛,「忙的拉著一個小丫頭,要了兩張紙就解衣」,讓「眾人又是笑,又忙喝他『這裏使不得!』」[60]表現出嬉笑無忌的歡樂氣氛,全然不同於第十七、八回元妃進入正殿,「禮儀太監跪請升座受禮,兩陛樂起。禮儀太監二人引賈赦、賈政等於月臺下排班,……又有太監引榮國太君及女眷等自東階升月臺上排

---

55 余英時:〈紅樓夢的兩個世界〉,頁43。
56 歐麗娟:〈論大觀園的空間文化——以屋舍、方位與席次為中心〉,頁117、118。
57 〔清〕曹雪芹、高鶚著,馮其庸等校注:《紅樓夢校注》,頁545。
58 同前註,頁557。
59 同前註,頁559。
60 同前註,頁638。

班」,[61]那種皇家威儀的莊敬肅穆。再如第五十五回因宮中「有一位太妃欠安」,嬪妃們除「減膳謝妝」,也「不能省親」,[62]更讓大觀園遠離皇權,不必回復原初的省親用途,而能持續著青春樂園的調性。而第五十八回當老太妃薨逝後,大觀園又增添了芳官、蕊官、藕官等青春女兒,此時「大觀園中因賈母王夫人天天不在家內,又送靈去一月方回,各丫鬟婆子皆有閑空,多在園中遊玩。」[63]顯見青春浪漫更是得以伸張,君父制約的力度確實日漸衰弱。尤其第七十八回賈政自省祖宗們雖有精於舉業者,然而「也不曾發跡過一個,看來此亦賈門之數。況母親溺愛,遂也不強以舉業逼他了。」[64]更可見父權力量的自我削弱。依此來看,雖然小說中大觀園原本是作為具有神聖皇權性質的省親別院而存在,然而,當寶玉與諸釵於園中生活後,園中氣氛可說是以青春歡快為主要風貌,而皇權父權則是明顯邊緣化,不再是園中生活的書寫重點。

(二)青春樂園之大觀園的遷變性、複雜性與對映性

對於從皇權神聖的省親別院,蛻變成青春兒女樂園的大觀園,歐麗娟曾透過分析第二十三回寶玉所寫〈四時即事詩〉的潛藏意旨後,將大觀園的樂園性格給予清楚的呈現。[65]而歐氏的考察,或可簡要歸納成以下四點:第一,以春夏秋冬「四時」為詩篇結構,表現大觀園循環、永恆的時間特性。「藉由四時不斷循環再生、往復周流的特質,以超脫於一往不返、單線流逝的歷史時間之上,……微妙地暗示

---

61 同前註,頁271、272。
62 同前註,頁853。
63 同前註,頁903-905。
64 同前註,頁1238。
65 歐麗娟:〈賈寶玉的〈四時即事詩〉:樂園的開幕頌歌〉,收於氏著:《詩論紅樓夢》(臺北:五南圖書出版公司,2017年3月),頁361-392。

一種永恆靜定之自然時間。」[66]而大觀園這樣的超時間性,既可說表現「賈寶玉對於歲月遷變、世事陵夷的現實世界的堅決抗拒」,[67]或者也可說寶玉將樂園永恆化,「終究只是一種發自純真心靈的癡想」。[68]第二,皆以「夜」為題,一方面是藉由寫靜寂之夜晚,卻有飲食之熱鬧,暗示出「白晝的熱鬧更是不言而喻,由此遂彰顯此夢之中不分晝夜地『富貴溫柔』的性質。」[69]另方面,是寫夜晚自然帶出「夢」字,並藉以表現大觀園如令人沉醉的美夢,是「風月繁華極盛而令人迷戀酣醉之絕美人生的代詞」。[70]第三,詩句內容描寫出一種兩性、主僕,以及人與萬物之間的和諧共融的美好。表現大觀園的世界,既能使女性「獲得前所未有的解放,從來自於性別與階層的尊卑貴賤的綑綁束縛中超脫出來,而成為尊嚴、有個性的真正的『人』。」[71]同時也使人與萬物之間,擺脫了「實用取利的目的時所產生的緊張壓迫的關係,而恢復莊子所謂『萬物與我為一』的齊物胸懷,以及彼此各遂其性、相即共融的和樂境界。」[72]第四,詩作中以品茶、飲酒與芳香作為大觀園生活的代表感官意象,正與太虛幻境象徵女兒悲慘命運的茶、酒、香,「千紅一窟」、「萬艷同杯」與「群芳髓」相對應,表現

---

66 同前註,頁366。又,賴芳伶認為「大觀園」與伊利亞德所言的「初始完美」與「永恆回歸」的結構與內容有某種相似性。詳參賴芳伶:〈《紅樓夢》「大觀園」的隱喻與實現〉,《東華漢學》第19期(2014年6月),頁243-280。不過,從省親別墅到青春樂園的大觀園,已歷時間之變化,並非潔淨之初創,那麼它如何能與神話創世的初始完美相對應?而所謂永恆回歸的相應之「儀式」,於《紅樓夢》文本中能夠對應的材料又在何處?關於這些問題,似乎還有細究探索的空間。
67 歐麗娟:〈賈寶玉的〈四時即事詩〉:樂園的開幕頌歌〉,頁389。
68 同前註,頁391。
69 同前註,頁384。
70 同前註,頁378。
71 同前註,頁379、380。
72 同前註,頁383。

大觀園確實是「太虛幻境之人間投影」的面向。[73]

　　透過以上歐氏的分析,可以知道作為青春樂園的大觀園,主要是以賈寶玉為中心,來定位其樂園性質。在此一樂園中既有四季循環、日夜接續,能永恆維持的富貴雅緻之夢幻生活,也有男女、主僕與萬物的平等和諧之關係。不過,以歐氏的研究為基礎,應當還可以有底下三點澄清與補充。第一,雖然視大觀園為青春樂園的同義詞,不僅止是寶玉個人的純真癡想,諸釵也有相同的看法。如第四十八回透過寶釵所說「我知道你心裏羨慕這園子不是一日兩日了」,[74]可知香菱亦將大觀園視為樂園淨土。又如第八十回迎春所言「還得在園裏舊房子裏住得三五天,死也甘心了」,[75]也同樣依戀大觀園的生活之樂。然而,即便青春兒女樂園可說是大觀園最為顯著的形象,但是卻未必是唯一的形象(或說觀察角度)。譬如第五十六回當探春從賴大家知道園林的經濟價值後(「一個破荷葉,一根枯草根子,都是值錢的」)[76],就與李紈、寶釵等商量大觀園的興利之道,商議「某人管某處,按四季除家中定例用多少外,餘者任憑你們採取了去取利,年終算帳。」[77]然而,探春此舉雖對於園內經濟有所助益,但是也使原本無功利、目的性的美感氣氛減弱了不少,大觀園轉而成為能「出利息」的「大地方」。[78]又如第六十九回中被鳳姐騙入大觀園方便監管的尤二姐,雖然能感受到如平兒、寶玉、黛玉等人些許的照顧與憐恤,然而,大多數的時間,往往受到秋桐的訕笑怒罵,只能「暗愧暗怒暗氣」,[79]要不受

---

73 同前註,頁384-386。
74 〔清〕曹雪芹、高鶚著,馮其庸等校注:《紅樓夢校注》,頁734。
75 同前註,頁1278。
76 同前註,頁868。
77 同前註,頁872。
78 同前註,頁871。
79 同前註,頁1079。

到丫鬟婆子們「往下踏踐起來，弄得這尤二姐要死不能，要生不得」，[80]最終吞生金自逝。依此來看，在尤二姐眼中的大觀園，恐怕不太像青春樂園，更像是囚獄監牢。也就是說，關注大觀園青春浪漫的耀眼光彩外，也應注意這些性質不太相同，但卻也同樣發生在青春樂園中的二三事。大觀園畢竟是小說中所營造的現實凡俗世界的一份子，有各種起伏變異也是再自然不過的事。

第二，寶玉雖樂在大觀園的生活，並且對於女孩與萬物也總表現出和諧關愛的態度。但仍應注意的是：首先，這樣的「樂」仍是屬欲求滿足、感官享受意義下的適意之樂，一方面需要獲得外在客觀條件的配合，始能有「樂」的產生；另方面，感官欲求也難以安定知足，總是追求新奇，渴望跳出平凡日常的熟習。因此，我們可以看到賈寶玉往往隨著外在條件的變化，於青春樂園中有許多情緒的搖擺震盪，除了寶玉與黛玉「不是冤家不聚頭」[81]的情感糾結外，隨著自然景物的消散，或周遭人事的遷變，寶玉亦時有離散幻滅的悲感。如第五十八回寶玉對於杏樹「綠葉成蔭子滿枝」，以及邢岫烟也已擇了夫婿，而思及青春不再，終將枯槁凋零，遂「因此不免傷心，只管對杏流淚嘆息。」[82]又如第七十八回見姊妹們日漸離散，又見園內水流仍溶溶脈脈無情的流逝，遂又添了許多心傷悲感。[83]

此外，我們也能看到寶玉對於園中習以為常的溫柔富貴之生活，亦有感到疲乏無聊時刻，甚至有困陷於其中不得自由的埋怨。如第二十三回寶玉入大觀園時，起初「心滿意足，再無別項可生貪求之心」，然而，不久即「靜中生煩惱，忽一日不自在起來，這也不好，

---

80 同前註，頁1080。
81 同前註，頁465。
82 同前註，頁907。
83 同前註，頁1235、1236。

那也不好，出來進去只是悶悶的」，還多虧茗烟想讓寶玉開心，去園外蒐集一些小說外傳、傳奇角本，才能除憂解悶。[84]又如第三十七回雖寫寶玉「每日在園中任意縱性的逛蕩」，但同時也寫「這日正無聊之際」，而有探春建起詩社的邀請。在新的遊戲刺激下，才使情緒從百無聊賴，轉而笑顏逐開。[85]再如第四十七回寶玉對柳湘蓮說道：「我只恨我天天圈在家裏，一點兒做不得主，行動就有人知道，不是這個攔就是那個勸的，能說不能行。雖然有錢，又不由我使。」[86]可見園內生活也仍有美中不足之處。換言之，寶玉於大觀園中的樂，亦是處於起伏變轉之中的感官適意之樂，並非寧定安穩式的知足常樂。

再來，寶玉對於女孩與萬物，雖然有某些看似關愛和諧、平等齊物的表現，但是仍應注意的是，這樣的愛護，實帶有較多自我中心的成分，與《莊子》那種建立於汰除成心我見之「吾喪我」工夫，使萬物朗現其天真本德式的天籟齊物，[87]恐怕不太一樣。譬如第三十回寶玉於怡紅院多次拍門，無人回應，在盛怒下，既怒罵「下流東西們」，同時也滿心裏要把開門的小丫頭踢幾腳，[88]可見上下階級未必真能解除。又如第三十二回襲人言寶玉為「牛心左性的小爺」，大小針線活「一概不要家裏這些活計上的人作」，[89]定要襲人等親自施作來看，此中雖可見寶玉細緻的美學品味，但也表現其任性自我的少爺面向。再如第三十五回傅試家的婆子所說，寶玉雖「愛惜東西，連個線

---

84 同前註，頁363、365。

85 同前註，頁557、558。

86 同前註，頁723。

87 關於莊子的齊物思考，詳參賴錫三：〈《莊子》工夫實踐的歷程與存有論的證悟——以〈齊物論〉為核心而展開〉，收於氏著：《莊子靈光的當代詮釋》（新竹：國立清華大學出版社，1998年12月），頁23-48。

88 〔清〕曹雪芹、高鶚著，馮其庸等校注：《紅樓夢校注》，頁478、479。

89 同前註，頁504。

頭兒都是好的」，看似具有齊物平等的胸懷，但是接著又說寶玉若「糟蹋起來，那怕值千值萬的都不管了」，[90]可見寶玉的物我關係，實帶有自我中心、隨意任性的氣息。第三十一回寶玉就曾說到其所謂的「愛物」之意：「你愛打就打，這些東西原不過是借人所用，……就故意的碎了也可以使得，只是別在生氣時拿他出氣。這就是愛物了。」[91]顯然地，寶玉的人我、物我關係，確實如第六十六回興兒所觀察的，「喜歡時沒上沒下，大家亂頑一陣；不喜歡各自走了，他也不理人。」[92]在關注寶玉「喜歡時」的輕鬆和樂，也應注意到「不喜歡」時的冷淡自我的一面。

　　第三，從大觀園為太虛幻境的「人間投影」來說，除了可以從大觀園並非歷史時空中的某一具體園林，而是文學創作虛構幻設下的產物來解釋外，還可以從「真／假」、「覺／夢」的哲理觀點來闡發其意。我們知道在《紅樓夢》所建構的文學世界中，有不同於余英時所說的「兩個世界」的存在，此即以一僧一道、警幻仙姑、太虛幻境等為代表的神幻仙真世界，以及既有四大家族的繁華富貴，亦有或貧困低微，或爭名逐利，或恣情縱欲的王狗兒、賈雨村、燈姑娘等存在樣態的紅塵凡俗世界。從神幻仙真世界的角度，來俯瞰紅塵凡俗世界，則俗世可說是「真／假」、「覺／夢」混淆顛倒的世界，處於「假作真時真亦假，無為有處有還無」[93]的顛倒迷茫中，既將俗界僅是暫時幻現的假相，看成真實永恆的存在，也將傳達實相、宣說真實的神界，視為虛假妄誕的「太虛幻境」，並且也往往癡迷於富貴溫柔的短暫乍現，而遺忘其本質所具有的虛無幻滅與讓人神傷心碎的面向。

---

90 同前註，頁540。
91 同前註，頁488。
92 同前註，頁1035。
93 同前註，頁7。

依此來看，〈四時即事詩〉表面雖述說著寶玉視大觀園為周流往復、永恆不變，有如美夢般的存在，可以長久受享其中的茗茶、醇酒與無盡溫柔。然而，從大觀園與太虛幻境又有對映、投影之關係來看，可見越是強調快樂如幻夢，也就越是從中不斷暗示著「千紅一哭」、「萬艷同悲」與「群芳碎」，那種富貴溫柔僅是暫時性的假相存在，它們終會消逝，必將帶來傷心終局的警告勸阻。換言之，對於大觀園式的「樂園」之「樂」，不能僅關注其俗界之樂的層面，還必須時時關聯起神界對於此「樂」的勸戒面向。大觀園之「樂」終究只是如一僧一道所說的：「那紅塵中有卻有些樂事，但不能永遠依恃；況又有『美中不足，好事多磨』八個字緊相連屬，瞬息間則又樂極悲生，人非物換，究竟是到頭一夢，萬境歸空。」[94]是屬樂極悲生、萬境歸空意義下的紅塵之樂。而隨著園中人對於紅塵樂事之「不能永遠依恃」，有更多的親身體會後，大觀園的富貴溫柔之樂，其悲歡苦樂緊相連屬的性質，也就更從潛隱暗示轉而成實實在在的刻骨銘心了。

（三）論「亂為王」、「玉有病」與「大觀窯」等的詮釋問題

　　從第二十三回元春諭命寶玉與姊妹們得以入住後，大觀園已然從皇權神聖的省親別院，蛻變成青春的兒女樂園。然而，正如歐麗娟所指出的，在青春歡樂之外，禮法倫常、階級秩序仍然有其重要的地位，一方面園中的日常生活大體上仍遵循禮法規矩行事，「每日不可或免的晨昏定省使眾妹必須奔波往來於園裏園外，以實踐承奉尊長之禮數；在重大節日或舉行儀典時，……可見園內世界受轄於宗法倫理世界的臣屬性與次級性」；[95]另方面，也由於階級秩序的存在，使青春兒女們得以減少日常俗務的煩勞，而能受享富貴雅致的生活，「自由

---

94 同前註，頁2。
95 歐麗娟：〈論大觀園的空間文化——以屋舍、方位與席次為中心〉，頁118、119。

寫意的世界本身，也必須依賴階級等差之別以維持生活秩序，形成了自由精神或自我個性乃奠基於階級秩序的弔詭現象。」[96]不過，關於歐氏將禮法之「層級分明、裏外有別的生活秩序受到破壞」，[97]視為除「時間」外「大觀園崩潰」的另一重要原因，或許還有一些釐清討論的可能。

　　首先，就歐氏所列舉的大觀園後期禮法崩潰之例證來看，如第五十二回墜兒母親之入室詰辯，就未必是蔑視禮法分寸下的蠻橫擅闖，因為墜兒母親本不知道墜兒偷鐲之事，突然被宋嬤嬤告知墜兒被逐，並喚來怡紅院，「打點了他的東西，又來見晴雯等」，自然會疑問逐出的理由並嘗試求情，在與晴雯一番口角後，麝月見晴雯落居下風，乃利用內外有別的禮法規矩，阻斷平常「只在三門外頭」的墜兒之母的爭辯，迫使其離開。[98]可見此一事件，未必可作為內外有別之禮法秩序混亂的證據。又如第五十八回搶入房內欲接替芳官吹湯的婆子，雖然看似無禮失序，然而，從文中敘述來看，「這干婆子原係榮府三等人物，不過令其與他們漿洗，皆不曾入內答應，故此不知內幃規矩。今亦托賴他們方入園中，隨女歸房」。[99]可見婆子是後來才入園的，婆子之舉，並非霸道蠻橫，視禮法為無物，反而較屬不知者無罪，對園中規矩較為陌生，為了討好搶功，反而鬧了笑話。而第六十回芳官、藕官等與趙姨娘扭打一團的「亂為王」[100]亦屬類似情況，一方面是「四人終是小孩子心性，只顧他們情分上義憤，便不顧別的」；[101]另

96　同前註，頁119。
97　歐麗娟：〈何以為「大觀」——大觀園的寓意另論〉，頁33。另外，在歐麗娟：〈論大觀園的空間文化——以屋舍、方位與席次為中心〉，頁124-126亦有相關討論。
98　〔清〕曹雪芹、高鶚著，馮其庸等校注：《紅樓夢校注》，頁812-814。
99　同前註，頁911。
100　同前註，頁931。
101　同前註，頁932。

方面,芳官等本是學戲出身,並非買來使喚的僕婢,第五十八回初分配入園中,「眾人皆知它們不能針黹,不慣使用,皆不太責備」,[102]可見芳官等「不安分守理」,[103]恐怕也較多是不知規矩下的產物,而不是明知故犯,刻意蔑視上下綱常。

再如第七十三回王住兒媳婦恐怕也未必如學者所言為「完全視迎春探春等主子姊妹如無物」,全無上下分別的「悍奴」。[104]事實上,王住兒媳婦雖然因迎春之懦弱好性兒,較敢在房中與迎春之丫頭繡桔、司棋爭論,但仍需注意,她原本是為了替婆婆求情,再加上害怕金絲鳳之事被繡桔上告鳳姐,使事情更難收拾,因此「只得進來」,並「陪笑」先向繡桔解釋。但是在求情與解釋的過程中,被迎春拒絕,加上繡桔回話鋒利,「一時臉上過不去」才有更多的爭論。但當探春與平兒到來時,王住兒媳婦並未敢持續發問詰難,面對探春「說出真病,也無可賴了,只不敢往鳳姐處自首」,見平兒到來,既「慌了手腳」,且「見平兒出了言,紅了臉方退出去。」[105]可見禮法秩序似乎尚未顛倒失控,甚至賤如微塵。

再來,奴僕的不守規矩、怠忽職守,或偷盜蒙騙等對於階級秩序的破壞,並非在前八十回的後期才出現。事實上,除了有第七回焦大威脅賈蓉「若再說別的,咱們紅刀子進去白刀子出來」,那種「連個王法規矩都沒有」,全然不顧主僕尊卑的失控無序外,[106]在第十三回「王熙鳳協理寧國府」時,就已發現諸如「遺失東西」、「臨期推委」、「濫支冒領」、「苦樂不均」、「家人豪縱」等,已然成寧府「風

---

102 同前註,頁905。
103 同前註,頁905。
104 歐麗娟:〈論大觀園的空間文化——以屋舍、方位與席次為中心〉,頁125。
105 〔清〕曹雪芹、高鶚著,馮其庸等校注:《紅樓夢校注》,頁1142-1145。
106 同前註,頁132-134。

俗」之秩序崩壞現象。[107]換言之,重點不在於奴僕階層出現逾矩違規之行為,而在於主子階層是否能夠及時控制、有效管理。如第十四回鳳姐之所以能夠重整寧府秩序,使「眾人不敢偷閑,自此兢兢業業,執事保全」,就在於能夠劃分職責(「那一行亂了,只和那一行說話」)、查核監督(「來升家的每日覽總查看」)、嚴格執法(「你有徇情,經我查出,三四輩子的老臉就顧不成了」),從而建立權威(「威重令行」)。[108]而大觀園後期之所以多次出現混亂失序,恰恰好跟主子階級中幾位具有威信者的缺席有關。如第五十八回因宮中老太妃薨逝,賈母、王夫人等入朝隨祭,多日不在家後,這段期間就發生不少事,如第六十四回鳳姐就說:「老太太、太太不在家,這些大娘們,嗳,那一個是安分的,每日不是打架,就拌嘴,連賭博偷盜的事情,都鬧出來了兩三件了。」[109]尤其嚴重的是,一肩扛起賈府「一日少說,大事也有一二十件,小事還有三五十件」,以及「外頭的從娘娘算起,以及王公侯伯家多少人情客禮」、「銀子上千錢上萬,一日都從他一個手一個心一個口裏調度」[110]的鳳姐,由於「稟賦氣血不足,兼年幼不知保養,平生爭強鬥智,心力更虧」,[111]加上如平兒所言「饒這樣,天天還是察三訪四,自己再不肯看破些且養身子」,不斷「恃強羞說病」,最終仍「支持不住,便露出馬腳來了。」[112]更使賈府陷入無人能支撐大局的場面。也就是說,讓大觀園之所以逐漸走向崩潰,除了青春樂園的「青春」本就難敵時間推移外,若要將禮法規範的失序視為因素之一,那麼更根本的原因還在於主子階層無法抵抗生

107　同前註,頁207。
108　同前註,頁212、213、215。
109　同前註,頁1004、1005。
110　同前註,頁1064。
111　同前註,頁853。
112　同前註,頁1123。

老病死的法則，不可能永保健康活力，維持有效管理，或說較缺乏如同鳳姐那種既有合宜之身分（探春終究要出嫁），且具治家才幹的後繼人物，才使園中較易出現「亂為王」的現象。對此，我們可以從第二回冷子興的觀察，以及續書者所寫第一百○七回賈政對於自己於當家立計遠不如賈母的慚愧中獲得相應的佐證：

> 如今生齒日繁，事務日盛，主僕上下，安富尊榮者盡多，運籌謀畫者無一；其日用排場費用，又不能將就省儉，如今外面的架子雖未甚倒，內囊卻也盡上來了。這還是小事。更有一件大事：誰知這樣鐘鳴鼎食之家，翰墨詩書之族，如今的兒孫，竟一代不如一代了！
> 老太太真是理家的人，都是我們這些不長進的鬧壞了。[113]

可見「運籌謀畫者無一」、「如今的兒孫，竟一代不如一代」、「都是我們這些不長進的鬧壞」，恐怕才是「時間」因素之外，造成大觀園（當然也包括賈府）的敗落背後更為根本的原因。

最後，就所謂的「大觀」精神的承擔者來說，《紅樓夢》「大觀」一詞確實如學者所分析，除了是指盛大的天然景觀之外（如寶玉所言「峭然孤出，似非大觀。爭似先處有自然之理，得自然之氣」[114]中的「大觀」），還另有相互關聯的兩種意思：「『大觀』也者，意謂著『大觀無遺物』的盈滿無缺，表層是『天上人間諸景備』的『宇宙全景』，但其深層更指涉了『四夷來率服』的王道無邊，而後者更是前者的基礎與根源」。[115]亦即，大觀園的「大觀」雖表面是指周備繁

---

113 同前註，頁29、1623。
114 同前註，頁259。
115 歐麗娟：〈何以為「大觀」——大觀園的寓意另論〉，頁13。

盛、氣象萬千(「天上人間諸景備,芳園應錫大觀名」),[116]但同時也含藏著《易傳》「大觀在上」的理想政治、王道教化的意味,並且正是有此一王道教化義的「大觀」,乃能有諸景周備、富貴華麗的「大觀」園的建立。不過,筆者認為以「大觀」之「王道教化」與「周備繁盛」這兩義為本末先後,來解釋大觀園的「大觀」,雖然符合小說首回所言「攜你到那昌明隆盛之邦,詩禮簪纓之族,花柳繁華地,溫柔富貴鄉去安身樂業」,[117]所設定的有「昌明隆盛之邦」為本,而有「花柳繁華」、「溫柔富貴」之末的時空環境。然而,正如上文所分析的,從第二十三回寶玉與姊妹們入住大觀園後,神聖皇權已非書寫重點,君父制約的力度也已明顯邊緣化,取而代之的主要是以寶玉為核心的青春書寫。換言之,若要將大觀園之大觀精神,從王道教化來定位,恐怕忽略了大觀園從神聖皇權轉向青春樂園的性質遷變。

再來,脂批所言「玉有病」、[118]「貶玉原非大觀者」,[119]重點主要是在描述寶玉及其前身的性格特徵。如寶玉前身之赤瑕宮神瑛侍者之「瑕」為「玉有病」,正對應補天頑石的「無材不堪入選」的瑕疵缺陷。而第十九回脂批的「貶玉原非大觀者」,若參照同回中脂批言寶玉:「說不得賢,說不得愚,說不得不肖,說不得善,說不得惡,說不得正大光明,說不得混賬惡賴」,是「今古未有之一人」[120]來看,「貶玉原非大觀者」恐怕是在說明寶玉那衝突複雜而難以捉摸的罕見人格之意。所謂「說不得賢,說不得愚」是說寶玉性格雖非屬「賢」者一類,但是並非說他就是屬「賢」的對立面,亦即「愚」的這一類

---

116 〔清〕曹雪芹、高鶚著,馮其庸等校注:《紅樓夢校注》,頁274。
117 同前註,頁3。
118 〔清〕脂硯齋等評,陳慶浩輯校:《新編石頭記脂硯齋評語輯校(增訂本)》(臺北:聯經出版事業公司,1986年10月),頁18。
119 同前註,頁362。
120 同前註,頁367。

人物，因為寶玉又有「愚」者所未能企及的特異之處。可見不論用「賢」「愚」，或是「善」「惡」，抑或「正大光明」「混賬惡賴」等，皆無法從單一固定之面向，來掌握寶玉複雜的人格特質。依此來看，所謂「貶玉原非大觀者」也就未必是指脂批單從王道教化意義下的「大觀」，來貶抑寶玉之「非大觀」。「貶玉原非大觀者」是言寶玉既非「大觀」所能定位，但同樣也不屬「非大觀」所能定義的特殊性格，猶如第二回賈雨村所言寶玉的人格型態，既非屬「修治天下」的「大仁」者，但也非「擾亂天下」的「大惡」者，而是屬於此正邪二氣交雜辯證下的特殊人格之意。換言之，即便我們將「大觀」精神限定於王道教化之意，但脂批所言「貶玉原非大觀者」，重點也不在將寶玉排除於「大觀」，而定位於「非大觀」，而是在呈現寶玉難以單純從二元對立的「大觀」與「非大觀」的角度來定義其性格之意。

至於，就探春來說，雖然第五十五回可以展現探春於公理與私情之間的明辨與堅持，而第五十六回回目也可看到作者以「敏」字來稱許探春的「興利除宿弊」，但無論如何，仍是較偏向經濟利用方面的改革，道德教化的面向較不明顯，因此似乎仍與所謂王道教化意義下的「大觀」精神有一些距離。此外，雖然大觀園的屋舍與屋主有性格的象徵對應關係，但探春房中的「大觀窯」恐怕僅是指宋代官窯之意，而未必是「透過宋徽宗的『大觀』年號而承繼了傳統的政治意涵」，從而巧妙暗示探春能表現王道教化的大觀精神。[121]因為在第二回賈雨村論正邪二氣時，宋徽宗並不屬於由天地之正氣所匯聚，如堯舜禹湯等這類能「修治天下」，實現王道政治的「大仁」者，而是屬於「在上則不能成仁人君子，下亦不能為大兇大惡」，這類與寶玉「易地則同」之秀逸奇特的人格類型。[122]可見，「大觀窯」雖說與政

---

[121] 歐麗娟：〈何以為「大觀」——大觀園的寓意另論〉，頁32。
[122] 〔清〕曹雪芹、高鶚著，馮其庸等校注：《紅樓夢校注》，頁31、32。

治人物宋徽宗有關,但主要僅是標誌年份,而不太適合往王道政治的角度解釋。因為在小說的世界中,宋徽宗還是較偏向那種雖能顯秀逸之氣,但卻缺乏能承擔家國重任的人物,而與探春「才自精明志自高」[123],具有治理才幹的性格不太相契。

四 結語:大觀園與桃花源「樂園」性質的差異

大觀園並不同於往往處於現實時空之上(如崑崙山)或之外(蓬萊仙山)的神話仙鄉式的樂園,[124]它是屬於小說中所建構的凡塵現世下的樂園。一方面這樣的樂園之「園」無法避免時間運命的流逝化變與成住壞空法則的約束,故有從省親別墅到兒女樂園,再到探春的興利除弊、尤二姐的吞金自盡、抄檢大觀園,最終崩解離散的遷變;另一方面,樂園之「樂」也不是常住恆定或知足常樂之樂,而是屬於隨外境變化而有諸多起伏轉變,並且也往往難以事事如意下的「樂」。對此,除了可以從一僧一道所說的「那紅塵中有卻有些樂事,但不能永遠依恃」、「瞬息間則又樂極悲生,人非物換」得證之外,[125]小說中還曾透過鴛鴦與湘雲之口揭示類似的觀念。如第四十六回鴛鴦於園中對平兒與襲人所言:「你們自為都有了結果了,將來都是做姨娘的。據我看,天下的事未必都遂心如意。你們且收著些兒,別忒樂過了頭兒!」[126]可見「樂」往往是處於變動起伏中的,不可能永保安樂。又如第七十六回湘雲於園中對黛玉所言:「得隴望蜀,人之常情。可知

---

123 同前註,頁87。
124 對此,可參考胡萬川:〈失樂園──一個有關樂園神話的探討〉,《真實與想像:神話傳說探微》(新竹:國立清華大學出版社,2004年),頁43-78。高莉芬:《蓬萊神話》(臺北:里仁書局,2008年)。
125 〔清〕曹雪芹、高鶚著,馮其庸等校注:《紅樓夢校注》,頁2。
126 同前註,頁708。

那些老人家說的不錯。說貧窮之家自為富貴之家事事趁心,告訴他說竟不能遂心,他們不肯信的;必得親歷其境,他方知覺了。就如咱們兩個,雖父母不在,然卻也忝在富貴之鄉,只你我竟有許多不遂心的事。」[127]「樂」往往「得隴望蜀」,不斷要求更多的滿足,而即便富貴至極,也仍有許多美中不足、不能遂心的失樂時刻。

而若將如是的大觀園來與陶淵明的桃花源相互比較,就可以看到幾個明顯的差異。首先,就封閉性來說,從〈桃花源記并詩〉(以下簡稱〈記〉、〈詩〉)「一朝敞神界」、「旋復還幽蔽」,[128]所呈現的桃花源那雖曾偶然開放,但隨即封閉的情況來看,大觀園顯然較不具有如此嚴格的封閉性。大觀園與寧榮二府以及府外世界有較多的聯繫互動,並非遠離塵世的孤絕存在。其次,就「樂」的性質來說,從〈記〉「有良田、美池、桑竹之屬」、「黃髮垂髫,並怡然自樂」,〈詩〉「春蠶收長絲,秋熟靡王稅」、「怡然有餘樂,于何勞智慧」,[129]可見桃花源之樂,乃是一種沒有重賦嚴役之政治負擔,[130]與勾心鬥角之人間競爭,從而得以純然享受人倫天情與知足常樂意義下的農村悅樂,不同於大觀園是以皇家威儀之「太平氣象,富貴風流」,以及青春女兒「坐臥不避,嬉笑無心」等,[131]為書寫核心的繁華富麗之樂。鄉村田野(如劉姥姥)雖能暫時引起園中兒女的新鮮趣味,然而,若真的陷入其中恐怕也不免產生「貧窮難耐淒涼」[132]的愁苦。最後,從

---

127 同前註,頁1194。
128 〔東晉〕陶淵明著,袁行霈箋注:《陶淵明集箋注》(北京:中華書局,2011年),頁330。
129 同前註,128、129。
130 關於「秋熟靡王稅」與「無君」之說的關係,詳參齊益壽:〈〈桃花源記并詩〉管窺〉,《黃菊東籬耀古今:陶淵明其人其詩散論》(臺北:國立臺灣大學出版中心,2016年),頁284-292。
131 〔清〕曹雪芹、高鶚著,馮其庸等校注:《紅樓夢校注》,頁270、365。
132 同前註,頁53。

〈記〉「不知有漢，無論魏晉」，〈詩〉「相命肆農耕」、「俎豆猶古法」、「草榮識節和，木衰知風厲」、「四時自成歲」，[133]桃花源明顯存在著一種自成一格、循環不已、生生不息的穩定秩序。田園風光雖有「草榮」與「木衰」的變化興替，但是在相互合作、勤於農事的努力下，也能長保春蠶長絲、良田秋熟，生生不息的穩定富足，而桃花源之人文聚落雖有「垂髫」與「黃髮」的生死變化，但是也仍有「俎豆猶古法」，那種祖宗成法、禮樂風俗，長存不滅的穩固秩序。[134]然而，這樣的秩序結構，卻明顯是大觀園所缺乏的面向。〈四時即事詩〉所表現的能夠循環不已、長存永續之富貴溫柔生活，恐怕只是寶玉自我中心的幻想與片面期待。如第六十二回當黛玉亦驚覺賈府花費太甚，很可能出現「後手不接」的衰敗狀況時，寶玉仍「笑道」，「憑他怎麼後手不接，也短不了咱們兩個人的。」[135]就明顯表現寶玉的幼稚樂觀，以及對於客觀現實的麻木逃避。賈府主子階級的「安富尊榮者盡多，運籌謀畫者無一」，以及雖貴為「詩禮之家」但卻「不善教育」，使子孫「一代不如一代」，[136]正是造成「開夜宴異兆發悲音」的祖先長嘆，[137]以及難以「於榮時籌畫下將來衰時的世業」從而「常保永全」，[138]使大觀園之溫柔與富貴盡皆失序崩潰的根本原因。

　　總而言之，大觀園與桃花源皆是傳統文學中著名的樂園世界。然而，除了於封閉性有相對的寬嚴區別外，兩者於「樂」的性質上也有

---

133 袁行霈：《陶淵明集箋注》，頁329、330。
134 關於「俎豆猶古法」與儒家思想的關聯，詳參張亨：〈〈桃花源記〉甚解〉，《思文論集：儒道思想的現代詮釋》（臺北：國立臺灣大學出版中心，2014年11月），頁419、420。又，關於陶淵明與道家思想的異同，可參考謝君讚：〈論《莊子》與陶淵明「自然」思想的異同〉，《中正漢學研究》總第25期（2015年6月），頁61-92。
135 〔清〕曹雪芹、高鶚著，馮其庸等校注：《紅樓夢校注》，頁965。
136 同前註，頁29。
137 第七十五回的回目，同前註，頁1180。
138 同前註，頁199。

顯著的差異。遠離重賦酷役，且有良田美池等先天條件的桃花源，在齊心協力於農事（「相命肆農耕」）與安守祖先成法（「俎豆猶古法」）的前提下，能夠無盡綿延農村田園的恬淡素樸之樂。相對來看，描寫富貴與溫柔的大觀園，除了青春紅顏本難抵擋時間的流逝與侵蝕外，之所以難以讓繁華富貴之樂，得以永保無虞的重要原因，乃是由於主子階層「安富尊榮者盡多」與「不善教育」，遂使「樂園」無力維持，終究下墮為「失樂園」，而徒留幽冥之中寧榮二公的長嘆悲音。

第六章
論《紅樓夢》太虛幻境的「樂園」性質及其限制

一　前言：《紅樓夢》之「樂園」書寫尚待開展的課題

在傳統的典籍文獻中，不難發現「樂園」的相關敘述。如《山海經》就有「鸞鳥自歌，鳳鳥自舞」的「沃之野」，以及有「靈壽實華，草木所聚」、「此草也，冬夏不死」的「都廣之野」。[1]又如老莊道家也有「甘其食，美其服」的「小國寡民」，以及「同與禽獸居，族與萬物並」的「至德之世」。[2]再如孔孟儒家亦有「巍巍乎！其有成功也；煥乎，其有文章」，以「仁政」來「平治天下」的「堯天舜日」之相關論述。[3]此外，道教所言的「洞天福地」、海外神山，[4]以及陶淵

1　詳參袁珂：《山海經校注》（北京：北京聯合出版公司，2013年），頁335、374。另外，還可參考駱水玉：〈聖域與沃土——《山海經》中的樂土神話〉，《漢學研究》第17卷1期（1999年6月），頁157-176。葉舒憲、蕭兵、鄭在書等著：《山海經的文化尋蹤：「想象地理學」與東西文化碰觸》（武漢：湖北人民出版社，2004年）。鹿憶鹿：《曹善手抄《山海經》箋注》（臺北：秀威資訊科技公司，2023年）。

2　詳參〔三國魏〕王弼等著，大安出版社編輯部編：《老子四種》（臺北：大安出版社，1999年），頁66。〔戰國〕莊周著，〔清〕郭慶藩輯：《莊子集釋》（臺北：頂淵文化事業公司，2001年），頁334、336、357。另外，還可參考〔日〕鐵井慶紀：〈道家思想と樂園說話〉，收於氏著：《中国神話の文化人類學的研究》（東京：平河出版社，1990年）楊儒賓：〈道家的原始樂園思想〉，《道家與古之道術》（新竹：國立清華大學出版社，2019年），頁89-156。

3　詳參〔宋〕朱熹著：《四書章句集注》（臺北：大安出版社，1999年），頁144、385。另外，還可參考楊儒賓：〈堯天舜日——儒家的な樂園への思い〉，《アジア遊學82》（東京：勉誠出版社，2005年），頁13-17。

明的「桃花源」等，[5]也同樣是屬於「樂園」書寫中的一份子。總括來看，所謂的「樂園」，就「樂」來說，雖然在不同的論述中，「樂」有各自的偏重與定位，有些著重於雞犬相聞的田園平淡，有些凸顯金碧輝煌、萬壽無疆的神奇玄妙，有些則定位在足食豐衣、尊賢禪讓的禮樂燦然。但大體上，若去異求同，「樂園」之「樂」皆可說展現出某種被視為最為理想合宜、最具幸福感受的悅樂樣態。而就「園」來看，它既可存在於太初遠古之時，藏於天際雲深不知處，也可處於隱蔽的山林洞窟，抑或是浮現於海外極其遙遠的島嶼上。也就是說，「樂園」之「園」，並不限於狹窄的園林、庭園之園，而可擴大地泛指某一特殊的時空環境之意。所謂的「樂園」應可簡要理解為：能夠表現出某種幸福悅樂，或說理念理想的特殊時空環境這樣的意思。

而在《紅樓夢》中也有兩個為人所熟知的樂園世界，此即「大觀園」與「太虛幻境」。[6]前者位處小說所建構的俗世之寧榮二府之間，身處大觀園之中，讓寶玉「心滿意足，再無別項可生貪求之心」、「每日只和姊妹丫頭們一處，或讀書，或寫字，或彈琴下棋，作畫吟詩」，[7]表現出青春風雅的悅樂氣息；後者則位處於天上神界，與俗世

4　詳參〔日〕三浦國雄著，王標譯：〈論洞天福地〉，《不老不死的欲求：三浦國雄道教論集》（成都：四川人民出版社，2017年），頁332-359。高莉芬：《蓬萊神話》（臺北：里仁書局，2008年）。

5　詳參蔡瑜：《陶淵明的人境詩學》（臺北：聯經出版事業公司，2012年）、賴錫三：〈道家式自然樂園的一種落實——陶淵明〈桃花源記〉的神話、心理學詮釋〉，收於氏著：《當代新道家——多音複調與視域融合》（臺北：國立臺灣大學出版中心，2011年），頁395-466。

6　於蒙府、夢稿等不同的版本中，第五回正文開頭，還有詩句言道「問誰幻入華胥境，千古風流造孽人」。亦是將「太虛幻境」與「華胥境」，視為皆具有理想世界、樂園天地的基本性質。詳參〔清〕曹雪芹著，蔡義江評注：《蔡義江新評紅樓夢（第一冊）》（北京：商務印書館，2022年），頁52。

7　〔清〕曹雪芹、高鶚著，馮其庸等校注：《紅樓夢校注》（臺北：里仁書局，2003年），頁363。

的大觀園，有朦朧的對應性。[8]而於太虛幻境之中，雖不斷的暗示著對於世間情迷，終將帶來啼哭感傷的勸戒警告，並從中凸顯一種擺脫情執下的安定平淡之樂（如透過「引愁金女」、「度恨菩提」等名號所象徵的脫離情愁後的清靜醒覺之思想），但太虛幻境之所以讓寶玉感到「我就在這裏過一生，縱然失了家也願意」，[9]還是在於太虛幻境中的園林景觀與飲饌聲色的感官悅樂，讓寶玉流連其中，難分難捨。

有關於《紅樓夢》中的「大觀園」與「太虛幻境」這兩個世界，學界已有諸多討論。在「大觀園」方面，學者們大體已然肯定大觀園並非某單一歷史現實之園林的再現，而是在作者所曾親聞或聽聞之諸多現實園林與庭園理論的基礎上，刪汰提煉、整合熔鑄，從而形成的一個文學虛構的場景。並且一方面透過這一場景的設立，使情節故事能夠集中表現與推進；另方面，也能巧妙的透過整體的空間佈局、屋舍之名稱、大小、彼此距離、裝飾擺設與各自庭園中的動植物特色等，來表現小說主要人物的個性與關係。[10]至於「大觀園」的「樂園」性質，學者較多是將其理解為青春風雅、富貴溫柔的女兒樂園。[11]但也有學者注意到大觀園中正殿與中央大道的皇權禮法性格，以及在青春女兒樂園中，時時存在的禮法約束之面向，還有脂批所言「玉有病」、「貶玉原非大觀者」，以及探春房中的「大觀窰」等線索，認

---

8 第十七至十八回，寶玉遊覽至大觀園正殿與牌坊時，「心中乎有所動，尋思起來，到像那裏曾見過的一般，卻一時想不起那年月日的事了。」同前註，頁262。可見大觀園與大虛幻境的真假對應性。
9 同前註，頁83。
10 詳參歐麗娟：〈論大觀園的空間文化——以屋舍、方位與席次為中心〉，《漢學研究》第28卷第3期（2010年9月），頁99-134。
11 詳參宋淇：〈論大觀園〉，《《紅樓夢》識要——宋淇紅學論集》（北京：中國書店，2000年），頁13-38。余英時：〈紅樓夢的兩個世界〉，《紅樓夢的兩個世界》（上海：上海社會科學院出版社，2006年），頁33-58。

為大觀園精神的真正承繼者，與其說是寶玉，不如說是探春。[12]換言之，在有些學者看來，「大觀園」作為一種「樂園」，與其說是青春女兒的繽紛樂土，不如直接從《易傳》所言的「大觀在上。順而巽，中正以觀天下」，那種具有皇權禮法意味的「大觀」這一概念來解釋，乃能合理說明大觀園中諸多與皇權禮法有關的內容，以及脂批「貶玉原非大觀」的批評。

然而，「大觀園」作為一種樂園，其性格究竟應理解為青春女兒？抑或皇權禮法式的樂園呢？對此，筆者已有專文討論，[13]大致上認為大觀園雖然看似與園外世界，呈現截然不同的形象色彩，依稀彷彿有園裏園外「兩個世界」的對立抗衡，但事實上「大觀園」時常與園外聲氣相通，園裏園外皆是屬塵俗世界的一員，差別在於相較於園外，園裏世界在一定的期限中，能夠享受較多的溫柔與富貴的悅樂幸福。此外，大觀園既屬於人間俗世中的一份子，不可能常住不變，因此，大觀園也呈現出明顯的遷變性、多元性。在前八十回中，從最初充滿皇權儀範的省親別墅，到以寶玉與眾姊妹為中心的兒女樂園，再到探春改革下，大觀園又產生實用、效益的經濟性質，而到尤二姐被鳳姐拐騙於大觀園中，又使大觀園沾染上監禁威迫、血腥陰毒的氣息。也就是說，僅從單一的角度（不論是青春兒女抑或皇權禮法），來理解大觀園，恐怕都未必能夠照顧到大觀園豐富的遷變起伏之性格。而尤其可注意的是，即便僅關注於寶玉與眾姊妹們的青春風雅之樂，也應了解此「樂」主要是感官適意之樂，這樣的樂，既難以長住安穩，同時也不斷渴求新的刺激。因此第二十三回寶玉入住大觀園，

---

12 詳參歐麗娟：〈何以為「大觀」——大觀園的寓意另論〉，《東方文化》第47卷第2期（2014年12月），頁3-13。

13 對此，請參考本書第五章〈青春風雅或皇權禮法？論《紅樓夢》大觀園的樂園性質〉的討論。

起初雖「心滿意足，再無別項可生貪求之心」，但很快就「靜中生煩惱，忽一日不自在起來，這也不好，那也不好，出來進去只是悶悶的」，[14]期待新奇、新鮮的刺激，來重新滿足感官需求。而寶玉於園中雖有若干看似物我平齊的宏闊胸懷，呈現出彷彿莊子齊物逍遙之樂的境界，如第三十五回傅試家的婆子說寶玉「看見燕子，就和燕子說話；河裏看見了魚，就和魚說話」。[15]又如第六十六回興兒所描述的，寶玉與奴僕之間「沒上沒下，大家亂頑一陣」[16]。然而，這些看似能物我交融、無上下分別的互動關係，本質上並非是逍遙齊物式的融合無別，而較多是屬自我中心式的隨意任性。因此，傅試家的婆子與興兒，也都分別說寶玉：「愛惜東西，連個線頭兒都是好的；糟塌起來，那怕值千值萬的都不管了」、「喜歡時沒上沒下，大家亂頑一陣；不喜歡各自走了，他也不理人。」[17]可見，大觀園作為一種樂園，其「樂」主要是對於溫柔富貴、青春風雅的感官適意之樂，並且此「樂」往往有其消長起伏，未能安穩常住。

至於就「太虛幻境」來說，學者們的討論主要關注於三大面向：一是寶玉入太虛幻境之夢，與中西傳統夢論的相互詮證。譬如夢中的飲饌享樂，正對應於入夢前所經歷的賞花飲食之活動，符合「想」（目見心念而致夢）的傳統夢說。又如寶玉夢中所見警幻之妹「兼美」，其既似寶釵，又類黛玉的形貌，那種重疊綜合之形貌，也可說與佛洛伊德所言夢中意象，具有「濃縮」與「置換」之功能相互對應。[18]二是太虛幻境之夢對於全書之主題架構、主要人物介紹與情節

---

14 〔清〕曹雪芹、高鶚著，馮其庸等校注：《紅樓夢校注》，頁363、365。
15 同前註，頁540。
16 同前註，頁1035。
17 同前註，頁540、1035。
18 對此，可參考林順夫：〈賈寶玉初遊太虛幻境：從跨科際解讀一個文學的夢〉，《透過夢之窗口》（新竹：國立清華大學出版社，2009年），頁333-361。然而，仍須注意

命運之安排等內容的探索,並且往往多關注於眾釵簿冊中所暗示的,曹雪芹原本八十回後之情節設定的可能發展,及其與後四十回續書者之接續安排上的異同討論,抑或是比較第五回與續書第一百一十六回,寶玉前後兩次夢遊太虛幻境的異同。[19]三是關於寶玉「性意識」的初次萌動,與「性啟蒙」的成長變化。寶玉夢遊太虛幻境前所見秦可卿之閨房擺設所呈現出的淫靡之氣氛,有些學者認為乃是自身性意識的投射。[20]而夢中的雲雨,與夢醒後的遺精,學者多認為應是象徵寶玉「性啟蒙」的完成,此如二知道人所言:「寶玉年十三四,精化小通,陽臺發軔時矣。其事不雅馴,雪芹先生難言之,託之警幻仙姑夢中秘授,並囑可卿薦其枕席,此夢中香夢也。」[21]

而此中雖然有少數學者論述「太虛幻境」的「樂園」性質,如李元貞先生說道:「大觀園是黛玉為主的人間少女的樂園,是寶玉留戀塵世生活的核心地。『太虛幻境』與它作對比,提示了大觀園的『虛

的是,依照佛洛伊德的夢說,「性」於夢中應當有其偽裝、變形之表現,但小說中卻是直接表述,並無隱晦。對此,杜景華先生就曾指出:「關於太虛幻境中的性描寫,按弗洛伊德的解夢說,便不是太吻合的了。因為照弗氏對夢的解釋,應該是一種『改裝』的形式」。詳參氏著:《紅樓夢的心理世界》(北京:北京燕山出版社,1993年),頁150。

19 李元貞:〈紅樓夢裏的夢〉,幼獅月刊社主編:《紅樓夢研究集》(臺北:幼獅文化事業公司,1972年),頁242-252。蔡義江,《紅樓夢詩詞曲賦鑑賞(修訂重排本)》(北京:中華書局,2013年)。

20 不過,秦可卿閨房的淫靡樣貌,究竟是表現出寶玉的性意識?抑或是暗示閨房主人秦可卿性格的情色面向?學者說法不一。對此問題的討論,可參考歐麗娟:〈秦可卿論〉,《大觀紅樓(正金釵卷)下》(臺北:國立臺灣大學出版中心,2017年),頁847-917。

21 一粟編:《紅樓夢資料彙編》(北京:中華書局,2008年),頁86。不過,寶玉此時的年紀,恐怕不到十二、三歲,因為第二回冷子興言寶玉「如今長了七八歲」,第二十五回癩頭和尚說「青埂峰一別,展演已過十三載矣。」〔清〕曹雪芹、高鶚著,馮其庸等校注:《紅樓夢校注》,頁30、400。就此推測,則此時寶玉應當八、九歲左右。

幻』性。……太虛幻境，不只是寶玉的夢境，也是警世的所在；更是大觀園諸少女最後的歸宿——它又像極大觀園。可以說是寶玉在無可奈何的痛苦之下，所寄望的精神樂園——一種心理上幻生的樂園。……指示人間虛幻的意義。」[22]也就是說，人間的大觀園與神界的太虛幻境，兩者之間其對應的關係，可說有雙重暗示的意味，既用以凸顯人間樂園的短暫虛幻，同時也表現出一種「在無可奈何的痛苦之下」，醒悟人間塵世之富貴溫柔，終歸虛空幻滅下的精神歸棲之地。

但問題是，太虛幻境作為一種「在無可奈何的痛苦之下，所寄望的精神樂園」，這又如何能與所謂的「樂園」相關聯呢？若太虛幻境這種「精神樂園」乃是奠基於「無可奈何的痛苦」下的產物，那麼，這樣的「樂園」豈非暗藏著許多強顏歡笑嗎？當然，論者或說會說「無可奈何的痛苦」所產生的「精神樂園」（太虛幻境），應理解為對塵間俗世之虛幻不實，有一種徹底的傷心之後，從而振發起的對於「真」與「實」之深刻認識下的寧靜精神、安頓之樂。然而，這樣的解釋模式，雖然大致上也能符合小說對於「真／假」、「虛／實」的思考，亦即從「真」與「實」的明徹安寧，來俯瞰「假」、「虛」的逐妄迷茫。但是，應當可以再追問的是，這樣一種所謂了悟真實的安寧之樂，是否真能全然順通解釋太虛幻境中所宣揚的某種安定之樂呢？若是，那這又將如何解釋警幻不是勸戒寶玉走向捨離人間的方外之路，反而勸說寶玉應「改悟前情，留意於孔孟之間，委身於經濟之道」，[23]這種較偏屬儒家式的安頓悅樂之道呢？再者，這種強調孔孟經濟之道的觀念，又如何與〈紅樓夢曲‧晚韶華〉所說「威赫赫爵祿高登；昏慘慘黃泉路近。問古來將相可還存？也只是虛名兒與後人欽敬。」[24]那種對於

---

22 李元貞：〈紅樓夢裏的夢〉，《紅樓夢研究集》，頁248。
23 〔清〕曹雪芹、高鶚著，馮其庸等校注：《紅樓夢校注》，頁94。
24 同前註，頁92。

「爵祿高登」僅視為「虛名兒」的思想相連貫呢？此外，所謂的悟幻歸真的寧定之樂，又將如何與〈紅樓夢曲・留餘慶〉「積得陰功。勸人生，濟困扶窮」這樣透過積德行善，以得福報的觀念相通呢？可見，太虛幻境作為一種「樂園」，所展現的安定之樂，仍有若干需要順通解釋的部分。而更重要的是，太虛幻境中作為能夠掙脫情迷、安度迷津的「木居士」、「灰侍者」，雖說明顯援引了《莊子・齊物論》「形固可使如槁木，而心固可使如死灰乎？」[25]的典故，但兩者之間的思想層次是同是異，似乎也可以再做討論。因為若「木居士」、「灰侍者」乃是神界悟幻歸真的象徵代表，理應淡漠塵緣、無聞無見，但為什麼同樣屬悟真神界中人的警幻仙姑會感動於寧榮二公的「剖腹深囑」，並「不忍」寶玉為世道所棄呢？[26]並且同樣屬於神界的「神瑛侍者」為何也會「凡心偶熾」，而其他仙界人物也甘願再次成為「風流冤家」，「又將造劫歷世」呢？[27]依此來看，對於太虛幻境所呈現的「指示人間虛幻」的「精神樂園」，其內在的思想性質，恐怕仍有討論的空間。底下將以上述問題為討論焦點，嘗試提出一個能夠通貫解釋，或說能夠合宜安排這些看似表面存在衝突的諸多思想觀念。

二　太虛幻境的警勸思想：幻滅、順命、積德、入正

太虛幻境雖然大體上可理解為位處於天上仙界，且能看破紅塵迷茫下的清靜樂園。然而，正如上一節所言，在太虛幻境中所展現之悟幻歸真的清寧之樂，似乎仍有一些思想內容較顯衝突，且定位不夠明晰之處。在本節中，我們將先討論太虛幻境中所呈現的有關於命數、

25　〔戰國〕莊周著，郭慶藩輯：《莊子集釋》，頁43。
26　〔清〕曹雪芹、高鶚著，馮其庸等校注：《紅樓夢校注》，頁94。
27　同前註，頁6。

積德、規引入正、遍歷饌飲聲色等,所欲傳達的思想內容。

(一)「饌飲聲色」的警勸哲理:真、假的雙重性

賈寶玉夢入太虛幻境,乃是警幻仙姑受寧榮二公魂靈之請託,從而刻意安排之帶有啟悟、規引意味的仙境夢遊。寶玉既見到「朱欄白石,綠樹清溪」、「人跡稀逢,飛塵不到」的清幽美景,也看到「珠簾繡幕,畫棟雕檐」、「光搖朱戶金鋪地,雪照瓊窗玉作宮」的富麗建築,並品嚐了由「諸名山勝境初生異卉之精,合各種寶林珠樹之油所製」的「群芳髓」之異香,以及「百花之蕊,萬木之汁,加以麟髓之醅、鳳乳之麴釀成」的「萬艷同杯」之清香甘冽。此外,也遇到了「嬌若春花,媚如秋月」,名為「癡夢仙姑」、「鍾情大士」、「引愁金女」、「度恨菩提」的天上仙子,以及兼具寶釵與黛玉之美的警幻之妹「兼美」。[28]

而可以注意的是,小說描寫這些「饌飲聲色」時,重點並非在於透過極力鋪陳天上仙界的富麗美好,以啟發寶玉對於仙界的嚮往欣羨。而是意圖從「饌飲聲色」的迷人滋味中,夾帶著某種使寶玉能夠就此「跳出迷人圈子」的勸戒思想於其中。因此,我們可以看到,一方面寶玉於夢中所領略的仙茗、靈酒與異香,往往都有哲理勸戒的諧音意味。如「群芳髓」以其特殊幽香,讓寶玉羨慕不已,但同時又以其名稱,暗示「群芳碎」,美好芬芳的人事物終歸粉碎破敗的下場(「萬艷同杯」以「杯」諧音「悲」、「千紅一窟」以「窟」諧音「哭」,也都有類似的意思)。換言之,「群芳髓」僅是宛然幻現而難以久住的假相,「群芳碎」才是事物的真實本相。又如天界仙子們的名號,也同樣有真假兩面的勸戒意味,「癡夢仙姑」、「鍾情大士」的

---

[28] 同前註,頁83-94。

「癡夢」與「鍾情」，表現出對於幻影假相的鍾情癡迷，而「引愁金女」、「度恨菩提」的「引愁」與「度恨」則透顯出情迷於幻影後，所必然出現的愁苦恨嘆，以及恨已度、愁已引下的某種無有情迷之醒悟真實後的安適狀態（「金女」、「菩提」）（至於其思想實質，詳下文論木居士、灰侍者之處）。

而另一方面，作者除了運用諧音來暗示哲理外，也往往善用場景（或說焦點）之切換，來表現富貴溫柔終歸空幻，執迷情緣徒然自苦的道理。譬如小說在描述寶玉初入太虛幻境時，於讚嘆了天上美景與警幻風采後，就立刻將焦點、視線轉移至幻境中，如「太虛幻境」、「假作真時真亦假，無為有處有還無」、「孽海情天」、「厚地高天，堪嘆古今情不盡；痴男怨女，可憐風月債難酬」等，[29] 石牌、宮門與對聯的書寫文字上。藉此傳達世人顛倒妄見，將神界仙境所宣說之清涼真實，視為虛假空無，並自作情孽，執迷於現世終歸幻滅的富貴與溫柔，從而在幻滅中飽嚐離散之神傷心碎。此外，又如寶玉與兼美「柔情繾綣，軟語溫存」，難解難分，攜手遊玩之時，也隨即從男女溫潤的場景色調，轉而成「荊榛遍地，狼虎同群」，有「夜叉海鬼」潛伏於黑溪迷津的驚悚畫面。而這可說是巧妙地透過場景的頃刻幻變，來勸戒男女溫柔畢竟短暫空無，迷醉於繾綣柔情，終將深陷撕心裂肺的情孽深淵之恐怖。[30] 總而言之，警幻仙子在寶玉於「饌飲聲色」的領會滿足中，主要是透過三種方式，來展現警勸之哲理。一是仙境之茶酒香的諧音暗示（如千紅一窟、群芳髓）；二是透過仙境中若干名稱名號的直接勸戒（如引愁金女、孽海情天）；三是場景的轉瞬遷變（如從香閨秀閣到黑溪迷津）。並且所欲傳達的觀念，主要較偏向於

---

29 同前註，頁84。
30 類似的歡快與恐怖的兩面轉換，此處是透過場景的轉移變化來表現。在第十二回「風月寶鑑」，則是透過風月鏡之正反面的轉換來呈現，但基本思考可說如出一轍。

富貴溫榮的虛假短暫，以及執迷牽掛後的必然神傷這類的勸戒，至於從「迷」轉「悟」後的內容，則仍相對模糊，只能從「引愁金女」、「度恨菩提」，約略看到擺脫愁苦嘆恨後，以道佛之「金女」與「菩提」所代表的某種安定醒悟之形象。

(二)《紅樓夢曲》的思想解析：在空幻之外的其他警勸思想

第五回中的《紅樓夢曲》若加上「引子」與「尾聲」共十四支曲子。學者較多是將其與金陵十二釵之圖冊與判詞聯繫來看，一方面從中解讀小說人物的性格與命運；另方面，也關注其中所透露的八十回後的原稿線索，並與續書之情節相互比較。然而，事實上在曲詞中還有不少警勸的思想存在其中，值得仔細探索。首先，可以注意到的是，在《紅樓夢曲》中有些曲詞仍然延續著類似〈好了歌〉所言「古今將相在何方？荒塚一堆草沒了」、「終朝只恨聚無多，及到多時眼閉了」、「君生日日說恩情，君死又隨人去了」、「痴心父母古來多，孝順兒孫誰見了」等，[31]那種對於世人所鍾愛、所盡力追逐之妻財子祿，終究幻滅成空，以及事與願違、徒勞無功的思想觀念。譬如〈終身誤〉與〈枉凝眉〉所言「都道是金玉良姻，俺只念木石前盟。空對著，山中高士晶瑩雪，終不忘，世外仙姝寂寞林」、「若說有奇緣，如何心事終虛化？一個枉自嗟呀，一個空勞牽掛。一個是水中月，一個是鏡中花」。[32]雖然主要是從兒女情感來說，但也同樣表現出情緣成空、事與願違的觀念，並由此啟發出一種淡泊的思考，亦即對於「風月情濃」之「情」，應從「濃」轉為「淡」，才能避免情執的糾纏與失落，從而獲得較多的安寧與平靜。又如〈恨無常〉與〈晚韶華〉所

---

31 同前註，頁12、13。
32 同前註，頁91。

說：「喜榮華正好，恨無常又到」、「鏡裏恩情，更那堪夢裏功名！那美韶華去之何迅！」[33]也同樣是說功名富貴、青春溫柔的轉瞬即逝，並帶有勸戒世人不要耗費心力於「鏡裏恩情」、「夢裏功名」，這類本質上終究空幻、必然傷感的事物上。

再如〈虛花悟〉所說「說什麼，天上夭桃盛，雲中杏蕊多。到頭來，誰把秋捱過」、「生關死劫誰能躲」等，[34]也同樣呈現出對於富貴繁華雖炫目迷人，但終究也難逃衰落破敗之命運的警勸觀念。並且於「把這韶華打滅，覓那清淡天和」、「西方寶樹喚婆娑，上結著長生果」，等曲詞中，也表現出某種清寧無擾的生命境界。只是要特別注意的是，曲詞所說的「清淡天和」、「長生果」，若將之聯繫於惜春的個性氣質來看，恐怕未必能理解為一種證悟體道、解脫自得的高妙境界。因為從第七十四回抄檢大觀園來看，惜春對於入畫私傳物品之事，所展現的反應與態度，實在很難與「清淡天和」這種安寧自得的理境產生聯想。在該回中，一方面鳳姐、王善保家的與眾人進入惜春房抄檢時，惜春既「嚇的不知當有什麼事」，而當抄出違紀物品時，也呈現「惜春膽小，見了這個也害怕」的態度；[35]另方面，事後當眾人意圖大事化小、小事化無時，惜春不但不肯寧人息事，反而展現出「百折不回的廉介孤獨僻性」，既堅決懲處入畫，並且還將斷絕與寧國府的聯繫，只為了「我一個姑娘家，只有躲是非的，我反去尋是非，成個什麼人了」、「我只知道保得住我就夠了，不管你們。從此以後，你們有事別累我」、「省了口舌是非，大家倒還清淨」。[36]依此來看，惜春的「清淡天和」，其實只是如第七十四回回目所說是「矢孤

---

33 同前註，頁91、92。
34 同前註，頁92。
35 同前註，頁1162、1163。
36 同前註，頁1166、1167。

介」的型態,是一種只求個人孤高潔淨,並視外界為髒污腐敗,從而劃清界線、誓不往來的態度。所謂「清淡天和」應當只存在於惜春自是其是的意念中,而所謂「西方寶樹」、「長生果」所結之果實,其風味恐怕並不清爽甘甜,而只是尤氏所批判的「是個心冷口冷心狠意狠」,[37]能寒人心的冷淡滋味。

此外,還可注意的是,《紅樓夢曲》於勸戒的哲理上,似乎並非全然呈現如首回中,一僧一道所說的「那紅塵中卻有些樂事,但不能永遠依恃;……瞬息間則又樂極悲生,人非物換,終究是到頭一夢,萬境歸空」,那種視紅塵樂事終究歸空如夢的單一思考模式,而有更為豐富的思想層次與變化。先就〈分骨肉〉與〈樂中悲〉來看,曲詞所言「自古窮通皆有定,離合豈無緣」、「這是塵寰中消長數應當,何必枉悲傷」[38]的「定」、「數」來看,這裏明顯表現出命定、運數的觀念,而從「消長數應當,何必枉悲傷」則可發現,此處是勸戒應當隨順接受,先天運數的命定必然,使主體情感於順隨命數中,得以消解一些情感的震盪波動。換言之,「消長數應當」可說是表現某種知運順命的態度,而透過此一態度,則能「何必枉悲傷」,使「情」在塵寰的離合消長中,不至於摧折過度,而保有些許的開解甚至豁達的可能。[39]

再來,就〈留餘慶〉與〈晚韶華〉來看,曲詞說道:「積得陰功。勸人生:濟困扶窮,……正是乘除加減,上有蒼穹」、「雖說是人生莫

---

37 同前註,頁1166。另外,關於惜春的人物分析,還可參考歐麗娟:〈賈惜春論〉,《大觀紅樓(正金釵卷)下》,頁544-581。

38 同前註,頁91。

39 又,還可補充的是,類似的通過知運順命,以某種程度開解情緒的模式,續書者也有所掌握。如第一百二十回中,面對寶玉出家,王夫人心想:「人生在世真有一定數的。……不想寶玉這樣一個人,紅塵中福分竟沒有一點兒!」想了一回,也覺解了好些。」而寶釵所想:「寶玉原是一種奇異的人。夙世前因,自有一定,原無可怨天尤人」同前註,頁1791、1792。不論是說先天命數抑或前世因果,都展現出類似的藉此「理」(命數、因果之理),以安撫情緒的想法。

受老來貧,也須要陰騭積兒孫。」[40]這裏所說的「餘慶」、「陰功」、「陰騭」等,都意味著即便在定命、命數的強力籠罩下,透過「濟困扶窮」這類行善積德的行動,仍然能夠某種程度的使運數發展有些微調整的可能。至少能使兒孫輩即便遭遇必然的困厄運命,也能在「上有蒼穹」、「陰騭」的護持下,能多點福佑,少些災厄。而類似於「積得陰功」,這種透過某種主體行動,使運數能有某種程度改變的思考,還可見於第十三回秦可卿顯靈於鳳姐夢中的一段勸戒話語:

> 常言「月滿則虧,水滿則溢」;又道是「登高必跌重」。如今我們家赫赫揚揚,已將百載,一日倘或樂極悲生,若應了那句「樹倒猢猻散」的俗語,豈不虛稱了一世的詩書舊族了!……否極泰來,榮辱自古周而復始,豈人力能可保常的。但如今能於榮時籌畫下將來衰時的世業,亦可謂常保永全了。……趁今日富貴,將祖塋附近多置田莊房舍地畝,以備祭祀供給之費皆出自此處,將家塾亦設於此。……便是有了罪,凡物可入官,這祭祀產業連官也不入的。便敗落下來,子孫回家讀書務農,也有個退步,祭祀又可永繼。若目今以為榮華不絕,不思後日,終非長策。[41]

這裏可以看到兩個重點:第一,雖然整體而言,運數的變化發展乃是「否極泰來,榮辱自古周而復始」,是以盛衰循環交替的模式展開,但就賈府的處境而言,則是屬「月滿則虧,水滿則溢」的階段,處於自盛轉衰的下墮過程。[42]第二,面對賈家必然面對的頹墮衰敗,秦可

---

40 同前註,頁92。
41 同前註,頁199、200。
42 此處所呈現的運數轉變模式,於〈好了歌〉與〈好了歌解〉中也有類似的觀念。

卿所展現的態度，並非是要鳳姐早一些退步抽身、捨離紅塵，而是認為仍有某些可為之處，若能在「榮時籌畫下將來衰時的世業，亦可謂常保永全」。換言之，由盛轉衰的頹勢，雖不可避免，但透過某些主體行動（如購置祭祀產業、讀書務農等），仍能於頹敗中保有一線生機，靜待否極泰來的復甦變化。也就是說，不論是透過「積得陰功」抑或是「榮時籌畫」這兩種主體行動的方式，都能使運數發展有些許調整的機會，使衰亡敗喪中，仍保有一點觸底回彈的可能性。而這樣的想法觀念，很可能即是寧榮二公之魂靈，之所以囑託警幻仙子規引寶玉走向正途的重要原因。寧榮二公之靈說道：

> 吾家自國朝定鼎以來，功名奕世，富貴傳流，雖歷百年，奈運終數盡，不可挽回者。故遺之子孫雖多，竟無可以繼業。其中惟嫡孫寶玉一人，稟性乖張，生情怪譎，雖聰明靈慧，略可望成，無奈吾家運數合終，恐無人規引入正。幸仙姑偶來，萬望先以情欲聲色等事警其痴頑，或能使彼跳出迷人圈子，然後入於正路，亦吾兄弟之幸矣。[43]

寧榮二公雖深知「運數合終」、「運終數盡，不可挽回」，賈府已必然面臨墮落衰敗之命運，然而，也並非就此倡言遠離塵俗、走向方外式的出世絕塵，而是意圖透過警幻仙姑之力，讓「聰明靈慧」的寶玉「留意於孔孟之間，委身於經濟之道」，從此「跳出迷人圈子」而「入於正路」，讓賈家在黯淡的前景中，即便不能扭轉頹敗之運數，但仍能保留最後的一絲希望，而尚能期盼由剝而復的到來。[44]

---

43 〔清〕曹雪芹、高鶚著，馮其庸等校注：《紅樓夢校注》，頁89。
44 又，我們知道從第三回「賈政最喜讀書人，禮賢下士，濟弱扶危，大有祖風」，以及第十九回「賈宅是慈善寬厚之家，……賈府中從不曾作踐下人，只有恩多威少

三　從《莊子》「槁木死灰」到《紅樓夢》「木居士」、「灰侍者」的思想異同

在夢遊太虛幻境的結尾處，寶玉走到一個極其恐怖且危險的地方：

> 但見荊榛遍地，狼虎同群，迎面一道黑溪阻路，並無橋梁可通。正在猶豫之間，忽見警幻後面追來，告道：「快休前進，作速回頭要緊！」寶玉忙止步問道：「此係何處？」警幻道：「此即迷津也。深有萬丈，遙亙千里，中無舟楫可通，只有一個木筏，乃木居士掌舵，灰侍者撐篙，不受金銀之謝，但遇有緣者渡之。爾今偶遊此，設如墮落其中，則深負我從前諄諄警戒之語矣。」話猶未了，只聽迷津內水響如雷，竟有許多夜叉海鬼將寶玉拖將下去。[45]

這裏的「迷津」、「黑溪」與「夜叉海鬼」，可說是太虛幻境宮門之上「孽海情天」的形象化表現，象徵著塵俗人間於情迷、情傷中的迷茫昏瞶與盡受折磨。至於由「木居士掌舵，灰侍者撐篙」，使人能安度情海迷津的救贖木筏，則正如護花主人所言：「迷津難度，只有心如槁木死灰，方免沉溺」，[46]表示唯有槁木死灰的心境，乃能不受情緣魔

的」。同前註，頁44、305等文獻來看，可知賈府祖輩所展現的，乃是扶危濟弱、寬厚慈善這樣的風範。然而，到了後代子孫卻未能承繼祖風，故既無力維持盛況，同時也無法保留衰敗時，尚能由剝轉復的一線生機。依此看來，〈好事終〉「箕裘頹墮皆從敬，家事消亡首罪寧」的「箕裘頹墮」、「家事消亡」，或許還帶有譴責不能克紹箕裘，遂失去否極泰來之機會的意味。

45　同前註，頁94。
46　〔清〕曹雪芹著，馮其庸纂校訂定：《八家評批紅樓夢》（北京：文化藝術出版社，1991年），頁134。

障所困陷糾纏。但問題是,木居士、灰侍者象徵的「心如槁木死灰」,究竟該如何理解呢?是否能直接與《莊子》天籟齊物的超越境界等量齊觀呢?事實上,這一問題,恐怕難以從上引文的描述中,直接取得判斷的依據。因為引文只是佛老的典故混用與藝術形象的呈現,缺乏明確思想觀念的文字敘述。因此,若欲了解木居士、灰侍者的「心如槁木死灰」之思想內容,還需配合《紅樓夢》其他章回中,若干具有超越性質的相關文字論述,展開交互詮證,才能獲得較為清楚的定位。而在《紅樓夢》中相對較為明確的展現出,屬於神界的某種超越理境之文字,應可以第二回賈雨村於智通寺的老僧奇遇,以及第二十五回癩頭和尚之持誦通靈玉,這兩個章回所呈現的內容為討論依據。底下嘗試討論之。

(一)智通寺老僧「不可說」中的「可說」

對於第二回賈雨村遊覽山水,偶遇智通寺老僧的一段情節,學者胡萬川先生在其〈由智通寺一段裏的用典看《紅樓夢》〉中有詳盡的討論。[47]胡氏於該文中有兩個特別值得注意的觀察:第一,胡氏認為智通寺老僧正如脂批所言是「出世醒人」,只是當時賈雨村之俗眼並未能「識得既證之後」的高妙境界。而對於此一境界,胡氏解釋道:「若以佛家語來比喻,這老僧之『聾昏』,之『所答非所問』,可以說正是『無所有』『無所得』的當場說法。……世障太深的雨村無法從這種『不立文字』『不落言說』所示現的教化中領悟出那『不可說』的真諦而已」。[48]第二,雖然賈雨村表面上不同於〈枕中記〉的盧生,在呂翁的點化中,明瞭人生如夢,畢竟成空的道理。然而,胡氏指

---

47 詳參胡萬川:〈由智通寺一段裏的用典看《紅樓夢》〉,《真假虛實——小說的藝術與現實》(臺北:大安出版社,2005年),頁301-310。
48 同前註,頁306。

出:「正因為他不能如盧生入夢『受洗』,仍得翻轉於塵世,才能導引出,並見證了此一部偉大的紅樓興衰史。……從冷子興演說榮國府開始到抄家去職等等所有的熱鬧喧嘩,在作者的原意中,原來也只是像盧生之一場夢而已。」[49]換言之,《紅樓夢》對於〈枕中記〉的承繼,並不僅止於智通寺一段的描述而已,賈雨村離開寺廟後,所展開的賈府故事,正與盧生的枕中經歷相通,皆表現出人生如夢、轉瞬成空的思想觀念。

不過,在胡氏的研究基礎上,或許還可以補充說明與討論的是,第一,《紅樓夢》雖說具有人生如夢、一切歸空的思想觀念,然而,這並非其「夢」意象的全部內容。事實上,「夢」之意象,還有殘夢、憶夢,那種對於如煙往事的依戀不捨、回味纏綿的意味。譬如第五回「演出這懷金悼玉的《紅樓夢》」,[50]從「懷」與「悼」來看,可以發現對於幻化已逝的種種過往,並非處於冷然淡漠的態度,反而充滿哀悼與感懷的情思。又如第三十八回黛玉以擬人化的方式所寫的〈菊夢〉有言「籬畔秋酣一覺清,和雲伴月不分明。登仙非慕莊生蝶,憶舊還尋陶令盟。」[51]這裏的「憶舊」其實即是「夢舊」,[52]同樣展現夢憶眷戀之意。再如第五十二回薛寶琴所述〈真真國女兒詩〉所言「昨夜朱樓夢,今宵水國吟。……漢南春歷歷,焉得不關心」。[53]也表現出對往日美好的依戀難捨的情感。而尤其重要的是,從首回脂批所言「作者自云」一段的描述,可以看見《紅樓夢》一書的寫作動機,還帶有對於過往「錦衣紈袴之時,飫甘饜肥之日,背父兄教育之

---

49 同前註,頁309。
50 〔清〕曹雪芹、高鶚著,馮其庸等校注:《紅樓夢校注》,頁90。
51 同前註,頁587。
52 蔡義江:《紅樓夢詩詞曲賦鑒賞(修訂重排本)》,頁237。
53 〔清〕曹雪芹、高鶚著,馮其庸等校注:《紅樓夢校注》,頁808、809。

恩,負師友規談之德」的懺悔,以及對「當日所有之女子」,其行止見識之追憶的情感。[54]依此來看,《紅樓夢》雖有與〈枕中記〉人生如夢之觀念有相通之處,但並不侷限於此,還有對於如夢人生的追憶、眷戀的面向。

第二,身處傾頹廟宇,「既聾且昏,齒落舌鈍,所答非所問」的智通寺老僧,單就其不聞不見的行動表現,似乎也可說,作者是藉此來象徵「不可說」、「不立文字」的形上理境。但問題是,若從冥契主義的角度來看,所謂「不可說」主要是因為究竟真實的形上超越之「道」,一方面在冥契至道的「當下」無法言說;另方面,由於冥契至道乃是渾淪整全、一體無別的特殊經驗,而語言文字其自身的對偶性、切割性,往往造成冥契者於事後回憶,而欲有所說時,感到邏輯不通、困難重重。然而,若跳過這層心理上的糾結,冥契者仍不斷的透過理性論述或文學意象等各種表現方式,來宣說自身的經驗。[55]譬如《老子》除了用理性論述外,也往往運用大母神神話意象群(如母、嬰、水、柔、谷、玄牝等)來闡發體道、道體之經驗,[56]不因為

---

54 同前註,頁1。

55 史泰司論及「冥契主義與語言」時說道:「冥契者說他的體驗是不可言說的,這如何解釋呢?我的觀感如下:在用得恰到好處的情況下,冥契者被迫選用的語言是貨真價實的,它可以很正確的描述他的經驗,但它是矛盾的。……因在非冥契時刻裏,他和平常人沒有兩樣,都具有邏輯的心靈,他不可能一直住在『一』的悖論世界裏面,……當他從『一』的世界退回時,他希望用語言和其人士溝通他所憶及的經驗。當語言從他嘴裏跳出來時,他嚇呆了,大惑不解,因為他發現他所講的自相矛盾。他告訴他自己:使用語言此事一定有些問題;他認為他的經驗是不可言說的!他搞錯了,他發出的言辭誠然是種悖論,但悖論其實正確無誤地描述了他的體驗。語言所以是種悖論,乃因經驗本身即是悖論,因此,語言恰如其分地反映了經驗。」詳參史泰司著,楊儒賓譯:《冥契主義與哲學》(臺北:正中書局,1998年),頁418、419。

56 關於《老子》、冥契主義與大母神神話三者關係的討論,請參考楊儒賓:〈道與玄牝〉,《道家與古之道術》(新竹:國立清華大學出版社,2019年),頁49-88。

「道可道，非常道」就放棄宣說「道」的經驗與智慧。也就是說，若撇開冥契經驗「當下」的「不可說」，所謂冥契經驗「之後」的「不可說」，主要是因為冥契者在渾淪整全之「一」與語言邏輯的切割、對偶之「二」，於心理上的糾結困惑所致。而在如是之心理糾結的「不可說」之外，冥契者仍有許多「可說」之處，而詮釋者也主要是透過其「可說」之表現，來理解其思想觀念、判斷其思想型態。換言之，對於智通寺老僧的思想性質之討論，與其關注於「既聾且昏，齒落舌鈍，所答非所問」的「不可說」的曖昧模糊，不如多從其中的「可說」面向展開討論，或許更為確當。

　　事實上，在智通寺情節中，確實有明確的「可說」之處，此即智通寺門旁「身後有餘忘縮手，眼前無路想回頭」的對聯文字。若分析此一對聯文字中所展現的觀念，應當可發現，其思想似乎與冥契本體、形上本真這類的超越理境關聯不大，而是在勸戒應當知足，不要過度貪求，否則將使自身陷入到後悔莫及的危機之中。而類似的想法，也可見於〈好了歌注〉的「因嫌紗帽小，致使鎖枷扛」，[57]這裏也同樣表現出警勸因貪得無厭，所可能導致的慘痛下場。而有意思的是，脂批還說道，此句乃暗示「賈赦雨村一干人」。[58]換言之，智通寺對聯的一段文字，擴大一點看，可說是警勸貪求過度者，應趁早回頭，以免落入難以收拾的處境。縮小一點看，則可說帶有勸告甚至預言賈雨村將來處境的意味。至於智通寺老僧的「既聾且昏，齒落舌鈍，所答非所問」，也應聯繫起「身後有餘忘縮手，眼前無路想回頭」的對聯文字來看，而未必適合直接往不可言說之超越境界來解釋。也就是說，「既聾且昏，齒落舌鈍」應是展現出對於凡眾所競逐

---

57 〔清〕曹雪芹、高鶚著，馮其庸等校注：《紅樓夢校注》，頁13。
58 〔清〕脂硯齋等評，陳慶浩輯校：《新編石頭記脂硯齋評語輯校（增訂本）》（臺北：聯經出版事業公司，1986年），頁32。

不疲、談說無倦之功名富貴，抑或男女情愛等事物，那種無所關心、無意追逐的態度。而這樣的紅塵淡漠之態度，正與賈雨村之紅塵迷醉截然不同，因此必然產生「所答非所問」難有交集的情況。換言之，智通寺的門旁對聯與老僧的不聞不見，兩者相互補充。前者著重展示紅塵迷醉、貪求無厭的危險，後者則表現出一種捨離、隔絕式的斷滅法門。而其基本思想觀念，可與首回跛足道人所言「好便是了，了便是好。若不了，便不好；若要好，須是了」[59]相互詮釋。〈好了歌〉的「好」與「了」，是說若欲獲得如神仙般清寧無憂之「好」，則應了卻對於妻財子祿等溫柔富貴的執迷難捨，有斷捨之「了」，乃有神仙之「好」。同樣的，智通寺老僧的無聞無見，也表現出「了」卻「身後有餘忘縮手」的無盡貪求後，而產生的一種身處茂林深竹之智通寺的安定寧靜之「好」。

（二）癩頭和尚之持誦通靈玉：「鍛煉通靈」？「無喜亦無悲」？

第二十五回在馬道婆魘魔法的威力下，寶玉奄奄一息，正當賈府上下慌亂的危機時刻，一僧一道飄然登場，透過摩娑持頌「通靈玉」，使其被貨利聲色所纏縛壓制的「除邪祟」之靈力，得以復甦重現，從而破除馬道婆的法術，使寶玉逐漸恢復原本的身心狀況。而在持頌的過程中，癩頭和尚誦唸了兩則詩偈，透露了天上神界對於塵世之溫柔富貴的看法，以及所謂「無喜亦無悲」的境界真相：

> 天不拘兮地不羈，心頭無喜亦無悲；卻因鍛煉通靈後，便向人間覓是非。

---

59 〔清〕曹雪芹、高鶚著，馮其庸等校注：《紅樓夢校注》，頁13。

　　　　粉漬脂痕污寶光，綺櫳晝夜困鴛鴦。沉酣一夢終須醒，冤孽償
　　　　清好散場！[60]

「粉漬脂痕污寶光，綺櫳晝夜困鴛鴦」既是描述「通靈玉」下凡人間，被無盡的溫柔與富貴所綑綁糾纏的樣貌，同時也展現常人於聲色財貨中的沉陷迷醉。而「沉酣一夢終須醒，冤孽償清好散場」，除了「暗示最後賈府家亡人散」外，[61]也表現出對於人世情緣的兩種解讀，一是情緣難以長保永存，如夢亦如戲，終有夢醒散場的幻滅時刻；另一則是情愛雖有其沉酣迷醉的面向，但同時亦有於愛戀中自尋煩惱的諸多糾結。如第五回所言寶、黛兩人雖親密熟慣，但卻仍「不免一時有求全之毀，不虞之隙」，於親密中頻生惱苦。[62]不過，詩偈中除了展現上述的人間情緣的短暫與糾結外，還透露了一種能夠超越於塵世悲喜交集的寧定狀態，值得仔細分析討論。若單就「天不拘兮地不羈，心頭無喜亦無悲」來看，確實容易讓人往無盡開闊、超越相對的形上理境產生聯想。但問題是，這樣的聯想是否真能符合小說中的故事脈絡與思想觀念嗎？事實上，理解所謂天地不羈、無喜無悲的真確意旨，應從下一句的「卻因鍛煉通靈後，便向人間覓是非」尋找解釋的基礎。這裏的「鍛煉通靈」、「覓是非」應參照首回女媧於大荒山無稽崖煉石補天神話，文中說道：

---

60 同前註，頁400、401。

61 蔡義江：《紅樓夢詩詞曲賦鑒賞（修訂重排本）》，頁191。

62 第二十九回所描述的寶、黛之情感糾結，也很能表現情愛中所具「冤孽債」的面向。回中寫道：「他二人竟是從未聽見過『不是冤家不聚頭』的這句俗語，如今忽然得了這句話，好似參禪的一般，都低頭細嚼此話的滋味，都不覺潸然泣下。雖不曾會面，然一個在瀟湘館臨風灑淚，一個在怡紅院對月長吁，卻不是人居兩地，情發一心！」〔清〕曹雪芹、高鶚著，馮其庸等校注：《紅樓夢校注》，頁465、466。

娲皇氏只用了三萬六千五百塊，只單單剩了一塊未用，便棄在此山青埂峰下。誰知此石自經鍛煉之後，靈性已通，因見眾石俱得補天，獨自己無材不堪入選，遂自怨自嘆，日夜悲號慚愧。一日，正當嗟悼之際，俄見一僧一道遠遠而來，……先是說些雲山霧海神仙玄幻之事，後便說到紅塵中榮華富貴。此石聽了，不覺打動凡心，也想要到人間去享一享這榮華富貴。[63]

「卻因鍛煉通靈後」應與「鍛煉之後，靈性已通」相互參照，所謂的「靈」並非是指某種形上超越之本真靈性，而是指具有個我之感覺欲求、認識分別的覺受識知之靈。此情識之「靈」的萌動展現，所帶來的正是紛擾的開始。未經女娲鍛煉、靈性未通前的石頭，未曾有「獨自己無材不堪入選」的悲嘆，然而，當「鍛煉通靈」後的補天石，有識知分別之「靈」後，同時也有了得失比較之心（「見眾石俱得補天」），不但「日夜悲號慚愧」，並且也容易受到外在榮華物事的牽引，遂「不覺打動凡心」，而欲下凡受享，於人間尋是覓非。[64]換言之，「鍛煉通靈」是從無是無非，轉變為有是有非的大關鍵，未「鍛煉通靈」前的石頭，只是無知無識、無情無感的無生命之原石、頑石，「鍛煉通靈」後的石頭，則已成有知有識、有覺有感，充滿得失比較與情緒起伏的補天石。依此來看，所謂「天不拘兮地不羈，心頭無喜亦無悲」，恐怕不太適合往某種超越的形上理境給予解釋，而是指全然的無知無識，無有情根潛伏，全無情識之「靈」的生命狀態，

---

63 同前註，頁2。
64 第十七、十八回的補天棄石還有如是的感想：「說不盡這太平氣象，富貴風流。——此時自己回想當初在大荒山中，青埂峰下，那等淒涼寂寞；若不虧癩僧、跛道二人攜來到此，又安能得見這般世面。」同前註，頁270。

而處於這樣的無覺無識,乃有海闊天空,不受情擾的安寧平靜。[65]換言之,癩頭和尚之詩偈所言「心頭無喜亦無悲」與「卻因鍛煉通靈後」,所展現的思想觀念,可理解為:真正能夠無有情困、不受物擾之寧靜平和,恐怕只有無知無覺的草木山石有此靜定,一旦開通知覺、擁有情識,就難以保持無擾之安寧。有靈有情註定妄動,無靈無情乃得平靜。

(三)評估「心如槁木死灰,方免沉溺」的思想型態

經過前面的分析討論,我們可以看到不論是智通寺老僧,抑或是癩頭和尚的詩偈,一方面皆視人間的聲色財貨為負面的,容易讓人陷入迷茫與危險的事物;另方面,面對紅塵的溫柔富貴,所展現的對治法門,也比較偏向於阻絕、捨離這種斷滅式的思考。差別主要在於相較於智通寺老僧那種身處方外,對於紅塵繁華全無關心的捨離態度,「心頭無喜亦無悲」式的捨離更是徹底,連情識之靈明都要徹底斷除,直至成為無生命的草木山石,乃有天地不拘、無悲無喜的安寧平靜。

然而,或許由於有情有識之人,畢竟不同於無情無識之物,斬除情識之靈恐怕不切實際。因此,我們可以看到,《紅樓夢》中一僧一道幾次的度化示現,大多較偏向於如同智通寺老僧般的走向方外,無意繁華的斷滅隔絕。譬如第三回黛玉轉述三歲時,癩頭和尚所說的一段不經之談,即是屬斷絕捨離式的法門。黛玉說道:

> 那一年我三歲時,聽得說來了一個癩頭和尚,說要化我去出

---

[65] 類似於這種無知無識、無情無覺乃有平和寧靜之可能的思想觀點,還可見於《紅樓夢》如第十九「化成一股輕烟」、二十八回「欲為何等蠢物,杳無所知」,以及續書的百一十三回「草木石頭,無知無覺,倒也心中乾淨」等。對於這些文獻的思想分析,還可參考「論賈寶玉的懸崖撒手與莊禪哲理的思想差異」。

家,我父母固是不從。他又說:「既捨不得他,只怕他的病一生也不能好的了。若要好時,除非從此以後總不許見哭聲;除父母之外,凡有外姓親友之人,一概不見,方可平安了此一世。」[66]

「總不許見哭聲」、「凡有外姓親友之人,一概不見」,雖然帶有若干林黛玉日後命運發展的預言意味,但無論如何,「不許見哭聲」、「一概不見」的態度,本質上與「出家」皆表現出相同的斷絕、隔離式的思考。意圖在黛玉尚未受到人間情緣必然的折磨摧殘之前,早一步轉身抽離,從而獲得身心的安頓。[67]此外,又如第六十六回在跛腿道士的度化下,柳湘蓮亦是採取紅塵抽身的方式,來安頓身心。文中說道:

> 湘蓮警覺,似夢非夢,睜眼看時,那裏有薛家小童,也非新室,竟是一座破廟,旁邊坐著一個跛腿道士捕虱。湘蓮便起身稽首相問:「此係何方?仙師仙名法號?」道士笑道:「連我也不知道此係何方,我係何人,不過暫來歇足而已。」柳湘蓮聽了,不覺冷然如寒冰侵骨,掣出那股雄劍,將萬根煩惱絲一揮而盡,便隨那道士,不知往那裏去了。[68]

柳湘蓮於新房中對尤三姐的懊悔不捨,以及眼前畫面從「薛家小童」、「新室」,忽變為「一座破廟」的「似夢非夢」,乃是表現從繁華

---

66 〔清〕曹雪芹、高鶚著,馮其庸等校注:《紅樓夢校注》,頁46。
67 首回中所描述的:「看見士隱抱著英蓮,那僧便大哭起來,又向士隱道:『施主,你把這有命無運,累及爹娘之物,抱在懷內作甚?』士隱聽了,知是瘋話,也不去睬他。那僧還說:『捨我罷,捨我罷!』」同前註,頁7。癩頭和尚所說的「捨我罷」,其實也帶有捨離紅塵,使方內悲喜不沾身的意味。
68 同前註,頁1042。

到破敗的轉瞬遷變，以及男女情緣本為情孽魔障，這類的思想觀念。而跛腿道士所說「不知道此係何方，我係何人，不過暫來歇足」，則是呈現凡塵人眾各自在不同的場景與角色中，如戲如夢般，以假為真地賣力演出，而遺忘了不過是「暫來歇足」的實相。依此來看，不難發現跛腿道士與柳湘蓮的這一段情節，其含藏的度化思想，基本上可說是癩頭和尚詩偈所言「沉酣一夢終須醒，冤孽償清好散場」之思想觀念的再次呈現。而柳湘蓮正是在這樣一種對於紅塵人間，其短暫、冤孽與夢戲諸性質的冷然領悟下，走向方外世界，透過捨離、斷除與紅塵的聯繫，避免一再的入戲沉迷與懊悔傷心。

而在上述的討論基礎上，再回過頭來省思太虛幻境中的「木居士」與「灰侍者」所象徵的哲理意義。也就可說，《紅樓夢》雖然明顯鎔鑄了《莊子》「形固可使如槁木，而心固可使如死灰」的典故，並將其擬人化。但卻未必連帶地將《莊子》超越之一體冥契的哲理內容一併融攝其中。「木居士」與「灰侍者」在《莊子》的文字舊瓶中，所注入的思想新酒，主要是對於紅塵之富貴溫柔，其短暫、迷茫與陷落等危險的覺察，遂選擇以一種淡漠、阻絕、隔離的方式，在身不陷落，心無關切的絕塵狀態下，使身心有安寧清靜的可能。也就是說，在《紅樓夢》中「槁木死灰」表現出方外與方內的隔絕對立之關係。以有情有靈之身心，涉入幻化千變的方內紅塵，注定讓自身深陷迷茫痛苦，因此，只有抽離紅塵、走向方外，對於聲色財貨無所關心，乃有平靜之可能。然而，在《莊子》的「槁木死灰」則是一種物我合一的形上理境。形如槁木，心如死灰，是偏重於描述主體面已然將欲求分別之心澄汰轉化下的超越境界，而若從客體面來說，則是「天籟」所展現的「咸其自取」之天地人我一同歸復本然的形上理境。在此境界中，物我之間已然取消了對立隔閡，而一同冥合於共振

的旋律之中。[69]也就是說,「槁木死灰」在《莊子》與《紅樓夢》中,僅是文字表面的看似相同,但思想實質則有明顯的差異。在《莊子》是物我之一體和諧,而在《紅樓夢》中則有物我之對立與警覺的面向,必須區別清楚。

四 結語:不受物擾的平和之「樂」及其潛隱的「靜極思動」

在仙界中人看來,塵世凡間的富貴溫柔之樂,只是暫時幻化的現象,它逃不過時間、命數的約束限制。但有情眾生卻以假為真,貪求執取聲色財貨,從而深陷於「榮華／敗喪」、「相聚／別離」、「青春／老朽」的輪轉變化,使情感擺盪糾結於忽悲忽喜、患得患失之中,直到一敗塗地的生命終點。然而,在點出塵世之樂的危險與限制外,太虛幻境也開示了幾個使人能夠於世間之妻財子祿的迷茫競逐中,獲得某種平靜安定的法門。如「消長數應當,何必枉悲傷」,在知命順命的心態調整下,使得失之衝擊得以減緩。又如「積得陰功」,透過行善積德,使運數遷變中能多一些善緣,少一些困厄。再如「留意於孔孟之間,委身於經濟之道」,也能或多或少使必然敗落的命運,保留一線生機,而能靜待否極泰來的復甦時刻。不過,整體來看,上述的幾種安定法門,皆只有一定程度的效用而已,不論如何掙扎,終究仍是「昨貧今富人勞碌,春榮秋謝花折磨。似這般,生關死劫誰能躲?」或說「問古來將相可還存?也只是虛名兒與後人欽敬」。[70]情感的愛戀執取,再配上終將幻逝的必然命運,所帶來的注定是悲傷心

---

69 詳參賴錫三:〈《莊子》工夫實踐的歷程與存有論的證悟——以〈齊物論〉為核心而展開〉,《莊子靈光的當代詮釋》(新竹:國立清華大學出版社,2008年),頁23-48。
70 〔清〕曹雪芹、高鶚著,馮其庸等校注:《紅樓夢校注》,頁92。

碎。因此，不論是太虛幻境中的木居士、灰侍者，或智通寺老僧，抑或是一僧一道於人間的種種度化活動，主要仍是宣揚一種捨離人間、走向方外式的斷滅阻絕法門。[71]紅塵世間雖有短暫的歡樂，但終究要面臨必然的曲終人散與黯然魂銷，因此不如不去的好。不曾擁有，也就無有失去；沒有相聚，也就無所謂離別，若要「好」，須是「了」，若能「了」，才有「好」，能捨才能得，捨去短暫的世間歡樂，才能換來長遠的安寧平靜。依此來看，太虛幻境作為一種天上仙境式的樂園，其「樂」可說是不受榮華富貴、男女歡愛所困擾糾纏的平和悅樂，明顯不同於下界之「大觀園」是以青春、風雅、富貴、溫柔為關鍵組成的人間樂園。

而在掌握太虛幻境的「樂園」性質後，或許還可進一步反思的問題是：這樣一種斷捨阻絕式的「好了」法門，是否真能有效控制情根的萌動，使生命獲得恆久的平和定靜呢？對此，筆者認為從前八十回來看，小說中所描寫的凡塵人眾，透過斷捨阻隔之法，以求安寧平靜者，大體可區分成兩類：一是較早身處清修之處的捨離類型。如妙玉、葫蘆廟小沙彌等；另一則是親嚐紅塵之悲苦離別後，從而走向方外的捨離類型。如甄士隱、柳湘蓮等。而有趣的是，前一類型的捨離紅塵，似乎皆未能徹底安頓情根。妙玉是「欲潔何曾潔，云空未必空」，[72]對於男女情愛仍有其執取愛戀。而葫蘆廟的小沙彌，於大火後，原「欲投別廟去修行，又耐不得清涼景況」，所以轉而入世，做

---

71 甲戌本於夢遊太虛幻境之終結處的描述，與庚辰本不同。其中警幻仙子有言「以情悟道、守理衷情」。而這句話確實能有效綜括太虛幻境中各式警勸之觀點。「以情悟道」乃是由「情」之愛取與失落，來啟發領悟清寧無擾之「道」。而「守理衷情」之「理」則可包含順命、積德與孔孟經濟之理等內容，使情所受到的傷痛，有一定程度的減緩。而關於甲戌本與諸本文字之差異的簡要討論，可參看〔清〕曹雪芹著，蔡義江評注：《蔡義江新評紅樓夢（第一冊）》，頁68。
72 〔清〕曹雪芹、高鶚著，馮其庸等校注：《紅樓夢校注》，頁87。

了門子,對於官場鑽營之道瞭若指掌。[73]可見,贏在起跑點上的世外清修,未必就能更快取得紅塵解脫,紅塵樂事仍有無盡的誘惑力量,能輕易引動情根。反觀甄士隱與柳湘蓮在親身經歷了紅塵樂事,其必然出現的離散、懊悔與心碎後,皆展現出堅決、灑脫的捨離行動。甄士隱「說一聲『走罷!』將道人肩上褡褳搶了過來背著,竟不回家,同了瘋道人飄飄而去」,[74]柳湘蓮亦是「打破迷關,竟自截髮出家,跟隨瘋道人飄然而去」。[75]不過,在轉身離開、飄然而去之後,又是如何發展呢?他們是從此如「翻過筋斗」的智通寺老僧一般,從此棲居於山巔水涯?抑或是如一僧一道般行蹤無定,隨緣化現於下界開展人間度化呢?對此,筆者認為上述兩種型態,皆可能是「飄然而去」後的表現模式,然而,我們恐怕未必能說,這樣的安寧自在能夠長久貞固、持續不移。

因為我們知道補天棄石,下凡人間後,最後帶著「石上字跡分明,編述歷歷」、「歷盡離合悲歡炎涼世態」的傷心故事重返上界。[76]而當此創痛仍深、記憶猶新的時刻,對於世間情緣盡屬魔障的觀念,勢必體會甚深、牢固不破,而甘願棲居於離塵絕世的清寧世界,了卻入世下凡的念頭。然而,若能注意到首回小說的若干細節,應當能發現,這樣的超隔、阻斷,恐怕未必表示「情根」已全然為「了悟」的智慧所斬除殆盡,也不表示已然斷除下凡之念。首回說道:

> 這石凡心已熾,那裏聽得進這話去,乃復苦求再四。二仙知不可強制,乃嘆道:「此亦靜極思動,無中生有之數也。既如此,

---

73 同前註,頁66、67。
74 同前註,頁14。
75 同前註,頁1045。
76 同前註,頁3。

> 我們便攜你去受享受享,只是到不得意時,切莫後悔。」
> 那道人道:「原來近日風流冤孽又將造劫歷世去不成?但不知落於何方何處?」……恰近日這神瑛侍者凡心偶熾,乘此昌明太平朝世,意欲下凡造歷幻緣,已在警幻仙子案前挂了號。警幻亦曾問及,灌溉之情未償,趁此倒可了結的。那絳珠仙子道:『他是甘露之惠,我並無此水可還。他既下世為人,我也去下世為人,但把我一生所有的眼淚還他,也償還得過他了。』因此一事,就勾出多少風流冤家來,陪他們去了結此案。」[77]

可見原本清寧自得的神瑛侍者,會有「凡心偶熾」的時刻,而天界的絳珠仙子也會因「灌溉之情」而意欲「下世為人」。而尤其重要的是,從引文所說「風流冤孽又將造劫歷世」的「又」字,可以發現天上仙人被勾動凡心,進而情願下凡造劫歷世,甘心成為「風流冤孽」,並非首次出現的現象。顯然地,所謂天上神界的平和自得,恐怕不能理解為情根斷絕、一悟永悟式的涅槃解脫型態,而應理解為一僧一道所說的「靜極思動,無中生有」的模式。也就是說,在下凡歷劫後,雖對人間樂事其幻滅離散與愴痛悲苦有刻骨銘心的體悟,遂使凡心暫熄,情根暫埋。然而,這樣的熄滅與埋藏,恐怕僅是屬暫時之現象,凡心、情根終究不死,等待機緣具足,仍將死灰復燃、破土而出。因為「靜極思動,無中生有」,靜極仍會思動,空無與心碎之了悟,僅是暫時性的封限禁錮,而無法真正根除凡心偶熾之有。

而正因為情根的生生不息,是以天上仙人會被木石情緣所勾動,甘願下凡再成風流冤家,領受人間的富麗繁華及其必然的傷痛。警幻仙子也會在偶遇寧榮二公之深囑,會大發「慈心」,見寶玉為「閨閣

---

[77] 同前註,頁2、6。

增光」，會生「不忍」之情。[78]而空空道人也會從《石頭記》中，雖有「自色悟空」的感悟，但最終仍易名為「情僧」（情生）。[79]深刻體會到情根畢竟綿延永存，來自「青埂」（情根），去自「青埂」（情根）。依此來看，恐怕太虛幻境所展現的不受塵擾的清寧平和之「樂」，也弔詭地僅是暫時的幻影，因為無中必定生有，靜極終究思動。在「情」與「悟」的辯證糾結中，「情」的力量恐怕不容小覷。

---

78 同前註，頁89、94。
79 同前註，頁5。

結論
「觀他人」與「覺自己」之苦痛的兩種出世解脫的檢討反省

經過以上各章的分析討論,我們對於《紅樓夢》的「情」、「悟」問題,應能從以往的唯「情」至上,或由「情」而「悟」,抑或「情」「悟」徘徊、「情」「悟」雙行之外,找出應當更具有解釋效力的「情」「悟」相生與循環的詮釋模式。而立基於這樣的研究基礎,最後我們還可以討論一個於「導論」中,雖有提及但尚未釐清分析的課題,此即王國維在其《紅樓夢評論》中,所區分的「觀他人之苦痛」與「覺自己之苦痛」式的兩種出世解脫模式的分別與說法。王國維曾說道:

> 出世者,拒絕一切生活之欲者也。彼知生活之無所逃於苦痛,而求入於無生之域,當其終也,恒幹雖存,固已形如槁木,而心如死灰矣。……此書中真正之解脫,僅賈寶玉惜春紫鵑三人耳,……而解脫之中,又自有二種之別:一存於觀他人之苦痛,一存於覺自己之苦痛。然前者之解脫,為非常人為能,其高百倍於後者,而其難亦百倍,但由其成功觀之,則二者一也。通常之人,其解脫由於苦痛之閱歷,而不由於苦痛之知識。唯非常之人,由非常之知力,而洞觀宇宙人生之本質,始知生活與苦痛之不能相離,由是求絕其生活之欲,而得解脫之道。……前者之解脫如惜春紫鵑,後者之解脫如寶玉。[1]

---

[1] 王國維:《紅樓夢評論》,收於王國維、太愚、林語堂等著:《紅樓夢藝術論》(臺北:里仁書局,1984年),頁10、11。

引文所言「出世者，拒絕一切生活之欲者也」、「恒幹雖存，固已形如槁木，而心如死灰矣」，主要是說「出家」乃是代表對於妻財子祿、溫柔富貴這類紅塵樂事之執取貪戀的遠離斷捨，有如槁木死灰一般，塵心不起、欲火不生。而所說的「知生活之無所逃於苦痛，而求入於無生之域」，則是說之所以選擇走入槁木死灰的方外清淨之地（「入於無生之域」）的原因，乃是因為明瞭紅塵樂事，由於其恆處於無常易變、流轉無定，因此，一切貪戀繁華、癡愛溫柔之舉，只能擁有短暫的歡樂，隨之而來的乃是長久的悔恨與傷痛（「生活之無所逃於苦痛」），遂選擇走向方外，以避免紅塵執迷的一錯再錯。但問題是，王氏所說「此書中真正之解脫，僅賈寶玉惜春紫鵑三人耳」，他們三人的轉向方外、離塵出家，是否就意味著他們已然能連帶實現斬除無明、逃脫輪迴的「解脫」境界呢？對此恐怕還有商榷的空間。

在此先就賈寶玉之「解脫」來看，首先對於賈寶玉的悟道解脫之分析，應當區分成前八十回與續書後四十回兩部分來看。基本上，對於一般所認為的前八十回賈寶玉的幾次重大的悟道歷程來看（如讀《莊》續《莊》、聽曲悟禪機、「逃大造」的了悟等），這些事件所呈現的思想內容，不但未必能深入到心性主體的轉化與超越的性天層次，甚至恐怕僅是以禪寫情、藉《莊》言情，表現的不是悟道智慧，反而是情愛纏綿。而所謂的欲化為「蠢物」，「使可解釋這段悲傷」，[2] 恐怕也較多僅是表現出幻想企盼（生而為人，即已有知有識，本難以退轉為無知無識的草木石頭這類的蠢物），或說對於幻滅悲感的無力招架之心情。而若是從脂批對於甄士隱之出家行動所言「『走罷』二字真懸崖撒手，若個能行」，[3] 以甄士隱來類比推測寶玉日後「懸崖撒

2　〔清〕曹雪芹、高鶚著，馮其庸等校注：《紅樓夢校注》，頁433。
3　〔清〕脂硯齋等評，陳慶浩輯校：《新編石頭記脂硯齋評語輯校（增訂本）》，頁33。

手」的內在思想的話,那麼這樣的出家,恐怕也未必意味著已然能達致擺脫輪迴的究竟解脫。因為這樣的飄然而去,主要是在遍歷傷心、飽嚐心碎下,對於人間之富貴溫柔其本質之「苦」「滅」性質,有慘痛的領悟,遂選擇拒絕紅塵,不願再次領受黯然神傷。然而,這樣的退步抽身,畢竟未曾徹底斬除情根,隨著時間的推移,內心傷口的逐漸癒合、悲傷記憶的日漸淡忘,就如同那些曾經經歷紅塵之樂與苦的神界仙人們所示範的,在機緣具足下,又將靜極思動、凡心偶熾、情根再現,甘願「又將造劫歷世」,再當「風流冤孽」。[4]而設若就後四十回續書所描述的寶玉之悟道歷程來看,寶玉出家的內在思想,更是明顯與冥契悟道、涅槃清淨這類的佛道思想關係更遠,基本上主要是透過預知命數,未卜先知的「悟」,來冷眼旁觀紅塵世間的諸多悲歡離合。並且這樣的前知、預知式的「悟」,對於內在情感與過往記憶,所產生的諸多不捨、悲傷、懺悔等情感,明顯未能給予合宜的化解安頓,遂使得寶玉即便獲得未卜先知之「悟」後,往往可以看到許多難捨、悲傷之情感的浮現閃爍,並且最終的出家遠去,也顯得拖泥帶水、被動強迫,而與那種逍遙無待、清涼涅槃的形象有不少距離。也就是說,賈寶玉雖有王氏所言為了逃離生命之苦,而有「出家」、「入於無生之域」的行動,然而,其內在思想卻與那種具有超越性質的「解脫」思想,兩者之間恐怕仍有不小的差距。

　　接著就紫鵑的「解脫」來看,王氏之所以認為紫鵑之出家解脫,是「存於觀他人之苦痛」,應是依據續書第一百一十三回「釋舊憾情婢感痴郎」而來,在該回中,紫鵑見寶玉苦心剖白自己並未辜負林黛玉的心事後,接著就有底下的發展:

4　〔清〕曹雪芹、高鶚著,馮其庸等校注:《紅樓夢校注》,頁6。

> 這裏紫鵑被寶玉一招，越發心裏難受，直直的哭了一夜。思前想後，「寶玉的事，明知他病中不能明白，所以眾人弄鬼弄神的辦成了。後來寶玉明白了，舊病復發，常時哭想，並非忘情負義之徒。今日這種柔情，一發叫人難受，只可憐我們林姑娘真真是無福消受他。如此看來，人生緣分都有一定，在那未到頭時，大家都是痴心妄想。乃至無可如何，那糊塗的也就不理會了，那情深義重的也不過臨風對月，灑淚悲啼。可憐那死的倒未必知道，這活的真真是苦惱傷心，無休無了。算來竟不如草木石頭，無知無覺，倒也心中乾淨！」想到此處，倒把一片酸熱之心一時冰冷了。[5]

在此可以看到，紫鵑是從林黛玉與賈寶玉的愛戀悲劇，引發出離塵出世的思考。而其思想內容主要可分為兩部分，其一可說是命裏有時終須有，命裏無時莫強求的思考。一切都有天定宿命的安排，逾越了命定運數，而旁生期望企盼，都是無謂的自尋煩惱、妄生閑想（「人生緣分都有一定」）。另一則是無情無知乃得無有情擾的思考。原本的濃情密意，面對突然的變故（「病中不能明白，所以眾人弄鬼弄神的辦成了」），與生離死別的衝擊，反而造成愛得深刻，卻也痛得深刻的無盡悲苦（「苦惱傷心，無休無了」），因此，不如跳出紅塵、不陷情迷，反而能逃避濃情密意所必然帶來的悲啼灑淚（「算來竟不如草木石頭，無知無覺，倒也心中乾淨」）。依此來看，紫鵑從二玉的愛情悲劇中，除了領會到，不應於天數命定中妄生閑想的思考之外，更從中領悟到與甄士隱那種透過親歷離散後，了悟情愛與悲苦一體相生，若要「好」（「心中乾淨」）須是「了」（「無知無覺」），遂選擇遠離紅塵

---

5 同前註，頁1707。

的思考,可說基本相通,差別主要在甄士隱是「覺自己的苦痛」,而紫鵑則更多是「觀他人之苦痛」而生。

然而,即便如此,我們能說紫鵑於第一百一十八回隨惜春的「出家」已然能了生脫死、解脫得道嗎?對此,筆者認為從引文中的「想到此處,把一片酸熱之心一時冰冷了」,已能見到答案。從「觀他人之苦痛」而生發之領悟,雖然可見其心靈的敏銳易感,然而,缺點在於終究不是從自己的刻骨銘心所產生的體會,其根深與延續之性質畢竟稍有欠缺,因此也只能「一時冰冷」自身的「酸熱之心」,而相對地未能達到甄士隱那種「飄飄而去」的冷然堅決(但仍須注意,在筆者看來,甄士隱的「悟」恐怕也未必真能上達斬除情根、涅槃解脫的層次)。而也因為如此,我們可以看到,紫鵑在請求王夫人同意自身隨惜春之出家伏侍時,會有這番言論:「我伏侍林姑娘一場,林姑娘待我也是太太們知道的,實在恩重如山,無以可報。他死了,我恨不得跟了他去。但是他不是這裏的人,我又受主子家的恩典,難以從死。如今四姑娘既要修行,我就求太太們將我派了跟著姑娘,服侍姑娘一輩子。不知太太們准不准。若准了,就是我的造化了。」[6]可見,在紫鵑的心中,並非一片冰冷淡漠,實在仍洋溢著濃厚的情義恩報之情,紫鵑之隨惜春出家,顯然未必就意味著情根亦連帶了結剷除。

最後,就惜春的「解脫」來看,王氏將惜春視為能「觀他人之苦痛」的出家解脫者,應當是從第五回寫惜春命運之判詞「勘破三春景不長,緇衣頓改昔年妝」與〈虛花悟〉「將那三春看破,桃紅柳綠待如何」的曲詞而來的判斷。[7]亦即惜春是從觀看「他人之苦痛」,尤其是「三春」元春、迎春與探春等姊妹們的苦痛悲慘,遂有出家解脫的

---

6 同前註,頁1757、1758。

7 同前註,頁87、92。

行動與想法。然而,若就前八十回來看,這樣的說法恐怕仍有值得商榷之處。因為惜春出家之選擇,不太像是因為看到青春美好的凋零粉碎,從而體認紅塵樂事其滅、苦的本質真相,遂捨身出家以求解脫的模式。因為惜春對於凡俗人間,並未特別欣賞美好與哀嘆其凋零,而是從個人獨特且狹隘的「孤介」角度,偏向於將周遭環境盡往骯髒污穢聯想,並從一種個人幻想的角度,將所謂乾淨潔白的理想希望,寄託在渺茫的佛國淨土。譬如在第七十四回抄檢大觀園中,面對入畫之私傳私藏園外財物的罪過,即便理家嚴苛的鳳姐,尚且認為猶有寬恕空間,但惜春卻全然不講主僕之間的長久情分,直言對入畫之處置「或打,或殺,或賣,我一概不管」[8]。而尤其重要的是,惜春還認為這樣的口冷心冷乃是「悟」的表現,說道:「我不了悟,我也捨不得入畫了」、「古人曾也說的,『不作狠心人,難得自了漢。』我清清白白的一個人,為什麼教你們帶累壞了我!」[9]可見,惜春確實較多是展現出孤介自保,極度清除一切可能髒污自身的態度,而比較難與佛門之涅槃清淨的思想聯想在一起。[10]對此,歐麗娟也有極好的分析與觀察,歐氏在分析前八十回中幾次惜春現身的相關事件後,言道:惜春「發展出『病態的逃避』,因過於潔癖而冷肅無情,形成背離世界的出世心態」、「天生的極端潔癖再受到後天家庭環境的刺激強化,讓整個世界更被視為『黑海沉淪』,只有在佛門淨土才能有所解脫,

---

8　同前註,頁1165。

9　同前註,頁1166。

10　又,還須說明的是,即便是小乘佛教重視「自度」的理想人格「阿羅漢」,亦具有跳脫輪迴、覺悟解脫之智慧。「自度」的「阿羅漢」與惜春那種沉浸於潔淨孤介,而與所謂污濁世界對立的思考模式不太一樣。關於大乘佛教與小乘佛教的自度、他度,以及理想人格菩薩、阿羅漢的區別,請參考吳汝鈞:《印度佛學的現代詮釋》(臺北:文津出版社,1995年),頁46-48。

因此就註定了『獨臥青燈古佛旁』的人生選擇」。[11]也就是說，捨身出家未必即意味著悟道解脫，在惜春，恐怕更多是孤介自保，期盼遠離失序污染之俗世的潔癖心態所導致。依此來看，〈虛花悟〉所說的「昨貧今富人勞碌，春榮秋謝花折磨。似這般，生關死劫誰能躲？聞說道，西方寶樹喚婆娑，上結著長生果。」[12]恐怕就不太適合直接往惜春已然能直探佛門深義、悟道解脫的角度來理解。因為這裏的「昨貧今富人勞碌，春榮秋謝花折磨」、「生關死劫」，正表現出惜春看世間的溫柔富貴，主要偏從黑暗否定、負面消極的角度觀看（「人勞碌」、「花折磨」、「生關死劫」），而對於所謂的佛道世界，又只是從想像聽聞而來（「聞說道」），就對其有無盡的想像投射，而意欲走出世間，捨身修行。

而對於惜春那種似「悟」而實非「悟」（涅槃解脫之悟）的性格，續書者也能有所把握，不過細部來看仍有同中之異。在此先就第一百十二回惜春絞去青絲、意圖出家的內心剖白來看：

> 惜春正是愁悶，恍著「妙玉清早去後不知聽見我們姓包的話了沒有，只怕又得罪了他，以後總不肯來。我的知己是沒有了。況我現在實難見人。父母早死，嫂子嫌我，頭裏有老太太，到

---

[11] 歐麗娟：〈賈惜春論〉，《大觀紅樓（正金釵卷）下》（臺北：國立臺灣大學出版中心，2017年），頁552、567。不過，還可補充說明的是，第二十二回表現惜春個性與命運的燈謎：「莫道此生沉黑海，性中自有大光明」，其中的「沉黑海」除了從惜春孤介潔癖所見俗世的樣貌來理解外，另一種解釋，則是將「沉黑海」與「緇衣頓改昔年妝」相互解釋，亦即「此生沉黑海」是指惜春身處世俗眼中與花紅柳綠全然隔絕的幽深佛寺之意。至於「性中自有大光明」，僅是表面借用佛學自性清淨的名相，在此是表示惜春自以為光明的孤介信念。對此，還可參考蔡義江：《紅樓夢詩詞曲賦鑑賞（修訂重排本）》（北京：中華書局，2013年），頁164、165。

[12] 〔清〕曹雪芹、高鶚著，馮其庸等校注：《紅樓夢校注》，頁92。

底還疼我些,如今也死了,留下我孤苦伶仃,如何了局!」想到:「迎春姐姐磨折死了,史姐姐守著病人,三姐姐遠去,這都是命裏所招,不能自由。獨有妙玉如閑雲野鶴,無拘無束。我能學他,就造化不小了。但我是世家之女,怎能遂意。這回看家已大擔不是,還有何顏在這裏。又恐太太們不知我的心事,將來的後事如何呢?」想到其間,便要把自己的青絲絞去,要想出家。[13]

在續書中,惜春之所以意圖出家,其背後原因主要有二,一是現實層面的考量。既害怕被責難賈府遭竊、妙玉被劫的臉面盡失,也傷心知己妙玉的消失,並且也思考到自己再無長輩的關愛,以及自己未來因緣命運的未必如意(「恐太太們不知我的心事,將來的後事如何呢」);二是屬於哲理、宗教層面的考量。而此中尤其可以注意的是,對於姊妹們的離散悲劇,惜春是從「這都是命裏所招,不能自由」來理解,反映出不得不認命的無奈態度,而不是由體認他人之痛苦,從而掙脫情執、冥悟超越一類的思考型態。此外也可以看到,惜春對於宗教的理解層次,恐怕也較為表層而未能深入。因為她對於妙玉之修行境界的理解,乃是能「如閑雲野鶴,無拘無束」,遂起心動念、立志方外(「我能學他,就造化不小了」)。顯然對於妙玉雖身處方外,但仍困陷於男女欲情的隱密內情全無理解。換言之,從續書的敘述來看,惜春的青絲絞去、捨身出家,恐怕較多是渴求能夠找到一個可以逃避責難、遠離不由自主之命運的擺弄,幻想有所謂的能如同妙玉一般自由無拘的思想而來。而除了以上的例證之外,我們在續書第一百一十五回所描述的惜春與地藏庵姑子的對話中,還可以看到惜春對於

---

13 同前註,頁1692。

佛道哲理、出家修行的理解，恐怕不但層次未必深厚，並且也與佛道之體道覺悟的思想深度距離頗遠。續書寫道：

> 那姑子道：「妙師父的為人怪僻，只怕是假惺惺罷。在姑娘面前我們也不好說的。那裏像我們這些粗夯人，只知道諷經念佛，給人家懺悔，也為著自己修個善果。」……那姑子道：「除了咱們家這樣善德人家兒不怕，若是別人家，那些誥命夫人小姐也保不住一輩子的榮華。到了苦難來了，可就救不得了。……我們修了行的人，雖說比夫人小姐們苦多著呢，只是沒有險難的了。雖不能成佛作祖，修修來世或者轉個男身，自己也就好了。不像如今脫生了個女人胎子，什麼委屈煩難都說不出來。姑娘你還不知道呢，要是人家姑娘們出了門子，這一輩子跟著人是更沒法兒的。若說修行，也只要修得真。那妙師父自為才情比我們強，他就嫌我們這些人俗，豈知俗的才能得善緣呢。他如今到底是遭了大劫了。」惜春被那姑子一番話說得合在機上，也顧不得丫頭們在這裏，便將尤氏待他怎樣，前兒看家的事說了一遍。並將頭髮指給他瞧道：「你打諒我是什麼沒主意戀火坑的人麼？早有這樣的心，只是想不出道兒來。」[14]

惜春之所以對於地藏庵姑子所言，覺得能「合在機上」，最主要的原因，乃是因為姑子完全能抓住惜春意欲出家的心理動機。因為在惜春的內心想像中，妙玉出家修行正表現出無拘無束的自由自在，方外生活正意味著能夠完全逃離自己目前所身處的孤單無依、前途黯淡、危

---

14 同前註，頁1720、1721。

機四伏的塵世生活。而尤其重要的是，地藏庵姑子還能提供一套所謂能夠超越妙玉之修行層次的簡易法門，亦即只要透過「諷經念佛，給人家懺悔」，就能修成「善果」，既能免除現世的災厄危難（「我們修了行的人，雖說比夫人小姐們苦多著呢，只是沒有險難的了」），同時也能為來世創造理想幸福（「雖不能成佛作祖，修修來世或者轉個男身，自己也就好了」）的修行模式。這使得惜春越聽越歡喜，更加執迷於所謂的出家誦經修「善果」，「一天一天的不吃飯，只想絞頭髮」，[15]最終「把頭髮都絞掉了」，「立意必要出家，就不放他出去，只求一兩間淨屋子給他誦經拜佛」[16]完全信奉地藏庵姑子的說法為真理，意圖透過離塵出家、誦經拜佛，以逃離現世苦難，並求取來世幸福。而這樣的觀念，確實很難說能夠與了情脫欲、涅槃覺悟一類的思想相互等同。

　　總而言之，筆者認為王國維對於《紅樓夢》出家解脫之思想的研究，無疑具有開創起始之功，然而進一步給予更詳細的區分別異，也應是後來的紅學研究者必須努力嘗試的目標。只期盼筆者上述的粗淺探究，能引發學界對於《紅樓夢》有關出家、解脫、悟道、無情、度化、禪悟、讀《莊》、續《莊》、夢悟、警幻……等「情」「悟」議題的深度討論，使《紅樓夢》的哲學思想獲得更好更深的闡釋發明與拓展推進。筆者衷心期盼這一天的到來。

---

15 同前註，頁1721。
16 同前註，頁1754。

參考書目

一　傳統文獻

〔戰國〕莊周著，郭慶藩輯，王孝魚點校：《莊子集釋》，臺北：頂淵文化事業公司，2001年。

〔三國魏〕王弼等著，大安出版社編輯部編：《老子四種》，臺北：大安出版社，1999年。

〔東晉〕陶淵明著，袁行霈箋注：《陶淵明集箋注》，北京：中華書局，2011年。

〔宋〕朱熹著：《四書章句集注》，臺北：大安出版社，1999年。

〔明〕釋性通：《南華發覆》，嚴靈峰編輯：《無求備齋莊子集成續編（五）》，臺北：藝文印書館，1974年。

〔清〕陳壽昌：《南華真經正義》，臺北：新天地書局，1977年。

〔清〕曹雪芹、高鶚著，馮其庸等校注：《紅樓夢校注》，臺北：里仁書局，2003年。

〔清〕曹雪芹著，馮其庸纂校訂定：《八家評批紅樓夢》，北京：文化藝術出版社，1991年。

〔清〕曹雪芹著，馮其庸重校評批：《瓜飯樓重校評批紅樓夢》，瀋陽：遼寧人民出版社，2005年。

〔清〕脂硯齋等評，陳慶浩輯校：《新編石頭記脂硯齋評語輯校（增訂本）》，臺北：聯經出版事業公司，1986年。

〔清〕曹雪芹著，蔡義江評注：《蔡義江新評紅樓夢》，北京：商務印書館，2022年。

二　近人論著

（一）專書與專書論文

一　粟編：《紅樓夢資料彙編》，北京：中華書局，2008年。
三浦國雄著，王標譯：〈論洞天福地〉，《不老不死的欲求：三浦國雄道教論集》，成都：四川人民出版社，2017年，頁332-359。
方　勇：《莊子學史（第三冊）》，北京：人民出版社，2008年。
王國維：《紅樓夢評論》，收於王國維、太愚、林語堂等著：《紅樓夢藝術論》，臺北：里仁書局，1984年。
王叔岷：《莊子校詮》，北京：中華書局，2007年。
王昆侖：《紅樓夢人物論》，北京：北京出版社，2004年。
王夢鷗註譯：《禮記今註今譯》，臺北：臺灣商務印書館，1998年。
王懷義：《紅樓夢詩學精神》，臺北：里仁書局，2015年。
古清美：〈談《紅樓夢》一書中的覺悟〉，《慧菴存稿一──慧菴論學集》，臺北：大安出版社，2004年，頁357-382。
史泰司著，楊儒賓譯：《冥契主義與哲學》，臺北：正中書局，1998年。
白先勇策畫：《正本清源說紅樓》，臺北：時報文化出版企業公司，2018年。
安東尼‧史蒂芬斯著，薛絢譯：《夢：私我的神話》，臺北：立緒文化事業公司，2000年。
牟宗三：〈《紅樓夢》悲劇之演成〉，王國維、太愚、林語堂等著：《紅樓夢藝術論》，頁276-302。

朱淡文：〈研紅小札〉，《紅樓夢研究》，臺北：貫雅文化事業公司，1991年，頁44-181。
余英時：〈眼前無路想回頭——再論紅樓夢的兩個世界兼答趙岡兄〉，《紅樓夢的兩個世界》，上海：上海社會科學出版社，2006年，頁59-108。
_____：〈紅樓夢的兩個世界〉，《紅樓夢的兩個世界》，上海：上海社會科學院出版社，2006年，頁33-58。
吳　康：《中國古代夢幻》，長沙：岳麓書社，2009年。
吳汝均：《印度佛學的現代詮釋》，臺北：文津出版社，1995年。
呂啟祥：〈冷香寒徹骨雪裏埋金簪——談談薛寶釵的自我修養〉，《紅樓夢尋——呂啟祥論紅樓夢》，北京：文化藝術出版社，2005年，頁191-196。
宋　淇：〈論大觀園〉，《《紅樓夢》識要——宋淇紅學論集》，北京：中國書店，2000年，頁13-38。
李元貞：〈紅樓夢裏的夢〉，幼獅月刊社主編：《紅樓夢研究集》，臺北：幼獅文化事業公司，1972年，頁242-252。
李豐楙：〈神化與謫凡：元代度脫劇的主題及其時代意義〉，李豐楙主編：《文學、文化與世變》，臺北：中央研究院中國文哲研究所，2002年，頁237-272。
杜景華：《紅樓夢的心理世界》，北京：燕山出版社，1993年。
周中明：《紅樓夢：迷人的藝術世界》，臺北：貫雅文化事業公司，1991年。
周思源：〈是是非非寶丫頭〉，《周思源看紅樓夢》，北京：中華書局，2005年，頁75-86。
_____：《正解金陵十二釵》，北京：中華書局，2006年。
周策縱：〈《紅樓夢》「本旨」試說〉，《周策縱作品集3：《紅樓夢》大

觀》，北京：世界圖書出版公司北京公司，2013年，頁117-134。

林順夫：〈賈寶玉初遊太虛幻境：從跨科際解讀一個文學的夢〉，《透過夢之窗口》，新竹：國立清華大學出版社，2009年，頁333-361。

侯迺慧：〈迷失與回歸——《紅樓夢》空幻主題與寶玉的生命省思和實踐〉，收於華梵大學中國文學系主編：《第一屆生命實踐學術研討會論文集》，臺北：萬卷樓圖書公司，2002年，頁329-358。

胡文彬：〈比通靈金鶯微露意——鶯兒之「露」〉，《紅樓夢人物談：胡文彬論紅樓夢》，北京：文化藝術出版社，2005年，頁219-224。

────：〈道外有道——張道士之「道」〉，《紅樓夢人物談：胡文彬論紅樓夢》，北京：文化藝術出版社，2005年，頁356-359。

────：《紅樓夢與中國文化論稿》，北京：中國書局，2005年。

胡萬川：〈由智通寺一段裏的用典看《紅樓夢》〉，《真假虛實——小說的藝術與現實》，臺北：大安出版社，2005年。

────：〈失樂園——一個有關樂園神話的探討〉，《真實與想像：神話傳說探微》，新竹：國立清華大學出版社，2004年7月，頁43-78。

孫　遜：〈關於《紅樓夢》的「色」「情」「空」觀念〉，《紅樓夢探究》，臺北：大安出版社，1991年，頁57-76。

容世誠：〈度脫劇的原型分析——啟悟理論的借用〉，《戲曲人類學初探》，臺北：麥田出版公司，1997年，頁223-262。

徐復觀：《中國人性論史》，臺北：臺灣商務印書館，1969年。

徐聖心：《《莊子》內篇夢字義蘊試詮》，臺北：花木蘭文化事業公司，2013年。

袁　珂：《山海經校注》，北京：北京聯合出版公司，2013年。

高莉芬：《蓬萊神話》，臺北：里仁書局，2008年。

康來新：〈雪裏的金簪——從命名談「薛寶釵」〉，《石頭渡海——紅樓夢散論》，臺北：漢光文化事業公司，1987年。

張　亨：〈《莊子》中「化」的幾重涵義〉，《思文論集：儒道思想的現代詮釋》，臺北：國立臺灣大學出版中心，2014年，頁393-410。

＿＿＿＿：〈〈桃花源記〉甚解〉，《思文論集：儒道思想的現代詮釋》，臺北：國立臺灣大學出版中心，2014年，頁411-432。

鹿憶鹿：《曹善手抄《山海經》箋注》，臺北：秀威資訊科技公司，2023年。

張淑香：〈頑石與美玉——「紅樓夢」神話結構之一〉，《抒情傳統的省思與探索》，臺北：臺灣學生書局，1992年，頁223-252。

梅新林：《紅樓夢哲學精神》，上海：學林出版社，1995年。

郭玉雯：《紅樓夢人物研究》，臺北：里仁書局，1999年。

＿＿＿＿：〈王國維《紅樓夢評論》與叔本華哲學：兼論西方理論與中國文本之間的詮釋問題〉，楊儒賓編：《中國經典詮釋傳統（三）：文學與道家經典篇》，上海：華東師範大學出版社，2008年，頁159-204。

陳存仁、宋　淇：《紅樓夢人物醫事考》，臺北：世茂出版公司，2007年。

斯塔伯克著，楊宜音譯：《宗教心理學》，臺北：桂冠圖書公司，1997年。

賀信民：〈反認他鄉是故鄉——曹雪芹的文化反思與終極關懷〉，《紅情綠意》，北京：中國社會科學出版社，2006年，頁82-93。

黃懷信主撰：《論語彙校集釋》，上海：上海古籍出版社，2008年。

楊儒賓：〈堯天舜日——儒家的な樂園への思い〉,《アジア遊学82》,東京：勉誠出版社,2005年,頁13-17。

＿＿＿：〈遊之主體〉,《儒門內的莊子》,臺北：聯經出版事業公司,2016年,頁173-224。

＿＿＿：〈道家的原始樂園思想〉,《道家與古之道術》,新竹：國立清華大學出版社,2019年,頁89-156。

＿＿＿：〈道與玄牝〉,《道家與古之道術》,新竹：國立清華大學出版社,2019年,頁49-88。

葉舒憲、蕭兵、鄭在書等著：《山海經的文化尋蹤：「想象地理學」與東西文化碰觸》,武漢：湖北人民出版社,2004年。

葉嘉瑩：《王國維及其文學批評（上）》,新竹：國立清華大學出版社,2011年。

詹　丹：〈論《紅樓夢》的女性立場和兒童本位〉,《重讀紅樓夢》,臺北：秀威資訊科技公司,2008年,頁21-40。

＿＿＿：《紅樓夢的物質與非物質》,重慶：重慶出版社,2006年。

廖咸浩：〈青埂與幻境——《紅樓夢》的兩種起源〉,《《紅樓夢》的補天之恨：國族寓言與遺民情懷》,臺北：聯經出版事業公司,2017年,頁33-74。

榮　格主編,龔卓軍譯：《人及其象徵：榮格思想精華的總結》,臺北：立緒文化事業公司,2003年。

齊益壽：〈〈桃花源記并詩〉管窺〉,《黃菊東籬耀古今：陶淵明其人其詩散論》,臺北：國立臺灣大學出版中心,2016年,頁284-292。

劉文英：《夢的迷信與夢的探索》,北京：中國社會科學出版社,2000年。

＿＿＿、曹田玉：《夢與中國文化》,北京：人民出版社,2003年。

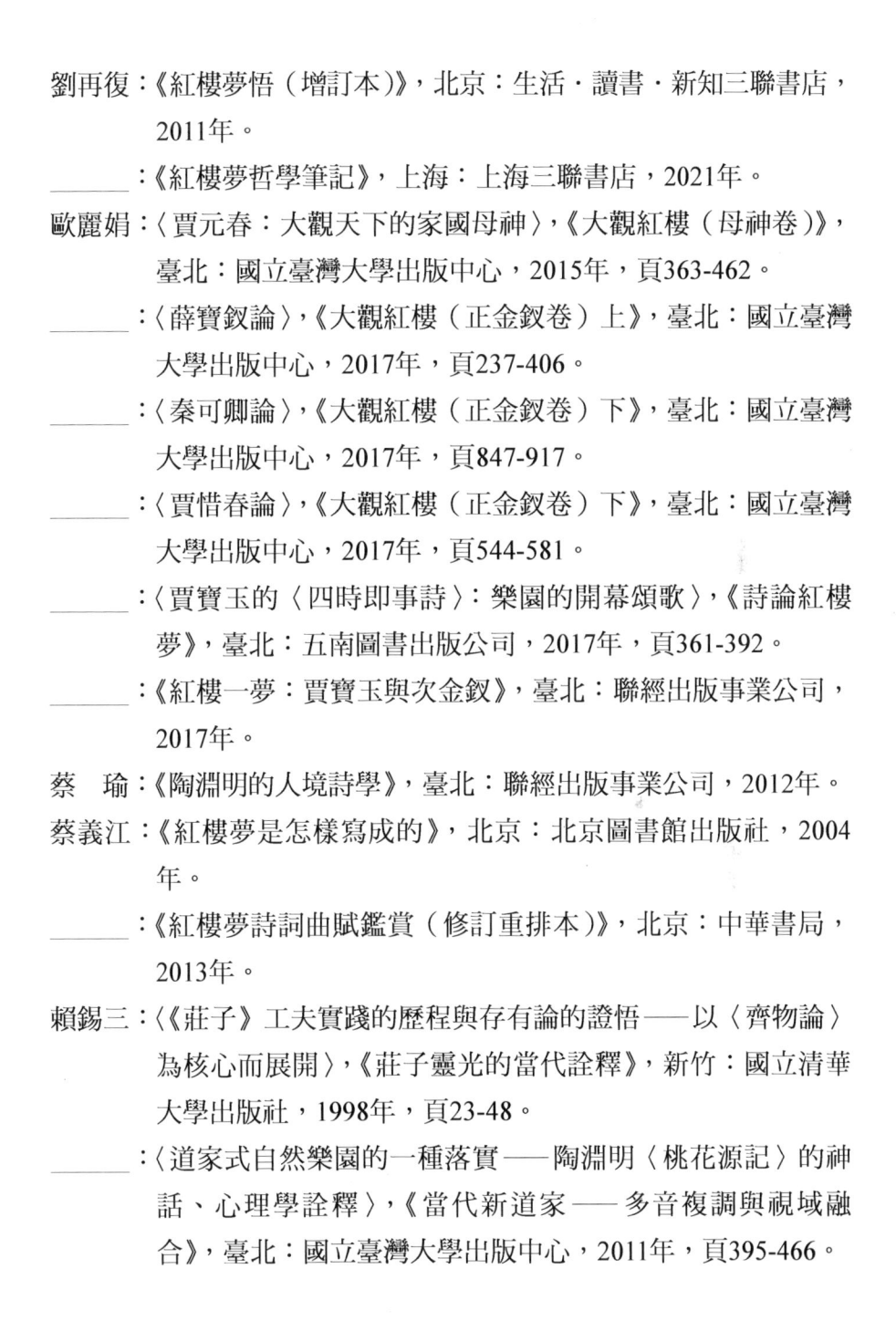

劉再復：《紅樓夢悟（增訂本）》，北京：生活・讀書・新知三聯書店，2011年。
＿＿＿：《紅樓夢哲學筆記》，上海：上海三聯書店，2021年。
歐麗娟：〈賈元春：大觀天下的家國母神〉，《大觀紅樓（母神卷）》，臺北：國立臺灣大學出版中心，2015年，頁363-462。
＿＿＿：〈薛寶釵論〉，《大觀紅樓（正金釵卷）上》，臺北：國立臺灣大學出版中心，2017年，頁237-406。
＿＿＿：〈秦可卿論〉，《大觀紅樓（正金釵卷）下》，臺北：國立臺灣大學出版中心，2017年，頁847-917。
＿＿＿：〈賈惜春論〉，《大觀紅樓（正金釵卷）下》，臺北：國立臺灣大學出版中心，2017年，頁544-581。
＿＿＿：〈賈寶玉的〈四時即事詩〉：樂園的開幕頌歌〉，《詩論紅樓夢》，臺北：五南圖書出版公司，2017年，頁361-392。
＿＿＿：《紅樓一夢：賈寶玉與次金釵》，臺北：聯經出版事業公司，2017年。
蔡　瑜：《陶淵明的人境詩學》，臺北：聯經出版事業公司，2012年。
蔡義江：《紅樓夢是怎樣寫成的》，北京：北京圖書館出版社，2004年。
＿＿＿：《紅樓夢詩詞曲賦鑑賞（修訂重排本）》，北京：中華書局，2013年。
賴錫三：〈《莊子》工夫實踐的歷程與存有論的證悟——以〈齊物論〉為核心而展開〉，《莊子靈光的當代詮釋》，新竹：國立清華大學出版社，1998年，頁23-48。
＿＿＿：〈道家式自然樂園的一種落實——陶淵明〈桃花源記〉的神話、心理學詮釋〉，《當代新道家——多音複調與視域融合》，臺北：國立臺灣大學出版中心，2011年，頁395-466。

薩孟武：〈色與空、寶玉的意淫及其出家〉，《紅樓夢與中國舊家庭》，臺北：三民書局，2006年，頁204-213。

霍布森著，潘震澤譯：《夢的新解析：承繼佛洛伊德的未竟之業》，臺北：天下遠見出版公司，2005年。

鐵井慶紀：〈道家思想と楽園説話〉，《中国神話の文化人類学的研究》，東京：平河出版社，1990年。

龔鵬程：〈紅樓夢與儒道釋三教關係〉，《紅樓夢夢》，臺北：臺灣學生書局，2005年，頁111-146。

（二）期刊論文

王　平：〈《紅樓夢》「一僧一道」考論〉，《紅樓夢學刊》第3輯（2008月3月），頁1-17。

王　慧：〈大觀園研究綜述〉，《紅樓夢學刊》第2輯（2005年），頁278-311。

牟鐘鑒：〈紅樓夢與道教〉，《文史知識》第11期（1988年11月）頁66-71。

呂　藝：〈莊子「緣情」思想發微〉，《北京大學學報（哲學社會科學版）》第5期（1987年5月），頁66-72。

宋珂君：〈欲來觀世間猶如夢中事──《紅樓夢》中的禪與文字禪〉，《紅樓夢學刊》，第4輯（2015年），頁233-244。

李　玫：〈《紅樓夢》第二十二回薛寶釵、王熙鳳「點戲」意義探微〉，《紅樓夢學刊》，第6輯（2014年），頁1-24。

李惠綿：〈論析元代佛教度脫劇──以佛教「度」與「解脫」概念為詮釋觀點〉，《佛學研究中心學報》第6期（2001年7月），頁265-314。

李萌昀：〈「蠢物」考〉，《紅樓夢學刊》第5輯（2015年），頁199-215。

李豐楙：〈暴力敘述與謫凡神話：中國敘事學的結構問題〉，《中國文哲研究通訊》第17卷3期（2007年9月），頁147-158。
周　夢：〈從服飾看薛寶釵的內心世界──以《紅樓夢》前八十回為例〉，《明清小說研究》第2期總第116期（2015年2月），頁26-35。
孟慶茹：〈《紅樓夢》中尼僧道士形象論析〉，《北華大學學報（社會科學版）》第18卷第1期（2017年1月），頁125-129。
林明照：〈《莊子》「兩行」的思維模式及倫理意涵〉，《文與哲》第28期，2016年6月，頁269-292。
侯迺慧：〈不用胡鬧了──《紅樓夢》荒誕意識的對反、超越與消解〉，《東華漢學》，第14期（2011年12月），頁149-192。
＿＿＿＿：〈先秦兩漢園林理論初探〉，《臺北大學中文學報》第23期（2018年3月），頁133-201。
＿＿＿＿：〈魏晉南北朝園林理論探析〉，《臺北大學中文學報》第28期（2020年9月）頁347-417。
俞潤生：〈試論《紅樓夢》一僧一道的哲理蘊含〉，《紅樓夢學刊》第3輯（1997年3月），頁61-72。
姜深香：〈世間萬境淋漓夢──論《紅樓夢》的夢介入〉，《紅樓夢學刊》第1輯（2008年），頁165-178。
胡紹棠：〈論《紅樓夢》之夢〉，《紅樓夢學刊》第4輯（2004年），頁145-171。
高志忠、曾永辰：〈紅樓夢與禪宗〉，《中國文學研究》第2期（1987年2月），頁50-56。
張興德：〈《紅樓夢》中的「虛無思想」辨〉，《銅仁學院學報》11卷6期（2009年），頁40-46。
莊錦章：〈莊子與惠施論情〉，《清華學報》第40卷第1期（2010年3月），頁21-45。

陳　洪：〈論癩僧跛道的文化蘊意〉,《紅樓夢學刊》第4輯（1993年11月）,頁113-121。

陳康寧：〈從「主體」的角度探討《莊子》「支離」與「通一」辯證下的倫理內涵〉,《臺大中文學報》第61期（2018年6月）,頁1-48。

陳敬夫：〈宗教迷信,還是托言寓意？——《紅樓夢》「一僧一道」新解〉,《吉首大學學報（社會科學版）》第1期（總第10期）（1985年1月）,頁50-59。

陳萬益：〈賈寶玉的「意淫」和「情不情」——脂評探微之一〉,《中外文學》第12卷第9期（1984年2月）,頁10-44。

陳鼓應：〈莊子論情：無情、任情與安情〉,《哲學研究》第4期（2014年4月）,頁50-59。

陳　靜：〈夢迷與覺悟：《莊子》的夢〉,《諸子學刊（第3輯）》,上海：上海古籍出版社,2009年,頁113-127。

曹順慶、涂慧：〈王國維《紅樓夢評論》之得與失〉,《文與哲》第2期（總第323期）（2011年）,頁76-81。

傅正谷：〈莊子：中國古代夢寐說與夢文學的奠基人〉,《齊魯學刊》第4期（1988年）,頁24-29。

楊曉麗：〈莊子「蝴蝶夢」故事類型演變及其文化內涵〉,《天中學刊》第31卷4期（2016年8月）,頁13-17。

楊羅生：〈會做人——人性美的閃光〉,《雲夢學刊》第24卷6期（2003年11月）,頁73-77。

＿＿＿：〈漫說薛寶釵的「冷」〉,《紅樓夢學刊》第2輯（2004年2月）,頁119-234。

筠　宇：〈「冷香丸」和薛寶釵的病〉,《紅樓夢學刊》第2輯（1980年2月）,頁218-220。

趙代根：〈《論語》「繪事後素」辨〉，《安徽教育學院學報》第4期（總第66期）（1996年4月），頁64-66。

趙　娟：〈《紅樓夢》中「一僧一道」的文化意蘊〉，《學術探索》第6期（2013年6月），頁77-82。

劉曉林：〈「冷香丸」的象徵意義與薛寶釵的形象〉，《衡陽師專學報（社會科學）》第16卷（1995年2月），頁44-49。

歐麗娟：〈「冷香丸」新解——兼論《紅樓夢》中之女性成長與二元補襯之思考模式〉，《臺大中文學報》第16期（2002年6月），頁173-228。

＿＿＿：〈論大觀園的空間文化——以屋舍、方位與席次為中心〉，《漢學研究》第28卷第3期（2010年9月），頁99-134。

＿＿＿：〈《紅樓夢》中的神話破譯——兼含女性主義的再詮釋〉，《成大中文學報》30期（2010年10月），頁101-140。

＿＿＿：〈論《紅樓夢》中的度脫模式與啟蒙進程〉，《成大中文學報》第32期（2011年3月），頁125-164。

＿＿＿：〈論《紅樓夢》中人格形塑之後天成因觀——以「情痴情種」為中心〉，《成大中文學報》第45期（2014年6月），頁287-338。

＿＿＿：〈何以為「大觀」——大觀園的寓意另論〉，《東方文化》第47卷第2期（2014年12月），頁3-13

＿＿＿：〈《紅樓夢》中的「金玉良姻」重探〉，《師大學報：語言與文學類》第61卷第2期（2016年9月），頁29-57。

鄧桃莉：〈優伶？游俠？——柳湘蓮身份人格的文化解讀〉，《鄂州大學學報》第12卷第4期（2005年7月），頁43-45。

賴芳伶：〈《紅樓夢》「大觀園」的隱喻與實現〉，《東華漢學》第19期（2014年6月），頁243-280。

賴錫三：〈《莊子》的夢寓書寫與身心修養：魂交、無夢、夢中夢、蝶

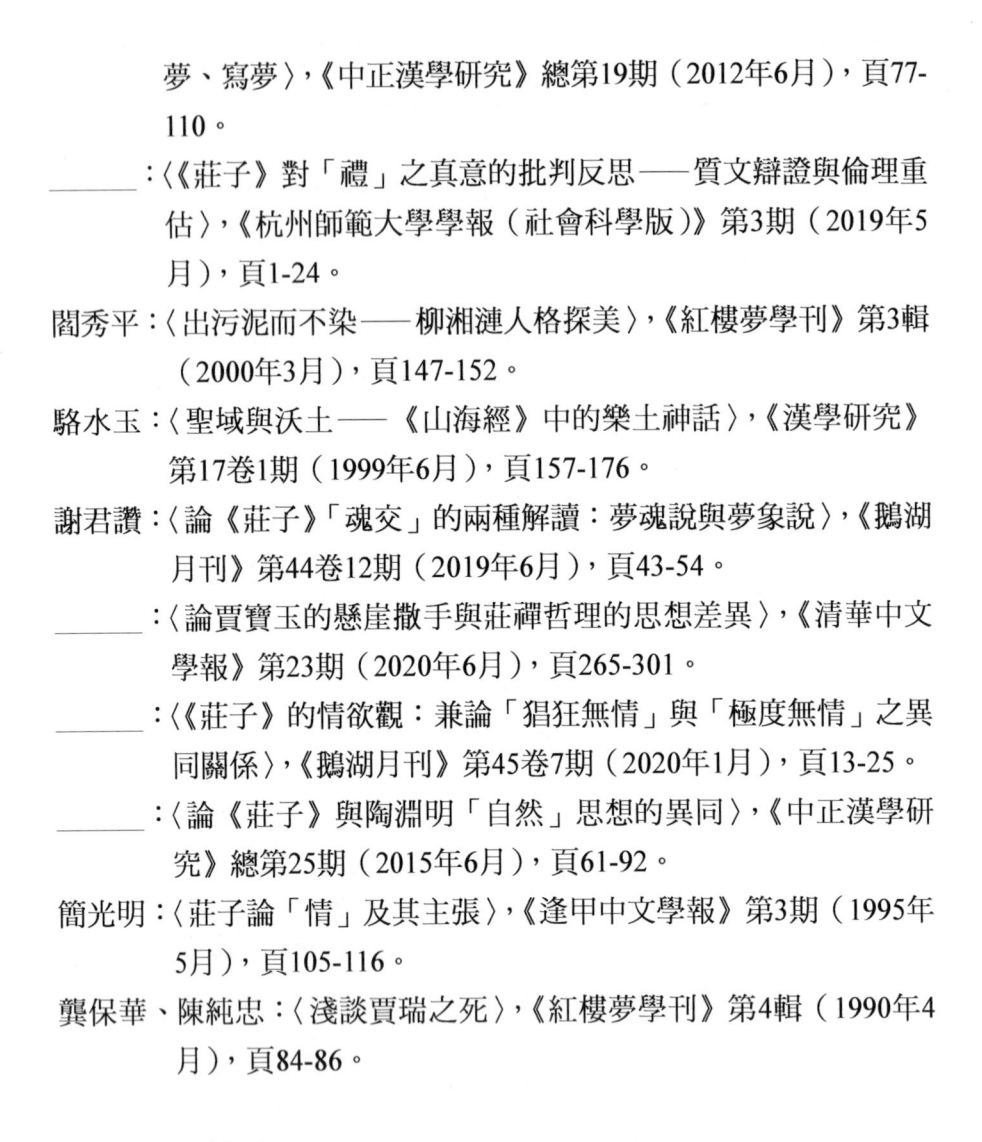

夢、寫夢〉,《中正漢學研究》總第19期（2012年6月）,頁77-110。

_____:〈《莊子》對「禮」之真意的批判反思——質文辯證與倫理重估〉,《杭州師範大學學報（社會科學版）》第3期（2019年5月）,頁1-24。

閻秀平:〈出污泥而不染——柳湘蓮人格探美〉,《紅樓夢學刊》第3輯（2000年3月）,頁147-152。

駱水玉:〈聖域與沃土——《山海經》中的樂土神話〉,《漢學研究》第17卷1期（1999年6月）,頁157-176。

謝君讚:〈論《莊子》「魂交」的兩種解讀：夢魂說與夢象說〉,《鵝湖月刊》第44卷12期（2019年6月）,頁43-54。

_____:〈論賈寶玉的懸崖撒手與莊禪哲理的思想差異〉,《清華中文學報》第23期（2020年6月）,頁265-301。

_____:〈《莊子》的情欲觀：兼論「猖狂無情」與「極度無情」之異同關係〉,《鵝湖月刊》第45卷7期（2020年1月）,頁13-25。

_____:〈論《莊子》與陶淵明「自然」思想的異同〉,《中正漢學研究》總第25期（2015年6月）,頁61-92。

簡光明:〈莊子論「情」及其主張〉,《逢甲中文學報》第3期（1995年5月）,頁105-116。

龔保華、陳純忠:〈淺談賈瑞之死〉,《紅樓夢學刊》第4輯（1990年4月）,頁84-86。

三　學位論文

謝君讚:《先秦儒、道義理的當代詮釋與反思——以典範轉移、冥契主義與樂園思想為核心》（桃園：國立中央大學中國文學研究所博士論文,2014年1月）。

文學研究叢書・古典文學叢刊 0803021

《紅樓夢》的思想風貌：情與悟的無盡循環

作　　者	謝君讚
責任編輯	丁筱婷
特約校稿	林秋芬

發 行 人	林慶彰
總 經 理	梁錦興
總 編 輯	張晏瑞
編 輯 所	萬卷樓圖書股份有限公司
排　　版	林曉敏
印　　刷	百通科技股份有限公司
封面設計	陳薈茗

發　　行　萬卷樓圖書股份有限公司
臺北市羅斯福路二段 41 號 6 樓之 3
電話 (02)23216565
傳真 (02)23218698
電郵 SERVICE@WANJUAN.COM.TW

香港經銷　香港聯合書刊物流有限公司
電話 (852)21502100
傳真 (852)23560735

ISBN 978-626-386-160-2
2024 年 11 月初版
定價：新臺幣 420 元

如何購買本書：
1. 劃撥購書，請透過以下郵政劃撥帳號：
　帳號：15624015
　戶名：萬卷樓圖書股份有限公司
2. 轉帳購書，請透過以下帳戶
　合作金庫銀行　古亭分行
　戶名：萬卷樓圖書股份有限公司
　帳號：0877717092596
3. 網路購書，請透過萬卷樓網站
　網址 WWW.WANJUAN.COM.TW

大量購書，請直接聯繫我們，將有專人為您服務。客服：(02)23216565 分機 610

如有缺頁、破損或裝訂錯誤，請寄回更換
版權所有・翻印必究
Copyright©2024 by WanJuanLou Books CO., Ltd.
All Rights Reserved　　　　Printed in Taiwan

國家圖書館出版品預行編目資料

<<紅樓夢>>的思想風貌：情與悟的無盡循環/
謝君讚著. -- 初版. -- 臺北市：萬卷樓圖書股
份有限公司, 2024.11
　面；　公分. -- (文學研究叢書. 古典文學叢
刊；803021)
ISBN 978-626-386-160-2(平裝)
1.CST: 紅學　2.CST: 研究考訂
857.49　　　　　　　　　　　　113014814